Thomas Middelhoff *A115 – Der Sturz*

AF197000

Der Herr hat gegeben; der Herr hat genommen.
Gelobt sei der Name des Herrn.
HIOB 1,21

Thomas Middelhoff

A115
Der Sturz

LANGENMÜLLER

Dieses Buch ist jenen gewidmet, die an der Gerechtigkeit in Gerichtssälen zweifeln, sowie jenen, die mit den Unzulänglichkeiten des geschlossenen Vollzugs konfrontiert sind.

Die Deutsche Nationalbibliothek verzeichnet diese Publikation in der Deutschen Nationalbibliografie; detaillierte bibliografische Daten sind im Internet über http://dnb.d-nb.de abrufbar.

© 1. ergänzte und aktualisierte Taschenbuchauflage 2020, Originalausgabe 2017, Langen*Müller* in der F. A. Herbig Verlagsbuchhandlung GmbH, Stuttgart
Alle Rechte vorbehalten.
Umschlaggestaltung: Wolfgang Heinzel
Umschlagmotiv: shutterstock
Satz: Satzwerk Huber, Germering/München
Druck und Bindung: CPI-books GmbH, Leck
Printed in Germany
ISBN 978-3-7844-3562-6

www.langen-mueller-verlag.de

Inhalt

Vorwort

Knapp dreißig Monate sind seit dem Erscheinen der beiden Hardcover-Ausgaben von »A 115« vergangen. Dreißig Monate, in denen viel geschehen ist: meine Haftentlassung aus dem offenen Vollzug, der Beginn eines neuen Lebensabschnittes in Hamburg, der andauernde Kampf gegen die unheilbare Autoimmunerkrankung, die ich mir im Gefängnis zugezogen habe; die Veröffentlichung meines zweiten Buches »Schuldig« und der Beginn einer intensiven, nationalen und internationalen Vortragstätigkeit – vieles, was ich bei meiner Haftentlassung Ende November 2017 so genau nicht hatte vorhersehen können.

Damals hatte die Staatsanwaltschaft sofort nach dem Erscheinen von »A 115« Beschwerde gegen meine Entlassung eingelegt, die mir nach Verbüßung von zwei Dritteln meiner Haftzeit zustand, wie jedem, der nicht vorbestraft ist, keinen Totschlag begangen hat und kein Kinderschänder ist. Die Beschwerde überraschte mich nicht. Umso mehr aber der Umstand, dass sie von den Strafverfolgern nach gut einer Woche ohne weitere Angabe von Gründen zurückgezogen wurde. Davon erfuhr ich, wie schon einige Male vorher, völlig unvorbereitet, nur über die Radionachrichten.

Ende November 2017 wurde ich unter Auflagen mit einer vierjährigen Bewährungszeit entlassen – eine so lange Bewährung wird in der Regel nur bei schweren Delikten wie Kapitalverbrechen oder Kindesmissbrauch verhängt – und einem Bewährungshelfer unterstellt. Ich verließ die JVA-Bielefeld ohne irgendeinen konkreten Plan für meine Zukunft.

Wenige Tage später erhielt ich zu meiner Überraschung eine erste Einladung zu einem Vortrag von der Universität Innsbruck. Ich sollte vor deren Studenten sprechen, auch der

Titel der Veranstaltung stand bereits fest: »Vom Himmel in die Hölle«.

Mein Absturz, den ich in »A 115« beschrieben habe, war aber nach meiner heutigen Ansicht das genaue Gegenteil: Konträr zur Themenstellung des Innsbrucker Vortrags, versetzte er mich erst in die Lage, den Weg »aus der Hölle in Richtung Himmel« zu finden. Es sind Erkenntnisse und Einsichten, die ich vor allem während meiner Zeit als Freigänger im offenen Vollzug und besonders während meiner Tätigkeit in Bethel sammeln konnte, wo ich mit behinderten Menschen zusammenarbeiten durfte.

Die Ursachen für mein Scheitern habe ich in meinem zweiten Buch »Schuldig – Vom Scheitern und Wiederaufstehen« aufgearbeitet. Vor dem Hintergrund meiner Erfahrungen möchte ich damit anderen Menschen helfen, meine Fehler zu vermeiden und die Hoffnung nicht aufzugeben, wenn sie sich einmal in einer scheinbar hoffnungslosen Situation befinden.

Die Anliegen und Ziele von »A 115« bleiben von diesen persönlichen Einsichten unberührt. Und ich bin heute dankbar, dass »A 115« dazu beigetragen hat, die Öffentlichkeit für die schwierige Situation und die Notwendigkeit für Verbesserungen, aber auch für die Herausforderungen zu sensibilisieren, denen der geschlossene Vollzug in Deutschland gegenübersteht: zum Beispiel der hohe und weiter zunehmende Anteil von Ausländern in den Haftanstalten, die ineffizienten, veralteten Abläufe, die hohen Rückfallquoten, vor allem im Bereich der Jugendkriminalität, sowie eine weit verbreitete Drogenabhängigkeit und unzureichende Konzepte zur Resozialisierung.

Bei zahlreichen Vortragsveranstaltungen erhielt ich viel Zuspruch für diese Einsichten, vor allem auch von Justizvollzugsmitarbeitern. Meinen Schilderungen der Missstände im geschlossenen Vollzug wurde vonseiten der Justiz nicht widersprochen. Von Journalisten, die sich mit Fragen und Problemstellungen des geschlossenen Vollzugs befassen, wird »A 115« heute als Pflichtlektüre eingestuft.

Häufig stellte ich auf Vorträgen die Frage, warum wir uns hierzulande nicht engagierter mit den Problemen des Strafvollzugs befassen. Schließlich hat es doch Auswirkungen auf die Sicherheit von uns allen, wenn Straftäter eben nicht resozialisiert, sondern im Gegenteil noch schwerer kriminalisiert aus den Haftanstalten entlassen werden. Hierauf antwortete mir ein Politiker in Baden-Württemberg: »Sie haben meiner Meinung nach recht! Aber Sie glauben doch nicht etwa, dass man als Politiker mit dem Thema Verbesserung des Strafvollzugs eine Wahl gewinnen kann!«

Ein besonderes Anliegen von »A 115« war und ist die Abschaffung der sogenannten »15-minütigen Sicherheitskontrolle«. Während meiner Untersuchungshaft wurde ich über Wochen jede Nacht mindestens alle fünfzehn Minuten geweckt, um mit einem Lebenszeichen von mir sicherzustellen, dass ich mir nichts angetan hatte. Als Folge dieser Kontrolle und des damit verbundenen, systematischen Schlafentzugs erkrankte ich an einem systemischen Lupus Erythematodis (SLE), der meine Organe angreift, lebensbedrohlich und unheilbar ist – er wird mich mein Leben lang begleiten.

Wenn ich auf Vortragsveranstaltungen diese unmenschliche Form der Sicherheitskontrolle darstelle, sind die Reaktionen immer gleich. »So etwas gibt es doch nicht in Deutschland!« oder »Das ist doch Folter!« Niemand will sich vorstellen oder kann glauben, dass dies in hiesigen Gefängnissen wirklich praktiziert wurde und wird, ohne dass es der Öffentlichkeit bewusst ist. Umso mehr bin ich heute dankbar dafür, dass diese Form der Sicherheitskontrolle hierzulande Schritt für Schritt abgeschafft und durch zeitgemäße Kontrolltechniken ersetzt wird. Damit hat »A 115« sein Hauptanliegen erreicht.

Darüber hinaus ist dieses Buch auch ein Stück Trauma Verarbeitung, ein wichtiger Meilenstein in dem Prozess der

Selbsterkenntnis: Ich lernte die Ursachen meines Scheiterns zu erfassen und meine eigene Verantwortung zu akzeptieren.

»A 115« zeigt aber auch, wie einfach es für die deutsche Justiz ist, einen Menschen und international bekannten Manager aus dem Verkehr zu ziehen und wegen Fluchtgefahr zu verhaften. Oft werde ich gefragt, warum die Justiz in anderen Fällen nicht ähnlich konsequent durchgreift. So naheliegend diese Frage sein mag, ich kann sie nicht beantworten.

Unabhängig von meiner persönlichen Schuld, halte ich, selbst mit einem größeren zeitlichen Abstand, die juristische Basis meines Urteils weiterhin für zweifelhaft. Mit dieser Einschätzung stehe ich nicht alleine. Und erstaunlicherweise vernehme ich derart kritische Stimmen – gerade auch aus dem Bereich der Justiz – heute immer häufiger. Stellvertretend für viele andere sei der OLG-Präsident einer niedersächsischen Stadt, in der ich einen Vortrag hielt, zitiert: »Bei mir hätten sie den Gerichtssaal als freier Mann verlassen.«

Im Gegensatz hierzu hält sich in der Öffentlichkeit der Eindruck, ich sei ein Schwerverbrecher. Allerdings, heute ebenso wie früher, ohne jede Kenntnis darüber, wofür ich eigentlich verurteilt wurde. Wenn ich dies erläutere, ist zumeist ungläubiges Staunen die Reaktion. Und in der Regel folgt dann der Vergleich mit dem Fall eines bekannten Fußball-Managers und dessen öffentlichem Auftreten heute.

In den Monaten seit der Erstveröffentlichung von »A 115« erfuhr ich viel Zuspruch. Ich erkannte meine wirklichen Fehler, konnte ein neues Lebensmodell definieren und fand mein neues Glück. Dieses Buch und meine Geschichte sollen denjenigen Hoffnung geben, die im Bereich der Justiz und des Vollzugs arbeiten und die den Erfolg ihrer Tätigkeit an der Resozialisierungsquote messen lassen müssen. Nur wenn jeder einzelne sich engagiert, wird sich das System ändern lassen.

Hamburg, den 10. Februar 2020

Prolog: Heile Welt?

Du bist ewig für das verantwortlich,
was du dir vertraut gemacht hast.
ANTOINE DE SAINT-EXUPÉRY, DER KLEINE PRINZ

FREITAG, 14. NOVEMBER 2014, 5.50 Uhr. Es ist noch still im Haupthaus an diesem frühen Herbstmorgen, friedlich still, das Dunkel der Nacht liegt noch über dem Park, dem Bürohaus und dem Reiherbach, nur schemenhaft kann man in der Ferne die Stallungen erkennen. Heute Vormittag wird die XV. Große Wirtschaftsstrafkammer des Landgerichts Essen nach fünfunddreißig Hauptverhandlungstagen das Urteil gegen mich verkünden. Eine Festschrift sowie einige Flüge soll ich Arcandor zu Unrecht in Rechnung gestellt haben, lautet die Anklage der Bochumer Staatsanwaltschaft, die am 6. Mai zum Prozessauftakt neunzig Minuten lang verlesen wurde.

Das Urteil meines Umfelds ist längst gefällt und eindeutig: Der Prozess wird heute mit einem Freispruch enden, da gibt es nicht den geringsten Zweifel. Die Kammer hatte schließlich in den vergangenen Wochen wiederholt verständige Signale ausgesendet. Familie, Freunde und Weggefährten sind seit Tagen fest von einem positiven Urteilsspruch überzeugt. Auch ich glaube das.

Leise dringen die Geräusche aus dem Erdgeschoss in den oberen Bereich des Hauses, unten wird bereits das Frühstück für die Familie zubereitet. Frische Brötchen, Obst, Müsli, der Duft des Kaffees erfüllt schon das Erdgeschoss. Es hat in der Nacht geregnet, die kühle Luft trägt durch das geöffnete

Fenster den schweren, erdigen Herbstgeruch herein, der mir so vertraut ist. Alles scheint wie immer. Der dunkelblaue Anzug, das weiße Hemd, die blaue Krawatte. Ein letzter Blick in den Spiegel, im Nebenzimmer wird die Musik eines Regionalsenders von den Nachrichten unterbrochen. Meine anstehende Urteilsverkündung ist das Topthema des Tages. Als gäbe es keine dringenderen Probleme, geht es mir reflexhaft durch den Kopf.

Als ich die offene Küche betrete, ist die Familie schon an dem langen Holztisch vor der Fensterfront zum Park versammelt, jeder an seinem angestammten Platz: meine Frau Cornelie und zwei unserer fünf Kinder. Jan und Carolin wollen mich mit ihrer Mutter in den Gerichtssaal begleiten, Frederik will von seinem Wohnort direkt nach Essen fahren. Henriette und Maximilian werden heute Abend hier sein. Dann soll der Freispruch gefeiert werden, so haben wir es geplant.

Die frühe Uhrzeit fordert hier und da noch ihren Tribut, aber die Stimmung ist entspannt, fast heiter, als meine pflichtbewusste Tochter Carolin mit Blick auf ihren Bruder verkündet: »Es ist kurz vor sieben. Ich fahre jetzt los, um pünktlich in Essen zu sein. Wer mit mir fahren will, muss *jetzt* mitkommen.« Ein wenig widerstrebend erhebt sich Jan, und meine Frau sagt aufmunternd: »Es ist auch für uns Zeit zu fahren, Thomi, wir dürfen nicht zu spät kommen.«

Ich leere die Tasse Kaffee mit einem großen Schluck, verabschiede mich von Amy, dem Hund meines jüngsten Sohnes Max, und nicke lächelnd unserem Mitarbeiter Herrn Lachmann zu, der mir »good luck« zuruft. Der Wagen wartet schon vor der Tür, die Zeitungen liegen bereit. Stefan Bark kennt meine Arbeitsroutine, seit fast zehn Jahren ist er so viel mehr als nur mein Fahrer und kümmert sich loyal auch um vieles jenseits der Fahrten. »Die Nachrichten berichten über uns«, sagt er und steuert den Wagen über die noch dunkle Allee. Das gedämpfte Licht im Fond wirkt beruhigend; gelöst und zuversichtlich sitze ich neben meiner Frau, als sich das große schmiedeeiserne Tor lautlos hinter uns schließt. Dieser Tag wird der Beginn meiner Rehabilitation. Es kann gar nicht anders sein.

Im Wagen liegt mein morgendliches Arbeitspensum bereit, perfekt vorstrukturiert von meiner langjährigen Sekretärin, die Akten gestapelt, ganz oben die Liste mit den auf der Fahrt nach Essen zu erledigenden Dingen. Eine schwere Registermappe, gefüllt mit diversen Vorgängen, Projekten und Aufgaben für die kommenden Tage und Wochen. Es ist viel zu tun.

Der Wagen rollt gleichmäßig über die A2 Richtung Essen, und ich ahne nicht, dass alles ganz anders kommen wird. Dass der heutige Tag eine Zäsur sein wird, die mein Leben auf den Kopf stellt. Ich ahne nicht, dass ich meinen Fahrer Stefan Bark nicht mehr wiedersehen werde, dass ich für lange Zeit gar kein eigenes Auto besitzen werde; dass ich bei meiner Rückkehr rund sechs Monate später nicht nur sechzehn Kilo Körpergewicht verloren haben werde, sondern auch den letzten Rest meiner Reputation. Ich ahne auch nicht, dass ich keine berufliche und wirtschaftliche Basis mehr haben werde, aber dafür eine schwere, unheilbare Autoimmunerkrankung, die künftig meinen Alltag bestimmen wird und deren Folgen lebensbedrohlich sein können. Ich ahne nicht, dass ich meine Familie, die ich immer vor Unannehmlichkeiten schützen wollte, an die Grenzen des Zumutbaren und darüber hinaus führen werde; dass diese Familie schwer traumatisiert sein wird, aus einer scheinbar heilen Welt von einem Tag auf den anderen unwiederbringlich in ein allumfassendes Chaos gestürzt. Ihr Glück, ihr unbeschwertes Leben, all das, wofür ich in den vergangenen vierzig Jahren gearbeitet habe – zerstört. Von einem Moment auf den anderen. Von all dem und von so vielem anderen ahne ich nicht das Geringste, als der Wagen Fahrt aufnimmt und wir uns dem Ort der Urteilsverkündung nähern, wo sich an diesem Vormittag des 14. November 2014 für mich ein Abgrund auftun wird.

Urteil und Saalverhaftung:
Eine Welt bricht zusammen

Jemand musste Josef K. verleumdet haben, denn ohne dass er
etwas Böses getan hatte, wurde er eines Morgens verhaftet.
        FRANZ KAFKA, DER PROZESS

»Heute wird alles jut!«

DIE VERKEHRSVERHÄLTNISSE zwischen Bielefeld und Essen
sind an diesem Freitagmorgen ausgesprochen entspannt. Ohne
nennenswerte Behinderungen erreichen wir nach siebzig Minuten Fahrzeit die Zweigertstraße 52, den Sitz des Landgerichts
Essen. Stefan Bark deutet das als gutes Zeichen: »Heute wird alles jut!«, konstatiert er optimistisch in seinem kölschen Dialekt.
    Fünfzig Minuten vor Beginn der Hauptverhandlung, in der
heute die Urteilsverkündung erfolgen soll, hält der Wagen vor
dem Haupteingang des Landgerichts – und vor einer Vielzahl
von Journalisten, die sich im Dämmerlicht des frühen Morgens bereits in Stellung gebracht haben. Ich verlasse den Wagen mit einem kleinen Sprung, einen braunen Aktenkoffer in
meiner linken Hand; ein Geschenk meines geliebten Vaters,
das ich vor vielen Jahren von ihm erhalten hatte. Stefan Bark
will meine Frau zu einem Hintereingang bringen, damit sie
unbehelligt von den Medienvertretern in das Gerichtsgebäude gelangen kann.
    Ich bahne mir den Weg an Kameras, Mikrofonen und
Reportern vorbei und eile in das Gebäude. Wie an jedem

der fünfunddreißig Verhandlungstage zuvor begrüße ich die meist freundlichen Beamten an der Sicherheitsschleuse, die auch heute wieder meinen Aktenkoffer durchleuchten. Auf der anderen Seite der Sicherheitskontrolle warten weitere Kamerateams, um jede mögliche Gemütsregung festzuhalten.

»Wie haben Sie geschlafen?«, fragt eine kleine blonde Radioreporterin. »Tief und fest«, antworte ich ruhig und selbstsicher und schicke noch ein betont erstauntes »Warum?« hinterher. Nur wenige Meter weiter stellt sich eine TV-Journalistin in den Weg: »Ich arbeite für RTL. Wir haben gestern vom Pressesprecher des Landgerichts, Herrn Richter Hidding, erfahren, dass die Urteilsverkündung heute lange dauern wird. Können Sie sich das erklären?«

Eine Sekunde stutze ich überrascht und habe ad hoc keine plausible Antwort auf diese unerwartete Frage parat. »Bei dem zu erwartenden Freispruch gibt es der Öffentlichkeit gegenüber viel zu erklären, nach dem Medienrummel der vergangenen Monate und Jahre«, antworte ich schließlich und drücke mich hastig und mit entschuldigenden Bemerkungen ohne weiteren Kommentar an den Kamerateams vorbei in die Gerichtskantine, wo meine Anwälte Winfried Holtermüller und Udo Wackernagel schon warten.

Es gibt durchaus angenehmere Orte für Besprechungen als diese lieblose Kantine, die deutliche Abnutzungsspuren offenbart. Zu dritt nehmen wir an einem weißen Plastiktisch Platz, auf weißen Plastikstühlen mit bunten Sitzpolstern im Floridastil. Diesen Tisch hatten wir in den zurückliegenden Monaten seit dem Beginn der Hauptverhandlung Anfang Mai 2014 immer genutzt. Heute soll er endgültig zu meinem »Glückstisch« avancieren. Wir besprechen den zu erwartenden Tagesablauf und erörtern nochmals den Text der Pressemitteilung, die für meinen Freispruch vorbereitet worden ist. Parallel erledige ich wie immer noch einige dringende geschäftliche Telefonate.

Es ist 8.50 Uhr, als wir die Kantine verlassen und zurück zum Treppenhaus in der Eingangshalle gehen. Zügig, aber ohne Eile und in das Gespräch vertieft steigen wir die Stufen des breiten Aufgangs zum Saal 101 des Landgerichts hinauf. Wir kommen nicht weit. Schon auf dem ersten Treppenabsatz erwartet uns eine Armada von Fotografen, dahinter die Mikrofone der Radio- und TV-Reporter, Kameras. Es herrscht dichtes Gedränge auf der Treppe, laute Rufe schallen aus allen Richtungen: »Dr. Middelhoff, schauen Sie in meine Kamera!«; »Herr Middelhoff, was sagen Sie zum heutigen Tag, was erwarten Sie?«

Sie bekommen keine Antworten, es gibt nichts, was nicht schon gesagt worden wäre – was also noch? Wortlos, den Blick geradeaus gerichtet, meine beiden Anwälte hinter mir, dränge ich mich durch diese Phalanx, die sofort kehrtmacht und schimpfend und mit lautem Getöse in den Saal 101 stürmt, wo bereits weitere Kamerateams ihr grelles Licht auf mich richten.

Der Saal 101 ist der größte Verhandlungssaal des Landgerichts Essen. Zwar deutlich in die Jahre gekommen und ebenso abgenutzt wie die Kantine, aber dennoch in seiner Wirkung auch ein Symbol für Größe, Würde und die Macht der Justiz. Ein für diesen Andrang deutlich besser geeigneter Ort als die kleinen, beengten und wenig ansehnlichen Räume, in denen die zurückliegenden Verhandlungstage wegen des geringer gewordenen Medieninteresses abgehalten worden sind. Dies ist heute eindeutig anders.

Die Stirnseite des Saals ist für die XV. Große Wirtschaftsstrafkammer reserviert, links vom Richtertisch nehme ich mit meinen beiden Anwälten Platz, gegenüber und rechts von den Richtern sitzen bereits die Oberstaatsanwälte Daniela Friese und Dr. Fuhrmann von der Staatsanwaltschaft Bochum.

Zu meiner Linken Winfried Holtermüller, zu meiner Rechten Udo Wackernagel, sehe ich mich einem Pulk von

Journalisten gegenüber, zwischen uns nur der graue Tisch mit den Mikrofonen. Das unablässige Klicken der Kameras aus allen Richtungen scheint zu einem Gewitter anzuschwellen, aufgeregte Rufe und die sich wiederholenden Fragen, die nicht verstummen wollen, Mikrofone dicht vor meinem Gesicht. Der eine oder andere bekannte Journalist im Hintergrund nickt mir zu und zieht entschuldigend die Schultern hoch. Doch niemand gebietet Einhalt, niemand nimmt Rücksicht auf die Anspannung in diesem Moment, in dem man sich noch einmal sammeln wollte, bevor die Urteilsverkündung in wenigen Minuten über mein Schicksal entscheidet. Hinter den Journalisten steht der Pressesprecher des Landgerichts Essen, Dr. Johannes Hidding, im vertraulichen Gespräch mit einem Medienvertreter. Auch er greift nicht ein.

Wie an allen Verhandlungstagen habe ich um mich herum eine imaginäre Mauer errichtet, um zu verhindern, dass die Reporter meine Emotionen wahrnehmen können. Wie immer wird man mir diesen Selbstschutz später wahlweise als »Arroganz«, »Überheblichkeit« oder als »Gefühlskälte« auslegen. Das Gegenteil ist der Fall. In diesen unendlich langen Minuten fühle ich mich wie an einem öffentlichen Pranger: schutzlos, einsam, zutiefst verunsichert. Aber geht das die Öffentlichkeit etwas an? Wer kann für sich das Recht in Anspruch nehmen, mein innerstes Befinden direkt in alle deutschen Wohnzimmer zu übertragen? Wer an einem Tag wie heute Selbstbewusstsein demonstriert, dem wird allzu häufig mangelnde Demut vorgeworfen, am lautesten von jenen, die ihr eigenes Heil im Opportunismus suchen.

Verstohlen schaue ich nach rechts und versuche, im Zuschauerraum die vertrauten Gesichter meiner Familie zu entdecken. Ich finde sie außen in der fünften Reihe sitzend. Wie durch einen Schleier nehme ich die erschrockenen Blicke von Nele, Caro, Freddy und Jan wahr – und werde sie nie mehr aus meiner Erinnerung löschen können.

Endlich werden die Medienvertreter von Richter Hidding gebeten, den Saal zu räumen, was sie nur widerwillig und quälend langsam tun. Es ist jener Richter Hidding, von dem die RTL-Journalistin schon am Tag zuvor erfahren hat, es würde heute eine lange Sitzung werden. Woher auch immer er dieses Wissen nahm und warum auch immer er die Notwendigkeit sah, diesen Hinweis zu geben.

Es ist 9.15 Uhr, als die schweren Holztüren von den Justizbediensteten geschlossen werden. Es wird leise im Saal, so leise, dass ich meine, man müsste hören, wie mir das Herz im Brustkorb hämmert. Ich atme tief durch und versuche, mich innerlich zur Ruhe zu bringen.

»Die Kammer ist mal wieder verspätet«, flüstere ich Udo Wackernagel ins Ohr, als sich die Tür hinter dem Richtertisch öffnet. Angeführt vom Vorsitzenden Richter Jörg Schmitt hält die XV. Große Wirtschaftsstrafkammer des Landgerichts Essen Einzug in den Saal 101: die Berichterstatterin, die Beisitzerin, die Schöffen sowie die Ersatzschöffen und der Ersatzrichter. Eine Reihe sehr ernster Gesichter über feierlich wirkenden schwarzen Richterroben, und für Sekundenbruchteile drängt sich die Assoziation eines Staatsbegräbnisses in mein Gehirn; zu kurz, um die fatale Symbolhaftigkeit dieses Bildes erahnen zu können.

Kaum haben die Kammermitglieder hinter dem Richtertisch stehend ihre Positionen eingenommen, beugt sich Richter Schmitt nach vorne und hebt unter lautem Gemurmel im Saal das Tischmikrofon vor ihm an – soweit das Kabel reicht. Er muss wiederholt um Ruhe bitten. Dann nehme ich nur noch Wortfetzen wahr: »Im Namen des Volkes … verurteile ich zu drei Jahren Haft … nehmen Sie Platz.«

»What the fuck …«, entfährt es Udo Wackernagel leise. Es rauscht in meinem Kopf, ich bin unfähig, mich zu bewegen, unfähig, etwas zu sagen, unfähig, irgendeine Regung zu zeigen. Einen Moment lang nehme ich nichts mehr um mich herum wahr. Mit erstarrter Miene hätte ich auf meinem Stuhl gesessen, kalkweiß, wird man später sagen. Einzelne Reporter hätten hastig den Saal verlassen, um Eilmeldungen abzusetzen; und überall im Raum seien erregte Stimmen zu hören gewesen.

An diesem 14. November 2014 werde ich um 9.30 Uhr von der XV. Großen Wirtschaftsstrafkammer des Landgerichts Essen nach fünfunddreißig Verhandlungstagen wegen schwerer Untreue in siebenundzwanzig Fällen und einem Schaden in Höhe von insgesamt 487.500 Euro, darin enthalten drei Fälle von Steuerhinterziehung in Höhe von 26.500 Euro, zu einer Haftstrafe von drei Jahren verurteilt.

Die Staatsanwaltschaft hatte zu Beginn des Prozesses über fünfzig Fälle zur Anklage gebracht und hierfür eine Haftstrafe von drei Jahren gefordert. Von diesen Fällen wurden einige nach Paragraph 154 Strafprozessordnung, andere förmlich eingestellt. Die Anzahl der Fälle, die das Urteil begründen, hat sich im Verhältnis zu den ursprünglich zur Anklage gebrachten etwa halbiert. Auf das Strafmaß hat das keinen Einfluss: Die Kammer folgt mit der dreijährigen Haftstrafe der Forderung der Staatsanwaltschaft in vollem Umfang.

Richter Schmitt verliest die Urteilsbegründung mit kräftiger Stimme, hin und wieder erscheint mir sein Vortrag deutlich emotional. Auch die eingestellten Fälle werden noch einmal kommentiert, was die Medien zumindest als moralischen Schuldspruch werten. Bei einem zur Anklage gebrachten Vorstandswochenende habe man bei einem Glas Wein den Abbau von viertausend Arbeitsplätzen bei KarstadtQuelle beschlossen, heißt es da etwa. Dergleichen entspricht allerdings weder der Wahrheit noch den Fakten der Beweisaufnahme aus den zurückliegenden fünfunddreißig Verhandlungstagen.

Fragen schießen ungeordnet durch meinen Kopf: Wie konnten meine Anwälte und ich uns so sehr irren? Warum haben wir das Verhalten des Gerichts und seine Stellungnahmen zu unseren zahlreichen Beweisanträgen so falsch bewertet? Warum konnte das Gericht zu diesen wertenden Feststellungen in seiner Urteilsbegründung finden, wie es Tage später bei einem Befangenheitsantrag meiner Anwälte eingestehen musste? Welche Chancen hat ein Revisionsverfahren? Welche taktischen und strategischen Fehler haben meine Anwälte, welche persönlichen Fehler habe ich während der Verhandlung gemacht?

Nachdem die Urteilsbegründung verlesen ist, hält Richter Schmitt kurz inne, und die versteinerten Mienen lassen mich nichts Gutes ahnen: Es warten an diesem Tag noch weitere schlechte Nachrichten auf mich.

Hatte ich bisher geglaubt, es könne nicht schlimmer kommen, werde ich jetzt eines Besseren belehrt: Richter Schmitt verweist übergangslos auf einen Haftbefehl gegen mich wegen dringender Fluchtgefahr. Diesen werde er unter Ausschluss der Öffentlichkeit verlesen und allein mit mir und meinen Anwälten erörtern. Aus diesem Grunde, so ordnet er an, sei der Saal nun unverzüglich zu räumen.

Es entwickeln sich tumultartige Szenen, während Zuschauer und Medienvertreter den Saal verlassen. Verzweifelt versuche ich, in diesem Chaos meine Familie zu entdecken. Ich entdecke Carolin, fassungslos, ich sehe, wie meine Frau erschrocken ihre rechte Hand auf den Mund presst, ich nehme die erstarrten Gesichtsausdrücke meiner Söhne Freddy und Jan wahr. Was tue ich ihnen hier nur an?

Obwohl das Gericht es untersagt hat, versuchen einzelne renitente Reporter weiterhin, Fotos zu machen, bevor sie endgültig des Saals verwiesen werden. Als gäbe es nicht schon genug Motive, die meine Verzweiflung in diesem Moment dokumentieren; als sei nur das ultimativ letzte Bild das wahre Bild und ich kein Mensch, der trotz allem ein Recht auf Würde und Achtung hat.

Thomas Fischer, der Vorsitzende Richter des 2. Strafsenats des Bundesgerichtshofs in Karlsruhe, kommentiert eine

Woche später ein Bild von mir mit den Worten: »Ein Foto vom zunehmend derangierten Angeklagten.« Glaubt dieser Vorsitzende Richter oder irgendjemand sonst wirklich, dass ich diesen Urteilsspruch und die Ankündigung eines Haftbefehls ohne jede Regung zur Kenntnis nehme?

Das Gericht verlässt für kurze Zeit den Saal und kehrt sogleich wieder ohne Roben zurück. In dunklem Anzug und mit weißer Krawatte verliest der Vorsitzende Richter umgehend den Haftbefehl wegen »dringender Fluchtgefahr«. Ich fühle mich wie der Protagonist eines Dramas in der falschen Rolle: Was hier angenommen wird, würde ich niemals tun – und kann es doch nicht beweisen. Niemals würde ich meine Familie alleine ihrem Schicksal überlassen, jetzt nicht und künftig nicht, ganz gleich, unter welchen Umständen. Und niemals würde ich mich meiner Verantwortung entziehen, wenn ich sie zu tragen habe.

Nach Verlesung des Haftbefehls ordnet die Kammer an, dass geprüft werden müsse, ob Voraussetzungen für dessen Aussetzung gegeben seien. Das alles fühlt sich an, als ginge es hier gar nicht um mich, so fern scheinen mir die Stimmen, die da sprechen, so irreal kommt mir die Szenerie vor, in der doch nicht mein Platz sein kann. Vielleicht ist es ein Reflex, vielleicht ein ausgeprägter Überlebensinstinkt, aber in diesem Moment bin ich plötzlich wild entschlossen, um meine Freiheit zu kämpfen. Ich will nicht in einem Gefängnis enden – heute nicht und nicht in der Zukunft. Ich fühle mich unschuldig und zu Unrecht verurteilt.

Ich kämpfe um meine Freiheit

Es bleibt keine Zeit für theoretische Gedankenspiele. Als Erstes soll die Frage meines Wohnortes erörtert werden. »Wo leben Sie und Ihre Familie eigentlich?«, fragt der Vorsitzende

Richter. Als sei diese Frage während der fünfunddreißig Verhandlungstage noch nicht ausreichend zur Sprache gekommen. Die Anwälte erklären zum wiederholten Mal, dass mein erster Wohnsitz derzeit zwar in Saint-Tropez sei, ich mich aber seit Beginn der Hauptverhandlung überwiegend in Bielefeld aufhalte. Wir machen deutlich, dass ich, ebenso wie meine Frau, sofort bereit sei, den ersten Wohnsitz nach Bielefeld zu verlegen, um die Annahme einer Fluchtgefahr zu entkräften.

Anschließend geht es um die »Einkommens- und Vermögensfrage«. Ob ich eine Kaution stellen könne, soll dabei festgestellt werden, beziehungsweise ob es vielleicht doch Vermögen im Ausland gebe. Mit Unterstützung meiner Anwälte lege ich zunehmend verzweifelt nochmals dar, was ich der Kammer bereits am 26. September 2014 während der Hauptverhandlung detailliert mündlich und schriftlich erläutert hatte: »Kurz gefasst bin ich zurzeit nicht in der Lage, eine Kaution in signifikanter Höhe zu stellen, weil mein gesamtes liquides Vermögen, das sich bei dem Bankhaus Sal. Oppenheim in Form von Festgeldern befindet, von dieser Bank widerrechtlich blockiert wird«, erkläre ich, darum bemüht, die Fassung zu wahren. Diese Auseinandersetzung zwischen mir und meiner Frau einerseits und meinem ehemaligen Gesamtvermögensverwalter Josef Esch und der Bank Sal. Oppenheim andererseits wird seit dem Jahr 2010 – leider öffentlich – ausgetragen. All das hatte ich dem Gericht im Rahmen meiner Einlassung zu meinen wirtschaftlichen Verhältnissen geschildert.

Die Stimmung ist mittlerweile erhitzt und angespannt. Und ich habe Angst; große, unheilvolle, übermächtige Angst; Angst, dass das hier auf eine Weise enden könnte, die mir den Boden unter den Füßen wegzieht.

Nachdem ich meine wirtschaftlichen und finanziellen Verhältnisse noch einmal erläutert habe, mache ich erneut einen

Vorschlag: Ich werde meinen Pass und meinen Personalausweis abgeben, mich per sofort mit erstem Wohnsitz in Bielefeld anmelden und einer täglichen Meldepflicht auf der Polizeiwache nachkommen. Ich bete insgeheim, dass dieser Vorschlag das Gericht überzeugt. Die beiden Vertreter der Staatsanwaltschaft Bochum haben keine grundsätzlichen Einwände. Aber sie haben den Antrag auf einen Haftbefehl ja auch nicht gestellt. In die kurze Stille hinein fragt die beisitzende Richterin: »Wo befindet sich denn der Reisepass?«

»Wahrscheinlich in einem Koffer in meinem Auto«, entgegne ich und biete an, dass ich meinen Fahrer Stefan Bark sofort anrufen kann, damit er den besagten Koffer bringt.

Nach einer zustimmenden Geste des Vorsitzenden Richters greife ich zu meinem Blackberry und wähle die Nummer meines Fahrers. »Bark hier. Was kann ich für Sie tun?«, fragt er, hörbar unruhig. Als mein langjähriger Fahrer ist er den Journalisten bestens bekannt. Vermutlich ist er in diesem Moment draußen vor dem Gerichtsgebäude längst von ihnen dicht umzingelt, weil sie hoffen, über ihn vielleicht doch an irgendeine Information zu kommen. »Bringen Sie mir meinen schwarzen Aktenkoffer«, bitte ich Herrn Bark nervös und knapp. Die Luft ist dünn in diesem Raum und der Abgrund nah, das ist mir in diesen Minuten nur allzu klar.

Kaum habe ich die Bitte an Stefan Bark ausgesprochen, korrigiere ich mich noch einmal, Gott weiß, was für einer fatalen Eingebung folgend: »Nein, besser Sie nehmen den Pass und den Personalausweis aus dem Koffer und händigen die Dokumente Herrn Holtermüller aus.« Draußen vor der Tür des Gerichtssaals lärmen die Journalisten, und es dürfte für Bark kaum möglich sein, sich durch dieses dichte Treiben mit einem schweren Aktenkoffer in der Hand seinen Weg zu bahnen. Er antwortet mit einem knappen »Okay«.

Hoffentlich werden die Dokumente schnell hier sein, damit das alles hier endlich ein Ende hat. Doch eilig hat es die

Kammer offensichtlich nicht: Der Vorsitzende Richter schlägt eine Mittagspause vor. Es ist kurz vor 13 Uhr, und er ordnet an, dass wir uns um 14.30 Uhr wieder treffen, um anschließend weiter zu beraten. Ich fühle mich mental schrecklich erschöpft, an Essen ist ohnehin nicht zu denken, und frage ihn, ob ich solange hier im Verhandlungssaal warten könne. Erst jetzt fällt mir plötzlich auf, dass sich zu dem einen Justizwachmann, der sonst üblicherweise bei den Verhandlungen zugegen war, ein zweiter Kollege hinzugesellt hat. Der Haftbefehl hat offensichtlich schon vor seiner finalen Bestätigung unmittelbare Konsequenzen für mich!

Der Vorsitzende Richter erklärt, dass ich angesichts der neuen Situation, also des Haftbefehls, auf keinen Fall die Mittagspause im Gerichtssaal verbringen könne, sondern »nach unten verbracht werden müsse«. Meine Anwälte, wirft einer der Justizwachmänner ein, sollten besser durch den Besuchereingang den Saal verlassen. Vor dem Haupteingang würden über hundert Reporter mit Kameras und Mikrofonen warten. Da sei wirklich kein Durchkommen. Draußen hört man lauten Tumult.

Das wirklich Letzte, was ich will, ist, mich »nach unten zu begeben«, alles in mir sträubt sich gegen diesen Gedanken. Dennoch, das ist mir trotz meiner Aufregung klar, muss ich jetzt den Anordnungen der Kammer folgen. Ich mobilisiere, was mir die vergangenen Stunden an Energie gelassen haben, und verlasse den Saal ohne zu zögern durch eine in die Wandvertäfelung eingelassene Tür; gefolgt von einem Wachmann und begleitet von dem unguten Gefühl, dass ich mit diesem Gang eine Reise in die Ungewissheit antrete, in den Schlund eines Ungeheuers, das mich Stück für Stück verschlingen wird.

Vor dem Justizbeamten hergehend, betrete ich unmittelbar hinter der »Geheimtür« eine Wendeltreppe, die mich in die Tiefe führt. Das trostlose Treppenhaus ist von fahlem Neonlicht beleuchtet: roher Putz, lose Drähte und offensichtlich jahrzehntealter Schmutz. Wie viele Menschen mögen diese Wendeltreppe wohl schon vor mir beschritten haben bei dem, was im wahrsten Sinne des Wortes ein Abstieg ist. Unten wartet bereits ein stämmiger, kahlköpfiger Wachmann, der angesichts seines äußeren Erscheinungsbildes als Idealbesetzung in einer US-Justizserie hätte durchgehen können.

Er grüßt höflich und respektvoll und weist mich an, an einem kleinen Tisch mit vier Stühlen Platz zu nehmen. Meinen Blackberry dürfe ich hier unten nicht mehr benutzen.

Am 14. November 2014 um 13.15 Uhr sitze ich im Keller des Essener Justizgebäudes. Niedrige Decken, kahle Wände, fahles Neonlicht, abgewetztes Linoleum und zu meiner Linken eine Reihe grauer Zellentüren, die in diesem Moment über die Maßen bedrohlich wirken; als winkten sie mit dem, was mir das Schicksal noch alles zuteilwerden lassen könnte. Aus einzelnen Zellen dringt immer wieder Lärm, von den Wärtern umgehend mit deutlichen Kommandos übertönt.

Wie wird es jetzt weitergehen? Wann komme ich hier wieder raus? Fragen wie diese kreisen unablässig in meinem Kopf. Um nichts in der Welt will ich mich von diesem Ungeheuer »hier unten« verschlingen lassen.

Kurze Zeit später kommen Holtermüller und Wackernagel, Ersterer mit meinem Pass und dem Personalausweis in der Hand. Beide Dokumente sind ihm an der Pforte zum Keller von meinem Fahrer übergeben worden. Die beiden berichten von chaotischen Zuständen draußen: Ein Heer von Journalisten wartet zunehmend ungeduldig auf Informationen. Die Nachricht vom Haftbefehl gegen mich und von meiner Saalverhaftung sei auf »allen Kanälen« und über das Internet bereits weltweit verbreitet worden.

Die Anstrengung der vergangenen Stunden fordert ihren Zoll, erschöpft versuchen wir, den bisherigen dramatischen

Verlauf des Tages zu analysieren, das Verhalten der Kammer, das sich für uns alle so überraschend verändert hatte, die Möglichkeiten, wie es jetzt weitergehen könnte. Holtermüller, noch blasser als sonst, nimmt meine linke Hand: »Du bist hier bald wieder draußen«, versucht er, mir Mut zuzusprechen. Vielleicht ist es die Erschöpfung, aber er klingt nicht wirklich überzeugend.

Der kahlköpfige Wachmann kommt herein und erinnert noch einmal daran, dass ich meinen Blackberry nicht benutzen darf. »Aber Sie können vom Festnetz aus telefonieren.« Immerhin. Ich werde noch lernen, was es heißt, nach jedem Strohhalm greifen zu müssen. Wir gehen in ein größeres Besprechungszimmer mit Neonlicht und einem quadratischen Fenster zum unterirdischen Flur – und einem Telefon. Ich rufe Hartmut Fromm an, ebenfalls mein Anwalt, an Anwälten mangelt es mir in diesen Zeiten nicht, aber vor allem auch ein Freund. Wir wollen eine mögliche Kaution mit ihm besprechen. Doch schnell wird klar, dass das kein realistisches Szenario ist – Sal. Oppenheim und der Deutschen Bank sei Dank. Zudem ist die Gefahr, dass eine solche Kaution von meinen prominenten Gläubigern gepfändet wird, zu groß. Sie haben unter anderem mit einer Taschenpfändung im Gericht bereits bewiesen, dass sie vor nichts zurückschrecken.

Den Rest der Zeit verbringen wir mit einem unkonzentrierten Gedankenaustausch. Es ist der instinktive Versuch, in diesen Minuten keine Stille aufkommen zu lassen, die der Angst das Feld überlassen könnte. Solange ich rede, habe ich die Illusion, dass ich noch Herr der Lage bin, irgendwie. Vor mir auf dem Tisch liegen mein Personalausweis und mein Pass. Keiner von uns beachtet sie.

Um 14.40 Uhr hören wir, dass die Kammer auf dem Weg in den Keller sei. Zehn Minuten später als verabredet; eine Lappalie eigentlich, für mich in dieser Situation eine quälende Ewigkeit.

Holtermüller hört noch schnell seine Voicemail ab: Der Absender der ersten Nachricht ist die New York Times; Reuters und Bloomberg folgen. Alle mit der gleichen Frage: »What the hell is going on? Is this really true?« Zum Antworten kommt er nicht mehr, die Richter betreten den Raum, der mir mittlerweile ungeheuer stickig vorkommt. Ihre Stimmung scheint gut, immerhin, das kann vielleicht hilfreich sein. Die Vertreter der Staatsanwaltschaft treffen fast zeitgleich ein.

In knappen Worten fasst Winfried Holtermüller die Situation zusammen: Eine Kaution, von mir gestellt, sei nicht möglich. Mein Pass und mein Personalausweis seien von Herrn Bark übergeben worden, sie befänden sich hier auf dem Tisch. Die Anspannung scheint sich ein wenig gelöst zu haben, die Stimmung in dem unterirdischen Raum scheint konstruktiv, deshalb entschließe ich mich kurzerhand, noch einen Vorstoß zu wagen. Ich werde Pass und Personalausweis mit sofortiger Wirkung abgeben, meinen Wohnsitz unmittelbar nach Bielefeld verlegen, mich täglich bei der Polizeistation melden, Tagesreisen nur innerhalb des Landes vornehmen und eine Erklärung abgeben, dass ich mein Haus in Südfrankreich bis auf Weiteres nicht mehr nutzen werde.

Das scheint auf fruchtbaren Boden zu fallen. Die beisitzende Richterin fragt, ob sie sich Pass und Personalausweis ansehen dürfe. Ich händige ihr die Dokumente aus, die bislang unbeachtet vor mir auf dem Tisch gelegen haben.

Mit den Ausweisen zieht sich die Kammer zur Beratung zurück, wir bleiben mit den Vertretern der Staatsanwaltschaft zurück. Schweigen erfüllt den Raum, doch dann keimt wieder Hoffnung auf – offenbar auch bei meinen Anwälten: »Gleich kommst du hier raus«, raunt mir Holtermüller mit nun überzeugt klingender Stimme zu. »Das ist gleich geschafft.« Leider liegt er auch mit dieser Einschätzung wieder falsch.

Die Tür öffnet sich, die Richter betreten den Raum. Meine Uhr zeigt 15.10 Uhr, mein Herz klopft wild. Da ergreift die beisitzende Richterin das Wort, es scheint fast aus ihr herauszuplatzen: »Es ist ja schon unglaublich«, sagt sie mit erregter Stimme, »uns hier einen abgelaufenen Pass vorzulegen!« Und während sie das sagt, wirft sie meinen Pass an den Vertretern der Staatsanwaltschaft vorbei in meine Richtung. »Dieser Pass ist im Oktober 2014 abgelaufen!«

Völlig perplex greife ich nach dem Pass, der auf dem Holztisch vor mir gelandet ist, und erkenne sofort, dass es stimmt: Offensichtlich hat Stefan Bark in der Aufregung den falschen der beiden, den abgelaufenen Pass aus meinem Koffer gezogen. Der befand sich nur deshalb überhaupt noch dort, weil in ihm mein erster Wohnsitz Saint-Tropez eingetragen ist.

Ich ringe nach Luft, fühle Panik aufsteigen. »Der richtige Pass muss noch in dem Aktenkoffer sein«, sage ich, und dass ich meinen Fahrer bitten könne, ihn sofort zu bringen. Meine Worte erreichen ihre Adressaten nicht mehr.

In meiner Verzweiflung wähle ich – das entsprechende Verbot des Richters missachtend – die Nummer von Stefan Bark auf meinem Blackberry. »Da muss doch der gültige Pass in meinem Aktenkoffer sein«, rufe ich erregt in das Mikrofon des Geräts. »Warum haben Sie den nicht gebracht oder beide Pässe zusammen?« – »Ja«, antwortet er, »da ist noch der gültige Pass in Ihrem Koffer. Ich weiß auch nicht, warum ich ihn eben nicht mitgebracht habe.« Das sei eine gute Frage, fügt er noch hinzu, als würde das jetzt wirklich noch eine Rolle spielen. »Ich bringe sofort den richtigen Pass.« Meine resignierende Antwort, »das scheint mir nicht mehr nötig zu sein«, hört er nicht mehr – er hat aufgelegt.

Ich mache einen letzten verzweifelten Versuch. Erfolglos. »Sie bleiben über das Wochenende ›drüben‹ wegen Fluchtgefahr. Wir sollten aber im Gespräch bleiben und uns kurzfristig wieder zusammensetzen«, ordnet der Vorsitzende Richter an. Die Anwälte sind stumm. Kapitulation auf ganzer Linie. »Ich bitte Sie«, insistiere ich noch einmal. »Ich bitte Sie von ganzem Herzen, meine Familie wartet dort oben, ich kann sie doch nicht alleine lassen in dieser Situation, bitte lassen Sie mich gehen.« Ich spüre Tränen aufsteigen und bemühe mich, sie zurückzuhalten; Tränen der Wut, dass ich in dieser Situation so hilflos bin, Tränen der Scham vor meiner Familie, Tränen des Ärgers über mich selbst: Wie konnte ich nur in eine solch hoffnungslose Situation geraten?

Die Kammer scheint ungerührt, und mir wird klar, was mir dennoch so unvorstellbar erscheint: Ich werde das Wochenende hinter Gittern verbringen. Aber am Dienstag, schießt es mir durch den Kopf, am Dienstag muss ich an der mündlichen Verhandlung am Landgericht Köln teilnehmen, wo die Zivilklage von meiner Frau und mir gegen das Bankhaus Sal. Oppenheim und die Deutsche Bank über Rückabwicklung und Schadenersatz im Rahmen unserer Beteiligung an den »Oppenheim-Esch-Fonds« verhandelt wird. »Bitte«, richte ich das Wort an die Kammer, »ich bitte Sie, können wir uns nicht zur Haftprüfung am Montag treffen, dann hätte ich am Dienstag noch die Chance, als Zeuge an dem Klageverfahren gegen Sal. Oppenheim teilzunehmen?«

Zögern, Richter Schmitt schaut auf seinen Kalender, sieht seine Kolleginnen an. »Wir könnten uns auch am Montag treffen«, antwortet er. »Dreizehn Uhr sollte für mich möglich sein.« Sie könne erst um vierzehn Uhr, wirft die beisitzende Richterin ein, die Staatsanwaltschaft stimmt zu. »Wir werden am Montag um vierzehn Uhr hier sein«, höre ich Udo Wackernagel sagen. Er ist zwar noch ein junger Anwalt, zu diesem Zeitpunkt ohne ausgiebige Prozesserfahrung, aber hoch talentiert, untadelig im Charakter, intelligent, schlagfertig und mit einer ordentlichen Portion Humor ausgestattet.

Da mein eigentlicher Strafverteidiger, Dr. Sven Thomas, den ich seit den Achtzigerjahren kenne, mit der Vertretung von Bernie Ecclestone betraut war und deswegen in meiner Hauptverhandlung nicht zugegen sein konnte, hatte er sich damit einverstanden erklärt, dass Winfried Holtermüller zusätzlich meine Strafverteidigung übernahm. Dieser hatte sich uns als der einzige Anwalt in Deutschland angedient, der nicht nur ein erstklassiger Zivilrechtler sei, sondern auch ein herausragender Strafverteidiger. Dabei hatte er lediglich zur Bedingung gemacht, dass ihm ein junger Kollege aus der Sozietät von Dr. Thomas zuarbeiten solle. Diese Entscheidung, die ich zusammen mit Dr. Thomas, Holtermüller und Udo Wackernagel in einem Konferenzzimmer der Sozietät TDWE vor Beginn der Hauptverhandlung getroffen hatte und die ich letztlich zu verantworten habe, war eine Fehlentscheidung. Sie hat mich nicht nur über zwei Jahre meines Lebens gekostet, sondern ganz wesentlich mit zu dem Chaos beigetragen, in das ich in den folgenden Tagen, Wochen und Monaten geraten sollte. Heute bin ich der festen Überzeugung, dass es mit Sven Thomas und Udo Wackernagel als verantwortlichen Vertretern in der zurückliegenden Hauptverhandlung nicht zu dieser überraschenden Art der Verurteilung gekommen wäre. Leider erweisen sich oft die fatalsten Fehler erst im Nachhinein als solche.

Die Kammer bestätigt den Termin am Montag, den 17. November 2014, um vierzehn Uhr in denselben Räumlichkeiten. Wir wollen uns gerade von den Stühlen erheben, da äußert der Vorsitzende Richter scheinbar unvermittelt noch den Gedanken, ob man nicht über eine potenzielle Suizidgefahr bei mir nachdenken müsse. Er beantwortet sich diese Frage sogleich selbst: Er werde einen entsprechenden Hinweis an die Leitung der JVA geben. Ich protestiere vehement: »Nie im Leben würde ich mir selbst etwas antun!«

Es ist jetzt 15.35 Uhr, Udo Wackernagel zieht mich in einen kleinen Nebenraum, die Kammer will noch Beschlüsse verfassen. Wir verlassen den Raum gemeinsam mit den Vertretern der Staatsanwaltschaft und lassen die Richter mit der Justizsekretärin zurück. Richter Schmitt diktiert jetzt, wie ich später lernen werde, die Haftbedingungen für mich, die unter anderem »Telefon- und Briefkontrollen« vorsehen, »optisch/ akustische Kontrollen bei Besuchen« sowie »den ausdrücklichen Hinweis auf eine Suizidgefahr«.

Das war's dann. Innerhalb weniger Stunden bin ich von einem international tätigen Manager zu einem vermeintlichen Schwerverbrecher geworden. Die erschreckende Erkenntnis dabei ist, dass die deutsche Justiz diesen Absturz am Tag der Urteilsverkündung gegen mich herbeiführen kann, ohne dass sie sich dafür sonderlich anstrengen müsste.

Nach drüben

Wir sitzen im Nebenraum, schweigend, die Anwälte bemüht, mich ihre Betroffenheit so wenig wie möglich spüren zu lassen. Ich greife nach dem Blackberry; was auch immer jetzt folgen würde, ich will den wichtigsten Menschen in meinem Leben wenigstens noch Nachrichten zukommen lassen. Eine SMS schicke ich meinem ältesten Sohn Jan. »Stefan Bark wartet mit dem Pass an der Pforte«, schreibt er sofort zurück. »Zu spät«, antworte ich. »Bitte nicht«, lese ich auf dem Display. »Pass gut auf die Familie auf«, tippe ich und spüre, wie sich das Zittern meiner Hände nur schwer kontrollieren lässt. »Können wir nicht wenigstens noch kurz persönlich von dir Abschied nehmen?« Jans Verzweiflung ist noch schwerer zu ertragen als die Situation an sich. Fast flehentlich bitte ich Udo Wackernagel, ob er die Bitte dem Vorsitzenden Richter vortragen könne. Er verlässt den Raum und kehrt zu schnell wieder zurück, kopfschüttelnd: »Schmitt will das definitiv nicht zulassen«, sagt er, flüsternd, als schäme er sich seiner Worte. »Sie dürfen Ihren Blackberry jetzt wirklich nicht mehr benutzen. Am besten, Sie geben ihn mir, ich werde ihn Ihrer Familie aushändigen.« Unschlüssig schaue ich auf das kleine schwarze Gerät in meinen Händen, das bis eben noch meine Verbindung zur Außenwelt war. Es bleibt noch so viel zu sagen, so viel zu schreiben an meine Familie, so vieles, das ich in den zurückliegenden Jahren schon längst hätte sagen oder schreiben sollen.

Im Sekundentakt gehen Nachrichten ein, ich sehe das Lämpchen wie durch einen Schleier blinken, unfähig zu reagieren. Da ruft meine Frau an, ich höre ihre Stimme, ihr Weinen, ihre Verzweiflung. Es ist die Ohnmacht, die jetzt Tränen über mein Gesicht rinnen lässt: Ich sehe meine Familie all dem ausgesetzt und kann nichts für sie tun. Udo Wackernagel drängt erneut, die Kommunikation jetzt einzustellen. Ich solle Richter Schmitt nicht verärgern. Ich schalte den Blackberry aus und reiche ihn ihm wie betäubt.

In diesen Minuten verschiebt sich das Gefüge, das meinem Leben über Jahrzehnte die Balance gegeben hatte: Mein ältester Sohn übernimmt ohne Zögern meine Rolle – und die Verantwortung für die Familie. Er stellt seine eigenen Bedürfnisse, seine beginnende Karriere selbstlos zurück. Hätte ich das je getan? Ich werde ihm dafür immer dankbar sein.

Mit dem Blackberry verschwinden jetzt auch alle wichtigen Kontaktdaten. Telefonnummern, Adressen – wie ausgelöscht. Wer merkt sich noch lange Ziffernfolgen, wo Smartphones unser Gedächtnis ersetzen? Udo Wackernagel zieht mich in den Vorraum, ich soll an jenem Tisch Platz nehmen, an dem ich kurz zuvor bei meiner Ankunft hier unten bereits gesessen hatte. Da noch mit der Hoffnung, das Zimmer als freier Mann wieder verlassen zu können. Die Tür des größeren Besprechungsraumes, in dem wir vorhin noch verhandelt hatten, öffnet sich, die Richter verlassen wortlos den Raum, keiner von ihnen sieht mich an. 15.45 Uhr: Feierabend im Landgericht. Die Herrschaften werden zweifellos pünktlich bei ihren Familien sein.

Wackernagel beugt sich zu mir hinunter: »Sie müssen jetzt ganz stark sein!« Seine Worte hallen in meinem Kopf und dringen doch nicht zu mir durch. Er schiebt sein Gesicht dicht vor meines: »Sie müssen jetzt ganz stark sein – für Ihre Familie«, wiederholt er. Ich ringe um Fassung: »Das werde ich.«

Die Anwälte nehmen ihre Jacken und die Aktenkoffer und verlassen den Raum durch die vergitterte Sicherheitspforte. Es ist nur ein Traum, wenn auch ein Albtraum, ich bete innerlich, dass es einer ist. Bis eine deutlich vernehmbare Stimme das Gegenteil beweist: »Stehen Sie auf und stellen Sie sich dort an die Wand«, ordnet ein stämmiger Wachmann in einem Ton an, der keinen Widerspruch duldet. »Leeren Sie Ihre Taschen und legen Sie den Inhalt auf den Tisch«, sagt ein zweiter. »Danach ziehen Sie Ihre Schuhe aus.« Mechanisch folge ich den Anweisungen, wie in einen dichten Nebel gehüllt: Einen silbernen Stift mit zarter Gravur, achtzig Cent und meinen Personalausweis lege ich vor mich hin.

Der zweite Justizmitarbeiter überprüft mich mit einem Metalldetektor. Die Schuhe soll ich wieder anziehen, die Schnürsenkel bereiten mir Mühe, die Hände gehorchen nicht wie gewohnt. Den Stift, die achtzig Cent und den Ausweis darf ich wieder einstecken. »Folgen Sie mir«, befiehlt der erste Beamte und führt mich in einen Gang, der endlos scheint. Nach etwa einhundertfünfzig Metern öffnet sich rechter Hand ein Durchgang, der mit Gitterstäben gesichert ist. Ein freundlicher weißhaariger Mitarbeiter wartet schon: »Guten Tag, Herr Dr. Middelhoff. Ich werde Sie jetzt nach drüben bringen. Gehen Sie voraus und folgen Sie immer diesem Gang.«

Es ist 16.15 Uhr. Ich hole tief Luft, wie man es sonst vielleicht tut, bevor man im Wasser abtauchen will, gehe durch die Tür und steige eine Treppe hinab. Das Licht ist kalt, die Wände sind sauber und cremefarben gestrichen, weiße Rohre führen an ihnen entlang in die Höhe. An die Treppe schließt sich ein weiterer langer Gang an, der in Windungen verläuft. Weiter vorne erblicke ich eine blau gekleidete Person, die mit schlurfenden Schritten vorwärts geht, langsamer als ich.

Am Rande des Abgrunds kann auch Harmloses bedrohlich wirken. Instinktiv halte ich Abstand. Am Ende wieder eine Treppe, sie führt hinauf und endet an einer massiven Stahltür.

Zum Nachdenken bleibt keine Zeit. »Dort schräg über den Hof rechts hinüber und drüben die kleine Treppe hoch, zweite Tür«, höre ich den Wachmann sagen. Wir treten auf den Innenhof, umsäumt von mächtigen, bedrohlich wirkenden Blöcken, alle Fenster vergittert, Stacheldraht. Reflexartig ziehe ich den Kopf ein und blicke mich um: Bitte keine Presse, nicht jetzt, nicht hier – das soll meine Familie nicht auch noch ertragen müssen. Es sind keine Fotografen da, natürlich nicht. Erleichterung fühlt sich anders an.

Wieder eine Treppe, eine weitere Stahltür, mein blau gekleideter neuer Genosse wird durch eine Seitentür weggeführt. Ich solle hier warten, bedeutet man mir. Ich beginne zu ahnen, wie viele Facetten das Warten in dieser Welt haben kann, wie sehr es einen Menschen zermürben kann. Mein Kopf scheint leer, meine Gedanken rasen dennoch unaufhaltsam. Nie zuvor habe ich mich so einsam gefühlt.

Der Wachmann kehrt zurück. Ich folge ihm durch einen weiteren Gang, an zwei Holzbänken halten wir, aus den Augenwinkeln nehme ich rötlich gestrichene Wände und Grünpflanzen wahr. Er verabschiedet sich freundlich und verschwindet durch eine Holztür. Warten. Wieder warten. Nach zehn Minuten öffnet sich die Tür, und ich werde in den Raum gebeten. Zwei Männer sitzen an Schreibtischen, die Blicke offen. »Dr. Middelhoff, das hier ist jetzt Ihre Aufnahme bei uns«, erklärt der erste. Ich muss mein Alter angeben, Konfession, Adresse. »Wie sind Sie versichert?«, fragt der andere in jovialem Tonfall dazwischen. Ich beantworte die Fragen knapp und höflich. Bis der erste schließlich versöhnlich und erstaunt bemerkt: »Sie sind ja gar nicht so arrogant, wie ich in der Presse gelesen habe.«

Wie dankbar bin ich in diesem Moment für dieses knappe Bekenntnis. Wie gedankenlos Urteile gefällt werden, wie unreflektiert und getrieben von Populismus, Neid und Schadenfreude Menschen verurteilt werden, habe ich in den vergangenen Jahren zur Genüge erlebt; zuletzt gipfelnd in einer emotional vorgetragenen Urteilsbegründung durch eine Instanz, die eigentlich der Objektivität, Wahrheit und Gerechtigkeit dienen soll. Wie viel näher an der Wahrheit war für mich dieser Satz des unbekannten Vollzugsmitarbeiters.

Nackt in der Kleiderkammer

Mit einer digitalen Unterschrift bestätige ich meine Angaben und werde aus dem Aufnahmebüro geführt. Wir durchqueren den Flur, vor einer weiteren Stahltür soll ich wieder warten. »Das ist jetzt kein angenehmer Raum«, sagt ein blau Uniformierter. »Aber hier haben auch schon andere bekannte Menschen gesessen«, fügt er hinzu und grinst verschlagen, »zum Beispiel der frühere Chef von Thyssen.«

Er öffnet die Tür zu einem länglichen, gelb gekachelten Raum. An der Wand eine abgewetzte Holzbank voller Ritzereien, auf der anderen Seite ein altes Handwaschbecken; überall Schmutz und der Geruch von Schweiß und Angst. Vielleicht glaube ich aber auch nur, die Angst zu riechen, weil sie mich selbst in diesem Moment mit ihren Klauen packt. Er schließt die Tür. Ist das der Vorhof zur Hölle?

Noch nicht ganz. Ein weiterer Vollzugsmitarbeiter, noch eine Stahltür: »Hier anhalten!«, weist er mich an, und dann stehe ich in einem Raum mit einer Bank auf der einen und Stufen auf der anderen Seite. Ich erkenne die blau gekleidete Gestalt von vorhin wieder, setze mich mit etwas Abstand neben den untersetzten Mann und starre zwischen meinen Beinen auf den Boden. Sehe ihn und sehe dennoch nichts. Ich muss an den Morgen des heutigen Tages denken, als ich mit meiner Familie von unserem Haus in Bielefeld Richtung Essen aufbrach. Für alle schien die Urteilsverkündung eine reine Formalie zu sein. »Du hast nichts falsch gemacht«, beteuerten sie überzeugt. Das könne doch nur mit einem Freispruch enden. Meine Frau war sich ganz sicher gewesen, dass die Kammer sich ein positives Bild von mir gemacht hatte. Und sollte es in Teilbereichen zu einer anderen Auffassung der Kammer kommen, würde das im bewährungsfähigen Bereich liegen, hatte Winfried Holtermüller Tage zuvor doziert. Und wenn das Gericht mich nun aber doch der Untreue für schuldig befunden hat, dann müssten vermutlich auch sämtliche Vorstände der Dax-30-Unternehmen inhaftiert werden.

Inzwischen sind drei weitere blau gekleidete Häftlinge hereingeführt worden. Ich versuche, ihnen Nationalitäten zuzuordnen: Osteuropa? Der dritte, mit eindrucksvollen Tätowierungen ausgestattet, hat offensichtlich einen afrikanischen Hintergrund. Wir mustern uns verstohlen, misstrauisch, verbergen die Angst, so gut es eben geht. Nur keine Schwäche zeigen. Mir gelingt das wohl am schlechtesten.

Warten. Wieder warten. Nie schien Stille so ohrenbetäubend laut. Nacheinander werden wir herausgerufen. Und mit den warnenden Worten des Wachmannes im Ohr, dies sei kein angenehmer Raum, kommt mir Dietrich Bonhoeffer in den Sinn. Sein bewegendes Lied »Von guten Mächten treu und still umgeben« hatten wir vor drei Wochen bei der Beisetzung meines ältesten Bruders Heinz gesungen. Mir wird bewusst, wie gut es mir im Verhältnis dazu auch hier in diesem unwirtlichen Raum noch immer geht. Nicht alles, aber vieles ist eben doch relativ.

Als Letzter bin ich an der Reihe. Ich betrete, wie sofort erkennbar ist, eine Kleiderkammer. Ein Vollzugsmitarbeiter von kräftiger Statur sitzt an einem Schreibtisch, ein zweiter, eher athletisch anmutend, steht mir gegenüber; im Hintergrund nehme ich einige Häftlinge wahr, die hier offensichtlich ihren Dienst versehen. »Welche Schuhgröße, wie lang sind Sie?« – »Größe 45 und 1,92 Meter«, antworte ich knapp. »Treten Sie dort auf die grüne Matte und ziehen Sie alle Bekleidungsstücke aus. Sonstige Wertgegenstände legen Sie auf diesen Tisch.« Wieder lege ich die achtzig Cent, den Stift und den Ausweis auf die große Stahltischplatte. Die Wachmänner stecken sie in Plastikhüllen, die sogleich verschweißt werden. Ich trete auf die grüne Matte und beginne meine Schuhe zu öffnen. Ein Häftling reicht mir Plastikbeutel, in denen ich Schuhe und Strümpfe verstauen soll.

»Welchen Wert hat deine Uhr?« – »Etwa hundert Euro«, antworte ich. »Ok, die kannst du behalten.«

Meine Anzugjacke lege ich sorgfältig auf einen kleinen, weiß gekachelten Mauervorsprung. Der Häftling greift nach ihr und stopft sie in einen großen blauen Müllsack. Krawatte und Hemd folgen, und mir ist, als würde mir mit jedem Kleidungsstück auch ein Stück meiner Identität und meiner Ehre genommen. Die Hose fällt auf meine Füße herunter, als ich Gürtel und Reißverschluss öffne. Ein kurzes Zögern, kaum merklich, eine leise Hoffnung. »Alle Bekleidungsstücke«, ruft der Vollzugsmitarbeiter, und ich ziehe auch das letzte aus und lege es auf den Mauervorsprung. Nackt, gedemütigt und voller Scham, des letzten Schutzes beraubt, stehe ich auf der grünen Matte und höre, was eine barsche Stimme mir jetzt befiehlt: »Hände an die Wand, vornüber beugen, Beine auseinander! Wir müssen Sie jetzt auf versteckte Gegenstände untersuchen.«

Das geschieht gründlich, sehr gründlich: Unmöglich, sich gegen die behandschuhten Hände zu wehren, die selbst die intimsten Stellen absuchen, wonach auch immer. Eine unvorstellbar erniedrigende Prozedur, die auf eine Weise die Intimsphäre verhöhnt, dass sie den Charakter eines Missbrauchs hat.

Wie in Trance streife ich anschließend meine Anstaltskleidung über: die verwaschene, beigefarbene, unförmige Unterwäsche, kurze schwarze Socken mit weißen Ringeln, blaue, zu weite Jeans, die von einem »Leibriemen« – so der JVA-Jargon für Gürtel – gehalten werden, ein kurzärmeliges blaues T-Shirt, ein ausgebleichtes mittelblaues Sweatshirt und schwarze Halbschuhe. Die Häftlingskluft hat Symbolcharakter: Wer hier gelandet ist, hat seinen Anspruch auf Würde, Achtung und Stolz verwirkt. Wie werde ich damit umgehen können? Wie werde ich meinen Kindern noch Vorbild sein können? Wie als Partner noch akzeptierbar? Viele Fragen und keine Antworten.

Ich muss wieder an den Morgen des heutigen Tages denken und an die hämischen Sätze im sogenannten »Morning Briefing« des Handelsblatts: Ich würde heute »quasi mit einer Postkutsche in den Abgrund stürzen«, wurde da orakelt. Eine von so vielen selbst erfüllenden Prophezeiungen der Medien, die meinen Absturz begleitet, zum Teil auch leidenschaftlich herbeigeschrieben hatten. Nun können sie ihren schalen Triumph auskosten.

In zwei großen Paketen bekomme ich den Rest meiner Häftlingsausstattung: In eine blaue Wolldecke sind Hand- und Geschirrtücher, Besteck, Plastikteller und Becher eingewickelt, das andere besteht aus einem dünnen Parka, der weitere Kleidungsstücke zusammenhält. Vier Garnituren Unterwäsche, drei Paar Socken und anderes. Ich muss den Empfang quittieren und folge mit den Paketen den barschen Kommandos eines Vollzugsmitarbeiters, der mich zu meiner Aufnahmestation A1 dirigiert. Es geht eine offene Stahlträgertreppe hoch. Beklemmung erfasst mich, wie ein Krake, der mit seinen Tentakeln alles umschlingt.

Verstohlen und die aufsteigende Angst so gut wie eben möglich unterdrückend, versuche ich mir ein Bild von der neuen Umgebung zu machen. Niemand scheint mich zur Kenntnis zu nehmen. »Sie warten hier«, wird mir auf der ersten Etage am Ende des Ganges befohlen. »Ihre beiden Pakete können Sie so lange hier ablegen.« Über mir die offenen, übereinander gestapelten Etagen, allesamt einsehbar. Kein Lärm, keine Nervosität, keine Hektik. Ich weiß nicht, ob mich das beruhigen soll. Die geschlossenen Zellentüren sind mit mittelbraunen Holzbrettern verkleidet. Kleine Zettel, außen angebracht, sind Information und Warnung zugleich: »Flucht« ist auf einem zu lesen, »Nur mit zwei Beamten öffnen« auf einem anderen. Es ist, als greife der Krake jetzt mit einem weiteren Arm zu.

Keine Suizidgefahr

Eine jüngere Frau erscheint und stellt sich freundlich distanziert als psychologische Betreuerin vor. Sie bittet mich in ihr Büro. Wieder muss ich vorgehen, sie bleibt hinter mir. Hier gilt man offensichtlich auch dann als potenziell gemeingefährlich, wenn man ausschließlich wegen Wirtschaftsdelikten verurteilt wurde. Sie beginnt mit einem Vortrag, den ich nur bruchstückhaft mitbekomme. Zu sehr bin ich in meinen Gedanken gefangen, zu sehr schäme ich mich für all dies. Dann kommt sie, routiniert, zu dem Anlass für dieses Gespräch: Ob ich mich, wenn es mir einmal richtig schlecht gehen sollte, dem Wachpersonal mitteilen würde, will sie wissen. »Trotz aller traumatischen Erlebnisse der vergangenen Stunden könnte mich nichts so aus der Bahn werfen, dass ich etwas Unüberlegtes tun würde. Ich kann mir keine Situation vorstellen, in der das nötig sein würde«, antworte ich. Aber falls ich mich psychisch sehr schlecht fühlen sollte, würde ich mich dem Wachpersonal mitteilen. Keine Suizidgefahr, protokolliert die Psychologin nach diesem Aufnahmegespräch.

Es folgt eine kurze Prüfung meines allgemeinen Gesundheitszustands durch eine polnische Krankenschwester. Auch

40

jetzt die erneute Bestätigung: keine Suizidgefahr. Das Gleiche wird mir noch einmal am folgenden Montag durch den JVA-Arzt bei seiner Aufnahmeuntersuchung attestiert und in meiner Haftakte festgehalten. Als ich um meine notwendigen Betablocker bitte, wird mir versichert, dass man mir gute Generika geben würde; mein Originalmedikament könne man mir aus Kostengründen nicht zur Verfügung stellen. In einer Schreibstube bekomme ich schließlich den »Leitfaden für Neu-Inhaftierte« sowie weitere Checklisten und Anforderungsformulare. »Ohne schriftliche Anforderungen läuft hier gar nichts«, sagt der Vollzugsbeamte, der sie mir überreicht. »Bestehen Sie bei Ihrer Anrede auf den Doktortitel?« Ich verneine.

Unwillkürlich erinnere ich mich an meine früheren, lang zurückliegenden Bertelsmann-Zeiten zurück. Dort hatte ich als Vorstandsvorsitzender den Doktortitel bei der Anrede im Konzern und auf Visitenkarten abschaffen lassen, nachdem immer mehr US-Kollegen immer weniger Verständnis für die deutsche Titel-Inflation gezeigt hatten. Bei den von dieser Regelung betroffenen deutschen Kollegen hatte ich mich mit meiner Entscheidung allerdings nicht in allen Fällen beliebt gemacht.

Auch die weiteren Fragen des Beamten nach Drogen- und Alkoholabhängigkeit verneine ich. »Folgen Sie mir!«, ordnet der Vollzugsmitarbeiter schließlich in bestimmendem Tonfall an. »Ich begleite Sie zu Ihrer Zelle.« Ich greife nach den beiden Paketen und folge dem Beamten den Flur entlang. Etwa hundert Meter vom Dienstzimmer entfernt befindet sich A115. Vor der Zelle stoppt der Wärter und öffnet die schwere Stahltür routiniert mit einem Spezialschlüssel. Die Schlüssel haben in einem Gefängnis auch im digitalen Zeitalter noch eine enorme Symbolkraft: Sie stehen für Macht und für die Freiheit, sich in diesem Umfeld eigenbestimmt zu bewegen.

Es ist fast 18.55 Uhr, als ich am 14. November 2014 die Zelle betrete. Hier soll ich nach dem Willen der Kammer wegen

»hoher Fluchtgefahr« festgesetzt werden. So lange jedenfalls, bis das Urteil rechtskräftig ist.

Der freundliche Beamte dreht sich in der kleinen Zelle um. »Nichts für ungut, aber ich verstehe diese Richter nicht. Wohin soll denn um Gottes willen jemand mit Ihrem Bekanntheitsgrad fliehen? Und wer muss diesen Schwachsinn auslöffeln? Genau, wir!« Spricht es und verschwindet, die Tür fällt krachend ins Schloss, ein Riegel wird von außen vorgeschoben.

A115 ist etwa vier Meter lang und rund zwei Meter breit. Rechts neben der Stahltür ein alter gelber Heizkörper, ein braun furnierter Schrank und eine Gitterpritsche mit brauner Holzplatte, darauf eine graue Schaumstoffmatratze. Links an der Wand ein übel riechendes Klo, davor ein kleines Waschbecken, ein Stuhl und ein kleiner Holztisch.

Die schwere, mit Stahlplatten verstärkte Tür ist geschlossen. Durch den kleinen Türspion, durch den ich vom Wachpersonal ab sofort alle fünfzehn Minuten kontrolliert werde, dringt Licht vom Flur. Auf der gegenüber liegenden Seite ist ein kleines, einfach verglastes, zweiflügeliges blau gestrichenes Fenster in die Außenwand eingelassen. Es ist vergittert und mit zusätzlichen Stahlstreben gesichert. Durch Fenster und Gitter fällt mein Blick auf einen kleinen, schmutzigen Innenhof. Der rote Belag ist verblichen, darauf liegen Brotscheiben. Aus den Zellenfenstern hinuntergeworfen? Die Markierungen machen deutlich, dass er wohl eigentlich für sportliche Zwecke vorgesehen ist.

Der Innenhof ist eingefasst von Zellenblöcken. Gegenüber meiner Zelle ragen zwei Stockwerke auf, rechts wie links daneben stehen weitere Blöcke mit je vier Etagen. Alle Zellenfenster vergittert und gesichert wie meines auch. Ich habe das panikartige Gefühl, dass mir die Luft aus den Lungen gesogen wird. Ich will mich bewegen, kann es aber in der engen Zelle nicht. Ich will hier raus. Verzweifelt schaue ich mich um. Es ist kein böser Traum: Es ist der 14. November 2014, es ist

19.10 Uhr, und ich befinde mich in einer Gefängniszelle, mitten in Essen.

Entsetzt öffne ich das Fenster und blicke auf den vom gleißenden Scheinwerferlicht erleuchteten Innenhof. In diesem Moment höre ich Flugzeuglärm über mir; ein Jet im Anflug auf den Flughafen Düsseldorf. Was für eine Ironie: Wegen angeblich vorsätzlich falsch abgerechneter siebenundzwanzig Flüge bin ich zu drei Jahren Gefängnis verurteilt worden, und jetzt donnern die Flugzeuge unerreichbar und in scheinbar grenzenloser Freiheit über mich hinweg.

Ich muss mich beschäftigen, darf den Gedanken und der Angst keine Freiräume zugestehen. Die Hände zittern noch immer, aber mit mechanischen Bewegungen versuche ich, die Gegenstände, die mir in der Kleiderkammer ausgehändigt worden sind, in dem kleinen Schrank zu verstauen. Danach beziehe ich die Schaumstoffmatratze und den Schaumstoff-kopfkeil – Kissen gibt es hier nicht – mit Anstaltsbettzeug. Plötzlich öffnet sich kurz die schwere Stahltür. Mir wird von einem JVA-Beamten ein kleines Radio gereicht. So schnell, wie die Türe sich geöffnet hat, fällt sie wieder zu, der Riegel wird laut ratternd vorgeschoben.

Dieses kleine Radio, das etwa fünfundzwanzig Jahre alt sein dürfte, bleibt für fast eine Woche meine einzige Verbindung zur Außenwelt. Es gibt Momente in den folgenden Tagen, an denen ich für dieses kleine, veraltete Radio so unendlich dankbar bin, wie ich es in meinem ganzen Leben zuvor für keinen Gegenstand, kein Geschenk jemals gewesen war.

Verzweifelt, mental völlig erschöpft und erbärmlich frierend liege ich auf der Pritsche. Vor dreizehn Stunden voller Zuversicht und überzeugt von meiner Unschuld in Bielefeld aus einer »heilen Welt« aufgebrochen, beende ich diesen Tag nun in einer Gefängniszelle auf einer ramponierten Schaumstoffmatte. Ich fühle mich schrecklich einsam. Ich bin eingesperrt, mit der Aussicht auf eine dreijährige Gefängnisstrafe und ohne jede weitere berufliche Perspektive, das wird mir in diesem Moment unweigerlich klar. Zudem trennt mich meine Inhaftierung mit einem einzigen radikalen Schnitt von allem, was ich liebe und was mir wichtig ist.

Und ich kann mich des Eindrucks nicht erwehren, dass das, was ich heute Morgen in der Urteilsbegründung von der Kammer zu hören bekam, durchaus dazu geeignet war, mich nicht nur zu treffen, sondern zu verletzen, mein Bild in der Öffentlichkeit zu prägen – ja, mich symbolhaft zu vernichten. Die Saalverhaftung wegen Fluchtgefahr dürfte wohl in dieser Form keinem weiteren international tätigen Topmanager jemals widerfahren sein.

In dieser Nacht finde ich keinen Schlaf, ebenso wenig wie in den darauffolgenden rund dreißig Nächten: Im Viertelstundentakt wird die Nacht über das Licht von A115 eingeschaltet, um zu überprüfen, ob ich noch lebe und mir nichts angetan habe. Über vier Wochen kaum Schlaf – unwillkürlich erinnert mich das an Guantanamo, das Hochsicherheitsgefängnis der USA, in dem mutmaßliche Terroristen inhaftiert sind.

Tage zwischen Hoffen und Bangen

Der Samstagmorgen beginnt für die Häftlinge in der JVA Essen um sieben Uhr, doch nach einer durchwachten Nacht sitze ich bereits ab fünf Uhr früh an dem kleinen Holztisch: in der mir zugeteilten blauen Anstaltskleidung, frierend, aber mit dem festen Willen, meine Gedanken zu ordnen. Ich versuche, meine Kräfte zu sammeln, mich zu konzentrieren und die Checkliste zu lesen, die mir am Abend zuvor von dem Aufnahmebeamten ausgehändigt worden ist. Hygiene ist hier offensichtlich auch rationalisiert: Am Wochenende ist keine Möglichkeit zum Duschen vorgesehen. Mein Gesicht brennt, ich habe mich am sehr frühen Morgen mit einem nicht eben filigranen Einwegrasierer, Seife und kaltem Wasser rasiert.

Die Checkliste führt verschiedene Dinge und Risiken auf, von HIV und Hepatitis B bis zu Gleitmitteln und Kondomen, die man bei Bedarf anfordern kann. Das alles vermittelt eine erste Ahnung von den Herausforderungen, mit denen der Alltag im geschlossenen Vollzug behaftet ist. Der »Leitfaden für Neu-Inhaftierte« liest sich etwas besser: Er enthält die offensichtlich wertvollen Informationen zu den Abläufen und Ordnungsprinzipien, um unerfahrenen Neulingen eine erste Orientierung zu ermöglichen.

Um 9.55 Uhr hallt eine der zahlreichen, den Tagesablauf strukturierenden Lautsprecherdurchsagen durchs Gebäude: »Eine Stunde Freigang für Block A!« Ich folge ihr, indem ich in meiner Zelle den Knopf der Lichtzeichenanlage drücke. Sie signalisiert dem Wachpersonal auf den Gängen durch ein neben der Zellentür aufleuchtendes Lämpchen, dass der Häftling an der angebotenen Aktivität teilnehmen möchte.

Es ist ein grauer, nasskalter Samstagvormittag. Übermüdet schlüpfe ich in die schwarzen Anstaltsschuhe, streife den dünnen, beigefarbenen Parka über – und warte. Um 10.05 Uhr öffnet sich die Tür von A115. Zögernd trete ich an dem stinkenden WC vorbei auf den Gang, nicht wissend, was mich erwartet. Draußen auf dem Flur drängt sich bereits eine größere Anzahl von Häftlingen. Sich unter sie zu mischen, fühlt sich an wie ein Eingeständnis, dass ich zu ihnen gehöre, dass ich zu Recht hier bin an diesem Ort. Die Scham wiegt tonnenschwer in diesem Moment.

Ich mustere die anderen Häftlinge verstohlen: offene und verschlossene Gesichter, eindrucksvoll bis beängstigend muskelbepackte Körper, kurze und gedrungene Gestalten, Tätowierungen und Piercings; Demonstrationen vermeintlicher Machtstellungen in diesem Gefüge, mal subtiler, mal lautstark, alle unmissverständlich; dazwischen auch stille und introvertierte Häftlinge. Es gibt auch für einen Neuling klar erkennbar Gruppierungen, deren Zusammensetzung von dem jeweiligen Herkunftsland oder dem ethnischen Hintergrund bestimmt ist: Russen, Türken, Rumänen, Polen, Sinti und – Deutsche. Inmitten von diesem tumultartigen, lauten Treiben stehe ich still auf dem Flur, den Blick auf den Boden gerichtet, in Sorge, ich könnte ansonsten vielleicht jemanden ungewollt provozieren.

Die JVA-Beamten, die an zentralen Punkten des Flurs und im Treppenabgang wortlos warten, geben nun das laute Kommando: »Abrücken!« Ihre Stimmen dröhnen durch den Gang. Der Zug der Insassen von Block A setzt sich in Bewegung. Wie Lemminge streben sie zur Treppe, unten angekommen geht es ein kurzes Stück weiter über den gefliesten Boden des Erdgeschosses, hin zu einer weiteren Stahltür, die zwischenzeitlich schon geöffnet worden ist, und durch sie hindurch ins Freie; dirigiert von den Wachleuten wie eine Herde wilder Tiere und nicht wie menschliche Individuen.

Zu meiner Überraschung betrete ich jetzt einen anderen Innenhof als denjenigen, auf den ich in der zurückliegenden Nacht aus dem Fenster von A115 geblickt habe. Dieser hier ist gepflastert, aber ebenfalls von allen Seiten mit Zellenblöcken umstellt, vierstöckig allesamt und in ihrer Mächtigkeit bedrohlich wirkend. Er ist rechteckig, vielleicht vierzig Meter lang und fünfzehn Meter breit. In der Mitte stehen vier armselige, verkümmert wirkende Bäume. Es gibt einige schwarze Stahlgitter-Sitzbänke, alle übersät mit Vogelkot. In der hinteren linken Ecke stehen zwei große Mülltonnen, die eine Zweitverwendung als Tresen finden; vier Häftlinge spielen an ihnen Karten.

Die anderen Insassen von Block A gehen mittlerweile mit erhöhtem Tempo in einem Karree den Innenhof ab, geordnet, alle in einer Richtung und zwar gegen den Uhrzeigersinn. Die Kapuze des zerschlissenen Parkas habe ich tief in mein

46

Gesicht gezogen, damit mich niemand in meiner Scham erkennt. Etwa zwanzig Minuten lang gelingt es mir, unerkannt zwischen den verschiedenen Gruppierungen meines Blocks zu navigieren. Der kalte Wind bläst Regentropfen in mein Gesicht, von der Kapuze läuft das Wasser in kleinen Rinnsalen in meinen Nacken. An der linken oberen Seite des Innenhofs steht ein Schutzhäuschen für das Wachpersonal. Ungefähr zwei Meter lang, dunkel gestrichen, mit verspiegelten Fenstern. Es ist verstörend, etwas als einen Bestandteil seines realen Umfeldes wahrzunehmen, das man zuvor nur aus amerikanischen Knastfilmen kannte.

Ich gehe allein und versuche, größeren Abstand zu den verschiedenen Gruppen zu halten. Nur niemanden ungewollt provozieren. Russische, polnische und türkische Sprachfetzen mischen sich zu einem multinationalen Sprachengewirr. Einzeln oder in Gruppen, stumm oder lebhaft miteinander sprechend, gehen die Insassen in ihrer blauen Häftlingskleidung gleichförmig im Kreis herum, mit schweren schwarzen Schuhen und Parka. Hin und wieder stoppt plötzlich einer, bückt sich und hebt eine Zigarettenkippe vom Boden auf, in der Hoffnung, dass sich der Stummel noch rauchen lässt; ein oder zwei Züge vielleicht, um die Sucht zu lindern – trotz der hohen Infektionsgefahr, die hier besteht. Ihnen fehlt das Geld, um Tabak zu kaufen und sich eigene Zigaretten zu drehen.

Während ich all dies beobachte, passiere ich eine Dreiergruppe, die schon eine Weile an der Längsseite des Hofes steht, offenbar in ein Gespräch vertieft, und mich zugleich prüfend mustert. »Hey, dich kennen wir«, ruft mir der Älteste der Dreiergruppe zu, als ich mich auf gleicher Höhe mit ihnen befinde. »Bist du nicht der Middelhoff? Du warst ja gestern überall im Fernsehen! Hat ja wohl nicht geklappt mit der Haftaussetzung. Stimmt das mit dem abgelaufenen Pass?« Ich bleibe stehen, mache wenige Schritte in seine Richtung, dann ziehe ich trotz meiner Scham, an diesem Ort zu sein, entschlossen meine Kapuze vom Kopf und mustere die drei Männer. Der Häftling, der mich angesprochen hat, trägt eine dunkel gerahmte Brille, einen Vollbart, sein Blick erscheint traurig und ein wenig entrückt. Seine beiden Gesprächspartner sind deutlich jünger als er, haben eine athletische Statur und sind erheblich kleiner als ich.

»Es ist schon möglich, dass du mich gestern im Fernsehen gesehen hast«, antworte ich. »Nicht gut gelaufen für dich«, antwortet er. »Tut uns echt leid«, fügt einer der beiden anderen hinzu.

Ich bin überrascht: keine Aggression, keine Bedrohung, sondern so etwas wie Mitgefühl. Sie fragen, ich antworte, wir tauschen uns aus, ein »Fachgespräch« über Anwälte, Haftprüfungen, Richter und die »besten JVAs in NRW«. Ich lerne viel in diesen wenigen Minuten. Sehr viel.

Eine weitere Gruppe bleibt auf unserer Höhe stehen. Ein junger, sportlich wirkender Bursche in blauer Trainingsjacke schaut mich an: »Das gibt's doch nicht, dich habe ich gestern Abend noch auf RTL gesehen! Weswegen bist du hier, wegen Flugreisen? Dafür muss man ins Gefängnis?« Er kommt auf mich zu und streckt mir seine Hand entgegen. »Ich heiße Jörg«, sagt er in freundlichem Ton. Ich ergreife seine Hand: »Mein Name ist Thomas«, antworte ich und drücke kräftig die Hand meines Mithäftlings, der zirka vierzig Jahre jünger ist als ich und Pole. Zurückhaltung üben, aber Entschlossenheit und Stärke demonstrieren, das habe ich als Lektion von meinem ersten Hofgang mitgenommen. Schnell stellt sich heraus, dass eigentlich alle hier über einen Fernseher verfügen. Meine gestrige Verhaftung haben etliche sozusagen live verfolgt. Sie berichten mir auch, dass im Fernsehen natürlich auch gesagt wurde, in welche JVA man mich im Rahmen der Untersuchungshaft eingeliefert habe.

Jörg lädt mich ein, mich seiner Gruppe anzuschließen und sie bei ihren Runden zu begleiten. Mit zügigen Schritten laufen wir im Karree nebeneinander: Jörg zu meiner Rechten und Philipp links, begleitet von weiteren Häftlingen an ihrer Seite. Jörg erzählt mir von seiner Kindheit und seiner Jugend. Was ich höre, erfüllt mich mit Dankbarkeit über meine eigene glückliche Kindheit, Dankbarkeit für all das Glück, das ich in meinem Leben hatte. Jörg bietet an, sich für mich bei den JVA-Beamten einzusetzen, falls mir einmal etwas fehlen sollte.

Philipp berichtet von seiner Heroin-Abhängigkeit, seinem Methadon-Programm, seinem Vorsatz, von den Drogen wegzukommen, und seiner großen Dankbarkeit, dass er sich bisher nicht mit HIV infiziert habe.

Nach einer Stunde geben die Wärter das Signal: Der Freigang ist beendet. Die Menge drängelt sich an der Stahltür. Im Gebäude geht es die Stahltreppe hoch, ein kurzes Nicken, ein kumpelhafter Klaps auf den Rücken und eine Verlautbarung in die Runde: »Das ist der Middelhoff!« Ich nehme noch lautes Gemurmel wahr und stehe schon wieder vor der Tür von A115.

Der Wärter schiebt sich nicht eben zimperlich an mir vorbei und öffnet meine Zellentür. In diesem Moment fällt mir ein, dass ich keinen Kamm habe, aber dringend einen benötige. »Könnten Sie so freundlich sein und mir einen Kamm zur Verfügung stellen?«, frage ich höflich. »Das geht am Wochenende nicht«, kommt postwendend die knappe Antwort. Enttäuscht betrete ich meine Zelle. Mit lautem Knall fliegt die Tür hinter mir zu, das Schließen des Riegels verursacht ein unangenehmes, durchdringendes Geräusch. Keine Dusche, keine Zahnbürste, kein Kamm, kein Kaffee für das gesamte Wochenende.

Wenn ich A115 betrete, bedingt es das begrenzte Raummaß, dass ich im Grunde schon fast vor dem kleinen Holztisch stehe. Ich mache den fehlenden kleinen Schritt und setze mich. Viele Gedanken beschäftigen mich, mein Kopf schmerzt. Vielleicht eine Folge des Koffeinentzugs. Meine Augen fühlen sich verklebt an, die ungewaschenen Haare stehen widerspenstig ab. Ich versuche, den Ekel vor mir selbst zu unterdrücken.

Bin ich beim Hofgang der älteste Häftling gewesen? Nach allem, was ich von Jörg über Haftstrafen in Erfahrung gebracht habe, scheine ich zudem mit meinen drei Jahren Haft in dieser JVA am oberen Ende der vorhandenen Strafmaßbandbreite zu liegen. Keine gute Perspektive.

Aber vor allem beschäftigt mich, was ich heute über die Drogenabhängigkeit und die damit einhergehende Beschaffungskriminalität gelernt habe – von jungen Männern, die meine Söhne sein könnten. Weggesperrt, zwar mit Methadon versorgt, aber ansonsten allzu oft ihrem Schicksal überlassen. Das scheint nicht unbedingt eine nachhaltige Problemlösung zu sein. Ich nehme mir vor, mich mit diesem Problem zu befassen, mich dafür einzusetzen, dass dies thematisiert wird, wenn ich am Montag nach positiver Entscheidung der Haftprüfung wieder draußen bin. Ich bin ein unverbesserlicher Optimist.

Um zwölf Uhr erklingt erneut ein Gong. Es ist das Zeichen für die Essensausgabe. Es sind erst rund siebzehn Stunden vergangen, seit die Kammer die Untersuchungshaft anordnete und mich in die JVA Essen überführen ließ, doch mein früheres Leben scheint bereits Lichtjahre entfernt.

Die Zellentür öffnet sich mit dem gleichen schneidenden Geräusch, mit dem sie sich zuvor hinter mir geschlossen hat. Zu meiner Überraschung steht mir eine kleine Frau in blauer Justizuniform gegenüber: offener Blick, Brille, halblange rötliche Haare und eine warme, angenehme Stimme, in ihrer Hand der Zellenschlüssel. »Mein Name ist Hubermann«, begrüßt sie mich freundlich.

»Hier haben Sie den Kamm, den Sie benötigen«, fügt sie hinzu und legt einen kleinen, dunkelgrauen Plastikkamm in meine Hände, noch in eine Plastikhülle eingeschweißt. Eine kleine Geste, für die ich ihr in diesem Moment zutiefst dankbar bin. Am liebsten hätte ich sie umarmt. »Es ist jetzt Essensausgabe«, sagt sie. »Am Wochenende erhalten Sie zusammen mit dem Mittagessen bereits das Abendessen. Ab jetzt tut sich hier bis morgen früh nichts mehr.«

Instinktiv habe ich das Gefühl, relativ unbefangen mit Frau Hubermann sprechen zu können. »Am Montag um vierzehn Uhr habe ich einen Haftprüfungstermin«, sage ich. »Ich möchte nicht in der Anstaltskleidung bei diesem Termin erscheinen. Könnten Sie bitte organisieren, dass ich am Montag in der Kleiderkammer meine Kleidung wechseln kann?«, frage ich sie hoffnungsvoll – und vielleicht auch ein wenig naiv. Frau Hubermann ist sichtlich irritiert ob meiner Frage. Mit einem solchen Anliegen wendet sich hier offenbar nicht allzu häufig jemand an sie. »Sie sollten diese Bitte am Montagmorgen bei dem zuständigen Kollegen vortragen«, antwortet sie bestimmt. »Morgen ist Wecken um sieben Uhr, weil um acht Uhr ein Gottesdienst für Block A stattfindet.«

»Ist es eine katholische Messe? Ich bin Katholik.« Diese Frage wird mit einem knappen »Ja« beantwortet. Schon im Gehen gibt sie mir noch den Hinweis, dass es morgen früh hierzu eine Durchsage gebe. Dann solle ich meine Teilnahme mithilfe der Lichtzeichenanlage bestätigen. Die ist bei vielen Abläufen fortan mein Kommunikationsmittel zu der Welt jenseits meiner Zellentür.

Sie dreht sich um und geht, und wieder krachen Tür und Riegel. Das Geräusch erschüttert mich jedes Mal bis ins Mark – ein Ausrufezeichen hinter der Tatsache des Eingeschlossenseins. Es ist Sonnabend, der 15. November 2014, 12.15 Uhr, und ich stehe vor meinem Waschbecken, schaue in den kleinen Spiegel und prüfe, wie die Gewissheit auf mich wirkt, dass ich bis morgen früh um sieben Uhr niemanden mehr sehen oder sprechen werde.

Was ich in dem Spiegel, der mit seinen fünf mal fünf Zentimetern in seiner Dimension perfekt zu dem kleinen Handwaschbecken passt, sehe, gefällt mir nicht und versetzt mich in Sorge: ungewaschene Haare, tiefe Ringe unter geröteten Augen. So wie ich aussehe, könnte man mich problemlos für einen Teilnehmer an einem Methadonprogramm halten.

Je länger ich mein Spiegelbild betrachte, desto stärker wird die Überzeugung, dass ich den Haftprüfungstermin am Montagnachmittag nur dann in geordneter Verfassung werde bestreiten können, wenn ich mich jetzt umgehend zusammenreiße und diszipliniere. Ich versuche, mich mit einem Trick zu konditionieren, indem ich meine Situation relativiere: Mein Zimmer im Studentenwohnheim Münster-Mecklenbeck war auch nicht viel geräumiger als mein jetziges Domizil. Während des Examens hatte ich mein Zimmer oft tagelang nicht verlassen und mit niemandem gesprochen. Ich war damals fokussiert auf die Prüfungen. Also werde ich die Strategie, die damals Mittel war, jetzt zum Zweck erklären und mich auf meinen Haftprüfungstermin am Montag fokussieren.

Die Hoffnung, nach diesem Termin am Montag wieder ein freier Mann zu sein, hilft mir, den Nachmittag einigermaßen herumzubringen. Ich sitze am kleinen Holztisch und arbeite, das alte Radio neben mir ist auf WDR 2 eingestellt. Musik, Nachrichten – eine akustische Kulisse gegen die Einsamkeit. Es ist grotesk, aber es sind die Verkehrsmeldungen, die mir am meisten zusetzen, fast höhnisch erscheinen sie mir nachgerade jetzt: Als wollten sie meinen Status als Häftling untermauern und mir meine Unfreiheit vor Augen führen.

Am Abend liege ich auf der Pritsche, erneut erbärmlich frierend. Die Notizen für den Haftprüfungstermin liegen schriftlich fixiert auf dem kleinen Holztisch neben mir, aber was kann man gegen Sehnsucht tun? In dieser zweiten Nacht hätte ich angesichts der tiefen Erschöpfung durch den Schlafentzug in der vorhergehenden Nacht eigentlich schlafen können müssen. Doch die Neonleuchte über mir erhellt die Zelle erneut alle fünfzehn Minuten mit ihrem grellen Licht, um dem Wachpersonal die Gelegenheit zu geben, mit Sicherheit festzustellen, dass ich mir nichts angetan habe. Mir ist zum Heulen zumute, aber selbst dazu fehlt mir jetzt die Kraft.

Es ist der 16. November, fünf Uhr morgens. Entsprechend meinem Entschluss vom Abend zuvor bin ich früh auf den Beinen. Allerdings nicht eben in bester Verfassung, sondern übernächtigt und müde, die Sicherheitskontrollen haben mir auch in dieser Nacht wieder den Schlaf geraubt. Mit einigen leichten Sportübungen versuche ich, mich und meinen Kreislauf in Schwung zu bringen, ich halte mein Morgengebet ab und höre um sechs Uhr die Nachrichten. Eine der ersten Meldungen betrifft mich. »Die Anwälte von Dr. Thomas Middelhoff wollen Revision gegen das Urteil vom Freitag einlegen«, verliest der Sprecher. Er zitiert ein Interview, das mein Anwalt Winfried Holtermüller offensichtlich der BILD am Sonntag gegeben hat. Ich halte unwillkürlich den Atem an. »Die Anwälte halten das Urteil für falsch und unverhältnismäßig«, fährt der Nachrichtensprecher fort. Irgendwie schafft es diese kurze Nachricht, mich zu beflügeln. Es gibt da draußen also auch ohne mein Zutun weiter Aktivitäten, um die Dinge zum Positiven zu wenden. Wie dankbar bin ich auch für diese Verbindung zur Außenwelt, die man mir nicht nehmen kann.

Mit jeder Faser konzentriere ich mich jetzt auf den morgigen Haftprüfungstermin. Diese Konzentration ist wie ein Gerüst, das Halt verspricht, das mir hilft, die Kraft zu generieren, die ich benötige; ein Gerüst, das mir Ruhe schenkt, die sich ungemein wohltuend wie eine wärmende Welle in mir auszubreiten scheint. Geduldig an meinem Holztisch sitzend, warte ich auf das Frühstück um sieben Uhr. Während meine Gedanken schweifen, spielt mein kleines altes Radio den Titel »Hollywood Hills« von Sunrise Avenue. Einen Titel, den ich sehr liebe. Ich bin beschwingt und unendlich traurig zugleich.

Um 7.05 Uhr öffnet sich meine Zellentür für die Früh-stücksausgabe. »Bitte denken Sie daran, dass ich an der Messe teilnehmen möchte«, rufe ich schnell Frau Hubermann zu, die ich zufällig auf dem Gang erblicke. Sie nickt freundlich.

Für die Essensausgabe sind zwei Häftlinge zuständig: Con-rad und Fabio. Conrad, dessen energische Stimme im Gegen-satz zu seiner eher schmalen Statur steht, verrichtet seinen Dienst mit beachtlichem Eifer. Er kann gut mit den JVA-Be-amten und hat ein großes Herz. Fabio ist stämmiger als Con-rad, zurückhaltender, aber ebenso mit einer ordentlichen Por-tion Herzenswärme ausgestattet. Sie haben sofort erfasst, dass ich mich in dieser Umgebung nicht auskenne, und versorgen mich überschwänglich mit gut gemeinten Ratschlägen und Hinweisen: »Am Sonntag und Montag gibt es morgens im Knast nur Brot, Butter und Hagebuttentee«, erklärt mir Con-rad in dem belehrenden Tonfall desjenigen, der über den unter komplexen Umständen entscheidenden Wissensvor-sprung verfügt. Was auch immer ich glaubte, in meinem bis-herigen Leben an wertvollen Erfahrungen gesammelt zu ha-ben, hier sind sie völlig wertlos. Eine schmerzliche Lektion.

Ich trage meine Frühstücksration zurück in die Zelle. Im Vorbeigehen ein schneller Blick in den kleinen Spiegel, den ich besser unterlassen hätte: Bin wirklich ich dieses Wrack, das mich da von der Wand aus anstarrt? Der süße Hagebuttentee tut gut, den Gedanken an Kaffee verscheuche ich energisch.

Eine weitere Freistunde, sechzig Minuten unter freiem Himmel, frische Luft, trotz des Regens eine kostbare Stunde. Durchnässt kehre ich danach in A115 zurück, die Lungen mit Sauerstoff vollgesogen, als müsste ich die Luft auf Vorrat tan-ken. Etwas neue Energie, immerhin. Den nassen Parka hänge ich vor dem Heizkörper zum Trocknen auf, das blaue Sweat-shirt, ebenfalls feucht, lege ich über das Handwaschbecken. Mehr Möglichkeiten gibt es nicht. Das WC will mich heute är-gern: Es stinkt noch übler als am Samstag.

Mittlerweile ist es zwölf Uhr, nur noch vierundzwanzig Stunden, bis ich vor der Kammer mit all meiner Überzeugungskraft um meine Freiheit kämpfen werde. Erfolgreich, hoffentlich. Es muss mir einfach gelingen, sie zu überzeugen. Ein Gedanke, der mir Auftrieb gibt.

Kurz darauf werden – auch heute wieder zusammen – Mittag- und Abendessen ausgeteilt. Bis morgen früh um sechs Uhr werde ich jetzt wieder niemanden sehen oder sprechen können. In diesen Stunden, in denen die Zeit nicht zu verrinnen scheint, sich quälend langsam dahinwälzt, glaube ich manchmal, das Klingeln meines Blackberrys zu hören. Ist es die viel beschriebene Abhängigkeit vom Smartphone? Wer stellt sich unter normalen Umständen schon freiwillig selbst auf die Probe? Oder ist es die Sehnsucht, die mir Streiche spielt?

Den Nachmittag über arbeite ich wieder an dem kleinen Holztisch: letzte Vorbereitungen für morgen und Aufzeichnungen zu meinen Erlebnissen hier drin. Was draußen passiert, verfolge ich mit geschärften Sinnen über das kleine Radio. Die wiederkehrenden Nachrichten zu dem geplanten Revisionsantrag meiner Anwälte gegen das Urteil sind wie stündliche kleine Energieschübe.

Um 17.40 Uhr lege ich mich frierend auf die Pritsche. Arbeiten hilft, die Gedanken im Zaum zu halten, Nichtstun gibt ihnen zu viel Raum. Wissen alle, dass ich nicht kommunizieren kann? Wissen sie es wirklich? Zutiefst erschöpft fallen mir immer wieder die Augen zu. An erholsamen Schlaf ist aber auch heute nicht zu denken: Im Durchschnitt alle fünfzehn Minuten flackert das Licht auf, die ganze Nacht hindurch.

Plötzlich durchbricht Lärm den unregelmäßigen Rhythmus der nächtlichen Lichtkontrollen. Habe ich die Überprüfung verschlafen? Halten sie mich jetzt für tot? Meine Armbanduhr zeigt 23.30 Uhr, und über den Innenhof dringen laute Schreie herein. Das einfach verglaste Fenster hält weder Wind und Kälte ab noch Lärm. Die Schreie jagen mir

Adrenalin in die Adern, sie scheinen in jede Zelle meines Körpers zu schießen. »Ich will hier raus, lasst mich sofort hier raus!«, brüllt irgendwo in diesem Bau jemand entfesselt. Der Tumult macht mich schlagartig hellwach. Das Trampeln von schweren Stiefeln und wütende Stimmfetzen folgen auf die Schreie. Mein starrer Blick ist zur Decke gerichtet, der Atem flach, die Panik wieder im Anflug: Ich halte das nicht aus! Ich will hier raus! Sofort! Ich weiß nicht wie, aber es gelingt mir schließlich doch, der Panik Einhalt zu gebieten; die Anspannung weicht nicht. Ein Albtraum im Wachzustand.

Um 5.10 Uhr steige ich am Morgen von meiner Pritsche; steif und mit schmerzenden Muskeln. In den Spiegel schaue ich vor dem heutigen Duschen lieber nicht mehr. Im Radio läuft »Kirche auf WDR 2«, es geht um Toleranzfragen, dann folgen die Nachrichten. Mein Herz beginnt zu rasen, als ich wieder meinen Namen höre: »Das Landgericht Essen soll heute über die Haft von Ex-Arcandor-Chef Thomas Middelhoff entscheiden. Eine Bestätigung des Gerichts zu dieser Meldung liegt noch nicht vor«, heißt es. Was soll das bedeuten, das Landgericht Essen habe den Termin noch nicht bestätigt? Findet er doch nicht statt? Wurden die Pläne geändert, der Termin verschoben? Zur Untätigkeit verdammt zu sein, nichts tun und nicht fragen zu können, ausgeliefert zu sein, wenn es um das eigene Schicksal geht, ist kaum auszuhalten. Getrieben von Unruhe gehe ich in meiner Zelle auf und ab: zwei kleine Schritte in die eine, zwei kleine Schritte in die andere Richtung.

Da öffnet sich die Tür zur Frühstücksausgabe. Ich nehme den Plastikteller und einen grünen Plastikbecher in Empfang, außerdem die rote Duschkarte mit dem Aufdruck »A115«. Die Abgabe der Duschkarte signalisiert dem Wachpersonal, dass ich am heutigen Tage duschen möchte. Nach der Rückkehr aus der Dusche erhält man die Karte für den erneuten Gebrauch wieder zurück. Wann auch immer es dann in den

Ablauf passt, wird man zum Antritt für das morgendliche Duschen aufgerufen.

Ich gebe Conrad die Duschkarte, der sie in den Schlitz eines alten Holzkastens auf dem unteren Teil des Essenswagens steckt. Fabio legt wortlos vier Brotscheiben und einen Würfel Margarine – in der JVA Essen auch »Panzerfett« genannt – auf meinen Plastikteller. Conrad füllt derweil meinen Plastikbecher mit lauwarmem Hagebuttentee. Schrecklicher Durst plagt mich. Ich wende mich an den unsicher dreinblickenden JVA-Beamten: »Entschuldigung, ich habe zwei Fragen.« – »Was gibt's?«, ist die knappe Antwort. Beherzt berichte ich ihm von meinem für vierzehn Uhr anberaumten Haftprüfungstermin. »Mein Anliegen ist es, diesen Termin nicht in Gefängniskleidung wahrnehmen zu müssen, sondern in meinem Anzug, der sich in der Kleiderkammer befinden muss«, sage ich so vorsichtig wie möglich, aber so entschlossen wie nötig. Der Vollzugsmitarbeiter wiegt den Kopf: »Von einem solchen Termin ist mir überhaupt nichts bekannt«, erwidert er nüchtern. Er wolle sich aber später noch einmal genauer erkundigen. »Was ist Ihr anderes Anliegen?« Ich schäme mich für meine Antwort auf diese Frage und für die Hilflosigkeit, die darin so überdeutlich wird. »Weder verfüge ich über Shampoo noch über Duschcreme«, antworte ich verlegen. »Wenn ich Sie später zum Duschen aufrufe, bringen Sie ein Gefäß mit, da füllen wir ein Duschmittel ein, das reicht auch für die Haare«, so die sachlich-nüchterne Antwort. Was habe ich auch erwartet? Ein Sortiment zur Auswahl? Immerhin, ich bekomme etwas und damit auch die Chance, mich wieder ein wenig mehr einem Zustand zu nähern, der die Bezeichnung Mensch verdient.

Zurück in meiner Zelle sitze ich an dem kleinen Holztisch. Den Becher Tee habe ich in einem Zug geleert. Ich fühle mich wie ausgedörrt. Die Brote bleiben unangetastet, von Appetit keine Spur. Was soll das heißen: »von einem Haftprüfungstermin ist mir nichts bekannt«? Viel Zeit zum Nachdenken bleibt mir nicht. Die Zellentür öffnet sich erneut: Ich erhalte die Order, zum Duschraum zu gehen.

Ich tue wie mir geheißen, greife nach dem kleinen grünen dünnen Anstaltshandtuch sowie nach der leeren Plastikdose, die vor dem Zellenfenster steht. »Links zur Materialausgabe, nächste Zellentür«, lautet das Kommando, als ich auf den grell beleuchteten Gang vor den Zellen trete. Conrad steht im fahlen Licht des Materialraumes mit einer großen Flasche in der Hand, in ihr eine bläuliche Flüssigkeit, die er in meine kleine Plastikdose füllt. Als ich »danke« sage, grinst er verschwörerisch: »Das Zeugs wird hier mit Wasser verdünnt. Ich gebe dir noch etwas mehr.« – »Wo ist der Duschraum?«, frage ich ihn. »Am Ende vom Flur, letzte Tür rechts. Früher hat man bis zu zwanzig Häftlinge duschen lassen. Da ist es aber häufiger zu Schlägereien gekommen. Deshalb dürfen jetzt höchstens fünf gleichzeitig rein. Das Ergebnis ist eindeutig besser«, fügt Conrad mit einem noch breiteren Grinsen hinzu. Ich kann nicht behaupten, dass ich dem Duscherlebnis über die Maßen erfreut entgegensehe, und bemühe mich, zumindest souverän zu wirken.

Mit dem grünen Handtuch in der linken Hand, der Plastikdose in der rechten und einem unguten Vorgefühl in der Magengegend bewege ich mich in die angewiesene Richtung, gefolgt vom Aufseher. Ich finde, dass ich lächerlich aussehe.

Vor einer Stahltür, zu der zwei Treppenstufen hinaufführen, stoppen wir. Hinter ihr sind das Rauschen von Wasser und Stimmen zu hören. Nach kurzem Zögern und auf Kommando des Vollzugsmitarbeiters nehme ich die beiden Stufen auf einmal, drücke mit meinem Körpergewicht die Tür auf – und stehe unmittelbar im Duschraum: Der Boden ist dunkelgrau gefliest, links neben mir ein 1,5 Meter langes und siebzig Zentimeter hohes Stahlgitter und fünf Duschköpfe, die an der weiß gefliesten Wand befestigt sind. Rechts an der Wand zwei mit Kunststofffolie abgeklebte Fenster ohne Griff und natürlich auch ohne Durchblick, daneben ein Heizkörper. Dampfschwaden stehen im Raum. Es riecht nach abgestandener, verbrauchter Luft. So, wie es eben riecht, wenn Sanitäranlagen nicht sachgerecht gepflegt werden. Der vierte Duschkopf von links ist frei, und nachdem ich Handtuch und Plastikdose auf der Fensterbank abgesetzt habe, ziehe ich mein Sweatshirt aus. Nur keine Unsicherheit erkennen lassen! Zwei der Mitinsassen tragen auch unter der Dusche Unterwäsche und alle haben beeindruckend großflächige Tätowierungen. Der Häftling unter der ersten Dusche links begrüßt mich jovial. »Na, stimmt das mit dem Haus in Saint-Tropez?« Offensichtlich ist die Informationsgesellschaft hier drin intakt. Mit einem möglichst unbeteiligt wirkenden »ich denke, ja«, beantworte ich diese Frage. Ich greife nach der Plastikdose und mache zögerliche Schritte in Richtung der freien Dusche. »Willst du Shampoo?«, fragt der Mithäftling ganz links. »Diese mit Wasser verdünnte Flüssigkeit kannst du vergessen.« Er reicht mir seine große Shampoo-Flasche. »Stimmt es, dass du in Bielefeld wohnst?«, ruft einer der anderen vier durch den Raum. Was soll ich darauf antworten? Allzu viel Offenheit wäre hier eigentlich nicht unbedingt angebracht. Vielleicht hätte die Kammer das auch berücksichtigen sollen: In der Urteilsbegründung verlas der Vorsitzende Richter meine vollständige Bielefelder Wohnadresse – auch für die Öffentlichkeit. »Ja, stimmt«, gebe ich zurück. Was soll's. »Gut für dich«, brüllt er zurück. »Da gibt es den besten offenen Vollzug in NRW. Da habe ich auch schon mal gesessen.« Ich atme tief durch unter dem warmen Wasserstrahl, der auf mich niederprasselt.

Die erste Haftprüfung:
Die Entscheidung ist längst gefallen

Es ist kein Zweifel, dass hinter allen Äußerungen dieses Gerichtes, in meinem Fall also hinter der Verhaftung und der heutigen Untersuchung, eine große Organisation sich befindet.
FRANZ KAFKA, DER PROZESS

Ein Richter als PR-Experte

ALS ICH IN MEINE ZELLE ZURÜCKKEHRE, wartet der mürrische Wachmann bereits. »Ich habe das überprüft mit Ihrem Haftprüfungstermin heute. Dieser Termin soll um 13.30 Uhr stattfinden. Es wird ein Vier-Augen-Termin sein. Sie brauchen sich nicht umzuziehen. Sie werden schnell wieder hier sein.« Ich höre ihm zu und habe zugleich das Gefühl, als würde mir der Boden unter den Füßen weggezogen. Dem Justizbeamten bleibt meine Reaktion nicht verborgen. Seine mürrische Miene wandelt sich in ein verlegenes, anteilnehmendes Lächeln.

Es ist der 17. November 2014, 9.28 Uhr, und meine feste Überzeugung, heute das Gefängnis zu verlassen, gerät zum ersten Mal an diesem Tag ins Wanken. Während ich zweifelnd in meiner Zelle auf- und abgehe, soweit es das Ausmaß des Raumes eben zulässt, melden die Nachrichten auf WDR 2: »… bestätigt der Sprecher des Landgerichts Essen, dass es heute Nachmittag zu Gesprächen mit den Verteidigern von Dr. Thomas Middelhoff über eine Aussetzung des Haftbefehls kommen wird.«

In der Mitte der Zelle, zwischen Holztisch und WC, verharre ich; Erleichterung breitet sich aus. Wenn der Sprecher des Landgerichts Essen den Termin für den heutigen Nachmittag mit meinen Verteidigern öffentlich bestätigt, kann die Nachricht eines Vier-Augen-Termins, die der Wachmann übermittelt hat, nicht stimmen. Ist dies ein Zufall, eine Fehlinformation des Vollzugsmitarbeiters oder ein Spiel mit mir?

Es sind nur noch wenige Stunden bis zum Haftprüfungstermin. Ich prüfe meine handschriftlichen Notizen zu »Wohnsitz, finanzielle Situation und Reisepass« mehrfach. Alles muss in diesem Termin eindeutig erklärt oder geklärt werden, es dürfen keine Fragezeichen und keine noch so leisen Zweifel bestehen bleiben. Heute Abend werde ich diese Haftanstalt verlassen haben. Die Hoffnung ist immens, die Zuversicht wächst langsam in ihrem Schatten. Das verleiht mir neue Energie.

Um 13.35 Uhr öffnet sich mit dem üblichen Geräusch erneut die Zellentür. Im Türrahmen steht der grün uniformierte Justizmitarbeiter, der mich vor einer gefühlten Ewigkeit am Freitag vom Keller des Justizgebäudes bis zu meiner Aufnahme in der JVA begleitet hatte. Nun geht es in die Gegenrichtung, in die Freiheit – hoffentlich. »Ihre Anwälte sind auf dem Weg«, verkündet der JVA-Beamte in sachlichem Ton. »In der Zwischenzeit müssen Sie aber noch hier warten.« Er weist nach rechts, wo sich einige Zellentüren in der Wand befinden, und öffnet die mächtige Stahltür mit der Nummer 3. Im Inneren des Raumes befinden sich graue Fliesen auf dem Boden, graue Kacheln an den Wänden, ein Stahl-WC und ein Handwaschbecken, ebenfalls aus Stahl. Davor ein kleiner Holztisch mit einem aus Aluminiumfolie gefalteten Aschenbecherersatz, außerdem eine Holzbank, sonst nichts. Der Raum ist so nüchtern, kalt und funktional wie ein Leichenschauhaus. In einer Ecke der Decke hängt eine Überwachungskamera. Nachdem ich auf der Holzbank Platz genommen habe, wird mir intuitiv bewusst, dass es in diesem sterilen Raum kaum möglich sein dürfte, sich umzubringen. Was ist wohl einfacher zu ertragen? Kurz überlege ich, ob ich lieber hier untergebracht wäre als in A115, wenn dafür die nächtlichen Sicherheitskontrollen ausblieben. Das Ergebnis des Abwägens ist eindeutig. Für eine Einstellung der Kontrollen hätte ich alles gegeben. Die Nebenwirkungen dieser drastischen Maßnahme sind schon nach drei Tagen überdeutlich spürbar: Sie sind sowohl physisch als auch psychisch für den Kontrollierten eine Tortur.

Noch eine letzte Sichtung meiner Unterlagen für den Termin, dann öffnet sich erneut die Stahltür. »Ihr Anwalt ist eingetroffen«, verkündet der Vollzugsmitarbeiter. »Ich werde Sie jetzt zu ihm begleiten.« Ich lasse den Zellentrakt hinter mir und gehe, der Weisung des Wachmanns folgend, rechts in den Gang mit dunkelgrauem Linoleumbelag. Es ist der gleiche Gang, über den meine Anwälte Winfried Holtermüller und Udo Wackernagel vor sechzig Stunden in die entgegengesetzte Richtung verschwunden waren. Am Ende dieses Ganges steht jener kleine Holztisch mit seinen vier Stühlen, an dem wir auch schon am Freitag gesessen haben.

Jetzt sind drei Stühle an dem Tisch frei. Auf dem vierten wartet Dr. Thomas. Ich bin unendlich dankbar, ihn zu sehen – und voller Hoffnung: Er wird dafür sorgen, dass dieser Albtraum heute endlich ein Ende hat. Er erhebt sich von dem Stuhl, kurz bevor ich am Tisch bin, und streckt mir seine Hand entgegen, ergreift meine und hält sie lange fest. Während er sie schüttelt, umfasst seine linke Hand mein Ellenbogengelenk. »Lass uns setzen«, sagt er. »Zuallererst – deiner Familie geht es gut! Nele, Jan, Carolin und Henriette warten jetzt oben auf dich. Mein Gott, was für eine großartige Frau, was hast du für tolle Kinder. Und Nele scheint sehr gefasst.« Ungeheuer große Erleichterung breitet sich aus.

»Die Kollegen Holtermüller, Fromm und Wackernagel sind ebenfalls auf dem Weg, sie werden gleich hier eintreffen. Wir sollten die Zeit jetzt nutzen und wichtige Punkte für die anstehende Unterredung besprechen.« Konzentriert wenden wir uns seinen Themen und meinen Notizen zu.

Kurze Zeit später trifft tatsächlich Hartmut Fromm ein. Er erinnert mich mit seinem Aussehen, seiner Statur und seinem feinen, trockenen Humor sehr an meinen verstorbenen Vater. Zwei dicke schwarze Mappen unter seinem Arm mit den Aufschriften »Finanzielle Situation« beziehungsweise »THOMI«. Zwei liebevoll-spöttische Bemerkungen über mein Aussehen in der Anstaltskleidung, und schon sind wir zu dritt in ein Gespräch vertieft, als gäbe es diese Umgebung hier nicht, als säßen wir nicht in einem Raum in einer Haftanstalt.

Nacheinander kommen nun auch Udo Wackernagel und Winfried Holtermüller. Letzterer hat breite, dunkle Ringe unter den Augen. Er habe seit Freitag schlecht geschlafen, berichtet er. Am Wochenende sei er von Journalisten mit E-Mails, SMS und Anrufen auf seinem Handy geradezu verfolgt worden. Erwartet er Mitleid? Eine groteske Szene, die er da abliefert. »Auch jetzt«, schildert er betont dramatisch, »stehen vor der Pforte zirka sechzig Journalisten und warten auf News in Sachen Middelhoff.« – »Woher wissen die überhaupt, dass wir uns heute hier treffen?«, fragt Hartmut Fromm nachdenklich.

Es ist 14.10 Uhr, als die Richter, gefolgt von der Justizsekretärin, den Flur hinaufkommen. Sven Thomas, zwischenzeitlich im Gespräch mit den beiden Vertretern der Staatsanwaltschaft, hat sich bereits vor den kleinen Besprechungsraum begeben, in dem schon am Freitag erfolglos über die Aussetzung des Haftbefehls verhandelt worden war.

Ein knapper Gruß, ein angedeutetes Kopfnicken, dann betreten sie als Erste das Besprechungszimmer. Der Sauerstoffgehalt scheint heute auch nicht höher als zuletzt. Der Vorsitzende Richter schaltet das Licht ein. Nervosität und Hoffnung haben sich zu einem nervenaufreibenden Gemisch vereint.

Verhaltenen Schrittes folgen wir der Kammer. Die scheint die Sitzordnung vom Freitag verordnen zu wollen. Aus Platzgründen haben Sven Thomas und Hartmut Fromm direkt neben den beiden Staatsanwälten Platz genommen. Der Platz direkt gegenüber den Richtern ist mir zugedacht, eingerahmt von den Anwälten Holtermüller und Wackernagel.

Ein ungewohnter Anblick – das Gericht in Freizeitkleidung. Statt schwarzem Anzug mit weißer Krawatte wie am Freitag trägt der Vorsitzende heute eine dunkle Jeans, dazu eine ebenso dunkle Jacke sowie ein dunkelgraues Hemd mit offenem Kragen. Gut, dass man mir meinen blauen Anzug aus der Kleiderkammer nicht ausgehändigt hat. Man hätte mir mein Bedürfnis nach einem zivilisierten Auftreten vermutlich einmal mehr als Arroganz ausgelegt.

Die Anspannung in dem Raum scheint fast physisch spürbar zu sein. Richter Schmitt eröffnet die Verhandlung mit einem kurzen Rückblick auf das zurückliegende Wochenende, auf das gewaltige Medien-Echo zu seinem Urteil, zu Haftbefehl und Saalverhaftung. Er scheint gelöst und fast jovial, so wie an keinem der fünfunddreißig Verhandlungstage zuvor.

Lächelnd nickt er schließlich in meine Richtung. Es solle sich nicht falsch anhören, aber vielleicht habe es für mich ja auch sein Gutes, dass mir all das an Pressereaktionen am Wochenende erspart geblieben sei, dadurch dass ich mich jetzt »drüben« befände. Habe ich das geträumt? Ist das Zynismus in einer besonders üblen Form, ist es Naivität, Unbeholfenheit, oder entspricht diese Äußerung tatsächlich Intellekt und Sichtweise eines Vorsitzenden Richters einer Großen Wirtschaftsstrafkammer? Ganz offensichtlich hat er weder den Funken einer Ahnung, was dieses Wochenende bei mir bewirkt hat, noch scheint die Schöpfung ihn überhaupt mit der notwendigen Vorstellungskraft gesegnet zu haben.

Er kaufe sich sonst nie die BILD am Sonntag, wird dieser zutiefst irritierende Monolog fortgeführt. An diesem Sonntag habe er sie sich aber extra geholt, um das Interview zu lesen, das Winfried Holtermüller gegeben habe. Sein Blick geht bedeutsam in Holtermüllers Richtung. Was ist das hier? Eine Presseschau im Morgenmagazin nach einer Premierenveranstaltung? Eine Bühne für Selbstdarstellung und Anwaltsschelte? Es war offensichtlich ein Irrtum zu glauben, es ginge in sachlicher Form um Voraussetzungen und mögliche Bedingungen einer Haftaussetzung.

Doch das war noch immer nicht alles. In meine Richtung gewandt, fügt der Vorsitzende schließlich noch hinzu, dass er eines ausdrücklich feststellen wolle: Angesichts der bestehenden Währung der Kammer bei Urteilen könne ich noch zufrieden sein mit meiner Urteilshöhe. Die Richterkolleginnen nicken in einhelliger Zustimmung. Immerhin bei ihnen kann er Applaus verbuchen.

Sind alle Fragen gestellt?

»Sollten wir jetzt nicht zu den offenen Fragen kommen?«, versucht Sven Thomas das Gespräch wieder auf die Sachebene zu lenken. »Lassen Sie mich kurz noch fragen, woher die Presse von dem heutigen Termin weiß?«, will der Vorsitzende wissen und schaut fragend in die Runde. Winfried Holtermüller wiederholt seine vorherige Schilderung der chaotischen Zustände draußen vor dem Gebäude des Landgerichts. Ich ergänze, dass bereits heute Morgen um sechs Uhr in den Nachrichten über den Termin spekuliert worden sei, der dann laut einer WDR-Meldung bereits um 10.30 Uhr von der Pressestelle des Landgerichts Essen bestätigt worden ist. Diese Informationen scheinen bei der Kammer wiederum nicht gerade auf Wohlgefallen zu stoßen. Er werde der Sache nachgehen und mit dem Pressesprecher ein klärendes Gespräch führen, verkündet der Vorsitzende. Eine Demonstration von Dominanz? Er wird doch nicht den Nestbeschmutzer geben. Richter Johannes Hidding, der Pressesprecher des Essener Landgerichts, wäre über derartige Worte sicher *not amused*; sofern sie ihn überhaupt jemals erreichen sollten.

Die Anwälte nehmen einen neuen Anlauf: »Wir haben den richtigen Pass mitgebracht, den wir Ihnen hiermit überreichen«, sagt Udo Wackernagel und händigt der Kammer den Pass aus. »Daneben habe ich hier eine Bestätigung des Einwohnermeldeamtes Bielefeld-Senne, dass insgesamt nur zwei Pässe auf Dr. Middelhoff ausgestellt worden sind«, erklärt der junge Anwalt. »Des Weiteren habe ich hier die Anmeldung von Frau Middelhoff mit dem ersten Wohnsitz Bielefeld von heute Morgen.« Ich bin tief beeindruckt, was alle – meine Frau, die Kinder und die Anwälte – seit Freitagabend organisiert haben.

Nach Wackernagel spricht Hartmut Fromm, der detailliert meine finanzielle Situation und die gesellschaftsrechtlichen Strukturen erläutert. Er erklärt, dass sich in der Zwischenzeit eine Art »Familienstiftung« herausgebildet habe. Fragende Blicke und kritisches Stirnrunzeln der Richter begleiten die Ausführungen von Hartmut Fromm. Solche Konstruktionen sind international üblich, hier in Essen scheinen sie völlig unbekannt zu sein. Keine wirklich beruhigende Reaktion. Obgleich sie eigentlich nicht überraschen sollte: Eine Große Wirtschaftsstrafkammer, die selbst für gängige Begriffe aus der alltäglichen Wirtschaftspraxis Übersetzungen und Erklärungen zu benötigen scheint, mag vielleicht auch nicht mit durchaus üblichen Gepflogenheiten anderer Länder vertraut sein.

Womöglich hilft eine grundsätzliche Erklärung, die Zweifel wieder zu beseitigen. »Ich hatte am Wochenende ausreichend Zeit, mir grundsätzlich Gedanken über meine Situation und meine berufliche Zukunft zu machen«, beginne ich. »Meine berufliche Tätigkeit im internationalen Wirtschaftsleben ist durch das Urteil und die Saalverhaftung faktisch unwiderruflich beendet worden. Vor diesem Hintergrund werde ich mich auf absehbare Zeit auf das Revisionsverfahren konzentrieren. Die Frage einer internationalen Reisetätigkeit, ob nach China, in die USA oder innerhalb Europas, stellt sich damit ohnehin nicht mehr für mich.«

Keine Reaktion; keine Fragen. Nur ein ungutes Gefühl, das sich wie eine auflaufende Welle unaufhaltsam in meinem Inneren aufzutürmen scheint. Ich spare mir weitere Ausführungen.

Es folgt eine Debatte, warum ich, als international tätiger Manager, seit meiner Zeit als Vorstandsvorsitzender der Bertelsmann AG über zwei Pässe verfüge. Der Hinweis, dass ich doch nicht reiseunfähig sein könne, wenn der eine Pass wegen der Beantragung eines Visums nicht zur Verfügung stehe, bewirkt bei den Richtern nichts weiter als ein Kopfschütteln. Was für eine bizarre Situation!

Die Diskussion verläuft zäh. Immer wieder erkundigt sich Sven Thomas, ob die Kammer alle offenen Fragen gestellt habe. Ein weiteres Mal wird auch auf die wirtschaftliche Bedeutung des morgigen Termins vor dem Landgericht Köln in Sachen »Sal. Oppenheim-Esch-Fonds« hingewiesen. Holtermüller betont die Notwendigkeit meines persönlichen Erscheinens bei diesem Termin. Statt dass ein sachlicher Austausch stattfinden würde, sind wir erneut in die Defensive geraten. Was will die Kammer hier eigentlich wirklich erreichen? Bisher kein Wort über Bedingungen für eine Aussetzung des Haftbefehls. Der Vorsitzende Richter ergreift nach rund fünfzig Minuten das Wort: Zwei Pässe zu haben, sei nicht ungewöhnlich, das habe er jetzt gelernt. Er habe sich heute Morgen hierzu beim Einwohnermeldeamt Bielefeld-Windelsbleiche informiert. Man habe ihm versichert, man könne sogar bis zu drei Pässe zur parallelen Nutzung beantragen. »Wir können also die Ausstellung weiterer Pässe blockieren«, sagt er in Richtung der Vertreter der Staatsanwaltschaft. Kein Wort darüber, dass es vor diesem Hintergrund für einen Geschäftsmann etwas ganz Normales ist, über zwei Pässe zu verfügen. Mir werden offensichtlich weiterhin Fluchtabsichten unterstellt. Die Kammer werde sich jetzt zu einer Beratung zurückziehen, verkündet Schmitt. Der Vorsitzende Richter der XV. Großen Wirtschaftsstrafkammer bezieht seine Informationen über die Bestimmungen des Passgesetzes vom Bürgeramt Bielefeld-Windelsbleiche. Ich bin deutlich irritiert.

Wir erheben uns von unseren Stühlen und verlassen gemeinsam mit den Vertretern der Staatsanwaltschaft den Raum. Zu fünft setzen wir uns in den kleinen Besprechungsraum, in dem mir Udo Wackernagel am Freitag meinen Blackberry aus der Hand genommen hatte. Die hier herrschende Stimmung als gedämpft zu bezeichnen, würde die Realität beschönigen. »Jedenfalls haben wir alle Punkte thematisiert«, stellt Sven Thomas nüchtern fest. Vielleicht das Einzige, was in diesem Moment sicher zu sagen ist. Zu welchem Ergebnis die Kammer gelangen wird, könnte man auspendeln, es wäre auch keine zutreffendere Prognose. Mit der Stimmung sinkt auch die Hoffnung von Minute zu Minute. Es wird still; die quälende Stille der Machtlosigkeit. Da gibt Udo Wackernagel den Hinweis, die Kammer habe ihre Beratung beendet. Kein Wort auf dem Weg zurück in den Besprechungsraum. Was auch jetzt sagen? Die Anspannung ist kaum zu ertragen.

Sie täten sich sehr schwer mit der Entscheidungsfindung, hebt der Vorsitzende an. Man wolle das, was man gehört habe, sacken lassen. Mittwoch, spätestens Donnerstag würden sie entscheiden. Ich würde von ihnen hören. Es fühlt sich an, als weiche mit einem Schlag alles Blut aus meinem Gesicht. »Der Termin morgen beim Landgericht Köln«, insistiere ich. Er könne mich dort per Einzeltransport vorführen lassen, das bekäme er wahrscheinlich organisiert, antwortet der Richter.

Was für ein Vorschlag! Wie höhnisch diese Worte klingen! Die Anwälte blicken sich entsetzt an. »Eine Vorführung am Dienstag in Köln, möglicherweise auch noch gefesselt, ist ausgeschlossen«, bellt Holtermüller mit schneidender Stimme. »Bitte, für meine Familie!« Ich habe noch nie zuvor auf diese Weise gebettelt. Aber was habe ich hier jetzt noch zu verlieren. Das könne auch neu terminiert werden, antwortet der Vorsitzende. Was man nun der Presse sage, ist jetzt stattdessen offensichtlich die wichtigere Frage. »Ich schlage unabhängig davon vor, dass wir Ihnen noch Kontounterlagen zukommen lassen«, wirft Hartmut Fromm trocken ein. »Die werden Sie morgen vor Ihrer Entscheidung erhalten.« – »Wir werden der Presse gegenüber gar nichts sagen«, erklärt Holtermüller. Wir würden dann von ihnen hören, schließt der Vorsitzende die Haftprüfung und nickt nachdrücklich.

Stumm verlassen wir den Raum. Es ist, als habe eine übermächtige Leere von mir Besitz ergriffen. Ich bin wie betäubt. Draußen halten die Anwälte kurz inne. Sven Thomas demonstriert Entschlossenheit. Wozu, vermag ich allerdings nicht zu erkennen. Vielleicht der gut gemeinte, aber untaugliche Versuch, mir nicht jede Hoffnung zu nehmen. Holtermüller lobt meine Haltung: »Da habe ich völlig andere Erfahrungen mit Mandanten gesammelt, die in U-Haft einsitzen müssen.« Alles scheint irreal und unendlich weit weg; Stimmen, Menschen, das eben Erlebte. Nur die tiefe Trauer, dass ich meine Familie, die draußen auf mich wartet, nicht sehen und nicht einmal kurz begrüßen darf, ist unerträglich real. Und die Gewissheit, dass es für mich zunächst wieder »nach drüben« gehen wird. Weiß Gott für wie lange.

Die Anwälte verabschieden sich, diesmal ohne aufmunternden Zuspruch. Beteuerungen wie »wir holen dich hier raus, mach dir keine Sorgen« hätten jetzt auch wie der blanke Hohn geklungen. Langsam gehen sie in Richtung Sicherheitsschleuse. Was hätte ich jetzt darum gegeben, mit ihnen gehen zu können. Apathisch gehe ich mit dem Wachmann durch den mir mittlerweile gut bekannten Gang »nach drüben«. Am Gittertor steht schon der weißhaarige Justizmitarbeiter – die Eskorte zurück in den Block A, wo noch weitere Überraschungen auf mich warten.

Es ist 16.25 Uhr am Montag, den 17. November 2014, und ich bin zurück in A115.

Was wird es nun für den Prozess morgen bedeuten, dass ich nicht persönlich teilnehmen kann? Wird mich der Moloch hier doch verschlucken? Weiß die Kammer, welche wirtschaftlichen Konsequenzen das alles für mich haben kann? Die berufliche Existenz von einer Minute auf die andere zerstört – und jetzt steht auch noch die Schadenersatzklage gegen Sal. Oppenheim und die Deutsche Bank in Höhe von über einhundertsiebzig Millionen Euro auf dem Spiel. Eine Klage, an der ich über vier Jahre lang intensiv gearbeitet habe.

Während die Gedanken im Kopf unkontrollierbar zu rasen scheinen, verkündet mein kleines Radio verlässlich die Essenz des heutigen Nachmittags: »Wie das Landgericht Essen mitteilt, hat die Prüfung über die Aussetzung des Haftbefehls gegen Ex-Arcandor-Chef Dr. Thomas Middelhoff heute zu keinem Ergebnis geführt. Die Anwälte von Thomas Middelhoff werden weitere Unterlagen einreichen, die zu prüfen sind. Mit einer Entscheidung ist im Laufe der Woche zu rechnen. Die Anwälte waren zu einer Stellungnahme nicht bereit.« Ich setze mich auf meinen Stuhl an den Holztisch und bete.

Um kurz nach fünf öffnet sich die Zellentür für die Ausgabe des Abendessens. Ich zwinge mich, mit meinem weißen Plastikteller und dem grünen Plastikbecher auf den Flur zu treten. Ein kleiner untersetzter Türke in zu kurzen Badeshorts mit zu großen Badeschlappen stoppt vor mir: »Gerade im Fernsehen gesehen, schlecht gelaufen.« Langsam folge ich ihm zum Wagen der Essensausgabe. Conrad schaut mich mitfühlend an: »Draußen ist der Teufel los wegen dir.« Er gibt mir vier Scheiben Brot, einen Würfel Margarine und etwas Wurst. Den Becher füllt er randvoll mit Hagebuttentee.

In der Zelle wandern Brot und Belag in den Mülleimer, Essen ist im Moment unvorstellbar. Den Tee trinke ich wie ein Verdurstender.

Wieder am kleinen Holztisch angelangt, versuche ich, meine Gedanken zu ordnen. Eine analytische Herangehensweise hilft vielleicht. Das Gericht hat eine Entscheidung bis spätestens Donnerstag zugesagt. Also gilt es jetzt, weitere zwei Tage zu überstehen. Eine ähnliche Zeitspanne und eine vergleichbare Herausforderung wie am letzten Freitag, mit der Ankündigung des Haftprüfungstermins für den darauffolgenden Montagnachmittag. Wie ein Echo, das unendlich oft widerhallt, wird die Meldung in den folgenden Nachrichten an vorderster Stelle mehrfach wiederholt: »Entscheidung im Laufe der Woche … Unterlagen werden nachgereicht.« Ich werde meinen Glauben an Recht und Gerechtigkeit nicht aufgeben. Allen Enttäuschungen zum Trotz.

Es ist erst 18.30 Uhr, und die Erschöpfung ist übermächtig. Doch die Gedanken wollen einfach keine Ruhe geben, sie lassen sich nicht bändigen, auch mit der größten Anstrengung nicht. Wird der zuständige Richter am Landgericht morgen durch meine Verhaftung und die bisher erfolglosen Versuche, den Haftbefehl aussetzen zu lassen, jetzt auch noch negativ beeinflusst sein? Mir ist schrecklich kalt, ich fühle mich erbärmlich. Eine bleierne Müdigkeit übermannt mich. Aber auch in dieser Nacht finde ich kaum Schlaf – die Sicherheitskontrolle im Fünfzehnminutentakt hält mich ein weiteres Mal wach.

Auf Anraten der JVA-Beamten nehme ich ab dem 18. November nicht mehr am Freigang teil. Am Ende der Freistunde am Samstag hatte mir eine Delegation der Sinti den »notwendigen Schutz« in der JVA wortreich angeboten. Einen Tag später erhalte ich beim zweiten Hofgang das gleiche Angebot per Kassiber, der mir in die rechte, aufgesetzte Tasche meines

Parkas gesteckt wird: eine Nachricht der russischen Fraktion, dass sie für »meine Sicherheit einstehen« werde. Nachdem ich diese Begebenheiten dem zuständigen JVA-Beamten mitgeteilt habe, wird mir dringend geraten, an Hofgängen künftig nicht mehr teilzunehmen, sonst sei meine Sicherheit gefährdet. Die Tragweite dieser Entscheidung war an diesem Tag noch nicht in ihrer Dauer und Dramatik absehbar: keine frische Luft, kein natürliches Tageslicht, keine Bewegung im Freien, die mir immer schon ein Grundbedürfnis war – für fünf lange Monate. Aus den gleichen Sicherheitsbedenken entschließe ich mich nach dringendem Rat einiger besorgter Vollzugsmitarbeiter, auch nicht mehr am sogenannten Umschluss teilzunehmen. Dabei treffen sich Strafgefangene etwa einmal wöchentlich mit anderen Häftlingen zum »kommunikativen Austausch« und zu gemeinsamen Freizeitaktivitäten. Es scheint, als sei meine Sicherheit ausschließlich in A115 zu gewährleisten. Der Preis dafür: drohende Vereinsamung.

Nach meiner Rückkehr aus der Untersuchungshaft berichtete mir meine Familie von einer weiteren, höchst beunruhigenden Begebenheit. Sie wollten mich während der Haft nicht zusätzlich belasten und hatten mir den Vorfall deshalb verschwiegen. Ein unbekannter Mann schellte am Eingangstor unseres Bielefelder Anwesens und verlangte, Frau Middelhoff zu sprechen. Es ginge um die Sicherheit ihres Mannes in der JVA Essen. Auf dem Monitor der Überwachungskamera sah der ungebetene Gast nicht auf Anhieb vertrauenswürdig aus. Trotzdem öffnete ein Mitarbeiter das Einfahrtstor, wissend, wie dringend die Familie auf Nachrichten von mir wartete.

Meine Frau begrüßte den Mann, der mit einem in greller Farbe lackierten, tiefer gelegten Mercedes ohne zu zögern direkt vor der Haustür vorgefahren war, in der Eingangshalle. Der Besucher kam sogleich zur Sache: Er kenne mich angeblich aus alten Bertelsmann-Zeiten – was natürlich eine dreiste Lüge war. Es ginge nun um meine Sicherheit im Gefängnis.

Hierfür könne er sorgen, wie auch für eine »standesgemäße Ausstattung« mit einem Handy – für den Notfall natürlich nur. Das Gesamtpaket für meine Sicherheit sei allerdings unter den gegebenen Umständen nicht billig, man müsse schon mit einem fünfstelligen Betrag rechnen.

Mit der Unterstützung unseres Mitarbeiters, Herrn Lachmann, verabschiedete meine Frau den dubiosen Besucher kurzerhand und beendete diesen dreisten Erpressungsversuch. Nach eingehender Beratung mit den Kindern erstattete sie noch am selben Nachmittag bei der örtlichen Polizeiwache Bielefeld-Brackwede Anzeige gegen unbekannt. Dort wurden ihr Fotos vorgelegt, und tatsächlich konnte sie sofort den nachmittäglichen Besucher identifizieren, was glücklicherweise zu einer schnellen Verhaftung führte.

Nach einem Vormittag am Holztisch von A115 wandert das Mittagessen auch heute in die dünne Plastiktüte im schweren, grün gestrichenen Mülleimer, der neben der Zellentür zwischen dem gelblichen Heizkörper und dem Schrank gegenüber dem WC steht. Mir ist noch immer nicht nach Essen zumute. Seit vierzehn Uhr wird vor dem Kölner Landgericht meine Zivilklage gegen das »kriminelle Sal. Oppenheim-Esch-System«, wie es Winfried Holtermüller genannt hat, verhandelt.

Langsam weichen Unruhe und Anspannung. Was auch tun? Telefonieren, Schreiben, E-Mails – alles das ist nicht möglich. Und ich bin auch für andere von außen nicht erreichbar; abgeschnitten vom Rest der Welt. Ich werde, so denke ich, noch nicht einmal wissen, wie diese so wichtige Klage gegen Oppenheim/Esch von dem Gericht bewertet wird.

Das allerdings ist ein Irrtum. Kurze Zeit später wird in den Nachrichten von WDR 2 die Verhandlung der Klage vor dem Landgericht Köln thematisiert. Ein Redakteur gibt obendrein noch einen vermeintlich sachkundigen Kommentar ab: Die middelhoffsche Glückssträhne sei nun wohl abgerissen, heißt es da. Nach dem Haftbefehl vom Freitag hätte sich heute die zuständige Kammer des Landgerichts Köln hinsichtlich der Erfolgsaussichten meiner Klage gegen Sal. Oppenheim skeptisch gezeigt. Es folgen keine weiteren inhaltlichen Begründungen. Häme ist dann besonders ungefährlich, wenn der Verspottete sich nicht wehren kann.

Ich schalte das Radio aus, will nichts mehr hören. Der Kampf gegen Panik und Verzweiflung endet unentschieden. Der Kopf ist schwer und will an dem Holztisch auf die Hände gestützt werden.

Um kurz nach siebzehn Uhr ertönt der Gong. Die Zeit scheint also doch zu vergehen. Ich brauche dringend Flüssigkeit, es ist, als sei mein Körper völlig ausgetrocknet. Mit Plastikteller und -becher in meinen Händen gehe ich zur Essensausgabe, nachdem die Zellentür geöffnet worden ist. Conrad schaut mich mitfühlend an: »Hey Alter, du warst eben schon wieder im Fernsehen.« Hört das nie auf?

Zurück in der Zelle trinke ich den Tee mit großen Zügen und zwinge mich, eine halbe Scheibe Brot zu essen. Mehr bringe ich an diesem Abend nicht runter.

Am folgenden Morgen absolviere ich um kurz vor fünf Uhr wie ein Roboter das morgendliche Sportprogramm, das ich mir selbst verordnet habe. Eisern bemühe ich mich um Disziplin. Je mehr ich der Entscheidung über die Aussetzung des Haftbefehls entgegenfiebere, desto fester steht mein Entschluss, nicht Spielball zu werden in einem Spiel, das ich nicht gewinnen kann. Weder werde ich zu Kreuze kriechen noch um Gnade betteln oder falsche Reue zeigen, wie es für manchen Prominenten ein probates Mittel zu sein scheint, um von der Öffentlichkeit Absolution zu erhalten. Ich werde keine falsche Reue zeigen für Entscheidungen, von denen ich auch heute noch fest überzeugt bin, dass sie richtig, angemessen und sachgerecht waren. Man mag mich öffentlich hingerichtet haben, man mag mir meine Freiheit genommen haben – meine Würde werde ich mir nicht auch noch nehmen lassen.

Die Öffentlichkeit wird zuerst informiert

19. November 2014, es ist kurz vor elf. Uhr. Mit dem Rücken zum Eingang sitze ich schreibend an dem kleinen Holztisch, als sich die Tür zu A115 öffnet. Einigermaßen überrascht blicke ich mich um. Eine mir fremde, nicht uniformierte Person betritt die Zelle. Sie hat kurze Haare über einem rundlichen Gesicht mit dunklen Augen, ist untersetzt und trägt ein ungewöhnliches weißes, bedrucktes Sweatshirt. Dolliwa sei sein Name, stellt sich der fremde Besucher vor und reicht mir seine Hand mit kräftigem Druck. Es ist das erste Mal, dass mir hier jemand die Hand reicht, seit ich am Freitagnachmittag in die JVA Essen eingewiesen wurde. Ein Grund zur Freude? Oder ist doch eher Vorsicht angebracht? Er sei der stellvertretende Anstaltsleiter, erklärt der Mann sich und seine Funktion. Da der Posten der Anstaltsleitung zurzeit offiziell nicht besetzt sei, habe er jetzt sozusagen die Leitung hier. Schwingt in seiner Stimme Stolz mit?

Heute habe er viele aufgeregte und für ihn unangenehme Anrufe aus dem Justizministerium erhalten, erklärt er ohne Umschweife den Grund seines Besuches. Die Herren dort wollten wissen, was hier bei ihm los sei. Wovon spricht der Mann? Ich schaue ihn ratlos an. Die Presse spiele verrückt, fährt er fort. Jeden Tag gebe es Meldungen in TV und Zeitungen. Heute habe die BILD-Zeitung gemeldet, ich würde mir eine Zelle mit dem Kunsthändler Achenbach teilen. Nun kann ich meine Überraschung nicht mehr verbergen. Mir ist aus eigener Erfahrung bekannt, dass die BILD für so manche fragwürdige Schlagzeile gut ist. Aber diese ganz offensichtlich falsche Meldung lässt mich endgültig an der Qualität der Recherchen zweifeln. Schön, dass jetzt auch die Justizbehörden in Nordrhein-Westfalen ihre Erfahrungen mit der BILD-Zeitung machen. Doch Herr Dolliwa lenkt das Gespräch auf einen anderen Sachverhalt. An meiner Tür befinde sich der Hinweis auf die viertelstündlich durchzuführenden Kontrollen, beginnt er. Ich möge doch bitte bei allem, was ich entschiede und täte, bedenken, dass »hier der Teufel los« sei, wenn mir etwas zustoßen sollte. Ganz offensichtlich macht er sich größere Sorgen um seine Zukunft und den Ruf der Anstalt als um mich. »Niemals werde ich mir etwas antun, niemals würde ich meiner Familie solches Leid zufügen«, antworte ich ihm. »Bitte beenden Sie sofort diese unsinnige Suizidkontrolle, ich kann nicht mehr«, füge ich hinzu. Doch Herr Dolliwa antwortet nicht und verlässt mit einem weiteren, dieses Mal eher flüchtigen Händedruck meine Zelle.

Den Nachmittag verbringe ich mit konzentrierter Arbeit an dem kleinen Holztisch. Ich entwickle Pläne und Konzepte und erarbeite einen Maßnahmenplan für die Tage meiner erhofften Freilassung. Für heute erwarte ich instinktiv keine Entscheidung der Kammer. Ihre Entscheidung wird sie erst am morgigen Tag mitteilen, davon ist auszugehen. Nach dem Abendessen entschließe ich mich, früh zu Bett zu gehen; das Schlafdefizit infolge der nächtlichen Sicherheitskontrollen fordert seinen Tribut. Zudem will ich am morgigen Tag einigermaßen bei Kräften sein, wenn ich das Gefängnis verlassen werde.

Die Uhr zeigt 20.45 Uhr, die Dunkelheit in A115 wird von dem gelblichen, grellen Licht der Scheinwerfer, die draußen rund um den Innenhof auf den Dächern der Zellenblöcke montiert sind, durchschnitten. Da klopft es an der Zellentür, die sich sodann mit dem üblichen Lärm öffnet. Dieses Mal handelt es sich überraschenderweise offensichtlich nicht um die Sicherheitskontrolle. Ich richte mich auf meiner Pritsche auf, um festzustellen, wer mich jetzt noch sehen will.

Die psychologische Betreuerin, mit der ich am Freitag kurz nach meiner Aufnahme in die JVA erstmals gesprochen hatte, betritt die Zelle. Sie ist sichtlich unsicher. Wahrscheinlich verletzt sie momentan mit ihrem Verhalten alle Auflagen zum vorsichtigen Umgang mit Gefangenen. Sie fragt, ob sie sich kurz setzen dürfe, und nimmt, ein wenig verlegen, so scheint es, auf dem Stuhl vor meinem Holztisch Platz. Die Verhältnisse sind denkbar beengt, nur zwanzig Zentimeter trennen den Stuhl von meiner Bettpritsche.

Wir hätten uns seit meiner Aufnahme hier in der JVA nicht mehr gesprochen, beginnt sie. Sie habe jetzt die nächsten Tage frei und wolle, bevor sie heute ihre Arbeit beende, nur kurz hören, wie es mir geht. »Ich erwarte für morgen eine Entscheidung im Rahmen meines Antrags auf Haftaussetzung«, antworte ich. Dann würden wir uns nicht mehr sehen, erwidert sie. Wenn sie nächste Woche aus dem Urlaub zurückkäme, würde ich die Anstalt bereits verlassen haben, sagt sie aufmunternd. Sie hält einen Moment inne und fügt mit leiser Stimme hinzu: »Falls morgen aber eine für Sie negative Entscheidung erfolgen sollte«, sie macht eine längere Pause und schaut mir prüfend in die Augen, »bitte fallen Sie dann nicht in ein tiefes Loch. Bitte tun Sie sich nichts an.« Sie erhebt sich langsam, als würde sie noch zögern, und verlässt meine Zelle. Krachend fällt die schwere Stahltür ins Schloss, und der Riegel wird vorgeschoben. Eine weitere Nacht mit Sicherheitskontrollen im Fünfzehnminutentakt, eine weitere nahezu schlaflose Nacht.

Das, was ich von der Anstaltspsychologin gehört habe, bereitet mir Sorgen. Auch wenn es sicherlich gut gemeint war. Treibt man hier ein böses Spiel mit mir? Morgen wirst du wissen, woran du bist, versuche ich meine Gedanken unter Kontrolle zu bringen. Das kleine alte Radio spielt »Run« von Leona Lewis. Erinnerungen an glückliche, unbeschwerte Zeiten werden wach. Zum ersten Mal liege ich weinend auf der Gefängnispritsche und verfluche meine hilflose Situation.

Donnerstag, 20. November 2014, 5.15 Uhr: Nachdem ich mein morgendliches Trainingsprogramm heute etwas später absolviert habe, bete ich inständig um eine positive Entscheidung durch die zuständige Kammer.

Nach Frühstück und Gemeinschaftsdusche sitze ich um 10.25 Uhr an dem kleinen Holztisch. Freigang findet für mich nicht mehr statt. Ich fasse einige Gedanken in einer Notiz zusammen und höre die 10.30-Uhr-Nachrichten auf WDR 2. Meldungen zu G20, Ukraine und dem IS laufen wie nebenbei, bis sich der Sprecher kurz räuspert, um dann fortzufahren: »Soeben erreicht uns eine Eilmeldung. Das Landgericht Essen hat bestätigt, dass der ehemalige Topmanager und Ex-Arcandor-Chef Thomas Middelhoff im Gefängnis bleibt. Dies hat die Pressestelle des Landgerichts Essen soeben bekannt gegeben.«

Eine Weile bleibe ich wie betäubt an dem kleinen Holztisch sitzen, versuche mich zur Ruhe zu zwingen, dann atme ich tief ein und stehe auf. Ich mache einen Schritt vorwärts zum Fenster und schaue durch Gitterstäbe und Stahlmatten auf den Innenhof. Ich werde hier eingesperrt bleiben, und zwar auf unbestimmte Zeit. Wieso diese Entscheidung? Wieso erfahre ich sie auf diesem Wege? Warum hat das Gericht zuerst die Öffentlichkeit informiert, bevor mir der Beschluss mitgeteilt wurde? Auf diese Fragen finde ich keine Antwort, sosehr ich auch nach sachlichen Gründen suche. Es ist 10.36 Uhr, und mein Kopf scheint völlig leer.

Die Nachrichten um elf Uhr holen mich langsam in die Realität zurück. Starr vor Entsetzen höre ich sie und bin gleichzeitig unfähig aufzunehmen, was die Stimme des Sprechers sagt. Es ist, als blockiere mein Gehirn alles, was in diesem Moment von außen auf mich einwirkt; so muss es vermutlich zugehen, wenn man einen Schock erleidet. Die Wiederholung der Meldung von 10.30 Uhr wird zur vollen Stunde um einen kurzen Kommentar ergänzt. Darin heißt es, dass die Fluchtgefahr, die man mir unterstellt, nach Auffassung des Gerichts weiter fortbestehe. Ich müsse deshalb jetzt im Gefängnis bleiben, bis das Urteil rechtskräftig sei, was allerdings mehrere Monate dauern könne.

Sehr langsam stehe ich auf und bewege mich zum Handwaschbecken, während der Kommentar wie ein Echo in meinen Ohren nachklingt und nicht verstummen will.

Ich wasche meine Hände mit dem kalten Wasser, da wird die Zellentür geöffnet. Die freundliche JVA-Beamtin Frau Siemonson tritt ein. Mit besorgter Miene teilt sie mir mit, dass oben ein Fax für mich eingegangen sei, das sie mir jetzt aushändigen wolle.

Ich gebe mir keine Mühe, die Bitterkeit in meiner Stimme zu verbergen: Ich wisse bereits, um was es sich handle, antworte ich ihr. Seit vierzig Minuten würde diese Nachricht, die ich jetzt erst persönlich erhalten soll, bereits über die Medien in alle Welt verbreitet. Frau Siemonson räumt betreten ein, dass in großen Organisationen auch Fehler passieren könnten. Man muss schon sehr wohlwollend sein, um hier eine Nachlässigkeit anzunehmen. »Ich werde Ihnen das Fax jetzt bringen«, sagt sie, bevor sie durch die Stahltür verschwindet und mich mit meinen Gedanken alleine zurücklässt.

Wenige Minuten später ist Frau Siemonson zurück in meiner Zelle. Das Fax ist tatsächlich der Beschluss der XV. Großen Wirtschaftsstrafkammer, den Haftbefehl wegen Fluchtgefahr gegen mich fortbestehen zu lassen; unterzeichnet von allen drei Richtern.

In der Kopfzeile des Faxes ist die Eingangszeit im Dienstzimmer von Block A vermerkt: 10.34 Uhr. WDR 2 brachte die Meldung über das Fortbestehen des Haftbefehls bereits gegen 10.33 Uhr. Hierbei ist zu berücksichtigen, dass die Nachrichtenredaktion die eingegangene Pressemitteilung des Landgerichts Essen zum Fortbestehen des Haftbefehls ja auch noch hatte bearbeiten müssen. Das Gericht hatte also die Öffentlichkeit über seine Entscheidung ganz offensichtlich bereits informiert, bevor mir diese mitgeteilt werden konnte.

Was für eine groteske Vorgehensweise! Einerseits gibt es eine Verfügung, nach der ich Benachrichtigungen über wichtige

Entscheidungen nur in Anwesenheit von JVA-Mitarbeitern lesen soll, so steht es in großen Lettern auf rotem, in Plastikfolie eingeschweißtem Papier, das für alle gut sichtbar auf dem Schreibtisch des Dienstzimmers klebt. Dies dient natürlich meinem »Schutz«. Andererseits werden wichtige Entscheidungen des Gerichts offensichtlich unverzüglich und auf direktem Wege an die Presse gegeben und erreichen mich so per Radio schneller, als es die persönliche Übergabe unter Aufsicht leisten kann. Was für ein obskurer Umgang mit sensiblen Informationen, was für eine menschenverachtende Form der Öffentlichkeitsarbeit!

Frau Siemonson verabschiedet sich mit traurig-besorgtem Gesichtsausdruck. Wieder allein, versuche ich, meine Situation zu analysieren, als die Tür für die Essensausgabe geöffnet wird. Mit mechanischen Bewegungen trete ich auf den Flur. Der türkische Zellennachbar steht bereits in Shorts und Badeschlappen vor seiner Tür. »Schade«, sagt er nur in meine Richtung.

Conrad, der von seinen siebenundzwanzig Lebensjahren elf hinter Gittern verbracht hat, und Fabio sind mit dem Wagen zur Essensausteilung auf der Höhe meiner Zelle angekommen. »Heringssalat«, sagt Conrad. »Du bist wieder im Fernsehen. Ich geb dir meine Portion«, sein Blick ist voller Mitgefühl. »Ich auch«, pflichtet ihm Fabio entschlossen bei.

Ich drehe mich wortlos um und gehe wieder zurück in meine Zelle. Nach zermürbenden sechs Tagen zwischen Hoffen und Bangen und einem Gezerre um eine Entscheidung, von der ich mich frage, wann sie eigentlich wirklich getroffen wurde, ist jetzt unumstößlich klar: Hier, in A115, werde ich bleiben; und zwar für eine unvorhersehbar lange Zeit.

Den Plastikteller mit den drei Portionen Heringssalat setze ich auf dem Holztisch ab und trete ans Fenster. Unten liegt der schmutzige Innenhof, verlassen und trostlos. Da formt sich ein Entschluss in mir, der schließlich mit der ganzen Kraft meines Willens geboren wird: »So wird das nicht enden! Nicht so!«

Den Nachmittag, den Abend und die Nacht arbeite ich wie besessen an dem kleinen Holztisch. Ich weiß, was ich jetzt zu tun habe: Aufgeben ist das Letzte, was ich vorhabe!

Hoffnungslosigkeit und Menschlichkeit:
Die Bedeutung von Werten in der Haft

Es ist unheimlich viel leichter, in Gemeinschaft zu leiden als in Einsamkeit. Es ist unendlich viel leichter, öffentlich und unter Ehren zu leiden als abseits und in Schanden.
DIETRICH BONHOEFFER, WIDERSTAND UND ERGEBUNG, BRIEFE UND AUFZEICHNUNGEN AUS DER HAFT

Plötzlich Häftling

INFOLGE MEINER VÖLLIG überraschenden Saalverhaftung blieb mir keine Gelegenheit, mich vor dem Haftantritt auf das Leben und die täglichen Abläufe in einem Gefängnis vorzubereiten. Eine solche vorbereitende Phase ist aber normalerweise bis zur Rechtskraft des Urteils durch die Justiz vorgesehen, es sei denn, es handelt sich um Kapitalverbrechen oder es besteht – wie bei mir unterstellt – dringende Fluchtgefahr. Nicht selten liegen zwischen dem Spruch eines Urteils und dem Haftantritt bei Rechtskraft des Urteils – je nach Dauer des Revisionsverfahrens – Monate. Dies ist insbesondere dann der Fall, wenn es sich – wie in meinem Fall – um Urteile im Bereich des Wirtschaftsstrafrechts und um nicht vorbestrafte Angeklagte handelt.

Dr. Sven Thomas, einer der renommiertesten Strafrechtler der Republik im Wirtschaftsstrafrecht und einer meiner Anwälte, hat in seiner fast vierzigjährigen Berufspraxis noch keine Saalverhaftung erlebt. Sie machte mir unmöglich, was im Normalfall vorgesehen und notwendig ist: familiäre, finanzielle oder rechtliche Dispositionen für den Zeitraum der Inhaftierung vorzunehmen. Die Konsequenzen waren fatal und mündeten im wirtschaftlichen Bereich Monate später unter anderem in meinem Antrag auf die Eröffnung eines Privatinsolvenzverfahrens.

In jeder Hinsicht völlig unvorbereitet finde ich mich also am 14. November 2014 in A115 wieder. Weder weiß ich, wie man aus der Haft heraus Briefe verschickt, noch wie die Essensausgabe funktioniert; ich habe keine Ahnung, was man als Untersuchungshäftling selbst organisieren darf, an welchen Gruppenangeboten man sich beteiligen kann oder welche besondere Bedeutung der sogenannte »Anforderungsschein« hat.

Dass sich dies alles bei Häftlingen mit hohem Bekanntheitsgrad nicht unbedingt unkomplizierter gestaltet, mag man sich vorstellen. So legte manches Verhalten von Vollzugsmitarbeitern durchaus die Vermutung nahe, dass sie alles taten, um sich bloß nicht dem Verdacht auszusetzen, sie würden mir eventuell Vorteile gewähren. So war der Ton des einen oder anderen Mitarbeiters mir gegenüber dann auch nicht eben freundlich, ob aus Unsicherheit oder aus anderen Gründen. Auch bei Transporten, etwa in das Sanitätsrevier, wartete ich zum Teil unerklärlich lange. Den Prominentenbonus, über den in der Öffentlichkeit so ausgiebig spekuliert worden ist, mag es in anderen Fällen gegeben haben – in Essen gibt es ihn nicht, jedenfalls nicht für mich. Mir gereicht meine Bekanntheit unverkennbar zum Nachteil.

Krawehlstraße: Ein unbekannter Ort mitten in Essen

Die JVA Essen, 1911 in Betrieb genommen, zählt zu den betagteren Haftanstalten in Deutschland. In einem der Innenhöfe, in dem während der Herrschaft der Nationalsozialisten auch Exekutionen durchgeführt worden sein sollen, seien bis vor einigen Jahren noch die Konturen eines Hakenkreuzes sichtbar gewesen, wird in der Anstalt von älteren JVA-Beamten erzählt.

Diesem überalterten Bau, in dem unter anderem auch RAF-Mitglied Gudrun Ensslin zeitweise einsaß, sieht man seine Vergangenheit deutlich an: Die Verhältnisse in dem grauen Komplex sind beengt, die Zellen veraltet und mit bis zu vier erwachsenen Häftlingen in Etagenbetten belegt.

Nun mag die Fantasie an Orten wie diesen bisweilen seltsame Blüten treiben, jedoch erzählen nicht nur Häftlinge, sondern auch Vollzugsbeamte von Zeiten, in denen sich Ratten aus der Kanalisation ihren Weg durch den Abfluss des WCs in die Zellen gesucht hätten, um dort nach Nahrung zu suchen. Man sei als Abwehrmaßnahme dazu übergegangen, die Toilettendeckel nachts mit den gusseisernen Mülleimern zu beschweren, die man, um das Gewicht noch weiter zu erhöhen, mit Wasser gefüllt habe. Ältere JVA-Bedienstete berichten über anstaltsinterne Wettbewerbe, die der Mitarbeiter gewann, der pro Nacht die meisten in Fallen getöteten Ratten präsentieren konnte.

Die Essener JVA verfügt nicht über ein modernes, elektronisches Schließsystem, sondern wird mit jenen großformatigen Schlüsseln mit Gelenk gesichert, mit denen in alten Gefängnisfilmen so respekteinflößend gerasselt wird. Diese Schlüssel bedeuten noch heute weit mehr als die Möglichkeit, eine Tür zu öffnen: Sie verleihen ihren Trägern zugleich die Macht über Freiheit und Unfreiheit, die Macht über jene, die keinen besitzen. Wann sich die Tür einer Zelle öffnet, entscheidet derjenige, der die Schlüsselgewalt hat, und niemand anders. Der Begriff »Schließer«, wie Vollzugsmitarbeiter noch heute zum Teil im Gefängnisjargon genannt werden, rührt auch von dieser Machtausübung her. Nicht jeder vermag mit dieser Macht immer gleichermaßen verantwortungsvoll umzugehen.

Die Flure in den Blöcken der JVA Essen sind Tag und Nacht von grellem Neonlicht beleuchtet, in den Zellen sorgen ebenfalls Leuchtstoffröhren unter den Decken für Licht, in vielen Fällen flackernd und von surrenden Geräuschen begleitet. Die Flurbereiche sind jeweils durch schwere Glastüren gesichert, die mit ihrer Massivität an Panzerglas erinnern. Die Treppenhäuser sind darüber hinaus von den einzelnen Bereichen durch Gittertüren getrennt.

Die überforderte Kanalisation der Essener Haftanstalt spült nicht selten das wieder hoch, was der Zellennachbar kurz zuvor abgespült hat. Durch die einfach verglasten Fenster pfeift der Wind, Versuche, diese durch das Auftragen von zusätzlicher Dichtungsmasse winddicht zu machen, sind zum Scheitern verurteilt. Die Temperatur im Winter liegt in der Zelle in strengen Frostnächten auch schon mal im einstelligen Bereich. Zellen, Flure, Kleiderkammer, selbst der Wagen für die Essensausgabe – das alles ist veraltet, entsprechend abgenutzt und nicht unbedingt sauber zu nennen. Nicht umsonst wird die Anstalt des geschlossenen Essener Vollzugs von den Häftlingen auch als »dunkles, dreckiges Loch« beschrieben. Und bei allen berechtigten Ressentiments gegen derlei Wertungen sollte man eines nicht verkennen: Viele Inhaftierte der JVA Essen sitzen nicht zum ersten Mal ein, sie haben durchaus Vergleichsmöglichkeiten.

Die administrativen Abläufe entsprechen dem klischeehaften Bild, das man sich von langsam mahlenden Justizmühlen zu machen pflegt. Dies hat drei gravierende Nachteile: Ohne die entsprechenden, korrekt ausgefüllten Formulare tut sich für einen Häftling im Gefängnisalltag nichts. Ohne einen Antrag gibt es weder Toilettenpapier noch Medikamente und schon gar keine blauen Briefumschläge, auf die Untersuchungshäftlinge aber dringend angewiesen sind, weil sie ihre Ausgangspost nur in diesen Umschlägen abgeben dürfen; auch Bücher dürfen ohne zuvor ausgefüllten Antrag inklusive

Genehmigung nicht empfangen werden. Und selbst dann ist das nicht selten ein Vabanquespiel.

Der zweite Nachteil liegt in der Natur der Sache eines so komplizierten Systems: Ein Neuling, der mit den Abläufen an diesem Ort nicht vertraut ist, hat es denkbar schwer. Es ist ein langer, an Rückschlägen reicher Lernprozess, bis es einem in der Essener Haftanstalt gelingt, auch dringend benötigte Alltagsgegenstände erfolgreich zu beziehen. Der dritte Nachteil dieses Formularwesens hängt damit zusammen, dass ein hoher Anteil der Häftlinge gar nicht oder nur sehr fehlerhaft schreiben kann. Hinzu kommt die Vielzahl von ausländischen Inhaftierten, die der deutschen Sprache oft nur rudimentär mächtig sind. Aber auch von ihnen wird gefordert, dass sie schriftliche Anträge stellen – in deutscher Sprache.

Der Tagesablauf

Die Organisation des Tagesablaufs, die ich bereits unmittelbar nach meiner Inhaftierung in Angriff genommen habe, wird nun, mit zunehmender Alltagserfahrung in der Haft, aber insbesondere nach Auftreten meiner Autoimmunerkrankung, ständig weiterentwickelt. Ein Gerüst routinierter Abläufe bringt Struktur in die Einsamkeit der endlosen Tage und hilft einem, sich nicht in depressiven Gedanken und Stimmungen zu verlieren.

Nach der Eingewöhnungsphase beginnt mein Tag jetzt um 4.45 Uhr. Eine kurze Wäsche mit kaltem Wasser über dem kleinen Handwaschbecken – warmes Wasser gibt es in den Zellen nicht –, dann beginne ich den Morgen noch in der Dunkelheit mit Frühsport, der in der Regel aus Liegestützen, Sit-ups und gymnastischen Übungen besteht. Als wertvolle Quelle hierfür dient ein Buch aus der JVA-Bibliothek mit dem Titel »Trainieren mit dem eigenen Körpergewicht«. Es folgen

Gebet und anschließend ausführliche Bibellektüre. Bereits vor der offiziellen Frühstücksausgabe bereite ich mir mein eigenes Frühstück zu: Müsli, das ich beim zweiwöchentlichen Einkauf erstehe, und frisches Obst, das ich später wegen meiner Autoimmunerkrankung als tägliche Nahrungszugabe erhalte, dazu Milch. Das alles sowie einen Becher mit löslichem Kaffee, den ich – einem mir genehmigten Tauchsieder sei Dank – mit heißem Wasser aufgieße, stelle ich auf den Holztisch auf eine kleine Tischdecke mit Serviette, die mir meine Familie gebracht hat. Als U-Häftling ist das Tragen von Privatkleidung erlaubt, ebenso das Verwenden eigener Bettwäsche sowie einiger weniger Dinge des persönlichen Bedarfs. Bisweilen dauert es allerdings, wie in meinem Fall geschehen, drei Wochen, bis diese von der Familie organisierten Sachen ihren Empfänger erreichen. Mangels Platz in A115 verstaue ich die Müslipackungen unter der Holzpritsche und den Tauchsieder auf dem Fußboden unter dem Handwaschbecken.

Nach meiner Morgenmahlzeit nutze ich die offizielle Frühstücksausgabe um sechs Uhr, um meine Briefe und Anforderungsscheine abzugeben. Dabei bemühe ich mich, als einer der ersten Häftlinge für das werktägliche, morgendliche Duschprogramm eingeteilt zu werden. Nach der Rückkehr von der Dusche müssen die Haare in der Zelle an der Luft trocknen, der Besitz eines Föns ist in der JVA Essen nicht erlaubt.

In der Regel beginne ich meine Arbeit an dem kleinen Holztisch zwischen 7.15 und 7.30 Uhr: Lektüre von Schriftsätzen und Verfügungen, von denen es noch immer mehr als genügend gibt, erste Überlegungen an dem Buchmanuskript, Korrespondenz mit meinen Anwälten, von der auch noch immer allzu viel erforderlich ist.

Die Ausgabe des Mittagessens erfolgt um zwölf Uhr; »5-Minuten-Terrinen«, Schokoriegel und Joghurt, ebenfalls über den zweiwöchentlichen Einkauf bezogen, ergänzen die ansonsten recht karge Gefängniskost. Nach dem Mittagessen folgt weitere Arbeit am Holztisch, unterbrochen von einer abermaligen Sporteinlage um 16.15 Uhr, die der am Morgen entspricht. Um siebzehn Uhr wird das Abendessen verteilt, das ich meistens um achtzehn Uhr zu mir nehme, bis dahin arbeite ich konzentriert. Vor dem Abendessen bete ich den Rosenkranz. Nach dem Abendessen folgen nochmals die Übungen vom Morgen. Der Tag endet mit der Lektüre von Büchern bei klassischer Musik. Nach einem weiteren abschließenden Gebet lege ich mich zumeist um 21.30 Uhr auf die Holzpritsche. Mit fortschreitender Erkrankung falle ich allerdings bereits zwischen siebzehn und neunzehn Uhr völlig erschöpft in unruhigen Schlaf.

In dieser Tagesroutine ist die Teilnahme an der sonntäglichen Messe und an den Proben des evangelischen und katholischen Chors eine willkommene Abwechslung. Jeden Dienstag findet ab siebzehn Uhr die Probe des evangelischen Chors statt, der mit großem Einsatz von einem sehr sympathischen Pfarrer geleitet wird. Dabei werden nicht nur kirchliche Lieder einstudiert, sondern auch Songs aus Musicals wie »Can You Feel The Love Tonight« oder Rocksongs, zum Beispiel »House of the Rising Sun«. Der Pfarrer dirigiert nicht nur engagiert den Chor, sondern musiziert selbst sehr professionell auf seiner Posaune. In jüngeren Jahren hat er einige Semester Musik studiert, bevor er sich zum Theologiestudium entschloss.

Der Probe des evangelischen Chors folgt ein Gottesdienst, an dem ich als (katholisches!) Chormitglied teilnehmen darf. Nicht nur diese – aus meiner katholischen Sicht – erstaunliche Erfahrung überrascht ob ihrer Offenheit, sondern auch die Tatsache, dass ich im evangelischen Gottesdienst zusammen mit drei weiteren Häftlingen regelmäßig die Fürbitten vortrage.

Nach einiger Zeit lerne ich den ehemaligen Kunsthändler Helge Achenbach kennen, der ebenfalls in der Essener JVA in Untersuchungshaft einsitzt. Unter aktiver Teilnahme eines

JVA-Mitarbeiters spielen wir eine Zeit lang freitags für fünfundvierzig Minuten zusammen mit einem weiteren Häftling, der sich bereits mehr als fünf Jahre in Untersuchungshaft befindet, Skat. Wir spielen mit vollem Eifer und konzentriert an einem Tisch in der recht großen Gymnastikhalle der JVA. Es geht natürlich um den Sieg, vor allem aber um die Ehre – und um den Einsatz einer Tüte »Haribo-Konfekt«, die der Verlierer dem Sieger zu geben hat. Die Spielergebnisse sprechen sich – wie alle anderen Nachrichten – in Windeseile im gesamten Gefängnis herum. Als der sehr gut und ehrgeizig spielende Vollzugsbeamte zum ersten Mal ein Spiel gegen mich verliert und mir eine Tüte »Haribo-Konfekt« zahlen muss, ist das ein bedeutendes Thema in der Anstalt. Ich werde hofiert, wie in meinen besseren Tagen nach einer gelungenen M&A-Transaktion.

Als ehemaliger Ministrant und regelmäßiger Kirchgänger beherrsche ich fast alle Kirchenlieder auswendig und bin dankenswerterweise darüber hinaus mit einer kräftigen Stimme ausgestattet. Mancher behauptet, man höre sie von der Kapelle der JVA bis in das Dienstzimmer von Block A. Ich werde also durchaus als Verstärkung für den hiesigen katholischen Kirchenchor angesehen. Die aktive Teilnahme an der katholischen Chorprobe eröffnet mir zudem die wöchentliche Teilnahme an der katholischen Sonntagsmesse, die mir ansonsten nur im vierzehntägigen Rhythmus möglich gewesen wäre.

Die Proben des katholischen Chors sind weniger engagiert, weniger beherzt und auch weniger professionell als die des evangelischen Pendants. Für ihre Mitwirkung erhalten die Sänger der katholischen Chorgruppe allerdings alle vier Wochen eine TV-Programmzeitschrift vom Dekan überreicht: für die meisten Mitglieder ein ausreichender Anreiz für die regelmäßige Teilnahme an Chor und Messgang.

An den Wochenenden beschäftige ich mich praktisch rund um die Uhr mit der Beantwortung der zahlreichen Briefe, die die Woche über eingegangen sind, da weder am Samstag noch am Sonntag Aktivitäten außerhalb der Zelle möglich sind – mit Ausnahme eben der Teilnahme an der sonntäglichen Messe.

Die Postlaufzeit von ein- und ausgehenden Briefen ist aufgrund der richterlichen Briefkontrolle ungewöhnlich lang. In meinem Fall kann es durchaus zwischen zwölf und zwanzig Tagen dauern, bis mich ein Brief in A115 erreicht. Soll er beantwortet werden, kommt noch einmal die gleiche Anzahl an Postlauftagen für die Rücksendung hinzu. Um also per Brief einen Gedanken auszutauschen, braucht man unter Umständen vier bis fünf Wochen. Das mutet an, als sei man vom digitalen Zeitalter direkt in die Zeit der Postkutschen zurückkatapultiert worden.

Das Kontrollprozedere muss allerdings für einige Mühe bei der richterlichen Instanz sorgen: Staunend bekennen JVA-Mitarbeiter, sie hätten selten zuvor erlebt, dass ein Inhaftierter in einem solchen Umfang Post erhalte, wie es bei mir der Fall sei. Entsprechend umfangreich ist meine Wochenendbeschäftigung mit der Erledigung der Korrespondenz. Mit der Verschlimmerung meiner Autoimmunerkrankung fällt mir dies allerdings immer schwerer: Die Haut an meinen Fingern ist schmerzhaft aufgeplatzt und blutet beim Schreiben. Für einen vierseitigen Brief benötige ich fast neunzig Minuten.

Das Wochenende beginnt für mich in der JVA Essen schon mit der Essensausgabe am Freitag um zwölf Uhr. Mittag- und Abendessen werden dann zusammen ausgegeben. Das bedeutet, dass sich die Zellentür von Freitag zwölf Uhr bis zum nächsten Morgen nicht mehr öffnet. Samstag und Sonntag das gleiche Prozedere mit Ausnahme der Möglichkeit, sonntags an der Messe teilzunehmen. An einem regulären Wochenende sind die Insassen also knapp siebzig Stunden eingesperrt – ohne Kontakt.

Noch herausfordernder ist die Situation für Häftlinge allerdings an Brücken- oder Feiertagen wie Ostern oder Weihnachten: Sie verbringen dann rund einhundertzwanzig Stunden zumeist stumpfsinnig in ihren Zellen – ohne jegliche Beschäftigung, sieht man von der gängigen Dauerberieselung durch das TV-Gerät ab. Welchen Effekt diese Form des Wegsperrens hat, mag man sich denken.

Meine Postflut hat noch eine weitere Konsequenz: Wenn Briefe aus den USA eingehen, werden sie in Vorbereitung auf die richterliche Briefkontrolle zunächst von einem Dolmetscherbüro übersetzt. Ob Vorschriften oder mangelnde Sprachkenntnisse der Grund dafür sind, vermag ich nicht zu sagen. Auf jeden Fall gedeiht das Geschäft der Übersetzer, denn aus den USA erhalte ich besonders viele Briefe.

Besuche in der JVA: Zwischen Himmel und Hölle

Gelegentlich wird der wöchentliche Rhythmus durch Besuche meiner Anwälte und, leider seltener, meiner Familie unterbrochen. Die Anwälte besuchen mich regelmäßig, um die Entwicklung der verschiedenen zivil- und strafrechtlichen Angelegenheiten zu besprechen. Diese Begegnungen sind vor allen Dingen unmittelbar nach der Inhaftierung ausgesprochen schwierig. Der Umstand, dass ich, eingesperrt in einer JVA, in einem Besprechungsraum auf meine mir vertrauten Anwälte treffe, die mich freundschaftlich begrüßen und sich nach dem Gespräch wieder frei aus dem Gefängnis bewegen können, während ich von Wärtern eskortiert in meine Zelle zurückgebracht werde, setzt mir psychisch sehr zu. Es kostet jedes Mal aufs Neue ungeheure Kraft, stark zu bleiben, wenn sich die Anwälte am Ende ihres Besuches verabschieden, und ich nicht mehr tun kann, als ihnen Grüße für meine Familie mit auf den Weg zu geben.

Mit meiner fortschreitenden Erkrankung werden allerdings auch die Reaktionen der Juristen bei ihren Besuchen zunehmend besorgter: Anfang Februar 2015 hat sich mein Gesundheitszustand so dramatisch verschlechtert, dass die Anwälte sich hilflos fragen, was sie noch tun können, um der Justiz endlich deutlich zu machen, dass hier Gefahr für Leib und Leben droht und mir mit der notwendigen medizinischen Fachkompetenz geholfen werden muss.

Die Treffen mit meinen Anwälten dienen allerdings nicht nur der Erörterung rechtlicher Themen, sie nähren auch den Glauben, dass ich durch sie noch einen Zugang zu meinem früheren Leben habe, zu meinen ehemaligen Peers im internationalen Geschäftsleben. Dieser Glaube mag illusorisch sein, aber er ist von herausragender Bedeutung. Der Verbleib in einer Haftanstalt birgt die große Gefahr, dass sich der Häftling mit den Gegebenheiten dieses Mikrokosmos abfindet, die Motivation verliert, sich selbst zu fordern, und schließlich den Bezug zum Leben jenseits dieser Mauern vollständig verliert. Vor diesem Hintergrund bin ich immer wieder zwiespältig, wenn ein Mithäftling äußert, »er sei hier angekommen«. Um es mit den Worten des JVA-Mitarbeiters beim Skatspiel auszudrücken: »An diesem Ort kann man niemals ankommen.«

Besondere Ereignisse während meiner Inhaftierung sind natürlich die Besuche der Familie. Untersuchungshäftlinge haben Anspruch auf zwei jeweils einstündige Besuche pro Monat bei einer Besucheranzahl von maximal vier Personen. Bei fünf Kindern ist die Organisation der Besuche kein ganz leichtes Unterfangen. Zusätzlich ermöglicht der evangelische Pfarrer deshalb einmal monatlich einen ebenfalls maximal einstündigen Besuch der gesamten Familie in seinem Büro. Auch diese Familienzusammenkünfte bedürfen allerdings der richterlichen Genehmigung. Dass diese Genehmigungen mitnichten eine Formalie sind, beweist eine Begebenheit Ende des Jahres 2014: Ein bereits für Januar 2015 fest bestätigter Termin wird von der Kammer kurzerhand wieder untersagt.

Den Anlass hierfür liefert ein Umstand, der so banal wie obskur ist: Einer meiner vielen Briefe, der weder Staatsgeheimnisse noch Offenbarungen beinhaltete, verließ die JVA aufgrund eines Versehens der Anstaltspoststelle unkontrolliert – von mir den Vorschriften entsprechend unverschlossen. Weil man mir dabei – unberechtigt und ohne zunächst nach der Ursache zu forschen – eine Art postalischen Schmuggelversuch unterstellte, untersagte eine richterliche Verfügung daraufhin alle Besuche, auch den meiner neunzigjährigen Mutter. Welche Wirkung diese Entscheidung auf meine Familie und mich hatte, kann man sich vorstellen.

Der erste Besuch meiner Frau findet am 19. November 2014 statt, nachdem ein vorheriger Versuch an einer fehlenden Genehmigung gescheitert ist. Um 10.45 Uhr werde ich von jenem JVA-Mitarbeiter in meiner Zelle abgeholt, der mich schon am Nachmittag der Saalverhaftung bei meiner Überführung in die Haftanstalt begleitet hat: »Ihre Frau wartet in einem Besucherraum auf Sie. Ich werde Sie jetzt dorthin begleiten. Da der zuständige Richter auch die Kontrolle Ihrer Gespräche angeordnet hat, werde ich bei diesem Besuch die Kommunikation zwischen Ihnen und Ihrer Frau überwachen.«

Ich bin zu aufgeregt, fünf Tage nach der Saalverhaftung, ohne jeden Kontakt zu oder Nachricht von meiner Familie, meine Frau sehen und sprechen zu können, um mir über die Bedingungen dieses Wiedersehens Gedanken zu machen; sie sind mir in diesem Moment völlig gleichgültig.

In meiner blauen Anstaltskleidung – Jeans und blaues Sweatshirt – gehe ich den Flur des A-Blocks entlang, gefolgt von dem JVA-Beamten. »Ich nehme den Middelhoff mit in den Besucherraum, er hat Besuch von seiner Frau«, informiert er knapp seine Kollegen im Dienstzimmer. Es ist, als werde man mit diesen Worten vom Mensch zur Sache degradiert. Er öffnet eine schwere Tür mit Sicherheitsglas, wir biegen nach links ab und steigen eine freie Stahltreppe hoch in den zweiten Stock von Block B, wo massive graue Stahltüren mit großen schwarzen Ziffern den Zugang zu den dahinterliegenden Besucherräumen verschließen. »Wir gehen zur Nummer 2«, weist mich der JVA-Mitarbeiter an. Ich bleibe wie befohlen vor der Tür mit der Nummer 2 stehen, aufgeregt, aufgewühlt, mein Herz klopft heftig. In welchem Zustand wird meine Frau sein, was wird sie mir berichten, haben alle Familienmitglieder den Schock meiner Verhaftung gut überstanden? Der Vollzugsmitarbeiter öffnet die Tür: »Gehen Sie in Raum 2«, sagt er. Langsam, mit tastenden Schritten durchquere ich den schmalen, mit rotem Linoleum ausgelegten Flur und trete über die Türschwelle des Besucherraums 2.

Der Raum ist klein, etwa drei Meter lang und zwei Meter breit, ein Tisch, vier Stühle. Hinter dem Tisch steht Cornelie und wartet auf mich: aufgeregt und offensichtlich in großer Freude, dass wir uns wiedersehen können. Wir umarmen uns schweigend, die Tränen lassen sich nicht mehr im Zaum halten. Der JVA-Beamte ordnet an, dass wir uns setzen sollen: Cornelie auf der einen Seite des Tisches, ich auf der anderen Seite, er selbst sitzt am Kopf des Tisches zwischen uns. »Sie können sich jetzt unterhalten. Da Sie, Dr. Middelhoff, der Kommunikationskontrolle unterliegen, muss ich bei dem Gespräch zugegen sein.«

Das Gespräch verläuft den Umständen entsprechend stockend. Meine Frau berichtet von der Reaktion der Kinder auf meine Saalverhaftung, von meiner Mutter und von Freunden, immer wieder unterbrochen oder zurechtgewiesen von dem JVA-Beamten. Wir sprechen über praktische Fragen meiner Haftbedingungen und darüber, auf welche Gegenstände ich als Untersuchungshäftling Anspruch habe: eigene Kleidung, eigene Bettwäsche und Handtücher, außerdem darf ich einen CD-Player und ein kleines TV-Gerät in meiner Zelle haben, ebenso Bücher. Elektronische Geräte müssen allerdings speziell gesichert sein, um auszuschließen, dass in ihnen unerlaubte

Dinge in die Anstalt geschmuggelt werden. Zum Abschied umarme ich meine Frau und werde zurück zu A115 eskortiert. Die Zelle kommt mir nach diesem Wiedersehen noch kleiner und trostloser vor als zuvor.

Am 20. November bringt eine ergänzende Verfügung zu meinen Haftbedingungen für künftige Besuche deutliche Erleichterung: Vorgesehen ist unter anderem der »Verzicht auf akustische Überwachung der Besuche, sofern Sicherungsgesichtspunkte der Anstalt dem nicht entgegenstehen«. Ich darf meine Familie in Zukunft ohne akustische Überwachung durch einen Vollzugsmitarbeiter sehen.

Zwischenzeitlich hat diese beschlossen, dass die zwei Besuchstermine im Monat allein von meiner Frau und den Kindern wahrgenommen werden. Freunde, die sich zwischenzeitlich um einen Termin bemüht haben oder bereits selbst einen organisiert hatten, werden von meinem Sohn Jan gebeten, auf diesen Besuch zu verzichten.

Die Besuche ohne akustische Kontrolle finden im großen Besucherraum der JVA Essen statt. An zirka zwölf Besuchertischen, die für zwei oder vier Personen vorgesehen und mit einer Nummer versehen sind, finden der Inhaftierte und seine Besucher Platz. Das Wachpersonal kontrolliert hinter einer Glasscheibe sitzend den Raum und überwacht unter anderem, dass keine unerlaubten Gegenstände ausgetauscht werden. Zudem wird sorgfältig darauf geachtet, dass die Häftlinge am Besuchertisch so Platz nehmen, dass ihr Gesicht von den Vollzugsmitarbeitern jederzeit gesehen werden kann.

Bei diesen Besuchsterminen darf der Besucher dem U-Häftling frische Wäsche und sonstige Textilien überreichen. Alles wird zuvor Stück für Stück akribisch auf versteckte Drogen, Alkohol oder andere unerlaubte Gegenstände untersucht. Anschließend werden die einzelnen Teile, die zuvor gebügelt und ordentlich zusammengelegt waren, notdürftig zusammengerollt in große bläuliche Plastiksäcke gestopft, die mit dem Namen »Middelhoff« beschriftet werden. Die Besucher selbst müssen eine Sicherheitsschleuse passieren und sich bei Zweifeln gegebenenfalls einer Leibesvisitation unterziehen.

Zeitlich leicht versetzt wird der Häftling aus der Zelle geführt, wo er bereits mit einem großen Plastiksack, der mit auszutauschender Schmutzwäsche gefüllt ist, wartet. In einer Sicherheitsschleuse werde auch ich auf das Mitführen verbotener Gegenstände kontrolliert. Zudem wird registriert, ob ich eine Uhr oder andere Gegenstände, zum Beispiel einen Ehering, bei mir führe. Anschließend werden die einzelnen Teile meiner Schmutzwäsche auf einem Tisch kontrolliert und in einen blauen Plastiksack gestopft, der mit Klebeband verschlossen und mit meinem Namen beschriftet wird.

Auf ein Kommando darf der Häftling dann den Besucherraum betreten, den blauen Sack muss er zunächst in einer Ecke des Raumes abstellen. Erst danach darf er sich seiner Familie zuwenden, die an einem Besuchertisch wartet.

Die Momente des Wiedersehens mit meiner Frau und den Kindern verlaufen stets sehr emotional, mit Tränen bei allen Beteiligten. Während der knappen Stunde Besuchszeit gibt es vielfältige Fragen zu erörtern: persönliche, familiäre, rechtliche und wirtschaftliche Themen, wobei es den Besuchern nicht erlaubt ist, sich schriftliche Notizen zu machen. Viel zu schnell verstreicht die Besuchszeit. Immer wieder fällt mein Blick auf den vorrückenden Minutenzeiger der großen Uhr, die an der Wand des Besucherraums angebracht ist. Kurz vor Ablauf der Besuchszeit kommt ein Beamter an unseren Tisch mit dem Hinweis, es sei Zeit, zum Ende zu kommen. Eine letzte Umarmung, die mitgebrachten Süßigkeiten und Briefmarken werden in meinen Hosentaschen verstaut, ich nehme den großen Sack mit frischer Wäsche und lasse mich aus dem Raum führen, während die Familie ihn in die entgegengesetzte Richtung verlässt. Auf dem Weg zurück zur Zelle erfolgt eine weitere Sicherheitskontrolle. Schließlich bin ich wieder allein in A115, und es ist, als sei alle Energie aus mir gewichen: Ich fühle mich leer, grenzenlos traurig und einsam. Sosehr ich mich jedes Mal auf den Besuch der Familie freue, so sehr hasse ich zugleich den Moment, wenn ich nach dem Besuch wieder alleine in meiner Zelle bin.

In dem Besuchsraum lassen sich auch andere Familien oder Paare beobachten: eine Frau, die am Besuchertisch sitzend ein Baby stillt und zugleich offensichtlich ungeduldig darauf wartet, dass ihr inhaftierter Partner in den Raum geführt wird. Ein türkisches Ehepaar, das den inhaftierten Sohn besucht. Als dieser den Raum betritt, erleidet der Vater einen schweren Weinkrampf. An einem Besuchertisch mit zwei Stühlen wartet eine Frau, nervös, mit starrem Blick. Ein Mann, vermutlich ihr Partner, wird zu ihrem Tisch geleitet. Kurze Zeit später springt er von seinem Stuhl auf und will sofort in seine Zelle zurückgebracht werden. Seine Gesprächspartnerin lässt er grußlos zurück. Man kann leicht erahnen, was sie ihm mitzuteilen hatte.

Die monatlich stattfindenden Besuche im Büro des Pastors, bei denen die gesamte Familie für sechzig Minuten zusammenkommt, sind ganz besondere Momente, wenn auch unter strengen Sicherheitsvorkehrungen. An diesen Tagen holt mich der Pastor mit ernster, feierlicher Miene persönlich in A115 ab, um mich zu seinem Büro zu führen, wo sich die Familie nach den obligatorischen Sicherheitskontrollen bereits eingefunden hat.

Diese Zusammentreffen schenken mir für eine Stunde so viel Glück, Intimität, Vertrautheit und Nähe, wie man es kaum in Worte fassen kann. Da das Büro keine ausreichende Anzahl an Sitzmöglichkeiten für eine so große Gruppe bietet, sitzen einige meiner erwachsenen Kinder einfach auf dem Boden. Der Pastor kocht Kaffee, der in großen Bechern gereicht wird. Wir halten uns an den Händen, während wir uns heitere Geschichten erzählen, scherzen und lachen. Mit dem Fortschreiten meiner Erkrankung werden diese Treffen allerdings immer ernster, immer belastender für meine Frau und die Kinder, da der Familie natürlich nicht verborgen bleibt, dass es mit meiner Gesundheit rasant bergab geht.

Erst viel später ist mir klar geworden, dass die Gefühle der besuchenden Familienmitglieder bei diesen Treffen weitestgehend ausgeklammert werden. Sie wollen den Inhaftierten nicht zusätzlich belasten und geben sich stark, Probleme werden instinktiv bagatellisiert; und auch ich will sie nicht mit unschönen Ereignissen meines Haftalltags über Gebühr strapazieren. Diese Erkenntnis formulierte schon Dietrich Bonhoeffer knapp siebzig Jahre zuvor in seinen »Brautbriefen aus Zelle 92«. Erst nach meiner Rückkehr aus der Untersuchungshaft wird mir das Ausmaß des Traumas bewusst, das die Menschen, die mir so nahestehen, durch die Ereignisse, die über sie hereingebrochen sind, erlitten haben.

Wie willkürlich das Thema der Besuchserlaubnis in einer JVA durch den zuständigen Richter bisweilen gehandhabt wird, zeigt das Beispiel des Pfarrers der katholischen Bielefelder Bartholomäusgemeinde Hubert Maus. Pfarrer Maus ist ein aufgeschlossener, lebenserfahrener, einfühlsamer und mutiger Kirchenmann, der für seine Überzeugungen und seinen Glauben auch in der Öffentlichkeit eintritt. Seit einigen Jahren verband uns eine geistige Nähe. In der herausfordernden Situation meiner Untersuchungshaft war es Pfarrer Maus ein Anliegen, mir Beistand zu leisten. Er stellte einen Besuchsantrag. Doch statt einer Genehmigung erhielt er einen Anruf des zuständigen Richters mit der nicht eben freundlich vorgetragenen Frage, was er denn von mir wolle. Obwohl erstaunt über Anruf und Ton, erläuterte der Pfarrer dennoch mit unbeirrbarer Geduld, welche seelsorgerische Intention sein Besuch habe. Den Richter beeindruckten die Erklärungen nicht, er lehnte den Antrag ohne Begründung ab. Pfarrer Maus ließ sich davon glücklicherweise nicht beeindrucken und berief sich sachkundig auf das Kirchenrecht. Erst da lenkte Richter Schmitt ein. Pfarrer Maus erhielt die Besuchserlaubnis.

Der »Einkauf«: Ein ganz besonderer Höhepunkt

Ein besonderes Ereignis, für Häftlinge wie auch für JVA-Mitarbeiter, ist die zweimal monatlich gebotene Möglichkeit des »Einkaufs«. Jeden zweiten Dienstag, meist am Spätnachmittag, werden von den Vollzugsmitarbeitern vierseitige Einkaufslisten sowie eine separate Liste für frische Produkte an die Häftlinge verteilt. Diese sind bei Bedarf auszufüllen und werden am darauffolgenden Mittwoch im Rahmen der Frühstücksausgabe wieder eingesammelt.

Untersuchungshäftlingen ist es in der JVA Essen gestattet, monatlich für maximal 210 Euro einzukaufen. Meine Familie zahlt diese Summe jeweils auf mein persönliches Anstaltskonto ein. Den zur Verfügung stehenden Betrag gilt es, möglichst vorausschauend einzuteilen. Während ich mich bei meiner ersten Bestellung noch unbedacht mit allen angebotenen Süßigkeiten und Snacks wie Chips, Erdnüssen und »Haribo-Konfekt« in maximaler Stückzahl eingedeckt habe, ist mein Einkaufsverhalten nur wenige Wochen später aufgrund entsprechender Entbehrungserfahrungen deutlich taktisch geprägt. Da die Intensität meiner Korrespondenz dazu führt, dass Briefmarken bei mir ständig knapp sind, muss ich mir selbst Optimierungsbedarf bei meinem Konsumhabitus eingestehen und ändere meine Strategie: Verzicht auf Nahrungsmittel zugunsten der Briefmarken.

An dem der Bestellung folgenden Freitag werden die Artikel von einem Edeka-Markt ausgeliefert. Schon am frühen Morgen dieses Tages ist die Stimmung von ungeduldiger Erwartung und Vorfreude geprägt. Die Häftlinge, und aus mir zu diesem Zeitpunkt noch unverständlichen Gründen auch eine Vielzahl von JVA-Mitarbeitern, sind außerordentlich gut gelaunt. Die Freude, dass die bestellten Produkte in wenigen Stunden geliefert werden, wie auch die Tatsache, dass der Liefervorgang Abwechslung in den Haftalltag – insbesondere vor einem der gefürchteten langen Wochenenden – bringt, lässt die gesamte JVA wie elektrisiert wirken.

Am Freitagnachmittag wird um kurz nach fünfzehn Uhr meine Zellentür geöffnet, damit ich meine Bestellung in einem großen Pappkarton verpackt in Empfang nehmen kann, nachdem ich zuvor die Übereinstimmung der Lieferung mit meinem Bestellzettel quittiert habe.

Bei der Übergabe der Artikel helfen die sogenannten »Hausarbeiter«. Dies sind Häftlinge, die in einem bestimmten Bereich der JVA für Hausarbeiten zur Verfügung stehen. In meinem Fall sind das Conrad und Fabio, die beiden jungen Männer, die auch mit der Essensverteilung betraut sind. Betreten nehme ich ihre traurigen Blicke wahr, als sie mir meine Bestellung aushändigen. Sie selbst verfügen offensichtlich nicht über die finanziellen Mittel, um sich Süßigkeiten, Chips oder Dauerwurst zu kaufen. Spontan entschließe ich mich, den beiden einen großen Teil meines Einkaufs zu schenken.

Alltägliches als Herausforderung:
Der Barbier von Essen

Kleinigkeiten des alltäglichen Geschehens stellen den Verwaltungsapparat des Essener Justizvollzugs gelegentlich vor gewaltige Herausforderungen, wie ich am Beispiel des Friseurbesuchs in der JVA feststellen kann, der mittlerweile dringend notwendig geworden ist.

Man mag mir sicherlich in einigen Fällen zu Unrecht Eitelkeit unterstellt haben, in dieser Hinsicht indes bekenne ich mich zu einem gewissen Perfektionsstreben. Aus diesem

Grunde war ich zunächst fast dreißig Jahre einem Düsseldorfer Salon treu, bevor ich mich drei Jahre vor meiner Inhaftierung auf den Rat meiner Frau hin Robert anvertraute. Robert führt zusammen mit seinem Bruder den vom Vater in Bielefeld gegründeten Salon. Der Senior soll einst Liz Mohn frisiert haben, und Robert sorgt aktuell unter anderem für das Styling bei internationalen Modenschauen.

Man könnte also tatsächlich zu Recht behaupten, dass ich durchaus etwas eigen bin, wenn es um das Haupthaar geht. Umso nachdenklicher macht es mich, als ein JVA-Mitarbeiter mir eines Tages den freundlichen Hinweis gibt, dass meine Haare etwas lang geworden seien, und prompt Abhilfe verspricht: Er könne mir für Freitagnachmittag einen Friseur für einen Haarschnitt organisieren, sagt er. Dieser sei ein Meister seines Faches, fügt er noch bekräftigend hinzu.

Nun ist bei sensiblen Dingen eine zweite Meinung oft aufschlussreich, weshalb ich den Anstaltspsychologen um seine Einschätzung zu dem Genannten bitte. Er findet deutliche Worte: Der empfohlene Herr übe sein Handwerk ausschließlich mit einer elektrischen Schere aus, die nicht eben eine filigrane Technik zulasse, er sei ein Quereinsteiger, dessen Stil eher dem eines australischen Schafscherers entspreche. Diese Aussagen sorgen nicht unbedingt für Zutrauen, zumal mir zugetragen worden ist, dass der Gefängnisfriseur seinem Handwerk derzeit nicht mehr nachgehen könne, weil er von einem Häftling für die mangelnde Qualität seiner Arbeit mit folgenreichem Nachdruck zur Rechenschaft gezogen worden sei.

Der Psychologe empfiehlt statt des australischen Schafscherers einen anderen Insassen: einen jungen Mann in Block C mit irakisch-tschetschenischer Abstammung, zwar auch nicht »vom Fach«, aber er übe seine Tätigkeit mit einer Handschere aus und sei schon etwas feinfühliger. Das scheint unter den gegebenen Umständen der richtige Mann! Am folgenden

Freitagnachmittag begleitet mich der Psychologe zu Block C, einem Bereich, der für Pädophile reserviert ist. Er stellt mir Achmed vor, der bereits an seine Zellentür gelehnt auf mich wartet. Ein kurzes Händeschütteln, und schon hat Achmed einen alten Holzstuhl mitten auf den Flur gestellt. Mit einer ausladenden Armbewegung fordert er mich auf, Platz zu nehmen. Kaum sitze ich, knotet mir Achmed eines seiner persönlichen Handtücher um den Hals. Er verschwindet in seiner Zelle, um mit einer kleinen Holzkiste in der rechten Hand zurückzukehren, die allerlei Gerätschaften enthält, die ein Friseur nach landläufiger Ansicht zur Ausübung seiner Tätigkeit benötigen könnte.

In einiger Sorge um mein Schicksal erläutere ich Achmed detailliert meine Vorstellung eines perfekten Haarschnitts. Achmed hört mir geduldig nickend und freundlich lächelnd zu, um mir dann zu antworten, seine Deutschkenntnisse seien eher begrenzt. Er habe daher eigentlich nicht sehr viel verstanden. Spricht's und greift nach einer kleinen, mit Wasser gefüllten Plastikflasche, wie man sie auch benutzt, um Blumen zu besprühen.

Durch den feinen Sprühnebel, der über meinem Kopf niedergeht, registriere ich, dass sich zwischenzeitlich zahlreiche weitere Häftlinge traubenförmig um uns versammelt haben. Sie kommentieren fachmännisch die Arbeit von Achmed, der, wie ich bei meiner Rückkehr in A115 mit einem Blick in den kleinen Spiegel feststelle, zu den radikaleren Vertretern seiner Zunft zu zählen ist. »Zu diesem Häftling sollten Sie wirklich nicht mehr gehen, als Friseur ist der eine Null«, raunt mir ein JVA-Mitarbeiter bei der Ausgabe des Abendessens mitleidig zu. Conrad beschränkt sich auf ein »Oh – mein – Gott!«.

Back to the roots: Meine neue alte Liebe zu den Büchern

Die Zeit in der Haftanstalt führt mich aber auch wieder zurück zu einer frühen Leidenschaft: zu der intensiven Lektüre von Büchern. In jungen Jahren war ich das, was man vor Beginn des digitalen Zeitalters als regelrechten Bücherwurm bezeichnete. Mehrere Stunden am Tag tauchte ich in die Welt der Bücher ein, die ich las. Im Alter von achtzehn Jahren träumte ich davon, später als Schriftsteller tätig zu sein. In diesen Träumen sah ich mich in einem kleinen irischen Landhaus an einem Manuskript arbeiten, mit allem, was zu einer solch jugendlichen Vorstellung dazugehört – inklusive Kaminfeuer und treuem Jagdhund zu meinen Füßen.

Diese Affinität zum Buch war auch ein wesentlicher Grund für meine Bewerbung bei der Bertelsmann AG nach Examen und Promotion. Später sollte sich für mich mit der Übernahme von Random House und der Entwicklung der Bertelsmann Verlagsgruppe zum größten Buchverlag der Welt der alte Jugendtraum auf andere Weise erfüllen.

Nun ist A115 gewiss kein irisches Landhaus, einen Kamin gibt es auch nicht, und statt mit einem Jagdhund teile ich mir die Zelle mit Ameisen. Dennoch finde ich in der Einsamkeit dieses Ortes den Weg zurück zu den Büchern, die ich während meiner Karriere und der damit verbundenen fehlenden Zeit aus den Augen verloren hatte.

Jede Gelegenheit, die sich mir im Rahmen meines festen Tagesablaufs bietet, nutze ich zur Lektüre meiner Bücher: Ob beim Frühstück, Mittag- oder Abendessen, vor dem Schlafengehen oder beim obligatorischen Warten vor dem Sanitätsbereich. Ich lese Bücher von T. C. Boyle bis Houellebecq, von Bonhoeffer bis Amos Oz. Ich flüchte mich erneut in den Kosmos der Geschichten, die ich lese, diesmal allerdings, um der Einsamkeit zu entkommen und die Leere zu füllen, die das

Leben hier bestimmt, wenn man nicht selbst für intellektuelle Beschäftigung zu sorgen in der Lage ist.

Ich entwickle meine eigene »Bestseller- und Sachbuchliste A115«. Ich notiere mir Buchtitel, die im Radio in verschiedenen Kultursendungen empfohlen werden. Ich lese sie alle. Häftlinge oder Angehörige dürfen Bücher bei Amazon bestellen und sie direkt in die JVA liefern lassen, sofern sie zuvor einen entsprechenden Antragsschein ausgefüllt haben, der seinerseits genehmigt werden muss. Mein Bestand an Büchern wächst im Laufe der Zeit eindrucksvoll, so dass ich mich mit der Aufsicht von Block A darauf verständige, immer nur höchstens zwölf Bücher gleichzeitig in meiner Zelle zu haben. Werden darüber hinaus neue Bücher geliefert, muss ich zuvor eine entsprechende Anzahl an Büchern wieder abgeben. Diese darf ich leider nicht der Anstaltsbibliothek schenken, was ich gern getan hätte. Man könne sonst in meinem Falle diese »Spende« als Bestechungsversuch ansehen, so die Begründung der Leitung des Blocks.

Nach einem ähnlichen Prinzip erstelle ich in A115 auch meine eigene Musik-Playlist: Musiktitel, die im Radio gespielt werden und mir gefallen, notiere ich auf Blättern. Nach meiner Entlassung fasse ich diese Titel unter dem Namen »A115« zusammen: Es sind rund einhundertdreißig Stücke, und jedes einzelne versetzt mich noch lange in die Zeit zurück, als ich A115 bewohnte.

Ich höre auch Besprechungen von Filmpremieren im Radio, und wenn eine Kritik mein Interesse geweckt hat, notiere ich den Titel in einer entsprechenden »Filmliste A115«. Alle diese Filme sehe ich tatsächlich nach meiner Entlassung aus der U-Haft.

Die Vollzugsmitarbeiter: Menschlichkeit und menschliche Abgründe

Von dem Moment an, als ich die JVA Essen betrete, spüre ich intuitiv, dass auch dieser Ort von einer Art sozialem System bestimmt sein muss, von einem System allerdings, das sich durch besondere Bedingungen und Eigenschaften auszeichnet. Also verbringe ich die ersten Tage damit, dieses Gefüge zu studieren, vor allem aus Gründen des Selbstschutzes. Die wichtigsten Akteure in diesem Universum sind die Vollzugsmitarbeiter, häufig noch immer despektierlich »Schließer« genannt. Auf der anderen Seite stehen die Häftlinge; in einer Art unabhängigen Mitte gibt es die Sozialarbeiter, die Psychologen und Priester. Darüber thront in der Hierarchie die Leitung der JVA und über all dem wiederum das Justizministerium von Nordrhein-Westfalen mit seinen unzähligen Amtmännern und Ministerialdirektoren.

Ich frage mich in diesen Tagen in A115 oft, was einen jungen Menschen dazu bewegen kann, eine Tätigkeit im Justizvollzug einer Haftanstalt anzustreben. Vermutlich ist es der Wunsch, Menschen zu helfen, die sich im Leben verirrt haben, und sie auf ihrem Weg der Läuterung zu begleiten. Nun ist das mit der Läuterung offensichtlich in nicht ganz wenigen Fällen eine Illusion, wie die Quote der Rückfälle und der Mehrfachtäter beweist.

Das liegt sicher nicht zuvorderst am mangelnden Vermögen engagierter Vollzugsmitarbeiter, sondern vor allem wohl an den Umständen eines durch Sparvorgaben an den Rand seiner Handlungsfähigkeit gebrachten Vollzugsapparates. Da mag es dann auch nicht verwundern, dass ich in meiner Zeit in der JVA Essen immer wieder auf Angestellte treffe, die sich ihrer Ideale beraubt fühlen, die im Laufe der Jahre abgestumpft sind und offenbar den Versuch aufgegeben haben, Verirrte auf den richtigen Weg zurückzuführen; zu groß und zu zahlreich waren wohl die Enttäuschungen. Mancher scheint da nur noch desillusioniert die Tage bis zur Pensionierung zu zählen.

Bei anderen wiederum ist es vielleicht ebendiese Desillusionierung, die nicht in Resignation, sondern in Aggressivität umschlägt. Das wäre jedenfalls die verständnisvolle Variante einer Erklärung für so viele grobe Befehle und herrisch gebellte Anweisungen oder für ein Verhalten, das dem Gegenüber unmissverständlich deutlich macht, dass jeder, der hier gelandet ist, der letzte Dreck sein muss – und auch so behandelt wird. Dazwischen gibt es vielerlei weitere Ausprägungen verschiedenster Verhaltensmuster.

Zu einer Untersuchung im Universitätsklinikum Essen werde ich in einem VW-Bulli mit vergitterten Scheiben gefahren, in dem ich hinter einer Wand sitze, die den Fahrgastraum von der Fahrerkabine trennt. Zwei Vollzugsmitarbeiter begleiten mich als Bewacher. Der Bulli rollt langsam aus dem von hohen und mit Nato-Draht bewehrten Mauern umgebenen Hof in eine Sicherheitsschleuse. Vor und hinter uns schließen sich Stahltüren. Die beiden Wachleute steigen aus dem Wagen und lassen sich an der Pforte jeweils eine Waffe aushändigen. Dabei wirkt es, als verändere sich mit der Bewaffnung auch ihre Haltung: Gehen sie aufrechter? Sie wirken auf mich plötzlich selbstbewusster, ihr Gang erscheint strammer. Die Respekt einflößende Wirkung der Waffen erstreckt sich offensichtlich auch auf deren Träger – vermutlich ein erwünschter Effekt.

So viel Respekt wie ich meinen Begleitern entgegenbringen soll, so wenig bringt man mir entgegen. Mit einem Wachmann vor mir und seinem Kollegen dicht hinter mir betrete ich das Klinikum, vor dem Behandlungszimmer wird mir befohlen, stehen zu bleiben. Nachdem der Vorausgehende den Raum auf Fluchtmöglichkeiten überprüft hat, meldet er seinem Kollegen – mit lauter Stimme für alle gut hörbar: »Soweit alles gesichert. Du kannst den Häftling hereinführen.« Zu dritt betreten wir das kleine Behandlungszimmer, in dem sich meine beiden Begleiter ohne Scheu und nicht eben leise unterhalten. Ihre Präsenz, ihr Gebaren signalisiert mir und allen anderen, wer hier das Sagen hat.

Schließlich betritt Schwester Maria den Raum. Sie stammt aus Kroatien, eine (lebens-)erfahrene Krankenhausschwester. In Sekundenbruchteilen erfasst sie die Situation und reagiert auf ihre Weise: Sie verlässt den Raum, um kurz darauf mit einer Tasse Kaffee zurückzukehren, die sie lächelnd vor mir auf den Tisch stellt. Auf der Untertasse liegen zwei Mini-Täfelchen Ritter-Sport-Schokolade. Meine beiden Bewacher würdigt sie keines Blickes.

Die Ärzte hingegen verhalten sich zumeist völlig anders, wenn ich mit zwei bewaffneten Männern im Schlepptau ihr Warte- oder Behandlungszimmer betrete: irritiert und unsicher. Flankiert von bewaffneten Aufpassern mutiere ich, der Wirtschaftsstraftäter, in ihren Augen offensichtlich zu einer für die Umgebung hochgefährlichen Kreatur. Wie mag es ihnen erst ergehen, wenn ein wirklicher Schwerverbrecher in Handschellen zur Untersuchung vorgeführt wird, frage ich mich.

Als der junge, sympathische Professor den kleinen Behandlungsraum betritt, stehe ich respektvoll auf, um ihn zu begrüßen. Die beiden Wachleute bleiben auf ihren Stühlen sitzen. Sofort ergreift einer von ihnen das Wort, erläutert mit einer Stimme, die keine Gegenrede duldet, alles, was aus seiner Sicht notwendig erscheint: Häftling, Fluchtgefahr, JVA Essen, versichert über das Land NRW, Erklärung der Kostenübernahme durch das Land komme gleich per Fax.

Meine Hoffnung, die beiden Herren würden nach dieser strammen Ansage den Raum verlassen, aus Anstand und weil er ohnehin fensterlos ist, also außer der Tür keine Fluchtmöglichkeit bietet, stirbt umgehend. Sichtlich irritiert und befangen durch die Präsenz der Wachmänner beginnt der junge

Professor mit seiner Anamnese. Ebenso befangen beantworte ich seine intimen Fragen vor den beiden bewaffneten JVA-Beamten, an deren Ledergürteln Handschellen baumeln, als wären es die Insignien ihrer Macht.

Eine zielführende, vertrauensvolle Behandlungsatmosphäre zwischen Arzt und Patient kann sich unter solchen Bedingungen kaum entwickeln; und das, obgleich eine solche vor dem Hintergrund einer hochkomplexen, systemischen Autoimmunerkrankung von größter Bedeutung wäre.

Nur wenige Ärzte haben den Mut, sich und meine Behandlung der Präsenz der Bewacher zu entziehen. Ein älterer Professor tut dies mit der ganzen Autorität seines Amtes und seiner Persönlichkeit: »Meine Herren, Sie verlassen jetzt den Raum, damit ich mit der Behandlung von Herrn Dr. Middelhoff beginnen kann«, ordnet er bestimmt an. »Was denken Sie sich eigentlich? Dr. Middelhoff ist doch kein Schwerverbrecher.«

Die so des Platzes verwiesenen Herren verlassen nur zögerlich das Sprechzimmer. Und nicht ohne darauf hinzuweisen, dass sie persönlich zur Rechenschaft gezogen werden würden, falls ich fliehen sollte. »Dr. Middelhoff wird nicht fliehen, wo denken Sie hin?«, antwortet der couragierte Professor. »Warum sollte er fliehen und vor allen Dingen wohin bei seinem Bekanntheitsgrad?« Spricht's und schließt die Türe vor den Nasen der verdutzten Bewacher.

Welche Ausmaße Vorschriften und deren bedingungslose Befolgung annehmen können, mag eine Episode verdeutlichen, als im Rahmen eines kleinen chirurgischen Eingriffs eine Biopsie meiner Haut an verschiedenen Fingern durchgeführt werden soll. Vor dem OP-Saal der Dermatologie in der Uniklinik Essen gibt es zwei sehr kleine, schon für eine Person nicht eben geräumige Umkleideräume. Sie verfügen über jeweils eine Eingangs- und eine Ausgangstür, wobei letztere nur Zutritt zu dem fensterlosen OP-Saal gewährt. Es würde also eine vermeintliche Fluchtgefahr ausreichend ausschließen, wenn die Eingangstür oder vielleicht auch beide Türen bewacht würden. Dennoch zwängt sich einer der Bewacher mit mir in die kleine Umkleide, in der erst ich und dann der JVA-Beamte nacheinander einen grünen OP-Kittel anziehen, anschließend Haarnetz und Pantoffeln; wollten wir das gleichzeitig machen, wäre das aufgrund der Enge kaum möglich. Ein unwürdiges Gewurschtel in der winzigen Umkleidekabine, das jede Verhältnismäßigkeit vermissen lässt. Selbstverständlich trägt mein Bewacher im fensterlosen OP neben grünem Kittel und Häubchen auch seine Waffe. Später berichtet er, in dieser Montur habe er auch schon an Herzoperationen teilgenommen. Wie sicher und konzentriert mag ein Herzchirurg bei einem komplizierten Eingriff an diesem lebensnotwendigen Organ wohl arbeiten, wenn hinter ihm ein bewaffneter Fremder steht?

Wenige Wochen später liege ich schwer krank erneut im Essener Klinikum – mit Bewachung. Eine Flucht ist ausgeschlossen, das Zimmer befindet sich im dritten Stock, rund zwanzig Meter über dem Gehweg; zudem kann ich mich aufgrund meines dramatisch verschlechterten Zustandes kaum auf den Beinen halten. Um etwa 2.30 Uhr morgens weckt mich einer der beiden Bewacher: »Ich muss jetzt zur Toilette«, sagt er. »Während dieser Zeit werde ich Sie ans Bett fesseln.« Dann klicken die Handschellen.

Natürlich gibt es auch die andere Seite, die verständnisvolle. Verkörpert durch einige eigenständige, souveräne und mit natürlicher Autorität ausgestattete Vollzugsmitarbeiter, für die Menschlichkeit kein Tabu und Zivilcourage ein unverzichtbares Gut ist. Sei es der langjährige, kurz vor der Pensionierung stehende Sportwart, der sein großes Herz hinter einem barschen Ton versteckt und einen Herzinfarkt beim Fußballspiel seiner Häftlingsmannschaft nur knapp überlebt hat. Oder ein Bereichsleiter, der bei Schichtantritt so viel

Empathie und Schwung ausstrahlt, dass seine gute Stimmung es vermag, auf sein gesamtes Umfeld abzustrahlen. Er begegnet seinem Gegenüber zunächst unbelastet, ihn treibt eine ständige Neugier, sich neue Wissensgebiete zu erschließen. Zugleich hat er große Durchsetzungskraft – falls notwendig. Leider begegne ich hier nicht vielen seines Formats.

Die stillen Helden

Erst eine ganze Weile nach meiner Inhaftierung lerne ich, wie wichtig in dem sozialen Gefüge einer Vollzugsanstalt die Psychologen und Soziologen sind. Ihre Tätigkeit ist äußerst anspruchsvoll, und sie stehen permanent in einem latenten Spannungsverhältnis zu den Vollzugsbeamten. Sie sind Vertrauensperson und Korrektiv zugleich, auch in Bezug auf Abläufe und Umstände des Haftalltags. Sie versuchen auszugleichen, wo Personalabbau im Vollzug dramatische Lücken in der Betreuung der Häftlinge verursacht. Ich erlebe sie als ungemein engagiert, weit über das vertraglich vorgeschriebene Maß hinaus.

Der Leiter des Psychologischen Dienstes in der JVA Essen ist ein erfahrener Vollzugspsychologe, der auch als Dozent tätig ist. Er ist eher von kleiner Statur, wirkt agil und offen, sein lockiges Haar, leicht ergraut, umrahmt ein Gesicht mit warmen, dunklen Augen. Er ist ohne Frage eine Autorität, besitzt, wie ich später lerne, ein hohes Maß an Zivilcourage und Durchsetzungsvermögen. Er ist eine integre Persönlichkeit, mit der ich außerhalb der besonderen Rahmenbedingungen des geschlossenen Vollzugs sicher gern Freundschaft geschlossen hätte.

In seiner ihm eigenen ruhigen, überlegten Vorgehensweise kümmert er sich nicht nur um die mehr oder weniger komplexen psychischen Probleme der ihm anvertrauten Häftlinge in der JVA Essen. Er nimmt seine Verantwortung ernst und versucht, Abläufe in der Haftanstalt zu verbessern, Missstände wie zum Beispiel im medizinischen Bereich zu beheben oder neue, moderne und vielversprechende Ansätze der Inhaftierung beziehungsweise Resozialisierung zu fördern, etwa bei jenen Häftlingen mit pädophilem Hintergrund.

Er ist es auch, der als Erster meine gesundheitlichen Probleme feststellt, und dies sogar, bevor sie mir selbst bewusst werden. Ebenso trägt er maßgeblich dazu bei, mich vor einem lebensbedrohlichen Zustand zu bewahren, als die Erkrankung immer dramatischere Züge annimmt und die Leitung der JVA Essen zu lange keine ausreichenden Maßnahmen ergreift. Energisch macht er sich für eine umgehende Verlegung in die Klinik stark.

Der erfahrene Psychologe kommt schon frühzeitig zu dem Ergebnis, dass ich aus verschiedenen Gründen in besonders schwerer Form unter den Bedingungen der Untersuchungshaft im geschlossenen Vollzug leide. Verheerend in ihren Auswirkungen sind der überraschende Freiheitsentzug ohne jede Vorbereitung, ein vollständig fremdbestimmter Tagesablauf – schwierig für einen Manager, der 40 Jahre seines Berufslebens eigenverantwortlich selbst gestaltet hat –, die allgegenwärtige, richterliche Oberaufsicht, die neuen Anklagen und Ermittlungsverfahren, die öffentlichen Anfeindungen, die Häme, die mich sogar noch in meiner Zelle erreicht, die fehlende Möglichkeit der Kommunikation mit anderen Häftlingen und nicht zuletzt der Umstand, dass ich mich nicht mehr an der frischen Luft bewegen kann. Aufgrund dieser sehr schwierigen Ausgangslage gibt er mir nach einer Weile hin und wieder Gelegenheit, unter seiner Aufsicht zu telefonieren.

Für diese Momente bin ich ihm unendlich dankbar: Er hockt in seinem kleinen, dunklen Büro, das nur spärlich durch Neonlicht erleuchtet ist, am Schreibtisch und dreht Zigaretten oder schreibt etwas am PC, während ich an einem kleinen

Besuchertisch meine Gespräche führe, den weißen Hörer eines alten Tastenwählapparates in der Hand. Interessierten Häftlingen bietet er freitagnachmittags auch einen fünfundvierzigminütigen Entspannungskurs an, damit sie das vor ihnen liegende lange, einsame Wochenende besser überstehen.

Dem Leiter des Psychologischen Dienstes zur Seite stehen in der JVA Essen zwei junge Psychologinnen, die sich mit dem gleichen Engagement um die Häftlinge kümmern.

Eine ähnlich warmherzige Persönlichkeit ist der evangelische Pfarrer der Vollzugsanstalt. Auch er ist trotz der schwierigen administrativen Rahmenbedingungen, die er nur begrenzt zu beeinflussen vermag, hoch motiviert und wird nicht müde, sich für die Verbesserung ebendieser Bedingungen einzusetzen. Er hat nach abgebrochenem Musikstudium Evangelische Theologie studiert und war als Adoptivkind in einer liebevollen Familie glücklich aufgewachsen. Eine Persönlichkeit, die aufgrund ihres Intellekts und ihrer Fähigkeiten prädestiniert ist für eine Karriere innerhalb der Evangelischen Kirche, denke ich oft. Eine Ehescheidung, weil er die Liebe seines Lebens gefunden hatte, setzte ihn Anfeindungen in seiner damaligen Heimatgemeinde aus und führte ihn schließlich in den Dienst der JVA Essen. Die Häftlinge sollten jeden einzelnen Tag dankbar sein für diese Fügung.

Dieser Pfarrer überzeugt nicht nur mit seinen Predigten, sondern ist ein wirklicher Seelsorger, der mit vielfältigen Ideen und Konzepten versucht, ein christliches Leben an diesem unwirtlichen Ort zu entwickeln: Mal lädt er die Jugendgruppe eines Montessori-Gymnasiums aus Dortmund ein, die zum Tag der Heiligen Drei Könige abends in der Kapelle des Gefängnisses in unvergesslicher Art und Weise die Jesus-Verehrung darstellt, mal hält er – ebenfalls in der Kapelle – für seinen evangelischen Häftlingschor eine gemeinsame Probe mit einem Chor aus Essen ab; er setzt die Anschaffung zweier neuer Gitarren für zwei junge drogenabhängige Sinti durch, deren größter und unbedingter Wunsch es ist, das Gitarrenspiel zu erlernen, oder er organisiert einen Besuch der örtlichen Rotarier in der JVA mit einer anschließenden abendlichen Diskussion bei kalter Pizza und warmer Cola.

Seine Gottesdienste sind schon 2014 gelebte Integration: Alle sind eingeladen – und alle kommen: Christen, Juden, Muslime, Russisch-Orthodoxe, Griechisch-Orthodoxe, selbst Atheisten.

Es sind Menschen wie der Leiter des Psychologischen Dienstes oder dieser evangelische Pfarrer, die der JVA Essen mit ihrer systemimmanenten Trostlosigkeit und ihrem hohen Maß an Perspektivlosigkeit eine menschliche Komponente, Wärme und Mitgefühl geben, soweit es die strengen Regularien eben zulassen.

Weihnachten in Haft

Bereitet den meisten schon allein der Gedanke an ein Gefängnis unter normalen Umständen Unbehagen, so ist die Vorstellung, dort Feiertage wie Weihnachten, Silvester oder Ostern verbringen zu müssen, für jeden Menschen mit einem einigermaßen intakten sozialen Umfeld besonders befremdlich. Den dringenden Wunsch, die wichtigsten Feiertage des Jahres mit der Familie zu verbringen, machen sich manche Ermittler bisweilen zunutze. Verdächtige aus den Bereichen Wirtschaftskriminalität oder Steuervergehen werden von den ermittelnden Staatsanwaltschaften gern kurz vor Weihnachten in Untersuchungshaft genommen, wie Oberstaatsanwältin Margrit Lichtinghagen, die unter anderem durch ihre entschlossene Vorgehensweise im Fall Zumwinkel deutschlandweit Berühmtheit erlangte, in einer Talkshow öffentlich bekannte.

Weihnachten im Gefängnis? Das will niemand. Die derart Inhaftierten wollten unter allen Umständen das Weihnachtsfest im Kreise der Familie verbringen, berichtete die Oberstaatsanwältin. Daher fänden sie dann letztendlich nicht selten doch noch zu Geständnissen. Einige, so Lichtinghagen, sollen aus schierer Angst, über Weihnachten weggesperrt zu werden, sogar Taten gestehen, die man ihnen gar nicht zur Last gelegt hat.

Tatsächlich kann eine JVA zu Weihnachten der einsamste Ort sein, den man sich vorzustellen vermag, besonders aus christlicher Perspektive. Daher auch der Leitsatz, unter dem 2014 die Weihnachtspredigt des evangelischen Pastors steht: »Wenn Jesus nochmals geboren würde, dann in der JVA Essen.«

Zugleich kann dieser Ort aber auch überraschend menschliche Facetten zeigen, die gerade zu Weihnachten sehr bewegend sind. Konstitutiv für die Grundstimmung der Insassen in der Essener Haftanstalt ist wohl das Gefühl, dass alle in einem Boot sitzen. Die Verbrüderung gegen die Vollzugsmacht führt – bis zu einem gewissen Grad – auch zu einer Art Solidarität unter den Häftlingen. Sie helfen einander in der Regel so gut, wie es die Rahmenbedingungen erlauben. Man nimmt Anteil, man setzt sich für den Mithäftling ein, soweit erforderlich. Mit nur wenigen Ausnahmen geht diese Haltung über Religion, Kultur und sozialen Status hinweg.

In der Weihnachtszeit erfährt diese Einstellung noch eine weitere Verstärkung. Eine geradezu irreale, friedliche Stimmung legt sich am Heiligen Abend über das Essener Gefängnis, auch wenn selbst an diesem Tag schon um zwölf Uhr das Mittag- und Abendessen zusammen ausgegeben werden, was nicht zuletzt dem Umstand geschuldet ist, dass das Personal gerade an Feiertagen denkbar knapp ist.

Um sechzehn Uhr findet die katholische »Christmette« statt. Die kleine JVA-Kapelle ist am Heiligen Abend deutlich voller besetzt als an normalen Sonntagen – in dieser Hinsicht ist auch eine Haftanstalt ein Spiegelbild der christlichen Gemeinden im ganzen Land.

Zwei festlich dekorierte Tannenbäume, die von einigen Häftlingen geschmückt worden sind, und eine geschnitzte Holzkrippe verbreiten heute die friedliche Stimmung einer christlichen Weihnacht; selbst an diesem unsäglichen Ort, der an allen anderen Tagen von Hoffnungslosigkeit, Zweifeln und Ängsten geprägt ist.

Neben mir sitzt ein junger Mann, schätzungsweise etwa fünfundzwanzig Jahre alt. Ihm fehlen einige untere Zähne, die obere Zahnreihe ist schwarz eingefärbt; Tattoos bedecken die muskulösen Oberarme, das Gesicht ist von einer starken Akne gezeichnet. Alles deutet auf eine Drogenabhängigkeit hin. Mit ernster Miene nimmt er zu meiner Linken Platz. Er wirkt sehr in sich gekehrt, macht einen geradezu verlorenen Eindruck, während der katholische Pfarrer mit kräftiger Stimme predigt. Nach der Austeilung der Kommunion, kurz vor dem Schluss-segen erzittert der Körper meines Sitznachbarn plötzlich, während in der Kapelle ein »O du fröhliche« aus den Kehlen von rund dreißig stehenden Häftlingen erklingt.

Als einziger ist er sitzen geblieben und starrt vor sich auf den Boden. Das Zittern wird immer stärker und geht in einen Weinkrampf über, es schüttelt den jungen Mann, Tränen strömen über sein Gesicht. Ratlos blicke ich auf ihn herab und beschließe, trotz des festlichen Gesangs neben ihm Platz zu nehmen, um ihm Zuwendung zuteilwerden zu lassen. Verzweifelt schaut er mich an, noch immer fließen Tränen. Schließlich beugt er sich zu mir und flüstert in mein Ohr: »Gestern hat sich meine Frau von mir getrennt. Sie wird die Scheidung einreichen. Da ist ein anderer, den sie kennengelernt hat, während ich hier in Haft bin. Und meine beiden kleinen Kinder sind bei Pflegeeltern untergebracht, die ich nicht kenne. Ich habe solche Sehnsucht nach meinen Kindern!«

Er tut mir in diesem Moment unendlich leid. Intuitiv lege ich meinen linken Arm um ihn. Er legt seinen Kopf auf meine Schulter, seine Tränen tropfen auf meinen Hals. Ich versuche, ihn zu trösten wie früher meine Kinder, ziehe ein weißes Taschentuch aus meiner Hosentasche und trockne sein tränenüberströmtes Gesicht.

Dankbar blickt er mich an. »Frohe Weihnachten«, sage ich zu ihm, und er antwortet leise mit einem scheuen Lächeln, das seinem verweinten Gesicht viel Wärme gibt: »Ja, frohe Weihnachten.« Einige Sekunden verharren wir so noch auf unseren Plätzen, bevor die Wachleute kommandieren: »Abrücken in die Zellen.« Der junge Mann steht auf und nickt mir zu: »Danke.«

Bevor sich der Kreis auflöst, ruft der Pfarrer noch die Chormitglieder zu sich. Er wünscht uns »Frohe Weihnachten« und überreicht jedem verschiedene kleinere Geschenke als Dank für die Bereitschaft, im zurückliegenden Jahr in seinem Chor zu singen: eine Tüte Lebkuchen, eine Tafel Schokolade, Spekulatius und einen kleinen Glasbehälter mit einem Teelicht drin.

»Ein gesegnetes Weihnachtsfest«, wünscht er dabei den nicht eben zahlreichen Mitgliedern seines Chors. Entgegen meiner sonstigen Gewohnheit, solche Geschenke nicht anzunehmen, um sie anderen mir unbekannten Häftlingen zu überlassen, die sie mangels eigener Möglichkeiten dringender benötigen, nehme ich diese Geschenke am heutigen Heiligen Abend spontan voller Dankbarkeit an.

Diese »Schätze« sorgsam in meinen Händen haltend, bitte ich den Beamten auf dem Weg zurück zu A115 darum, einen kurzen Halt an den Zellentüren von Conrad und Fabio machen zu dürfen: »Ich möchte den jungen Männern mit diesen kleinen Geschenken eine Freude machen.« Der ansonsten oft mürrische Beamte scheint heute in weihnachtlicher Stimmung zu sein: »Das können wir ausnahmsweise machen. Heute ist ja Weihnachten.« Sekunden später öffnet er die Zellentür von Fabio. »Frohe Weihnachten, Fabio«, sage ich, während ich ihm an der Schwelle seiner Zellentür die kleine Glaskugel mit dem

Teelicht überreiche. Fabio schaut mich an, überrascht und offensichtlich auch bewegt: »Warum tust du das?«, fragt er. Bevor ich antworten kann, zieht mich der JVA-Beamte zurück auf den Gang und wirft die schwere Stahltür zu. Mit Rührung kann hier nicht jeder umgehen. Doch der einsame und zugleich so dankbare Blick des jungen Fabio wird mir als mein Geschenk unvergessen bleiben.

Conrad überreiche ich ähnlich wie seinem Freund Fabio die Süßigkeiten, die ich von dem Dekan erhalten habe. Conrad bringt noch ein dankbares, erstauntes »Hey, krass, Alter« über die Lippen, bevor die Tür zugeschlagen wird.

Allein stehe ich schließlich wieder in meiner Zelle. Es ist der Heilige Abend, ich vermisse die Weihnachtsfeier mit meiner Familie, aber zugleich breitet sich in mir ein Gefühl des Friedens und der Dankbarkeit aus, wie ich es selten zuvor erlebt habe. Drei jungen Menschen konnte ich heute eine Freude bereiten, durch Zuspruch und kleine Geschenke, deren Bedeutung ich vor meiner Verhaftung gar nicht beachtet hätte. Drei junge Menschen haben heute Gefühle gezeigt, haben an diesem besonderen Abend Freude und Dankbarkeit mit in die Einsamkeit ihrer Zellen genommen.

Es ist, trotz allem, eine feierliche Stimmung. Während ich Beethovens Klavierkonzerte 4 und 5 höre, ziehe ich meinen dunkelblauen Anzug, das weiße Hemd, die Krawatte und meine schwarzen Schuhe an – alles das, was ich am 14. November, dem Tag meiner Saalverhaftung, im Gerichtssaal getragen hatte. Die Kleidungsstücke sind zwischenzeitlich aus der Kleiderkammer, in einem Müllsack verstaut, in A115 gebracht worden. Ich decke den Tisch für mein Weihnachtsessen: Brot, Käse, Dauerwurst, Salzstangen, Tee. Zwei Teelichter beleuchten den kleinen Holztisch und die Festtagsmahlzeit. Ich denke an die festlichen Weihnachtsfeiern in unserem Haus im Kreise der großen Familie mit mehreren Generationen. Je mehr Erinnerungen wach werden, desto schmerzlicher wird der Umstand, dass ich heute, an diesem Heiligen Abend, alleine und eingesperrt bin und nicht weiß, für wie lange.

Kurz bevor ich einschlafe, kommt mir die wunderbare Verfilmung des Buches »Das fliegende Klassenzimmer« mit dem großen Schauspieler Heinz Rühmann in den Sinn. Ein junger Internatsschüler muss über Weihnachten alleine im Internat zurückbleiben. Als kleiner Junge hatte ich bitterlich geweint, als ich diese traurige Szene an einem ersten Weihnachtstag im Fernsehen sah, wohlbehütet im Kreise meiner Eltern und Geschwister. Was gäbe ich in diesem Moment, würde der große Heinz Rühmann, Gott hab ihn selig, leibhaftig durch meine Tür spazieren!

Am ersten Feiertag erhalte ich mein Weihnachtsgeschenk von einem JVA-Beamten, und es ist wohl eines der kostbarsten Geschenke, die ich je bekommen habe. So ändern sich die Perspektiven. Er schenkt mir die Möglichkeit, am ersten und zweiten Feiertag, an denen Duschen eigentlich nicht vorgesehen ist, dennoch alleine duschen gehen zu dürfen, während die anderen Häftlinge ihren Hofgang absolvieren, der mir selbst jetzt versagt bleibt. So stehe ich am 25. Dezember 2014 überglücklich und dankbar für diesen Luxus unter der heißen Dusche und freue mich über mein Geschenk, wie ein kleiner Junge sich über die lang ersehnte Modelleisenbahn freut.

Doch all diese bewegenden Gefühle werden wieder schnell vom Gefängnisalltag verdrängt. Heiligabend, der erste und zweite Weihnachtstag, Samstag und Sonntag: fünf Tage, an denen sich die Zellentür nur zweimal pro Tag kurz öffnet; am ersten und zweiten Feiertag immerhin noch einmal zusätzlich für die Dusche. Das macht zirka einhundertzwanzig Stunden. Vermutlich spricht das Tierschutzgesetz Zwingerhunden mehr Auslauf zu.

Ein JVA-Arzt und der hippokratische Eid

Eine neuralgische Stelle in der JVA Essen, wie vermutlich in jeder Haftanstalt, ist die medizinische Versorgung, einschließlich des angegliederten Sanitätsbereichs. Engagement und Kompetenz, die ich in anderen Bereichen erlebe, vermisse ich hier leider gänzlich – und später im wahrsten Sinne des Wortes schmerzlich. Was ich hier während meiner Kontakte zur medizinischen Leitung erlebe, lässt sich wohlwollend mit dem Begriff »Desinteresse« umschreiben, obgleich es sicher angemessener wäre, von Ignoranz zu sprechen.

Allem Anschein nach gibt es um den Jahreswechsel 2014/15 nicht einmal geordnete Verhältnisse: Ist es Führungsschwäche? Fehlende fachliche Qualifikation? Oder gar beides? Das Verhalten der Mitarbeiter des Sanitätsbereiches, so wie ich es erlebe, lässt kaum andere Schlüsse zu: Sie korrigieren die Anweisungen des Anstaltsarztes vor den Häftlingen und kommentieren kritisch seine Arbeit.

Sicherlich ist nicht jeder, der hier Arzt oder Sanitäter aufsucht, wirklich ernsthaft krank. Versuche, sich mit vermeintlichen gesundheitlichen Schwächen Vorteile oder Sonderbehandlungen zu verschaffen, sind in einer Haftanstalt latente Realität. Wenn das aber dazu führt, dass Ärzte gar nicht mehr hinsehen und ernsthafte Symptome ignorieren, ist das nicht nur fahrlässig, es widerspricht auch fatal jeder ärztlichen Ethik und schadet Kranken – im schlimmsten Fall bedroht es sogar ihr Leben. Das beweist nicht nur die lebensbedrohliche Entwicklung meiner Autoimmunerkrankung; es gibt zahllose weitere Fälle, die die Schwäche der medizinischen Versorgung im geschlossenen Vollzug belegen. So lerne ich später einen Häftling kennen, dessen Blinddarmentzündung in der Untersuchungshaft nicht erkannt wurde, was zu einem lebensbedrohlichen Blinddarmdurchbruch führte, den er nur knapp dank einer Notoperation überlebte. Wer als Häftling nicht

über die nötige Überzeugungskraft oder über engagierte Anwälte verfügt, hat da schlechte Karten. Und selbst dann kann
es ein zähes Ringen sein.

Das Mindeste, was man erwarten kann, ist, dass die Ärzte
fachlich qualifiziert sind. Ein Arzt, der in einer Haftanstalt arbeitet, sollte über allgemeinmedizinische und möglichst inter-
nistische Kompetenz und Erfahrung verfügen. In der JVA
Essen arbeitet aber ein Arzt, der mir gegenüber ganz freimütig
zugibt, er könne keine so komplizierten Blutbilder lesen, wie
sie bei einer Autoimmunerkrankung üblich sind. Übergabe an
einen qualifizierteren Kollegen? Fehlanzeige. Stattdessen übernehmen Sanitätsmitarbeiter den Versuch einer Diagnose und
die Behandlung.

Wenn die medizinische Leitung der JVA Essen dem Justizministerium des Landes Nordrhein-Westfalen untersteht,
stellt sich die Frage, wie hier Qualitätssicherung betrieben
wird – und ob überhaupt. Erkennbar ist sie nicht. Wenn erst
eine externe Fachärztin kommen muss, um eine ernsthafte
Diagnostik vorzunehmen und für eine kompetente medizinische Behandlung zu sorgen, dann müssen sich die ärztliche
Leitung der JVA Essen und das Justizministerium den Vorwurf der fahrlässigen, wenn nicht in Einzelfällen gar vorsätz-
lichen Schädigung von ihrem Schutz unterstellten Menschen
gefallen lassen.

Systemischer Lupus erythematodes: Therapie mit Müllbeuteln und Gummi-handschuhen

Diagnose: Fußpilz

DIE ERSTEN ANZEICHEN meiner Erkrankung zeigen sich bereits Anfang Dezember 2014. Auf dem morgendlichen Weg von der Dusche zurück zu A115 irritiert mich ein merkwürdiges Gefühl beim Gehen: als klebten Filzstücke unter meinen Füßen oder als würde ich über einen pelzartigen Teppich laufen. Es ist der 3. Dezember 2014, der neunzigste Geburtstag meiner Mutter. Zuvor habe ich bereits bläulich-rot verfärbte Ränder einzelner Zehennägel und leichte Schwellungen an Zehengliedern bemerkt.

Noch nicht in sonderlicher Sorge entschließe ich mich, ob dieser ungewöhnlichen Symptome den JVA-Arzt aufzusuchen, um ihn um eine Diagnose zu bitten. So einfach, wie man sich das vorstellen mag, ist ein solcher Arztbesuch in einer Justizvollzugsanstalt, zumindest in der Essener, allerdings nicht. Wie bei allen anderen Anliegen – von Toilettenpapier bis zur Teilnahme am sonntäglichen Gottesdienst – müssen die Häftlinge auch einen Arztbesuch schriftlich beantragen, sonst wird er nicht genehmigt. Einem solchen Antrag wird entweder stattgegeben oder er wird abgelehnt; er kann mit sofortiger Wirkung oder zu einem bestimmten Tag genehmigt werden.

Ich scheine Glück zu haben: Kurz nach der Antragstellung werde ich von einem Vollzugsbeamten in meiner Zelle abgeholt. Ohne viele Worte bedeutet er mir, langsam in Richtung

Dusche zu gehen und dort an der vergitterten Eingangstür zum Querflur auf ihn zu warten. Während ich seiner Anweisung Folge leiste, höre ich, wie er weitere Zellentüren unter lauten Kommandos öffnet und Mithäftlinge, deren Antrag auf einen Arztbesuch ebenfalls genehmigt wurde, auffordert, auf den Flur zu treten und sich langsam in meine Richtung zu bewegen.

Einige Minuten später befinden wir uns auf dem kleinen Flur mit der alten Holzbank vor dem Sanitätsbereich. Die schweren Stahltüren rechts und links von der Bank sind vom Wärter verschlossen worden. Vor uns eine weiß gestrichene Tür, die in den Behandlungsbereich führt. Hier braucht man Geduld. Wir warten. Während ich in einem mitgebrachten Buch lese, werden die anderen Häftlinge von einem Sanitätsmitarbeiter nacheinander aufgefordert, durch die weiße Tür in den Behandlungsbereich einzutreten. Als einer der Letzten werde ich aufgerufen. Zum dritten Mal, seit ich in der JVA Essen inhaftiert bin, betrete ich nun den Sanitätsbereich – dieses Mal allerdings auf eigenen Wunsch.

Der erste Raum ist quadratisch geschnitten. Er öffnet sich halbrechts seitlich versetzt in einen weiteren Raum, in dem ein Wachmann mit einer Arzthelferin zu flirten scheint.

Der hinter mir gehende Sanitäter fordert mich barsch auf, durch die Tür an der linken Wand zu treten, die in einen rechteckigen Raum führt, augenscheinlich das Behandlungszimmer: vorne links ein Schreibtisch, auf dem ein PC steht, davor zwei Stühle, auf der anderen Seite des Schreibtisches ein runder Schemel, deutlich niedriger als die Stühle. Dahinter eine alte grüne Behandlungsliege, links davon eine Tür, die in das kleine Büro des JVA-Arztes führt; rechts von der Tür eine Glasvitrine, in der sich vielerlei Medikamente befinden. Grünlich gestrichene Wände und Neonlicht erzeugen eine Atmosphäre, wie man sie sich landläufig in den Räumen einer Pathologie vorstellt.

»Platz nehmen, Middelhoff«, befiehlt der Sanitätsmitarbeiter, der mich aufgerufen hat. »Da vorn, auf dem Hocker!« Offensichtlich sind Befehlston und unvollständige Sätze hier untrennbar mit Machtdemonstration und Respektlosigkeit verbunden. Folgsam bewege ich mich in Richtung Hocker. Vor dem Schreibtisch neben dem Hocker bleibe ich stehen und blicke den Mann an, der dahinter lässig zurückgelehnt auf seinem Stuhl sitzt: Er ist von eher kleiner Statur, trägt rote Jeans, braune Sneakers und ein kariertes Hemd mit grauem Sweatshirt; um das rechte Handgelenk sind vielfarbige Freundschaftsbändchen geschlungen. Sein Gesicht mit Dreitagebart wirkt freundlich und leicht rundlich.

»Hab schon viel über Sie gehört und gelesen«, begrüßt er mich lächelnd. Ich kann noch nicht recht einordnen, ob er auf mich eher gelangweilt wirkt oder eine Art Fatalismus von ihm ausgeht. Zögernd nehme ich auf dem Hocker wie angewiesen Platz und blicke dem Arzt in die Augen.

»Was liegt an?«, will er kurz und knapp wissen, um noch hinzuzufügen: »Sie sind ja ständig in den Medien.« Welchen Sinn diese Feststellung in fachlicher oder diagnostischer Hinsicht hat, sei dahingestellt. Sachlich schildere ich ihm meine Beschwerden: ein seltsames Gefühl an den Fußsohlen beim Gehen, bläulich-rote Verfärbungen an den Zehennägeln, Schwellungen an den Gelenken der Zehen. Was mir ungewöhnlich vorkommt, ist für den JVA-Arzt offensichtlich eine lächerliche Lappalie – und bedarf aus seiner Sicht wohl auch keinerlei Untersuchung. Seine vermeintlich gesicherte Diagnose steht umgehend fest, ohne dass er die beschriebenen Veränderungen überhaupt in Augenschein genommen hat: »Fußpilz«, konstatiert er lapidar und für mich überraschend. »Wollen Sie vielleicht meine Zehen kurz ansehen?«, frage ich ihn ein wenig verunsichert ob dieser vorschnellen und doch recht unkonventionellen »Ferndiagnose«. Das sei nicht nötig, antwortet er von der anderen Seite des Schreibtisches. Man habe hier überall Fußpilz. Was ich denn meinen würde, wie viele Patienten mit Fußpilz er hier jeden Tag haben würde? Die Symptome ähnelten sich doch schließlich alle. »Sie bekommen später auf Ihrer Zelle eine Tube mit Fungizid-Salbe«, kündigt er an.

Irritiert angesichts dieser oberflächlichen Diagnose und wenig beglückt über den Umstand, mir hier Fußpilz zugezogen zu haben, verlasse ich das Sprechzimmer. »Viel Glück mit Ihrer Haftbeschwerde«, ruft der Arzt mir noch hinterher. Der Sanitäter neben ihm macht diese Aufmunterung umgehend wieder wett: »Draußen warten, bis Sie abgeführt werden«, ordnet er in gebieterischem Ton und in bewährter unvollständiger Satzform an.

Auf dem kleinen Querflur vor dem Sanitätsbereich, der links von einer Gittertür und rechts von einer Stahltür begrenzt ist, warten etwa zwölf Personen auf engem Raum darauf, wieder abgeführt zu werden. Keine Bank und auch sonst keine andere Sitzgelegenheit, auch für jene Patienten nicht, die sich nur mit Krücken fortbewegen können oder die an Kreislaufschwäche infolge von Entzugserscheinungen leiden. Nach einer Wartezeit von rund fünfundzwanzig Minuten schlendert ein junger Wachmann, betont gelangweilt wirkend, auf das Gittertor zu. »Zurück zu Block A!«, lautet sein knappes Kommando. »Gleich gibt's die Essensausgabe für euch.«

Er könnte mein Sohn sein, und dennoch scheint er qua seiner Tätigkeit automatisch das Recht zu haben, auch mich zu duzen. Oft denke ich darüber nach, ob diese latente und demonstrative Form der Erniedrigung in der Haftanstalt einen erzieherischen Sinn haben soll. Fördert es die Einsichtsfähigkeit oder den Läuterungsprozess von Inhaftierten, wenn ihnen immer wieder demonstriert wird, wie wertlos und verachtenswert sie in den Augen ihrer Aufpasser sind? Das Gegenteil ist der Fall. Es vergrößert die Kluft zwischen den Welten und verstärkt allenfalls eine innere Abwehrhaltung, wenn es nicht sogar Aggression provoziert. Ganz sicher ist es einer Resozialisierung nicht zuträglich.

In den folgenden Tagen trage ich morgens und abends, wie von dem Anstaltsarzt verordnet, die Fungizid-Salbe gegen Fußpilz zwischen meinen Zehen und auf den Fußsohlen auf. Nach einer Woche wird deutlich, dass die Symptome an den Füßen nicht schwächer werden. Im Gegenteil: Nun haben sich auch noch bläulich-rote Verfärbungen um die Fingernägel gebildet. Bilde ich es mir ein oder sind die Finger obendrein jetzt auch noch angeschwollen? Ich gelange zu der Auffassung, dass der Arzt sich das jetzt doch unbedingt genauer – oder besser: überhaupt einmal – ansehen müsse. Derartige Symptome beziehungsweise Veränderungen an meiner Haut habe ich bislang noch nie feststellen können. Meinem Antrag auf erneute Vorstellung beim Anstaltsarzt wird wiederum sofort stattgegeben.

Die Sicherheitskontrolle im Fünfzehnminutenrhythmus wird noch immer rund um die Uhr fortgeführt und raubt mir weiterhin den Schlaf. Völlig übernächtigt mache ich mich am nächsten Morgen erneut auf den Weg zum Sanitätsbereich. Doch allen Hoffnungen zum Trotz erfolgt auch heute keine gründliche Untersuchung meiner Füße und Hände.

Der Arzt sitzt hinter seinem Schreibtisch. Er unterhält sich mit einem Sanitäter, der die Tastatur des PCs bedient. Ich sitze auf dem Schemel vor ihm. Wohlwollend wendet er sich mir schließlich mit einem freundlichen Lächeln zu. »Was liegt an, warum sind Sie wieder hier?«, fragt er betont jovial. Ich schildere ihm, dass sich die Symptome an meinen Füßen weiter verschlechtert hätten und nun auch die Finger und Hände betroffen seien: »Jetzt beginnen auch meine Hände und Füße anzuschwellen«, beende ich meinen Bericht, um dann noch die Frage anzuschließen, ob diese Symptome auch auf die Tatsache zurückgeführt werden können, dass ich seit meiner Inhaftierung einer durchgehenden Sicherheitskontrolle unterliege oder dass meine Betablocker durch Generika ersetzt worden seien, weil das Land Kosten sparen müsse.

Irgendetwas an meinen Schilderungen scheint den Arzt zu erheitern. Auch für mich gelte, dass ich mich mit Generika zufriedengeben und die viertelstündliche Sicherheitskontrolle akzeptieren müsse, antwortet er mit breitem Lächeln. Ansonsten solle ich weiter die Fungizid-Creme gegen Fußpilz benutzen. Falls das weiterhin nicht die gewünschte Wirkung zeitigen sollte, müsse ich beim Hautarzt vorstellig werden. Schließlich sei er kein Hautspezialist, beendet er die Konsultation nach geschätzten neunzig Sekunden.

Meine irritierte Frage, ob er nicht doch meine Füße und Hände in Augenschein nehmen wolle, beantwortet er bereits im Gehen: Er habe noch einen Termin, sagt er knapp. Es sei auch nicht nötig, dass er sich Hände und Füße genauer ansehe, er habe mir doch bereits erläutert, dass er kein Hautarzt sei. Falls die Fungizid-Creme nicht helfe, müsse ich eben einen Termin bei einem solchen beantragen. Die Sprechstunden bei der externen Kollegin fänden alle vierzehn Tage statt, aber zurzeit befinde sie sich ohnehin im Urlaub. Die letzten Worte sind nur noch zu erahnen, der Anstaltsarzt befindet sich bereits im nächsten Zimmer.

In den folgenden Tagen stelle ich nicht nur weitere Veränderungen an Füßen und Händen fest, auch von meiner Umgebung werde ich jetzt mit Besorgnis angesprochen, ob denn mit mir gesundheitlich alles in Ordnung sei. Der Psychologe der JVA Essen glaubt festzustellen, dass ich stark an Gewicht verloren habe. Ich sehe fahl aus, unter den Augen haben sich breite dunkle Ringe gebildet.

Aus Sorge um meinen Gesundheitszustand und den Gewichtsverlust beantragt der Psychologe für mich eine sogenannte »Essensbeigabe«, die täglich zusammen mit dem Frühstück ausgeteilt wird. In meinem Fall sind das ein Liter Milch und frisches Obst. Wobei das Attribut »frisch« in der

JVA Essen praktisch jedem nicht konservierten Obst zugewiesen wird, ganz gleich wie lange der Zeitpunkt der Ernte schon zurückliegt.

Aber auch Mithäftlinge äußern sich zunehmend besorgt über meinen Gesundheitszustand: »Warum nimmst du so stark ab?« oder »Du siehst irgendwie krank aus« sind gut gemeinte Fragen und Kommentare. Den anderen Inhaftierten ist es ebenfalls unverständlich, warum die Sicherheitskontrollen so lange fortgeführt werden. »Das ist unmenschlich«, so der einhellig geäußerte Tenor. Schwer nachvollziehbar ist in dem Zusammenhang auch, dass die Anordnung des Entzugs »gefährlicher Gegenstände«, also aller Gegenstände, die zu einem Suizid verwendet werden könnten, schon nach etwa zehn Tagen keinen Bestand mehr hatte, da bei mir keine suizidalen Tendenzen festzustellen seien, während die Überwachung im Fünfzehnminutentakt dennoch rund zwei Wochen weiter aufrechterhalten wurde.

Normalerweise nehme ich die Stufen der Stahltreppe hinauf zum Sportbereich oberhalb von Block B mit zwei bis drei Sprüngen pro Treppenabsatz. In der Haft nutze ich angesichts der erzwungenen tagelangen Bewegungslosigkeit in A115 jede Gelegenheit für Bewegung, die sich mir bietet; also habe ich auch das Treppensteigen in eine besondere Form des Workouts umfunktioniert.

Nur wenige Tage nach meinem letzten Besuch beim Anstaltsarzt stelle ich beim zweiten Treppenabsatz zu meiner Überraschung fest, dass mir die Kraft, aber auch die Luft fehlt, um die Treppe in gewohnter Weise zu bezwingen. Und ich bemerke an diesem Tag außerdem, dass ich überproportional und in einem bislang nicht gekannten Ausmaß beim Fahren auf dem alten Fitnessbike ins Schwitzen gerate und offensichtlich enorm an Flüssigkeit verliere. Instinktiv beschließe ich am Abend dieses Tages, jede körperliche Belastung zu vermeiden, bis die Ursachen der mir unbekannten Symptome geklärt sind.

Wenige Tage nach diesem Entschluss stelle ich weitere Veränderungen an meinem Körper fest: Finger und Zehen schwellen noch weiter an, die Haut beginnt sich zu spannen, und es entwickeln sich darüber hinaus seltsame Knoten auf ihr. Tagsüber werde ich zunehmend müde, ein Umstand, der mir bisher völlig fremd war. Hinzu kommt eine immer stärker werdende Antriebslosigkeit. Unmittelbar nach meiner Verhaftung sah mein Tagesablauf in A115 eine Schlafenszeit um etwa 21.30 Uhr vor. Im Laufe der Erkrankung wurde diese zuerst auf 20.30 Uhr vorgezogen, nach nur wenigen weiteren Tagen lag ich schließlich bereits um 19.15 Uhr völlig erschöpft und frierend auf der Holzpritsche.

Es ist Anfang Januar 2015. Die Sicherheitskontrolle ist zu diesem Zeitpunkt seit drei Wochen beendet. Sie wurde am 11. Dezember 2014 zunächst eingestellt, am 18. Dezember aber gleich wieder aufgenommen. Auslöser waren die Ablehnung meiner Haftbeschwerde und die Zustellung der Oxford-Anklage, in der mir vorgeworfen wurde, ein wirtschaftlich nicht zu rechtfertigendes, den Interessen des Unternehmens zuwiderlaufendes Sponsoring der britischen Universität durch Arcandor veranlasst zu haben. Die ursprüngliche Anweisung sah vor, dass die Überwachung über die Weihnachtstage und den Jahreswechsel fortgeführt werden sollte. Ich bin dem Leiter des Psychologischen Dienstes noch heute dankbar, dass er couragiert dafür Sorge trug, dass die unverhältnismäßige und überflüssige Kontrolle bereits am nächsten Tag wieder eingestellt wurde.

Zu diesem Zeitpunkt schiebe ich die stärker werdende Müdigkeit zunächst noch auf eine nachwirkende Erschöpfung infolge des über Wochen andauernden permanenten Schlafentzuges. Auch die seltsamen Hautveränderungen und Entzündungen an Händen und Füßen versuche ich damit zu begründen. Doch schließlich reift die feste Überzeugung, dass meine Gesundheit fundamental aus dem Gleichgewicht gebracht worden ist. Da von dem zuständigen Anstaltsarzt in dieser Situation gemäß seinen eigenen Feststellungen keine Hilfe zu erwarten ist, entschließe ich mich, schnellstmöglich einen Termin bei der externen Hautärztin zu beantragen.

Im Sanitätsbereich der JVA Essen sitze ich schließlich der Fachärztin gegenüber. Sie ist zierlich, trägt ein leichtes Brillengestell und sieht sich mit warmen, wachen Augen an, wen sie da vor sich hat; eine Persönlichkeit, die Kompetenz ausstrahlt. Sie bittet mich, ihr die Symptome zu schildern, und zum ersten Mal habe ich das Gefühl, dass man mir ernsthaft zuhört. Anschließend will sie sich meine Füße ansehen. Ruhig, konzentriert und sorgfältig untersucht sie meine stark geschwollenen Füße, die inzwischen eine bläuliche Färbung angenommen haben. »Das ist doch kein Fußpilz«, stellt sie ohne Umschweife fest. Einerseits erstaunt mich diese Aussage keineswegs, aber sie ist dennoch sehr beunruhigend, nachdem ich zuvor vom Anstaltsarzt knapp vier Wochen lang gegen Fußpilz behandelt worden war. Ganz offensichtlich war das völlig falsch.

Sorgfältig untersucht die Fachärztin auch meine geschwollenen Finger und die Knoten an den Gelenken. »Das sind Granulome«, stellt sie in sachlichem Ton fest. »Sie sollten das mit einer cortisonhaltigen Creme behandeln«, rät sie mir. »Vorsichtshalber werde ich Ihnen auch Blut entnehmen, um ein Blutbild anzufertigen.«

Am gleichen Abend bringt ein Sanitäter die neue cortisonhaltige Creme in meine Zelle. »Zweimal, besser dreimal täglich auftragen«, ordnet er mit dem gewohnten Imperativ in der Stimme an. Doch auch die neue Creme zeigt keinerlei Wirkung. Der Zustand von Fingern, Händen und Füßen verschlechtert sich im Gegenteil beständig weiter.

Da der nächste Termin erst in vier Wochen stattfinden kann, beschließe ich, einen weiteren Besuch beim Anstaltsarzt zu beantragen. Füße und Hände sind zwischenzeitlich vollständig blau, erste Schwellungen treten nun auch auf der Kopfhaut und im Gesicht auf, und die unerklärliche Müdigkeit setzt mir immer mehr zu. Zudem interessiert mich das Ergebnis des Blutbilds.

Den JVA-Arzt hingegen scheint das, was ich ihm schildere, nicht sonderlich zu interessieren. Und auch diesmal gedenkt er nicht, mich zu untersuchen. Zwar sei das Ergebnis des Blutbildes zwischenzeitlich eingetroffen, aber die Kollegin habe die Überprüfung so vieler spezieller Werte angefordert, damit kenne er sich nicht aus, lässt er mich wissen. Und fügt noch hinzu: »Ich bin doch kein Internist!«

Permanenter Schlafentzug ist erwiesenermaßen ein erheblicher Stressfaktor und ein starker Trigger. Das haben Nachforschungen meines Umfeldes draußen mittlerweile ergeben. »Ich möchte sofort einem Facharzt in einer Klinik vorgeführt werden«, fordere ich in nachdrücklichem Ton. Das sei zwar nicht üblich, weil man solche Erkrankungen auch im Sanitätsbereich behandeln könne, bekundet der Anstaltsarzt, aber er werde sich das überlegen, falls die weitere Behandlung ohne Erfolg bleiben sollte. Es verstreicht weiter wertvolle Zeit, aber immerhin hat er Maßnahmen in Aussicht gestellt.

Die Familie, die mich auf Anordnung des Vorsitzenden Richters Mitte Januar erst nach einer Frist von vierzehn Tagen besuchen darf, ist erschrocken über meinen Zustand, als wir uns im Besucherraum wiedersehen. Obgleich ich in meinen Briefen detailliert die Verschlechterung meines Gesundheitszustands beschreibe – auch der Richter ist also ohne Frage im Rahmen der weiterhin akribisch betriebenen Briefkontrolle über meine gesundheitliche Entwicklung detailliert informiert –, sind meine Frau und die Kinder geradezu schockiert: Die Hände sind stark geschwollen und bläulich verfärbt, die Finger haben an einigen Stellen tiefe Risse, manche Fingerspitzen beginnen aufzuplatzen. Ebenso geschwollen sind die Füße mit schmerzhaften Entzündungen an den Fußsohlen, die mich jetzt auch immer stärker beim Gehen einschränken. Auch meine Frau und meine Kinder kommen einhellig zu dem Ergebnis, dass ich sofort in einer Fachklinik untersucht werden müsse. Sie wollen nun auch über die Anwälte unverzüglich entsprechende Anträge stellen lassen.

Die bleierne Müdigkeit setzt mir mittlerweile immer stärker zu. Sie beginnt, meinen strukturierten Tagesablauf vollständig in Unordnung zu bringen. Während ich versuche, an dem kleinen Holztisch zu arbeiten, schlafe ich sogar im Sitzen ein, mittlerweile liege ich abends bereits um 18.00 Uhr völlig erschöpft auf der Pritsche in meiner Zelle. Zunehmend festigt sich während dieser Zeit die Erkenntnis, dass mein schlechter Gesundheitszustand und meine Erschöpfung auf den wochenlangen Schlafentzug infolge der nächtlichen Sicherheitskontrollen zurückzuführen sein müssen.

Diesen neuen Sachverhalt schildere ich auch der externen Hautärztin, als ich ihr in ihrer nächsten Sprechstunde in der Anstalt wieder gegenübersitze. Ungläubig hört sie mir zu. »Man hat Sie wirklich wochenlang nicht schlafen lassen?«, fragt sie irritiert. Ihr liege nun auch mein Blutbild vor, und mit dem stimme irgendetwas nicht. »Sie haben Antikörper im Blut. Wir sollten jetzt eine Biopsie an Ihren Fingern durchführen«, schlägt sie vor. Alternativ könne ich auch in einer Fachklinik vorstellig werden, sie würde das verstehen und unterstützen. Ihre heutige Diagnose auf Basis der vorhandenen Befunde sei, dass ich an einer Autoimmunerkrankung in Form des Chilblain Lupus erkrankt sei. Diese Autoimmunerkrankung sei sehr selten, es würden jährlich weltweit überhaupt nur etwa achtzig Fälle bekannt, und zwar vornehmlich bei jüngeren Frauen.

Ich bitte daraufhin die Fachärztin um Verständnis dafür, dass ich unter diesen Umständen einen Termin in einer Fachklinik wünschen würde. Gerne könne sie heute eine Biopsie durchführen, aber ich wolle unbedingt – unabhängig von dem

Ergebnis der Biopsie – in einer Fachklinik untersucht werden. Sie empfiehlt die Ambulanz der Hautklinik der Universitätsklinik Essen. Sie werde mit den ehemaligen Kollegen dort Kontakt aufnehmen und auf einen schnellen Termin drängen. »Die Schwellungen an Händen und Füßen sind besorgniserregend«, fügt sie hinzu. »Heute werde ich Ihnen bereits Cortison verschreiben, mit der höchstmöglichen Dosierung bei ambulanter Anwendung. Bitte reduzieren Sie diese Dosierung dann Woche für Woche in 5-mg-Schritten«, verordnet sie abschließend.

Freundlich verabschieden wir uns, tief besorgt kehre ich zu A115 zurück. Dort beschließe ich, mich am nächsten Tag um einen dringenden Termin beim Anstaltsarzt zu bemühen, um meiner Forderung nach einer sofortigen Untersuchung in der Hautklinik Essen Nachdruck zu verleihen.

Er könne mich in das JVA-Krankenhaus in Fröndenberg schicken, stellt dieser anderntags breit lächelnd fest. Und fügt zu meinem Erstaunen noch hinzu, dass sich jeder Arzt weltweit freuen könne, eine solch seltene Erkrankung behandeln zu dürfen. Eine Feststellung, die offensichtlich nicht auf ihn selber zutrifft. So viel immerhin verspricht er: Egal wo, Fröndenberg oder Ambulanz der Hautklinik, der Termin werde zeitnah erfolgen.

Aus Kreisen der JVA-Wachleute erfahre ich später, dass als Termin für eine Vorführung in der Hautklinik der Tag von Altweiberfastnacht vorgesehen sei. Den ganzen Vormittag warte ich an diesem Tag in A115 ungeduldig auf meine Abholung. Doch nichts geschieht. Es wird Abend, ich fühle mich krank, Finger, Hände und Füße schwellen immer weiter an, und unterhalb meiner Augen, seitlich von jedem Nasenflügel bilden sich auf den Wangenknochen bläulich-rote Verfärbungen, die in ihrer doppelflügeligen Form an einen Schmetterling erinnern. Erst später erfahre ich von einem der behandelnden Ärzte, dass auch diese schmetterlingsförmige Rötung im Gesicht ein typisches Zeichen für die Erkrankung an einem systemischen Lupus ist.

Schon Anfang Februar dokumentiert der Leiter des Psychologischen Dienstes der JVA Essen in den Akten das dramatische Fortschreiten meiner Erkrankung und die Verweigerungshaltung des Anstaltsarztes. Mehrfach formuliert er unmissverständlich, dass dieser das Krankheitsbild verharmlose. Er betont eindringlich, dass die Erkrankung mitnichten harmlos sei, die Symptome schon seit sechs Wochen bestünden und dringend einer umgehenden stationären Behandlung bedürften. Mit deutlichen Worten kritisiert er auch das Hinauszögern einer gründlichen klinischen Untersuchung.

Erbärmlich frierend und erschöpft liege ich an diesem Abend in meiner Zelle. Ein weiterer Tag ist nutzlos verstrichen, ohne dass eine sinnvolle Behandlung meiner Erkrankung stattgefunden hat. Mittlerweile wird das instinktive Gefühl immer stärker, dass ich nicht mehr viel Zeit verlieren sollte; diese Erkrankung, so fühlt es sich an, scheint sich in meinem Körper immer weiter auszubreiten. Ich komme zu dem Entschluss, am nächsten Tag den stellvertretenden Anstaltsleiter, Herrn Dolliwa, in einem persönlichen Gespräch auf die Ernsthaftigkeit meiner Erkrankung hinzuweisen und ihm deutlich zu machen, dass ich so schnell wie möglich in einer spezialisierten Klinik behandelt werden muss.

Doch dieses Gespräch mit Herrn Dolliwa verläuft in jeder Hinsicht unerfreulich. Am späten Vormittag klopft er mit seinem Schlüssel an die Stahltür von A115, schiebt den Riegel von außen zur Seite und öffnet sie. »Guten Morgen, Dr. Middelhoff«, begrüßt er mich jovial, aber auch ein wenig verlegen. »Sie wollen mich dringend sprechen. Was kann ich für Sie tun?« Ich schildere ihm den Verlauf meiner Erkrankung, die der hiesige Anstaltsarzt fälschlicherweise und beharrlich für Fußpilz gehalten hatte, was dann zu einer entsprechenden wochenlangen falschen Behandlung führte. Seine Kollegin, die Hautärztin, halte nun eine seltene Form der Lupus-Erkrankung für möglich. Täglich werde ich jetzt mit einer Höchstdosis Cortison in Tablettenform behandelt, ohne dass überhaupt eine belastbare Diagnose vorliege. Der Anstaltsarzt habe mir für diese Woche einen Termin in einer Spezialklinik in Aussicht gestellt, aber wieder sei nichts passiert. »Sechs Wochen wird jetzt laboriert, hingehalten, taktiert, während das Krankheitsbild sich ständig verschlechtert. Sehen Sie, was diese Krankheit bereits mit meinen Händen und Füßen angerichtet hat!«

Später erst erfahre ich im Rahmen eines Akteneinsichtsverfahrens, dass Herr Dolliwa dieses Gespräch auf eine Weise zusammengefasst hat, die man nur als eine Lüge bezeichnen kann. Ich hätte ihm gegenüber bestätigt, dass ich bereits früher – also vor (!) meiner Inhaftierung – an einer Autoimmunerkrankung gelitten habe. Offensichtlich eine Schutzbehauptung, um das Versagen der medizinischen Versorgung unter seiner Leitung zu vertuschen. Nichts davon ist richtig, nichts dergleichen hatte ich ihm gesagt. Meine Anwälte reichten später einen entsprechenden korrigierenden Vermerk zur Haftakte, dem bis heute nicht widersprochen wurde.

Der stellvertretende Anstaltsleiter Dolliwa sieht mich an, und es scheint, als wolle er Mitleid kundtun. Er könne mich ja verstehen. Aber ich müsse sehen, dass die medizinische Leitung der JVA Essen nicht direkt ihm unterstehe. Der Anstaltsarzt berichte fachlich an jemand anderen. Was ich denn überhaupt glauben würde, wie schwierig es sei, diese Stelle des medizinischen Leiters einer JVA zu besetzen? Es sei doch völlig klar, dass sich qualifizierte Mediziner woanders bewerben würden.

»Mehr als sechs Wochen sind mittlerweile verstrichen, ohne dass eine verlässliche Diagnose, eine wirksame Therapie oder ein Erkenntnisgewinn vorliegen«, antworte ich mit nun energischer Stimme. Ich sei mir sicher, dass mein Zustand auf die wochenlange Sicherheitskontrolle und den damit verbundenen Schlafentzug zurückzuführen ist.

Herr Dolliwa antwortet, er wisse, dass der Anstaltsarzt sich ernsthaft um einen Ambulanztermin bemühen wolle. Vielleicht klappe es ja in der nächsten Woche, versucht er mich aufzuheitern. Allerdings gelingt ihm das nicht im Ansatz, im Gegenteil: »Entweder komme ich noch heute Nachmittag in eine Spezialklinik oder ich muss den Rechtsweg beschreiten«, antworte ich mit Nachdruck und entschlossen. Sichtlich erregt gerät jetzt auch Dolliwa in Rage: Eine solche externe Vorführung sei doch auch eine Frage der Personalplanung, dafür müsse er Kräfte abstellen. Die könne er doch nicht aus dem Hut zaubern. Zudem dürfe mir der Termin einer ambulanten Vorführung nicht bekannt sein, ansonsten könne ich ja schließlich meine Flucht von dort organisieren.

Ich glaube meinen Ohren nicht zu trauen. Meint er wirklich ernst, was er gerade gesagt hat? Versöhnlich fügt er nun aber hinzu, dass in der nächsten Woche Rosenmontag sei, danach wolle man sehen, was man ausrichten könne.

Der erste Klinikaufenthalt

Eine Woche später, am 27. Februar 2015, werde ich nach einem Besuch meines Anwalts Hartmut Fromm von zwei stämmigen Wachmännern vom Besucherraum zu A115 eskortiert. Dort ergeht die Aufforderung, eine warme Jacke und festes Schuhwerk anzuziehen. »Wir werden Sie jetzt zu einem Arzttermin bringen«, sagt einer der beiden mit deutlich vernehmbarem Zorn in der Stimme. Das sei ein einziger Justizskandal. Irgendetwas müsse jetzt endlich geschehen, so könne das nicht weitergehen.

Und es geschieht tatsächlich etwas. Von den beiden Vollzugsbeamten bewacht, werde ich nun in die Ambulanz der

Hautklinik Essen gebracht. Zuvor findet das übliche Prozedere statt: Der Wagen fährt in die Sicherheitsschleuse, die beiden JVA-Beamten verlassen den Wagen, um ihre Dienstwaffen in Empfang zu nehmen, woraufhin wir endlich in Richtung Universitätsklinikum fahren. Schwester Maria, der gute Geist der Hautklinik Essen, erwartet uns bereits. Sie hat ein kleines fensterloses Besucherzimmer vorbereitet.

Nur wenige Minuten später erscheint ein Arzt in grüner OP-Kleidung. Ein ruhiger, freundlicher, professionell wirkender, noch relativ junger Mediziner mit offenem Gesicht und Dreitagebart.

Ohne Umschweife kommt er zur Sache: »Bitte ziehen Sie Schuhe und Strümpfe aus.« Die Kollegin, die mich untersucht hat, habe die Ärzte im Klinikum bereits über ihren Verdacht im Hinblick auf die Diagnose informiert. Man werde nun überprüfen, ob sie damit richtig liege, und dann eine geeignete Therapie entwickeln. In diesem Moment machen mich zwei Dinge ungeheuer glücklich: Dieser relativ junge Arzt behandelt mich respektvoll. Noch viel wichtiger allerdings ist der Umstand, dass ich seit dem Auftreten der ersten Symptome vor Wochen nun endlich professionell untersucht und behandelt werde.

Der junge Arzt begutachtet meine inzwischen fast ganzflächig blau verfärbten, geschwollenen Hände und Füße. Die entzündeten Füße passen kaum noch in die Schuhe, starke Schmerzen machen das Gehen zur Tortur. Die Finger sind an zahlreichen Stellen rissig, weißes Sekret tritt aus. »Das sieht ja schlimm aus«, stellt der Mediziner fest. »Warum, um Himmels willen, kommen Sie erst jetzt zu uns?« Man müsse sofort nochmals eine Biopsie durchführen, und ich solle umgehend stationär aufgenommen werden, damit die dringend notwendigen Untersuchungen erfolgen könnten. »Sie gehören sofort in eine Klinik, eine Rückkehr in die JVA ist aus medizinischer Sicht ausgeschlossen.« Nach der Besprechung fertigt er Fotos von meinen Händen und Füßen für die Krankenakte an.

Die beiden Vollzugsbeamten sehen sich betroffen an. Ob der Arzt das schriftlich in die JVA schicken könne, am besten per Fax, schlägt der ältere der beiden vor. Und der zweite fügt bestimmend hinzu, dass der Gefangene auf jeden Fall nochmals in die JVA zurückverbracht werden müsse, auch wenn der stationäre Aufenthalt hier von der Anstaltsleitung genehmigt werden sollte. Die Papiere müssten zusammengestellt, die Anträge geschrieben werden, und der Gefangene müsse seine persönlichen Dinge, die er im Krankenhaus benötige, selbst packen.

Nur kurze Zeit später befinden wir uns denn auch wieder auf dem Rückweg in die JVA. Der junge Arzt hat das angeforderte Fax zwischenzeitlich an die Leitung der Haftanstalt gesandt, diese genehmigt den Klinikaufenthalt zunächst ohne weitere Einschränkungen.

Zurück in meiner Zelle A115 packe ich die notwendigsten Kleidungsstücke, Zahnbürste, Shampoo, Duschcreme, einen Schlafanzug und Unterwäsche sowie einen Kamm in einen großen blauen Müllsack. Über mehr Dinge für den hygienischen Bedarf verfüge ich hier nicht; der Besitz einer Reisetasche ist in einer Anstalt des geschlossenen Vollzugs in Essen nicht erlaubt.

Nach rund dreißig Minuten werde ich von einem Wachhabenden des Blocks A in meiner Zelle abgeholt. Er trägt einen Rucksack in der Hand: Warum diese Aktion an einem Freitagnachmittag notwendig sei, wolle er gern mal wissen, bemerkt er ärgerlich in meine Richtung, als er mit nicht eben heiterer Miene die Zellentür aufstößt. Dass die Ursache in meinem erbärmlichen Zustand liegen und ich dringend behandlungsbedürftig sein könnte, scheint ihn nicht weiter zu interessieren; von Mitgefühl keine Spur. Es zählt allein der möglicherweise sich verzögernde Start ins Wochenende.

Zusammen mit einem weiteren Kollegen fährt er mich zurück in die Hautklinik. Mit einem blauen Müllsack in der Hand, bewacht von zwei bewaffneten JVA-Beamten, betrete ich die moderne Ambulanz der Essener Uniklinik.

Er übernehme die Anmeldung, verkündet der Vollzugsmitarbeiter, der mich in der Zelle abgeholt hat. »Sie sollten wissen, dass ich privat versichert bin«, rufe ich ihm noch zu. Das interessiere ihn nicht, ist die knappe Antwort. Als Häftling sei ich natürlich über das Land Nordrhein-Westfalen versichert. Erschöpfung und Dankbarkeit darüber, dass mir endlich geholfen werden soll, sind zu groß, um weiter über dieses mutmaßlich unbedeutende Detail zu debattieren. Doch das rächt sich sogleich: In den kommenden Tagen dieses ersten Klinikaufenthaltes werde ich keinen Spezialisten zu Gesicht bekommen. Das ist später völlig anders, als bei meinem zweiten Aufenthalt in der Universitätsklinik meine Privatversicherung der Kostenträger ist.

Kurze Zeit später erscheint ein Arzt, der sich entschuldigt, dass leider erst ab morgen Vormittag ein Einzelzimmer frei sei. Heute müsse ich noch mit einem Zweibettzimmer vorliebnehmen. Mir ist dieser Sachverhalt vollkommen gleichgültig, wichtig ist einzig und allein, dass mir endlich geholfen wird.

Was dieser Umstand, den der Arzt eben bedauerte, allerdings für den anderen Patienten in diesem Zweierzimmer bedeutet, wird mir erst in den nächsten Stunden deutlich, nachdem ich – mit meiner Bewachung – das Zimmer bezogen habe. Es ist ein großes, freundliches, lichtdurchflutetes, modernes Zweibettzimmer auf der ersten Etage der Hautklinik Essen. Ein großes Fenster ohne Gitter – was für ein Luxus, ist der spontane Reflex. Nach drei Monaten in A115 ohne Warmwasser und Dusche bedeutet ein Bad im Zimmer, das ich mit meinem Bettnachbarn teilen soll, einen kaum mehr vorstellbaren Komfort.

Die Wirkung meines Bewachers auf meinen Zimmergenossen ist allerdings offensichtlich ausgesprochen befremdlich. Er erkennt mich sofort, doch der bewaffnete, finster wirkende JVA-Beamte hinter mir macht einen bedrohlichen Eindruck auf den frisch operierten Mann. Die Person, über die in diesen Wochen regelmäßig in den Zeitungen berichtet wird, steht nun mit einem Müllsack in der Hand wie ein Obdachloser vor ihm. Wie weit können ein herbeigeschriebenes Bild und die Realität doch auseinanderklaffen. Ganz besonders setzen ihm aber die dominante Präsenz und die damit verbundene Ruhestörung durch den bewaffneten Beamten zu.

Die Ärzte drängen darauf, dass noch am Freitagnachmittag mit den ersten Untersuchungen begonnen wird. An allen diesen intimen Terminen nimmt mit größter Selbstverständlichkeit stets auch ein JVA-Beamter teil.

Meinem Bettnachbarn ist an diesem Morgen in einer komplizierten Operation ein Karzinom in der Leistengegend entfernt worden. Er hat postoperative Schmerzen und wartet voller Angst auf das endgültige Ergebnis des Befundes, wie er berichtet. Seine Irritation über die Anwesenheit des JVA-Beamten wandelt sich mehr und mehr in Ärger: »Wir bezahlen diesen Unsinn mit unseren Steuergeldern«, schimpft er. »Wieso sollte Dr. Middelhoff denn aus dem Krankenhaus fliehen und wohin – bei seinem Gesundheitszustand?«, fragt er den damit sichtlich überforderten Bewacher. Mit einer bekannten Persönlichkeit so umzugehen, fände er völlig unangemessen. »Dr. Middelhoff ist ein schwer kranker Mann, das sieht doch jeder Laie.« Der JVA-Beamte errötet leicht und entgegnet dem Mann, dass er nur Anweisungen befolge, für die andere verantwortlich seien.

Der spanischstämmige Patient ist, wie sich später herausstellt, selbst mit einer Beamtin verheiratet. Er hat ein großes Herz, ist sensibel und verfügt über etwas, was leider nicht selbstverständlich ist: Zivilcourage.

Am Abend bestellt er für sich eine Pizza bei einem Lieferservice – und für mich spontan eine mit. Der Vollzugsbeamte, der mittlerweile unser Krankenzimmer okkupiert hat, so wirkt seine Präsenz, kommentiert dies mit dem Satz, er hoffe, in der Pizza sei keine Feile versteckt. Wie erfrischend hätte es sein können, wenn diese Bemerkung ein Witz gewesen wäre.

In dieser Nacht kann mein frisch operierter Bettnachbar nicht schlafen, weil der für die Nachtwache eingeteilte JVA-Wachmann in unserem Krankenzimmer auf seinem Laptop Filme sieht. Ein heftiger Wortwechsel entzündet sich zwischen dem Wachmann und dem Mitpatienten, der sich völlig zu Recht über diese Rücksichtslosigkeit aufregt. Angesichts meines Häftlingsstatus hätte ich mich zu einer Kritik, wie sie mein Bettnachbar vorträgt, niemals hinreißen lassen. Die Furcht vor Repressalien ist zu groß. Es ist erschreckend, wie schnell und wie sehr der Vollzug selbst eine starke Persönlichkeit prägt und verändert, wie rasch man die Mechanismen dieses Systems unwillkürlich zu seinen eigenen macht. Eine bittere Erkenntnis.

Der Disput zwischen meinem Zimmergenossen und dem JVA-Beamten endet schließlich mit dem leidlichen Kompromiss, dass der Beamte seinen Stuhl auf den Flur vor unserer Zimmertür trägt und diese weit öffnet, um mich von dort per Blickkontakt überwachen zu können. Das Licht auf dem hell erleuchteten Flur dringt in unser Zimmer, das dadurch ebenfalls gut ausgeleuchtet ist. So verbringen wir die Nacht.

Die Zivilcourage meines Zimmernachbarn hat leider keine nachhaltigen Konsequenzen: In den folgenden Tagen und Nächten sehen sich die Bewacher, die vierundzwanzig Stunden in meinem Zimmer zugegen sind, trotz der Schwere meiner Erkrankung und der damit einhergehenden außerordentlichen Ruhebedürftigkeit auch weiterhin nachts Filme und Serien auf ihrem Laptop an.

Am nächsten Morgen besteht mein Bettnachbar auf seine sofortige vorzeitige Entlassung. Er könne die Präsenz der

JVA-Beamten nicht länger ertragen. Auch seine Frau empfindet das Verhalten der Vollzugsbediensteten mir gegenüber als unzumutbar. Zum Abschied schenkt sie mir das Aftershave ihres Mannes; sie findet es beschämend, dass ich außer über Zahnbürste, Rasierer und Shampoo über keine weiteren Toilettenartikel verfüge.

Bei den Eingangsuntersuchungen sind die behandelnden Ärzte unisono schockiert über meinen Zustand. »Warum hat man Sie erst jetzt in eine Klinik gebracht?«, lautet die wiederholt voller Unverständnis gestellte Frage. Meine Antwort ist ebenfalls eine stete Wiederholung der immer gleichen Ratlosigkeit: Diese Frage solle man dem zuständigen Vorsitzenden Richter der Wirtschaftsstrafkammer, der Leitung der JVA, dem Anstaltsarzt und dem nordrhein-westfälischen Justizministerium stellen. Fassungslos nehmen die Ärzte auch zur Kenntnis, dass die leidigen Sicherheitskontrollen auch nachts im Viertelstundentakt durchgeführt wurden, zumal über einen so langen Zeitraum hinweg.

Am darauffolgenden Morgen werde ich in ein Einzelzimmer in der dritten Etage verlegt, nun begleitet von einem mir bis dahin unbekannten jungen JVA-Beamten. Dieser prüft als Erstes, ob ich in diesem Zimmer aus dem Fenster fliehen könnte. Ich mache ihn freundlich darauf aufmerksam, dass wir uns in einer Höhe von deutlich mehr als zehn Metern befinden. Der Beamte antwortet unbeirrt, ich könne ja auch von einem Helikopter mit einer Strickleiter abgeholt werden und auf diese Weise fliehen. Bisher dachte ich stets, dass ich eine blühende Fantasie hätte. Aber andere sind offenbar noch viel fantasievoller.

Mein Zustand verschlechtert sich derweil weiter. Kopf und Brust sind am Abend feuerrot, ich kann mich kaum wach halten. Extreme Übelkeit mit wiederholtem Erbrechen quält mich in der folgenden Nacht, der Bauchbereich ist stark geschwollen. Eine nächtliche Röntgenaufnahme bringt keine neuen Erkenntnisse.

In den nächsten Tagen sollen hochdosierte Cortison-Infusionen Besserung bringen. Hände und Füße werden dreimal täglich mit verschiedenen Salben eingecremt und aufwändig mit Mullbinden bandagiert. Ich fühle mich unendlich müde und schlafe ständig, wenn ich nicht zu einer Untersuchung auf dem Klinikgelände gebracht werde. Die Ärzte sprechen jetzt von einer sehr aggressiven Form des Chilblain Lupus und schließen auch eine systemische Form nicht mehr aus. Diese Autoimmunerkrankung sei nicht heilbar, man könne den Körper nur so gut wie eben möglich vor der Zerstörung schützen. Ich bin zu schwach, um die ganze Tragweite dieser Feststellung zu diesem Zeitpunkt zu begreifen. Die Ärzte gehen davon aus, dass ein zehntägiger stationärer Aufenthalt notwendig sein wird. Starke Schmerzen in der Schulter machen mir jetzt zusätzlich zu schaffen.

Meine wegen meiner Erkrankung über die Maßen besorgte Familie wird in diesen ersten Tagen zunächst nicht offiziell informiert, weder über meinen Aufenthaltsort noch über meinen Zustand oder eine Diagnose. Einer der Anwälte nimmt schließlich Kontakt zu dem behandelnden Arzt auf, der ihm mitteilt, dass man mich als Notfall in die Klinik einweisen musste. Darüber hinausgehende Auskünfte erhält meine Familie nicht. Als Begründung werden rechtliche Bedenken angeführt, zudem habe die JVA-Leitung eine Informierung untersagt.

Nach knapp einer Woche zeigen sich erste positive Wirkungen der hochdosierten intravenösen Cortisongabe. Auch die lokale Behandlung von Händen und Füßen mit verschiedenen cortisonhaltigen Cremes fängt an zu wirken. Jetzt, da die Schwellungen zurückgehen, wird erst in vollem Umfang sichtbar, welch massive Schäden die Haut erfahren hat – Hände und Füße sehen grauenhaft aus.

Die Untersuchungen in der Universitätsklinik verlaufen in dieser Woche nur schleppend, noch sind alle diagnostischen

Bemühungen ausschließlich auf einen Chilblain Lupus ausgerichtet, obgleich Tests zu einer systemischen Variante avisiert worden sind. Am 5. März habe ich das Gefühl, dass der Zustand der Hände sich wieder verschlechtert hat.

Durch die Präsenz der JVA-Beamten gestalten sich die Untersuchungen zudem nicht selten schwierig.

Am Freitag, den 6. März, finde ich nachmittags nach der Rückkehr von einem Termin in der Angiologie auf dem kleinen Tisch neben dem Bett einen Zettel mit dem Hinweis, dass ich noch am selben Tag entlassen werde. Ein Arztbrief solle mir noch ausgehändigt werden. Wie kann das sein? Weder hat sich mein Gesundheitszustand nennenswert stabilisiert – von leichten äußerlichen Verbesserungen abgesehen –, noch sind die Untersuchungen abgeschlossen, von einer eindeutigen Diagnose und einem entsprechenden Therapieplan ganz zu schweigen. Sollte der Verdacht einer systemischen Form des Lupus sich wirklich bestätigen, kann diese vorzeitige Entlassung katastrophale Folgen haben.

Die nachlässige Vorgehensweise hat gravierende Folgen. Mir wird das dringend benötigte Medikament Quensyl verordnet, aber ich kann es zunächst nicht einnehmen, weil das dafür vorab erforderliche multifokale ERG der Augen von der medizinischen Leitung der JVA Essen nicht veranlasst wird. Es dauert grundsätzlich zwei bis drei Monate, bis das Quensyl bei einem systemischen Lupus erythematodes überhaupt seine Wirkung entfaltet. Die Verschleppung der Therapie hat ein weiteres, nicht umkehrbares Fortschreiten der Erkrankung zur Folge. Wiederholt fragt die JVA-Leitung nach, wann mit meiner Entlassung zu rechnen ist. Von den JVA-Beamten höre ich, dass es Personalprobleme gibt. Und meine Überwachung bindet natürlich Kapazitäten.

Am Freitagnachmittag werde ich gegen 16.30 Uhr von zwei JVA-Beamten wieder in der Haftanstalt eingeliefert, den blauen Müllsack in der Hand. Conrad begrüßt mich vor A115:

»Hey, Alter, du siehst ja immer noch todkrank aus.« Er hat leider recht. Die Rückführung in die JVA erfolgte viel zu früh: In der Klinik war es gelungen, eine beginnende Remission herbeizuführen, mit der Rückverlegung in die JVA wurde ein erneuter, noch schwererer Schub eines systemischen Lupus erythematodes ausgelöst.

Die Behandlung einer Autoimmunerkrankung in einem deutschen Gefängnis

Die intravenöse Verabreichung des Cortisons wird mit der Verlegung in die JVA wieder auf Tabletteneinnahme umgestellt. Diese kann dann allerdings nur in deutlich niedrigerer Dosierung erfolgen und ist deshalb in der aktuellen Situation von geringerer Wirksamkeit.

Das Sanitätsteam der JVA ordnet an, dass ich jeden Morgen und jeden Mittag persönlich im Sanitätsbereich erscheine, um die cortisonhaltige Salbe dort unter Aufsicht aufzutragen. Als hätte ich in diesem Zustand Interesse daran, die Behandlung zu sabotieren.

Jeden Morgen werde ich nun also in den Sanitätsbereich der Haftanstalt verbracht. Dort wird jedes Mal aufs Neue eine komplette Tube der cortisonhaltigen Salbe auf meine Hände und Füße aufgetragen. Über die Füße wird mir dann jeweils ein transparenter Müllbeutel gezogen und mit Pflastern am Unterschenkel verklebt. Die Hände stecken in gelblichen Gummihandschuhen. Nach der Behandlung geht's zurück auf die Zelle. Die Müllbeutel an den Füßen sind von der dick aufgetragenen Salbe dermaßen rutschig, dass es schon allein deswegen kaum möglich ist zu gehen. Gegen 12.30 Uhr werde ich ein zweites Mal zum Sanitätsbereich gebracht, wo die beiden Müllbeutel und die Gummihandschuhe unter Aufsicht wieder entfernt werden. Eine derart archaische Prozedur unter permanenter Misstrauensbekundung ist nicht nur entwürdigend, sie ist darüber hinaus auch als Therapie völlig ungeeignet.

Mein Zustand verschlechtert sich in der folgenden Zeit von Tag zu Tag. Hände und Füße schwellen bis zur Unförmigkeit an. Die Füße passen nicht mehr in die Schuhe und nach wenigen Tagen auch nicht mehr in nach hinten offene Hausschuhe, die Zehennägel haben sich dunkelrot-bläulich verfärbt, die Fußsohlen sind entzündet und mit schmerzhaften Schwellungen übersät; ebenso die vorderen Glieder der Finger, bei denen die Haut zudem an fast allen Fingerspitzen geborsten ist. Fingernägel, Zehennägel und Haare wachsen nicht mehr nach, die Körperbehaarung bildet sich zurück. Der Gewichtsverlust beträgt zu diesem Zeitpunkt bereits sechzehn Kilogramm – durchaus nicht unerheblich für eine Person, deren Statur nicht unbedingt auf die Herkunft aus einer bayerischen Metzgersfamilie schließen lassen würde.

Mehr und mehr setzen mir auch diese unerklärliche Müdigkeit und Antriebslosigkeit zu; auch sie verstärkt sich in den Tagen nach der vorzeitigen Entlassung aus dem Krankenhaus parallel zu den fortschreitenden Befunden an Händen und Füßen rapide. Und zum ersten Mal in sechs Jahrzehnten macht mir mein Herz Sorgen: Schmerzen und Stiche in der Herzgegend und zunehmende Luftknappheit beim Treppensteigen.

In der Karwoche 2015 spitzt sich die Situation schließlich dramatisch zu: Mein Zustand verschlechtert sich kontinuierlich, doch den Anstaltsarzt sehe ich nur selten. Bei den Behandlungen mit Salbe und Müllbeuteln im Sanitätsbereich am frühen Morgen oder am Wochenende ist er nicht anwesend. Wenn die Müllbeutel und Gummihandschuhe in der Mittagszeit wieder entfernt werden, ist er zugegen, überlässt aber den Sanitätern das Feld und beobachtet das Geschehen aus der Distanz. Wenn ich auf die zu unförmigen Klumpen geschwollenen Füße zeige, meine großen Sorgen zum Ausdruck bringe und um eine persönliche Beurteilung bitte, erfolgt zumeist ein Achselzucken, das wohlwollend als hilflos zu bezeichnen wäre. Eine eingehende Untersuchung durch den Arzt der JVA Essen findet weiterhin nicht statt.

Krankheit außer Kontrolle:
Kampf gegen Windmühlen

Ein Lupus-Experte im Sanitätsrevier

DERWEIL FINDEN DRAUSSEN weitere Recherchen und eine intensive Suche nach medizinischen Experten auf dem Gebiet derartiger Formen der Autoimmunerkrankungen statt. Dabei stößt man unter anderem auf Prof. Dr. Thomas Bieber, den Chef der Hautklinik der Bonner Universitätskliniken, der als einer der angesehensten Mediziner in diesem Bereich speziell für Hautmanifestationen gilt.

Die JVA-Leitung genehmigt zu diesem Zeitpunkt weder eine Fortsetzung der dringend notwendigen stationären Behandlung in einer kompetenten Klinik noch eine externe Untersuchung durch einen Spezialisten. Professor Bieber erklärt sich angesichts der Umstände jedoch ohne zu zögern bereit, kurzfristig den Weg nach Essen anzutreten und mich vor Ort in der JVA zu untersuchen.

In der Theorie ist das ein guter Plan. Die Praxis gestaltet sich allerdings zunächst hindernisreich: Als Erstes muss eine Besuchsgenehmigung für Professor Bieber eingeholt werden, sodann die Genehmigung, mich im Sanitätsbereich der Haftanstalt untersuchen zu dürfen. Mit großer Hartnäckigkeit gelingt es meiner Familie schließlich, die Erlaubnis für diese Untersuchung in Anwesenheit des hiesigen Anstaltsarztes zu bekommen.

Am 1. April 2015 betritt ein Vollzugsmitarbeiter gegen vierzehn Uhr meine Zelle und teilt mir mit, er bringe mich jetzt zum Sanitätsbereich, denn dort warte jemand auf mich, um mich zu untersuchen. Auf dem Flur vor den dortigen Behandlungsräumen soll ich auf einer Holzbank warten, bis ich aufgerufen werde. Der Vollzugsbeamte entfernt sich nach dieser Anweisung durch das rechte Gittertor am Ende des Flures. Durch die linke offen stehende Stahltür nehme ich einen mir unbekannten Mann wahr, der in diesem Moment den Flur betritt: hochgewachsen, sportlich wirkend, gepflegtes Auftreten, markante Gesichtszüge, elegante Brille. Als er die Holzbank erreicht, auf der ich zusammengesunken sitze, beugt er sich herab und stellt sich vor: »Professor Bieber ist mein Name, ich bin mit Ihrer Frau hierhergekommen, um Sie zu untersuchen.« Wir würden uns gleich wiedersehen, fügt er höflich und entschuldigend hinzu, bevor er an der Tür zum Sanitätsrevier klopft. Die Leitung der JVA habe ihn leider angewiesen, seinen Fotoapparat, mit dessen Hilfe er das Krankheitsbild zu detaillierten Beurteilungszwecken dokumentieren wollte, zur Sicherheitsschleuse zurückzubringen. Er dürfe die eigene Kamera nicht benutzen, was nun vermutlich zu einer unnötigen Verzögerung der Behandlung führen werde.

Nach einer immerhin recht kurzen Wartezeit von einigen Minuten ruft mich jener Mitarbeiter des Sanitätsreviers, der bereits während meines einwöchigen Aufenthalts in der Universitätsklinik für meine Bewachung zuständig war, in den Untersuchungsraum. In der Mitte des Zimmers steht Professor Bieber. Er strahlt vertrauensvolle Ruhe und zugleich größte Souveränität aus und lächelt freundlich.

Er stellt sich mir nun offiziell als Chef der Hautklinik am Universitätsklinikum Bonn vor und kündigt die folgende gründliche Untersuchung an. Zuvor gebe es allerdings noch einige Formalitäten zu besprechen: Wer in der JVA beziehungsweise in der Justizbehörde der zuständige Ansprechpartner sei, falls im Nachgang zu seiner heutigen Untersuchung noch etwas zu klären sei, erkundigt sich Professor Bieber. Der zuständige Ansprechpartner sei er, und auch das

Gutachten könne an ihn adressiert werden, antwortet der Mitarbeiter des Sanitätsreviers. Wo er seine Kamera zurückerhalte, und vor allem wie er jetzt Fotos vom Patienten machen könne, will Bieber ferner wissen. »Wo ist denn der Anstaltsarzt heute?«, frage ich den Sanitätsmitarbeiter, »nimmt er an dieser Untersuchung nicht teil?« Der Sanitäter gibt mir zu verstehen, dass der Arzt der JVA jetzt nicht anwesend sein könne und folglich er der Ansprechpartner sei.

Die Fotos könne Professor Bieber mit der Kamera der Haftanstalt machen. Die Bilder würde man dann schnellstmöglich als Datei zur Verfügung stellen. Wie großzügig der Begriff »schnellstmöglich« ausgelegt werden kann, lernen in der Folgezeit jene schmerzlich, die dringend auf die Bilder angewiesen sind.

Ein ärztlicher Brandbrief

Professor Bieber beginnt mit einer ausführlichen Anamnese, um mich dann von den Haarspitzen bis zu den Fußsohlen über einen Zeitraum von rund fünfundvierzig Minuten intensiv zu untersuchen. Dabei wird er stetig von dem Sanitätsmitarbeiter beobachtet, der hinter dem Schreibtisch auf dem Stuhl des abwesenden Anstaltsarztes Platz genommen hat.

Alles das, die grotesken Umstände, unter denen diese Untersuchung stattfindet, die Widrigkeiten, bis sie überhaupt möglich war, die Hürden, die zu nehmen waren, sind mir in diesem Moment völlig gleichgültig. Ein unbeschreibliches Gefühl der Dankbarkeit dafür, dass mir endlich in respektvoller Form eine ernst zu nehmende ärztliche Aufmerksamkeit geschenkt wird, überlagert alles andere.

Seit Monaten leide ich jetzt unter einer ganz offensichtlich schweren Erkrankung, doch es verging eine viel zu lange Zeit, bis ich endlich die Hilfe bekam, die eine solche Autoimmunkrankheit erfordert. Nicht ohne zuvor von einem ersten Klinikaufenthalt zu Diagnosezwecken zu früh und vor Abschluss aller notwendigen Untersuchungen wieder in die Haftanstalt zurückgebracht zu werden. Nach den Erfahrungen der vergangenen Wochen lässt sich das Glück, das mir jetzt zuteilwird, kaum fassen.

Professor Bieber untersucht nahezu jeden Zentimeter meines Körpers, dabei stellt er etliche weitere Symptome fest, die mir bis zu diesem Zeitpunkt selbst noch gar nicht aufgefallen sind, zum Beispiel starke Schwellungen und bläuliche Verfärbungen an den Knien und Kniegelenken sowie auch in den Ellenbogenbereichen. Zu allen Feststellungen fertigt der Mediziner detaillierte Notizen an, außerdem noch zahlreiche Fotoaufnahmen, um meinen Zustand zu dokumentieren und den weiteren Krankheitsverlauf so genau wie möglich beurteilen zu können.

Als er seine Untersuchung beendet hat, bittet mich Professor Bieber höflich, ich möge mich wieder anziehen. Keine Kommandos, kein barscher Ton, ganze Sätze, für die ich in diesen Minuten ungeheuer dankbar bin. Man wird schnell genügsam unter diesen Umständen. Der mir bis zu diesem Tag völlig unbekannte Mediziner ist mir beim Ankleiden behilflich, er registriert sofort, dass das dringend notwendig ist: Ich bin nicht mehr in der Lage, mein Oberhemd mit meinen unförmigen, aufgeplatzten Fingern ohne starke Schmerzen und unverhältnismäßigen zeitlichen Aufwand selbst zuzuknöpfen.

Nach der Untersuchung steht Professor Bieber in der Mitte des Raumes und studiert noch einmal seine Notizen, der Sanitäter beobachtet ihn nach wie vor vom Schreibtisch aus. »Dr. Middelhoff muss sofort, das heißt unverzüglich, zur stationären Behandlung in eine Fachklinik eingeliefert werden, ansonsten drohen irreversible Schäden an Haut, Herz und Nieren«, stellt Professor Bieber in Richtung des Sanitäters fest.

»Zudem darf er ab sofort nicht mehr mit kaltem Wasser in Berührung kommen.«

Der Sanitäter blickt Professor Bieber ungerührt an. Die Verlegung in eine Klinik müsse beantragt werden, und es brauche Zeit, um darüber zu entscheiden. Der Professor solle doch einen entsprechenden Brief an die JVA schicken, dann werde man weitersehen. Der Arzt sieht den Sanitäter verständnislos an. »Wissen Sie eigentlich, welche Gefahr für die Gesundheit von Dr. Middelhoff besteht, wenn er nicht sofort, am besten noch heute, in eine Fachklinik eingeliefert wird?«, fragt er mit einer Stimme, in der die ganze Autorität eines hochkompetenten, anerkannten Mediziners mitschwingt. Nein, das wisse er nicht, antwortet der Sanitäter, scheinbar noch immer unbeeindruckt. Hier passiere nichts ohne schriftliche Unterlagen, der verantwortliche Anstaltsarzt müsse eine solche Vorführung befürworten, außerdem seien noch die Anstaltsleitung und der zuständige Haftrichter hinzuzuziehen. Ich sehe der entsetzten Miene von Professor Bieber an, dass er nicht glauben kann, was er gerade gehört hat. »Bitte teilen Sie mir die Faxnummer der JVA mit«, entgegnet er, sichtlich um Beherrschung bemüht. Er spürt offensichtlich instinktiv, dass hier weitere Diskussionen zwecklos sind und die Schwierigkeiten allenfalls vergrößern würden. »Der Gesundheitszustand von Dr. Middelhoff ist derart angegriffen, dass ich keine weitere Verzögerung verantworten kann.« Schließlich erhält Professor Bieber die erbetene Faxnummer von dem Sanitäter.

Er wolle noch einmal auf das kalte Wasser zurückkommen, fährt dieser daraufhin fort. Man werde dem Häftling eine Waschschüssel in die Zelle geben. Mit einem Wasserkocher könne er sich das Wasser erwärmen und sich dann in der Schüssel waschen, so die Ankündigung. Professor Bieber blickt den Sanitäter mit einem Ausdruck völligen Entsetzens an. »Soll das ein Witz sein?«, fragt er fassungslos.

Es war keiner. Am Abend, etwa drei Stunden nach der Untersuchung, öffnet eine Mitarbeiterin des Sanitätsreviers die Tür zu meiner Zelle. Sie trägt eine weiße Plastikschüssel herein. Das Utensil hat einen solchen Umfang, dass ich mich kurz frage, ob ich darin baden soll. In den nicht eben großzügigen räumlichen Verhältnissen von A115 sind mehrere Versuche nötig, bis es uns gelingt, die Schüssel unterzubringen.

Am Vormittag nach der Untersuchung geht der Arztbrief von Professor Bieber ein, Kopien erhalten der zuständige Richter sowie meine Anwälte. Es ist der 2. April 2015. Die Ausführungen des Spezialisten sind sachlich, klar und an Deutlichkeit nicht zu übertreffen: Ich leide an einer Autoimmunerkrankung, durchlaufe aktuell einen schweren Schub und sei deshalb sofort in eine Fachklinik einzuweisen. Der Anweisung des Sanitäters folgend, ist dieses Schreiben nicht an den Arzt der JVA gerichtet, sondern an den medizinischen Dienst, der sich dem Facharzt gegenüber selbst als in der Sache zuständig bezeichnet hatte. Meine Anwälte stellen zeitgleich am 2. April 2015 unter Bezugnahme auf den Arztbrief von Professor Bieber bei der zuständigen XV. Großen Wirtschaftsstrafkammer den schriftlichen Antrag, mich unverzüglich wieder in eine Fachklinik zur weiteren Behandlung verlegen zu lassen. Die auch für einen Laien verständliche Schilderung meines kritischen Gesundheitszustandes macht die Dringlichkeit einer stationären Behandlung unmissverständlich deutlich. Die notwendige umgehende Reaktion bleibt jedoch zunächst aus.

Ist die Verzweiflung weit genug gediehen, nimmt der menschliche Geist offenbar auch die haarsträubendsten Erklärungen in Kauf; Hauptsache, es gibt eine. Hat der Richter den Arztbrief nicht gelesen? Ist er möglicherweise im Urlaub und hat keine Vertretung in dringenden Haftangelegenheiten angeordnet? Unterstellt man mir insgeheim, wie offenbar schon einige Male zuvor, ich hätte das alles nur inszeniert?

Was auch immer der Grund für die ausbleibende unverzügliche Reaktion ist, es vergeht weiter Zeit, zu viel Zeit, in der die Erkrankung weitere Organe schädigt.

Ebenfalls am 2. April stellen meine Anwälte einen Eilantrag beim Amtsgericht Essen, um meine sofortige Einweisung in die Universitätsklinik zu erreichen. Grundsätzlich ist für die Entscheidung in dringlichen Fällen und für die Bearbeitung solcher Eilanträge auch an Wochenenden und an Feiertagen ein Amtsrichter verfügbar. Doch auch das Amtsgericht reagiert nicht; eine Antwort steht noch heute aus.

Die Osterfeiertage verbringe ich in A115 – ohne die dringend erforderliche adäquate medizinische Behandlung. Erst am 8. April, als ich mich bereits seit vierundzwanzig Stunden als Notfall in der Uniklinik Essen befinde, wird der Arztbrief von Professor Bieber von dem zuständigen Vorsitzenden Richter an die JVA weitergeleitet. Statt mich unmittelbar in eine Fachklinik einzuweisen, wie von den Anwälten dringend gefordert, erbittet er eine Stellungnahme innerhalb von zehn Tagen, um sich dann ein Bild machen zu können.

Ich befinde mich schon seit einer Woche in der Klinik, als der Anstaltsarzt sich in einer Stellungnahme, die dem Richter weitere fünf Tage später zugeleitet wird, zu dem Sachverhalt äußert, und zwar denkbar kurz. In knappen fünfzehn Zeilen thematisiert er ausschließlich zwei nebensächliche Aspekte: Er hätte zwar von Schwierigkeiten beim Schreiben gewusst, aber nicht von der Unmöglichkeit, einen Stift zu halten; außerdem sei ich schließlich immer mit zugeknöpftem Hemd erschienen und hätte nach seiner Kenntnis keine Hilfe von JVA-Beamten in Anspruch genommen.

Bei der allmorgendlichen Routine im Sanitätsbereich betrachtet die zuständige Schwester zwischenzeitlich am Karfreitag meine Füße, Beine und Hände und ist offensichtlich erschrocken über die Entwicklung der Symptome. Füße und Beine sind bis zu den Kniegelenken äußerst stark angeschwollen. Die Knöchel sind nicht mehr zu erkennen. Eine Hose kann ich überhaupt nur noch mit Mühe über die aufgedunsenen Beine ziehen. Das Auftreten ist nur noch unter unerträglichen Schmerzen an den Füßen möglich. Fast alle Finger sind aufgeplatzt, die austretende Flüssigkeit verklebt die einzelnen Finger miteinander.

»Es muss doch jetzt endlich etwas mit Ihnen geschehen«, sagt die Schwester, in ihrer Stimme meine ich allerdings zugleich Resignation zu vernehmen. »Wir müssen irgendetwas veranlassen. Sie sollten eine zweite Decke erhalten, um Ihre Beine höher legen zu können. Ich hoffe, der Arzt kommt morgen rein und sieht sich Ihren Zustand persönlich an.«

Karsamstag verschlechtert sich mein Zustand kontinuierlich weiter. Zu der für den Lupus charakteristischen schmetterlingsförmigen Rötung von der Nase über beide Wangenknochen kommen nun auch blutunterlaufene Augen. Vor dem kleinen Spiegel stelle ich selbst fest, dass auch die Schilddrüse vergrößert ist. Von dem Anstaltsarzt noch immer keine Spur!

Eine junge Schwester begutachtet meinen Zustand. Sie entschließt sich, mit dem Arzt zu telefonieren, um ihn über meinen Zustand zu informieren. Das zeitigt tatsächlich Folgen: Mir werden zwei Entwässerungstabletten verabreicht, außerdem wird das Bandagieren meiner Beine mit elastischen Wickeln angeordnet. Letzteres ist schlicht wirkungslos und darüber hinaus wegen der sich weiter verstärkenden Schwellung schmerzhaft; die Entwässerungstabletten sind, wie kompetente Ärzte später konstatieren, in dieser Situation sogar gefährlich.

Zur Behandlung meiner weit fortgeschrittenen Autoimmunerkrankung kommt nun das geballte medizinische Arsenal des Sanitätsbereichs der JVA Essen zum Einsatz: eine weiße Waschschüssel, zwei Müllbeutel täglich für die Füße, ein Paar Gummihandschuhe täglich für die Hände, eine Tube cortisonhaltige Salbe täglich, die schon seit Wochen ihre Unwirksamkeit unter Beweis gestellt hat, eine zweite Decke, um die

154

Beine höher legen zu können, und täglich Cortison in Tabletenform, dessen Dosierung von der Hautärztin nochmals mit dem Hinweis erhöht worden ist, ich müsse dringend in eine Fachklinik eingewiesen werden. Den Anstaltsarzt sehe ich allerdings noch immer nicht, eine Genehmigung der Klinikeinweisung durch den zuständigen Richter ist ebenfalls noch immer nicht erfolgt.

Die verspätete Einweisung in eine Fachklinik

Ostersonntag reicht meine Kraft eben noch aus, um mich in den Sanitätsbereich und nach dem üblichen Prozedere zurück zu A115 zu schleppen. Bei den Sanitätern fordere ich nochmals die sofortige Aufnahme in eine Klinik. Achselzuckend heißt es, das müsse der Arzt entscheiden, der sei aber frühestens am Dienstagvormittag wieder erreichbar. Auch müsse der zuständige Richter Schmitt seine Zustimmung zu einer Einlieferung geben.

Auf dem Rückweg, den ich nur langsam bewältigen kann, lässt mich ein Vollzugsmitarbeiter wissen, ich sei »mal wieder in der Presse«. Die BILD am Sonntag habe einen großen Artikel über mich und meine Erkrankung veröffentlicht. Woher die wohl das Foto von mir hätten, fragt er, aber die Frage scheint eher rhetorisch zu sein. Dolliwa, der Leiter, werde das mit Sicherheit gar nicht lustig finden.

Ich bin zu sehr darauf konzentriert, den Rückweg zu meiner Zelle zu schaffen, als dass ich wahrnehmen könnte, worum es dem Beamten wirklich geht. Den Versuch, Verhaltens- und Denkweisen verstehen zu wollen, habe ich ohnehin längst aufgegeben.

An diesem Nachmittag liege ich bereits um sechzehn Uhr erschöpft auf der Holzpritsche in meiner Zelle. Schmerzen in der Herzgegend machen mir Sorgen.

Ostermontag. Es ist der 6. April 2015 und der letzte Tag eines langen Wochenendes in der JVA. Vom Nachmittag des vergangenen Gründonnerstags bis heute habe ich A115 jeweils morgens und mittags für kurze Zeit verlassen, um zum Sanitätsbereich zu gehen. Die übrige Zeit verbrachte ich an diesen viereinhalb Tagen allein in meiner Zelle. Ich möchte nicht darüber nachdenken, wie sich die Situation dargestellt hätte, wenn ich aufgrund eines medizinischen Notfalls umgehend Hilfe benötigt hätte.

Auch an diesem Morgen holt mich ein Beamter zur Behandlung ab. Das Wachpersonal kennt mittlerweile meinen kritischen Gesundheitszustand, er ist längst zu einem der beherrschenden Themen in der JVA Essen geworden. Seit die BILD am Sonntag gestern über meine Erkrankung berichtet hat, macht sich auch die Öffentlichkeit so ihre Gedanken über meinen Zustand. In einigen Medien wird skeptisch die Frage gestellt, ob ich »tatsächlich« erkrankt sei, und falls dies denn der Fall sein sollte, wie schwer diese Erkrankung wirklich sei. Für manchen ist es da offensichtlich völlig klar, womit sie es bei meiner Erkrankung zu tun haben: mit »einem Marketinggag meiner Anwälte«, wie es in einem Artikel der Frankfurter Allgemeinen Zeitung heißt. Anderswo ist von einer leichten rheumatischen Erkrankung die Rede, als würde es sich um einen Schnupfen handeln. Mir fehlt die Kraft, um all dies so zu nehmen, wie es angebracht wäre: es nicht an mich herankommen zu lassen und in einen virtuellen Mülleimer zu befördern. Vermutlich wird selbst noch bei der Nachricht über mein Ableben über eine Inszenierung spekuliert werden.

Auf dem Sanitätsrevier begegne ich jetzt breiter Betroffenheit. Offensichtlich wird ein Umstand erst dann zur Tatsache, wenn eine Boulevardzeitung über ihn berichtet. So gehe das wirklich nicht weiter, befindet ein Sanitäter. Der Arzt müsse sich das morgen unbedingt endlich persönlich ansehen. Seiner Meinung nach gehörte ich schon längere Zeit in eine

Klinik. Er sei sich sicher, dass ich morgen in die Universitätsklinik eingeliefert werde, will er mir Mut machen.

Am Dienstag erwacht die JVA Essen um sechs Uhr langsam aus einem Zustand, der einer bleiernen Lähmung gleicht; die Folge des langen Osterwochenendes. Ich bin nicht mehr in der Lage, den Weg zur Dusche anzutreten, zuletzt habe ich das am Gründonnerstag getan. Relativ früh öffnet sich meine Zellentür. Im Türrahmen erkenne ich die Silhouette eines freundlichen jungen JVA-Beamten, den ich gleichermaßen für seine Korrektheit und seine Menschlichkeit schätze. »Mein Gott, wie siehst du denn aus«, begrüßt er mich an diesem Morgen. »Ich begleite dich jetzt zum San-Bereich.« Schweigend machen wir uns auf den Weg. Auf dem schmalen Flur vor dem Behandlungsbereich bittet er mich, auf der alten Holzbank Platz zu nehmen: »Du solltest nicht versuchen zu stehen.« Während er die Tür zum Sanitätsrevier aufschließt, ruft er mir mit gedämpfter Stimme zu: »Ich sorge dafür, dass du sofort behandelt wirst.«

Kurze Zeit später öffnet sich tatsächlich die Tür zum Behandlungsraum. Die wenigen Meter von der Holzbank in das Arztzimmer überwinde ich nur noch mühsam, Höllenschmerzen begleiten jeden Schritt. Ein Sanitäter fordert mich auf, auf der Behandlungsliege Platz zu nehmen. Er will den Zustand meiner Hände und Füße kontrollieren und dann – wie gewohnt – die Cortisonsalbe auftragen. Zu Letzterem kommt es heute allerdings nicht mehr. Nachdem er einen kurzen Blick auf meine Hände, Füße und Beine geworfen hat, verschwindet er mit einem »mein Gott« im Büro des Anstaltsarztes, der am heutigen Morgen anwesend zu sein scheint. Nach kurzer Zeit kehrt der Sanitäter ohne den Arzt zurück in das Behandlungszimmer. Mir ist schwindelig. Liegt es an meiner Schwäche oder daran, dass in diesem Moment erneut jede Hoffnung schwindet, heute endlich in stationäre Behandlung zu kommen?

»Sie werden jetzt zurück zu Ihrer Zelle gebracht«, höre ich die Stimme des Sanitäters wie aus weiter Ferne. Der junge JVA-Beamte öffnet mir die Tür zum Flur. »Ich bin gleich bei dir«, sagt er leise, während die Tür hinter mir wieder ins Schloss fällt.

Die Tür öffnet sich wenige Minuten später erneut. Der JVA-Beamte kommt mit eiligen Schritten in meine Richtung und bleibt mit ernster Miene vor mir stehen: »Du wirst noch heute Vormittag in die Uniklinik Essen gebracht.«

Es vergehen zwei Stunden, dann werde ich am 7. April tatsächlich wieder in die Hautklinik des Universitätskrankenhauses Essen eingeliefert. Dieses Mal sind die Bedingungen allerdings in verschiedener Hinsicht andere. Meine private Krankenversicherung ist in diesem Fall der Kostenträger. Die Behandlung nehmen erfahrene Chefärzte vor, Untersuchungen erfolgen schneller. Man legt mich in ein Einzelzimmer, das rund um die Uhr bewacht wird – das hat sich nicht geändert. Allerdings sind es jetzt zwei Justizangestellte, die damit betraut sind, weil Journalisten versuchen, mit allen Mitteln an exklusive Informationen zu kommen. Meine Bewacher müssen sich dieses Mal jedoch mit einem Posten vor der Zimmertür zufriedengeben, da ich mich zwischenzeitlich – ob bei meinem ersten Klinikaufenthalt oder in der JVA – mit dem in Krankenhäusern so gefürchteten Keim MRSA infiziert habe. Schwestern und behandelnde Ärzte müssen Mundschutz, Kittel, Kopfhaube und Gummihandschuhe tragen, wenn sie mein Krankenzimmer betreten wollen.

Dieses Mal wird die Dauer meines Klinikaufenthaltes rund vier Wochen betragen. Dabei werde ich gründlich untersucht werden. Die umfassende und komplexe Diagnose lässt sich etwa so zusammenfassen:

Die Autoimmunerkrankung Lupus erythematodes ist systemisch und in einem bedrohlichen Stadium eines schweren Schubes. Das Herz ist mittlerweile ebenfalls betroffen:

Wassereinlagerungen (Perikardergüsse), Libman-Sacks-Syndrom, aus einer bis zu diesem Zeitpunkt unkritischen Erweiterung der Aorta ascendens hat sich ein Aneurysma gebildet, Linksschenkelblock. Die Schilddrüse ist beteiligt, darüber hinaus hat der Lupus auch Gelenke, Blutgefäße und Nerven angegriffen. Es besteht der Verdacht, dass die Nieren ebenfalls betroffen sein könnten. Was ich zu diesem Zeitpunkt auch nicht annähernd ahne, ist der Umstand, dass ich rund fünf Monate benötigen werde, um nach diesem Lupus-Schub wieder auf die Beine zu kommen.

Später berichtet mir meine Frau von ihren Versuchen, an den Osterfeiertagen etwas über meinen Gesundheitszustand in Erfahrung zu bringen. Die Berichte in den Medien hatten sie zusätzlich zutiefst besorgt. Kurz vor meiner Verlegung in die Klinik erreichte sie nach zahlreichen vergeblichen Versuchen, eine Auskunft zu bekommen, den stellvertretenden Anstaltsleiter Herrn Dolliwa. Sie war zuvor darüber in Kenntnis gesetzt worden, dass ich jetzt umgehend in eine Klinik eingeliefert würde. In dem Bestreben sicherzustellen, dass dieses Mal meine private Krankenversicherung für die Behandlung aufkommen würde, bat sie Herrn Dolliwa, Entsprechendes zu veranlassen. Dieser machte allerdings zunächst sehr nachdrücklich deutlich, wie unverantwortlich er es finde, dass meine Frau von meiner Einlieferung Kenntnis habe. Ein solches Wissen erhöhe schließlich die Fluchtgefahr. Er habe schon viel erlebt, etwa Familienclans, die versucht hätten, einen Häftling gewaltsam aus einem Krankenhaus zu befreien. Dabei soll es sich, wie mir später ein Justizmitarbeiter berichtet, um rumänische oder kurdische Familienverbände gehandelt haben. Man traut mir und meiner Familie nun also offensichtlich auch eine spektakuläre, bewaffnete Befreiungsaktion zu. Vermutlich sorgen sich Richter und JVA-Leitung, ich könnte mit dem Hubschrauber vom Dach der Klinik entfliehen.

Der stellvertretende JVA-Leiter äußert weiterhin gegenüber meiner Frau die Vermutung, sie wolle den Klinikaufenthalt nur deswegen über meine private Krankenkasse abrechnen, weil sie sich davon ein warmes Zimmer und eine luxuriöse Verpflegung für mich verspreche.

An diesem Morgen stellen wir überdies fest, dass auch der zuständige Richter endlich handelt. Nachdem der Arztbrief von Professor Bieber am Gründonnerstag mit der Aufforderung zu einer Stellungnahme innerhalb von zehn Tagen von ihm weitergeleitet worden war, hatte das Fortschreiten meiner Erkrankung dieses Ersuchen nach vier Tagen obsolet werden lassen. Doch dem Gericht scheint es an diesem Morgen, an dem ich als Notfall in die Klinik eingeliefert werde, nicht um medizinische Fragen zu gehen. Es sei sicherzustellen, dass zukünftig alle Entscheidungen, wie auch meine Verlegung in eine Klinik, vorab mit ihm abzustimmen seien, ergeht eine Anweisung.

...elblatt der Festschrift für Mark Wössner. Von den Gesamtkosten wurden knapp ...000 € privat von Thomas Middelhoff getragen. Die gedruckten 980 Exemplare ...eben als Geschenk für Geschäftspartner im Eigentum der Arcandor AG. ...e Herausgeberschaft führte letztendlich zur Verurteilung wegen Untreue. ...s Urteil: Zwei Jahre und drei Monate Haft.

Der große Besucherraum in der JVA
Essen: Hier finden Besuche der Familie
ohne akustische Kontrolle statt.

Die Kapelle der JVA Essen: Wer hier z
Beichte geht, hat zumeist guten Grund
dazu.

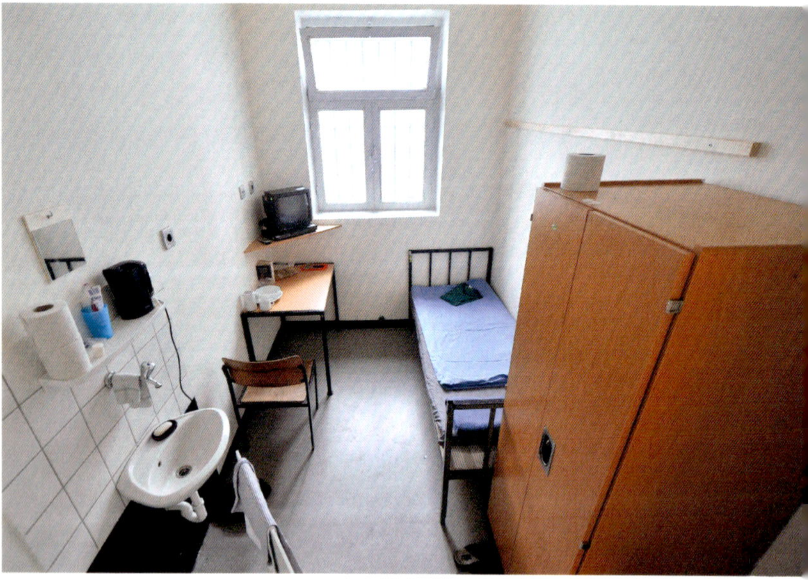

Offizielles Bild einer zur öffentlichen Präsentation hergerichteten Gefängnis
zelle der JVA Essen. Raum und Einrichtung entsprechen A115.

r Vorsitzende Richter der 15. großen Wirtschaftskammer des Landgerichts Essen, g Schmitt. Für die Urteilsbegründung benötigte er rund 400 Seiten.

1 Kreuzfeuer der Presse: Die Anspannung vor der Urteilsverkündung am . November 2014 ist auch den Anwälten Udo Wackernagel (li.) und Winfried oltermüller (re.) deutlich anzusehen.

Friedrich Carl Janssen, der ehemalige Aufsichtsratsvorsitzende der Arcandor AG. Er entschied, dass anstelle von Marc Sommer Karl-Gerhard Eick zum neuen Vorstandsvorsitzenden berufen werden sollte.

Der ehemalige Unternehmensberater Roland Berger verlässt am 2.9.2014 nach seiner Aussage im Untreue-Prozess den Gerichtssaal. Seine Anwälte drohten im Rahmen einer mündlichen Verhandlung den fünf Kindern von Thomas Middelho

e Zellenblöcke: Der Blick aus A115 geht in einen solchen Innenhof.

ßenansicht einer Zellentür der JVA Essen mit Lichtanlage. Rechts an der Wand
r Schalter zur Regulierung der Beleuchtung in der Zelle, der mittels eines Schlüs-
s vom Wachpersonal betätigt wird. Während der Sicherheitsüberwachung wurde
s Licht mindestens alle 15 Minuten eingeschaltet.

Der Jubilar und der Herausgeber: Mark Wössner, ehemaliger Vorstandsvorsitzend
der Bertelsmann AG und ehemaliger Aufsichtsrat der Quelle AG, wurde zu seiner
70. Geburtstag mit einer Festschrift von Arcandor geehrt, deren Herausgabe zur
Verurteilung führte. Sein Schwiegersohn war Chef der Versandsparte von Arcand
zu der auch die Quelle AG gehörte.

Die damalige Bundesjustizministerin Brigitte Zypries: Sie erstattete als Amtsträger
Anzeige.

rl-Gerhard Eick, ehemaliger Vorstandsvorsitzender der Arcandor AG, bei einer
essekonferenz. Er meldete nach einer Tätigkeit von knapp vier Monaten die Arcandor-
n-Insolvenz ohne gesicherte Finanzierung gegen den Widerstand von Führungs-
iften und Aufsichtsratmitgliedern an. Und ließ sich vor Dienstantritt eine Abfindung
n bis zu fünfzehn Millionen Euro garantieren – auch für den Fall einer Insolvenz.

adeleine Schickedanz mit Ehemann Leo Herl. Sie konnten sich bei ihren Aussagen
r Gericht nicht an Vereinbarungen erinnern. Nach Erinnerungen von Zeugen
ben sie nicht die Wahrheit gesagt.

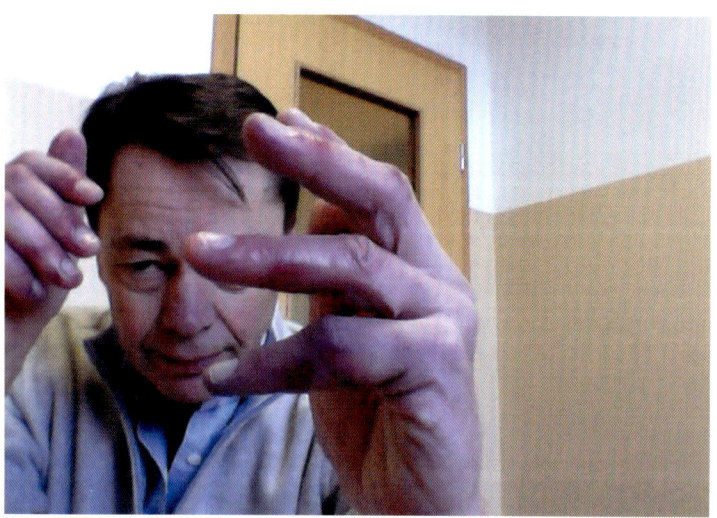

Ungebetene Dokumentation der Medien: Ein Reporter fotografierte vor der Polize
wache Bielefeld-Brackwede die Erfüllung der Meldeauflagen. Die forderten ein dre
mal wöchentliches Melden über zwölf Monate von Mai 2015 bis Mai 2016, jeweils
dienstags, donnerstags und samstags.

Eine der sichtbaren Auswirkungen der Autoimmunerkrankung:
Aufnahme in der JVA Essen Anfang 2015.

Showdown in der Amtsstube: Wenn Richter plötzlich zu medizinischen Experten werden

Eine Haftprüfung als Ortstermin im Krankenzimmer

SCHON IM DEZEMBER 2014 hatten die Anwälte die Stellung einer Kaution angeboten und nun unternehmen sie angesichts meiner Erkrankung erneut den Versuch, den verantwortlichen Richter mittels eines weiteren Haftprüfungsantrags beziehungsweise bei einer negativen Entscheidung das Oberlandesgericht Hamm im Rahmen einer entsprechenden Haftbeschwerde dazu zu bewegen, mich endlich aus der Untersuchungshaft zu entlassen, um weitere fatale Folgen für meine Gesundheit auszuschließen.

Doch auch dieses Angebot wird abgelehnt – nun mit dem Hinweis, dass aufgrund der neuen »Oxford-Anklage« die Fluchtgefahr sogar noch gestiegen sei. Der Vorsitzende Richter und das Oberlandesgericht Hamm bemühen wiederholt meine internationalen geschäftlichen Beziehungen, »insbesondere in den USA und China«, um die von ihnen unterstellte Fluchtgefahr zu begründen; zudem sind sie weiterhin unerschütterlich von der Existenz eines »erheblichen Auslandsvermögens« überzeugt.

Die Reisepässe habe ich längst abgegeben, die Anwälte haben zusätzlich zur Kaution strenge Meldeauflagen bei der Polizeistation Bielefeld-Brackwede angeboten. Darüber hinaus könnte selbst bei einer qua ihrer Aufgabe subjektiv geprägten Sichtweise einer Strafverfolgungsinstanz die so schlichte wie einleuchtende Feststellung meines Zimmernachbarn während meines vorhergehenden Klinikaufenthaltes berücksichtigt werden: Wohin sollte eine Person mit einem dermaßen hohen Bekanntheitsgrad und damit Wiedererkennungspotenzial fliehen? Aber vermutlich unterstellt man, ich würde neben einem versteckten Millionenvermögen auch noch über ein stattliches Arsenal an professionellen Utensilien für eine Maskierung verfügen.

Es scheint aussichtslos. Alle Bemühungen meiner Anwälte laufen ins Leere. Doch plötzlich macht die Kammer eine Kehrtwende. Was sie dazu veranlasst haben mag, ist zumindest auf den ersten Blick nicht ersichtlich. Die Befürchtung, mir könnte mithilfe eines internationalen Komplotts zur Flucht verholfen werden, kann sich schwerlich in Luft aufgelöst haben, die Umstände haben sich nicht verändert: Weder haben die Triaden ein Kopfgeld ausgesetzt, noch wurde mir ein Einreiseverbot in die USA erteilt. Warum erwägt also die Kammer nun doch eine Aussetzung des Haftbefehls?

Es liegt in der Natur des Menschen, in der Öffentlichkeit in möglichst gutem Licht dastehen zu wollen. Auch mein Handeln wurde leider allzu lange von diesem Streben bestimmt. Als nun die Medien anfangen, deutlich sachlicher über meine erneute Einlieferung in die Klinik zu berichten, werden erste Stimmen laut, die sich kritisch über die Justiz – und die zuständigen Richter – äußern. Von »unmenschlichen Haftbedingungen« oder von der »Maßlosigkeit des Urteils« und von »fehlender Verhältnismäßigkeit« ist da die Rede. Wer würde da nicht seinen Ruf retten wollen?

Von der Öffentlichkeit abgeschirmt finden jetzt in der Universitätsklinik Essen intensive Untersuchungen statt, die mehrere Wochen dauern. Sie bestätigen, dass es sich um eine systemische Form des Lupus erythematodes handelt. Ob es von Beginn an eine solche war oder ob diese sich im Zuge der zunächst ausbleibenden adäquaten Behandlung entwickelt hat, mögen die Experten erörtern. Einig sind sich die Ärzte in der Feststellung, dass die Schädigungen bei einer rechtzeitigen verantwortungsvollen Diagnostik und spezialisierten Therapie deutlich weniger massiv gewesen wären.

Obgleich die Öffentlichkeit keine Details über meinen Gesundheitszustand kennt, beginnen Spekulationen über eine »schwere Erkrankung« zu kursieren. Man mag darin einen Zusammenhang erkennen oder auch nicht, aber jedenfalls ordnet der zuständige Richter jetzt einen erneuten Haftprüfungstermin für mich an. Ich verbiete mir den Gedanken, dass mir vielleicht auch hier eine Inszenierung unterstellt wird, die auf diese Weise entlarvt werden soll. Bin ich schon paranoid?

Die Nachricht über diese neue Entwicklung erreicht mich – wie mittlerweile gewohnt – über WDR 2; das Radio bleibt auch im Krankenhaus meine Verbindung zur Außenwelt. Es sei, meldet der Sender, ein neuer Haftprüfungstermin für den ehemaligen Topmanager Dr. Thomas Middelhoff angesetzt worden. Diese Meldung löst zunächst Verwirrung aus. Fieberhaft versuche ich, sie zu verstehen. Die Anwälte wollen zu diesem Zeitpunkt bewusst keinen neuerlichen Haftprüfungsantrag stellen, das haben sie mir vor wenigen Tagen erklärt. Mein Zustand sei zu instabil, und ein erneuter Antrag mit der einhergehenden Anspannung würde mich psychisch zu sehr belasten; das wiederum hätte negative Auswirkungen auf den akuten Lupus-Schub. Eine groteske Situation: Es können keine Anstrengungen unternommen werden, mich zu entlassen, um meine Genesung zu erreichen, weil die Erkrankung so schwer verläuft. Dieser erneute Haftprüfungstermin kann also nur von dem zuständigen Richter selbst angesetzt worden sein, mutmaße ich in meinem Quarantäne-Quartier. Ein gutes Zeichen? Ich hoffe es. Inständig.

Die Vorbereitungen für den Termin scheinen akribisch zu sein. Per Fax ordnet das Gericht am 13. April mein »persönliches Erscheinen« für die Haftprüfungsverhandlung im

Gebäude des Landgerichts Essen an. Darüber hinaus wird die Teilnahme von einem der behandelnden Ärzte der Universitätsklinik Essen angefordert. Meine Anwälte beantragen am 15. April zusätzlich die Teilnahme von Prof. Dr. Thomas Bieber als einem der führenden deutschen Spezialisten für Lupus-Erkrankungen. Zugleich weisen meine Anwälte freundlich, aber nachdrücklich darauf hin, dass mein persönliches Erscheinen aus medizinischer Sicht aufgrund meines derzeit schlechten Zustandes nicht zu verantworten sei. Man könne mich nicht in einem Krankenbett in den Gerichtssaal rollen.

Der zuständige Richter erkundigt sich daraufhin zunächst telefonisch bei dem behandelnden Arzt, ob ich wirklich nicht in der Lage sei, persönlich im Gerichtsgebäude zu erscheinen. Der Mediziner spricht sich vehement gegen eine solche Überlegung aus. Es sei medizinisch nicht zu verantworten, er werde seine Zustimmung nicht erteilen.

Die entschiedene Auskunft des Arztes hat eine spontane Änderung der Anweisung zur Folge: Die Verhandlung über die Aussetzung des Haftbefehls solle nun nicht mehr im Gerichtsgebäude stattfinden, sondern in meinem Quarantänezimmer in der Universitätsklinik Essen. Die geladenen Teilnehmer für diesen »Ortstermin«: die XV. Große Wirtschaftsstrafkammer, vertreten durch den Vorsitzenden Richter und zwei Beisitzer, dazu zwei Oberstaatsanwälte, eine Protokollantin, drei Anwälte, zwei Gutachter – alle in Kitteln mit Kopfhaube, Handschuhen und Mundschutz. Elf Personen rund um mein Krankenbett, die mich begutachten und darüber entscheiden sollen, ob ich noch haftfähig bin. Von so nebensächlichen Aspekten wie der Keimbelastung und der Gefahr für mein geschwächtes Immunsystem gar nicht zu reden.

Dr. Thomas legt umgehend und nachdrücklich Beschwerde gegen diesen Beschluss ein. Ohne Erfolg: Das Gericht beharrt auf einem Ortstermin. Die Verhandlung werde wie verfügt am 16. April 2015 in meinem Krankenzimmer stattfinden.

Die Fassungslosigkeit weicht bei den Anwälten allerdings rasch einer bedingungslosen Entschlossenheit: Sven Thomas will den »unmenschlichen« Termin keinesfalls zulassen. Mit diesem Beschluss war für den renommierten Strafrechtler eine rote Linie überschritten.

Am späten Nachmittag des 15. April erreicht das entsprechende Schreiben von Dr. Thomas per Fax das Gericht. Es beginnt mit dem Hinweis, er habe sich möglicherweise in seinem Schreiben vom 14. April nicht ganz klar ausgedrückt. Es endet mit der unmissverständlichen Feststellung, er werde einen Haftprüfungstermin in meinem Krankenhauszimmer, zumal in Schutzkleidung, nicht zulassen. Das sei inakzeptabel und mit der Menschenwürde nicht in Einklang zu bringen.

Das Schreiben zeigt endlich Wirkung. Am späten Abend bittet der Vorsitzende Richter schließlich die Anwälte, die Vertreter der Staatsanwaltschaft sowie die Gutachter zu einem Vorgespräch in das Gerichtsgebäude im Landgericht Essen.

Ich bleibe von dieser gerichtlichen Fleischbeschau verschont. Das Vorgespräch wird zum eigentlichen Haftprüfungstermin, in dem der Richter seine Meister findet: Dr. Thomas auf juristischer Ebene und auf medizinischer Professor Bieber.

Man kann der Kammer beileibe nicht vorwerfen, dass sie sich nicht bemüht hätte, sich über Autoimmunerkrankungen im Allgemeinen und über die seltene Sonderform des Chilblain Lupus im Besonderen zu informieren. Das Internet macht vieles möglich, auch dass Richter über Nacht zu vermeintlichen medizinischen Experten werden. Das allerdings ist in etwa so, als würde sich ein Maurermeister bei Wikipedia in Sachen Kernspaltung schlau machen, um am nächsten Tag über das Abschalten oder den Weiterbetrieb eines Atomkraftwerks zu entscheiden.

Entsprechend bezeichnen die behandelnden Ärzte, die an dem Gespräch teilnehmen, die Ausführungen des Richters zu meiner Lupus-Erkrankung denn auch schlicht als »Unsinn«.

Eine Lehrstunde für den Richter

Am 16. April treffen Dr. Thomas und Udo Wackernagel um neun Uhr im Besprechungsraum des Landgerichts Essen ein. Überraschend ist heute auch Winfried Holtermüller wieder zugegen. Es ist das zweite Mal in den vergangenen fünf Monaten meiner Untersuchungshaft, dass mein mandatierter Anwalt sich nach meiner Saalverhaftung vor Ort um meine Belange kümmert. Ein Mal war er zuvor zu einem Gespräch mit mir in die JVA Essen gekommen – nach mehrfachem nachdrücklichem Ersuchen meinerseits.

In dem Besprechungszimmer warten bereits die Richter. Die beiden medizinischen Experten wurden angewiesen, vor der Tür des kleinen Verhandlungssaals zu warten, bis sie hereingerufen werden.

Was sich hinter den verschlossenen Türen bei diesem Vorgespräch abspielt, bezeichnen Beteiligte später als einen »Showdown« zwischen Sven Thomas und dem Vorsitzenden Richter. In dieser – teilweise wohl durchaus als lautstark zu bezeichnenden – Auseinandersetzung soll der Vorsitzende meinen Anwalt Sven Thomas unter anderem aufgefordert haben, er möge nicht jedes seiner Worte »auf die Goldwaage« legen. Worauf Thomas ihm mit lauter Stimme entgegnet haben soll: »Genau das haben Sie mit Dr. Middelhoff an fünfunddreißig Verhandlungstagen getan.« Vielleicht ist es auch keine Übertreibung, wenn man sagt, dass Sven Thomas diese Worte gebrüllt hat. Jedenfalls sollen sie für durchaus betroffenes Schweigen bei der Kammer gesorgt haben.

Am Ende bleibt es dabei: Die Haftprüfung findet weder mit meiner physischen Anwesenheit im Landgericht statt noch als

Ortstermin im Rahmen eines Justizausflugs in meinem Krankenzimmer. Nicht etwa weil hier Einsicht und Menschlichkeit
obsiegten. Die Beharrlichkeit, die Unbeirrbarkeit und die
Konsequenz von Sven Thomas haben dafür gesorgt, dass der
Vernunft schließlich doch noch Rechnung getragen wurde.

Nach einem ersten Gespräch mit den Anwälten werden
dann auch die medizinischen Experten hinzugezogen, um
ihre Einschätzung zu meiner Haftfähigkeit und der Erkrankung zu hören. Die Anwälte beschreiben die Situation hinterher als kuriosen Diskurs. Die Ärzte bestätigen zunächst er-
wartungsgemäß die Ernsthaftigkeit meiner Erkrankung.
»Eine Autoimmunerkrankung kann man nicht simulieren, sie
ist an objektiven Kriterien messbar«, räumt Professor Bieber
etwaige Mutmaßungen nachdrücklich aus. Darüber hinaus
besteht er darauf, dass es sich zwischenzeitlich mit hoher
Wahrscheinlichkeit um eine systemische Autoimmunerkrankung handelt. Der Mediziner ist eine international renommierte Koryphäe, aber im Umgang mit eindringlichen juristischen Befragungen nicht eben geübt. Dennoch habe er sich
von der Kammer weder beirren noch verunsichern lassen.

Nach ausführlichen Erörterungen fragt der Vorsitzende
Richter den Anwalt Sven Thomas fast beiläufig, ob das Angebot einer Kaution in der bekannten Höhe noch immer im
Raum stehe. Die Anwälte hatten zuvor im Zuge meiner Erkrankung bereits in Haftprüfungsanträgen und Haftbeschwer-
den die Stellung einer Kaution in Höhe von 895.000 Euro
angeboten – bar oder in Form einer Bürgschaft durch eine
deutsche Großbank. Dr. Thomas bestätigt, dass eine Kaution
in der genannten Höhe nach wie vor gestellt werden könne.
Der Vorsitzende Richter bedankt sich bei den Teilnehmern
und beendet den Haftprüfungstermin mit der Zusicherung
einer Entscheidung in den nächsten Tagen.

Unmittelbar nach dieser Verhandlung kommen die Anwälte wie auch Professor Bieber zu mir in die Essener Universi-

tätsklinik. Der Mediziner ist angesichts des Fortschreitens der Autoimmunerkrankung besorgt und will mich nochmals untersuchen. Er hat allerdings nicht mit der Halsstarrigkeit der beiden vor der Tür postierten JVA-Beamten gerechnet. Die verweigern den Zutritt zunächst mit der Begründung, dass er nicht über eine Besuchsgenehmigung verfüge. Letztendlich setzt sich der Mediziner aber auch hier souverän durch und erhält Zugang zu meinem Krankenzimmer.

In voller Montur will Professor Bieber sich von dem Fortschritt meiner Behandlung überzeugen: in grünem Kittel, mit Häubchen, Mundschutz und blauen Handschuhen, die notwendig sind, um beide Seiten vor Infektionen zu schützen – mich vor weiteren Erregern und Besucher vor den gefürchteten Krankenhauskeimen, mit denen ich mich infiziert habe.

Ich berichte ihm von den Ergebnissen der Herzecho-Untersuchung und dem Verdacht der Kardiologen, dass der Lupus eine Libman-Sacks-Endokarditis verursacht habe. Diese Erkrankung des Herzens geht nicht selten mit dem systemischen Lupus erythematodes einher. Und sie kann darüber hinaus bisweilen auch eine Klappeninsuffizienz verursachen, was Spezialisten später auch bei mir feststellen werden. Professor Bieber ist angesichts dieser Entwicklung jedenfalls hochgradig alarmiert.

Kurze Zeit nach ihm betreten auch die Anwälte das Zimmer. Derart verkleidet wirken sie wie eine kleine Armee von Außerirdischen, ihrer souveränen und Respekt einflößenden Wirkung als gestandene Strafverteidiger vollständig beraubt. Unwillkürlich muss ich lächeln.

Sie scheinen noch von Adrenalin getrieben, als sie vom Haftprüfungstermin berichten. Sie schildern, wie der Richter von Sven Thomas ausgebremst worden sei und wie standhaft Professor Bieber ihm die Stirn geboten habe; und sie analysieren die Reaktion der Kammer als den Versuch, die Verantwortung für meine Erkrankung allein der JVA-Leitung zuzuschreiben. Der Richter habe verlauten lassen, er habe ja nicht wissen können, dass die Sicherheitsüberwachung so lange und so intensiv in der JVA praktiziert werden würde, berichten sie.

Ich kann nicht umhin, mich im Stillen zu fragen, wie es sein kann, dass ihm eine so grundlegende und drastische Maßnahme nicht bekannt gewesen sein soll, hatte er doch angeordnet, über jedes Detail meiner Untersuchungshaft informiert zu werden. Es gab all die Briefe, die ein- und die ausgehenden, die im Rahmen der Briefkontrolle samt und sonders gelesen wurden. In ihnen hatte ich nicht nur über den Krankheitsverlauf berichtet, sondern es waren auch die Symptome und vor allem Risiken des systemischen Lupus erythematodes in der Korrespondenz detailliert erörtert worden. In einem meiner Briefe hatte ich mich nicht nur wie später so oft für meine schlecht lesbare Handschrift entschuldigt – die daher rührte, dass mir das Schreiben mittlerweile immense Schmerzen bereitete –, sondern auch für die Blutflecken, die ihn beschmutzt hatten und von meinen aufgeplatzten Fingern stammten. Ihn noch einmal neu zu schreiben, wäre mir zu dem Zeitpunkt nicht möglich gewesen, also hatte ich ihn voller Scham dennoch abgeschickt. All das mussten die Richter im Rahmen der Briefkontrolle eigentlich gelesen haben.

»Ich glaube nicht, dass wir vor dem Wochenende einen Beschluss erhalten werden«, fasst Sven Thomas die Erwartung der Juristen schließlich zusammen. Die Kammer werde aus taktischen Gründen noch ein wenig auf Zeit spielen, vermutet er. Er rechne am Montag oder Dienstag mit einer Entscheidung. »Er wird dich gegen Kaution rauslassen«, prognostiziert er auf seine ihm eigene sachliche Art.

Ich kämpfe gegen die Erschöpfung, nicht immer erfolgreich. Während meine Anwälte noch in meinem Zimmer sind, übermannt mich zwischendurch immer wieder der Schlaf. Das folgende Wochenende ist ein Wechselspiel zwischen erschöpftem

Schlaf, verursacht durch den systemischen Lupus erythematodes sowie das damit einhergehende tückische Fatigue-Syndrom, und banger Hoffnung in den seltenen wachen Momenten.

Sven Thomas hat recht behalten: Am Dienstag, den 21. April, veröffentlicht die Kammer ihre Entscheidung in der Frage der Haftprüfung. Ich soll gegen eine Kaution von 895.000 Euro aus der Untersuchungshaft entlassen werden. Zusätzlich sind die Auflagen erlassen worden, mich jeden Montag, Donnerstag und Samstag auf der Polizeiwache Bielefeld-Brackwede zu melden. Meine Reisepässe bleiben eingezogen, Reisen ins Ausland sind untersagt.

Nach Monaten des Hoffens und immer wiederkehrender Enttäuschungen ist die Freiheit, ist ein selbstbestimmtes Leben unter den Auflagen jetzt plötzlich zum Greifen nah. Und doch ist die Erlösung nur schwer zu fassen.

Die Angst vor der Freiheit

Es dauert noch einige Tage, bis die Formalitäten endgültig abgewickelt sind. Am frühen Nachmittag des 29. April informiert mich einer der JVA-Beamten, die für meine Bewachung abgestellt sind, dass der Kautionsbetrag offensichtlich bei der Justizkasse eingegangen sei. Die offizielle Bestätigung werde in wenigen Minuten erfolgen. Herr Dolliwa, der stellvertretende Leiter der JVA Essen, habe bereits entschieden, einen der beiden Vollzugsbeamten abzuziehen. Sobald der Geldeingang offiziell bestätigt sei, werde alles im Handumdrehen beendet sein.

Ich höre zwar, was er sagt, aber ich bin weder in der Lage zu glauben, was ich höre, noch kann ich die Bedeutung seiner Worte verarbeiten. Seine Ankündigung erweist sich indes als richtig: Es dauert keine fünfzehn Minuten, bis zwei Vollzugsbeamte in Zivil den Raum betreten. Sie tragen bedruckte Sweatshirts und Jeans und lächeln freundlich. Es seien jetzt noch ein paar Formalitäten zu erledigen, erklärt der eine. Erst jetzt erkenne ich die beiden Herren wieder: Es sind jene JVA-Mitarbeiter, die am Nachmittag des 14. November 2014 nach meiner Saalverhaftung mit so freundlichen Kommentaren in der JVA Essen meine Personalien erfasst hatten. Und dann geht alles tatsächlich so schnell, als handle es sich um die Quittierung einer Taxifahrt: hier die Entlassungsbescheinigung, dort eine Unterschrift, mit der ich bestätige, dass mir der Saldo meines Haftkontos ausgezahlt wurde. Sie zählen einige Euro auf die kleine Tischplatte an meinem Krankenbett. Beide lächeln mich an: »Gute Besserung, und wir hoffen, wir sehen uns nie wieder, Herr Dr. Middelhoff«, sagen sie, nicken mir aufmunternd und mitfühlend zu und verlassen den Raum. Erleichterung, auf beiden Seiten.

Es geht also ebenso schnell, einen Menschen wieder auf freien Fuß zu setzen, wie ihn stante pede zu verhaften und einzusperren. Mehr als fünf Monate nachdem man mich ohne Vorwarnung im Gerichtssaal in U-Haft genommen hat, bin ich jetzt wieder frei.

Die Geschehnisse der vergangenen halben Stunde erscheinen wie ein Traum: irreal, nicht fassbar. Ich bin wie paralysiert, unfähig zu realisieren, dass ich jetzt kein Häftling mehr sein soll. Da öffnet sich die Tür erneut. Der freundliche JVA-Beamte, der mich mit seiner menschlichen Art in den zurückliegenden Monaten beeindruckt hatte, betritt das Zimmer. Die JVA-Leitung habe ihm das Kommando zum Abrücken erteilt. Sobald der private Wachdienst, der jetzt für meine Sicherheit und meine Privatsphäre zuständig ist, eingetroffen sei, werde er zurück in die JVA fahren. Ich solle seine Kollegen doch noch wissen lassen, wer meine persönlichen Gegenstände aus der Anstalt abholen werde und wann die betreffende Person zu diesem Zweck vorbeizukommen gedenke.

Ich selbst könne mich wegen meiner Krankheit ja nicht darum kümmern. Wir reichen uns die Hände. Nach knapp sechs Monaten räumlicher Nähe, wenn auch erzwungen, trennen sich unsere Wege jetzt wieder. Traurigkeit erfüllt mich in diesem Moment, aber auch die Gewissheit, dass ich ihm noch lange dankbar sein werde für die menschliche Unterstützung, die er mir während der Untersuchungshaft so selbstlos zuteilwerden ließ.

Kurze Zeit später erscheint der Anwalt Udo Wackernagel, gefolgt von meiner Frau und meinem ältesten Sohn. Ihre Stimmung ist erleichtert und gelöst, fast heiter. Udo Wackernagel, der davon ausgegangen ist, dass ich nun sofort die Klinik verlassen würde, nimmt überrascht zur Kenntnis, dass dies nicht möglich ist. Für den folgenden Tag ist noch eine Herzkatheteruntersuchung im Herzzentrum der Universitätsklinik anberaumt worden. Der Lupus hat nun auch mein Herz angegriffen.

Die gelöste Stimmung im Raum schlägt um in ein bedrücktes nachdenkliches Schweigen. Niemand weiß, ob die morgige Untersuchung weitere unliebsame Überraschungen zutage fördern wird. Zudem bin ich, wie schon in den vergangenen Wochen, zutiefst erschöpft. Der Schlaf übermannt mich immer wieder, so auch jetzt, obgleich Udo Wackernagel, meine Frau und mein Sohn noch anwesend sind.

Kurze Zeit später bin ich wieder allein in meinem Krankenzimmer. Ich bin unendlich müde und möchte nichts als schlafen; alles um mich herum scheint plötzlich zu viel, zu anstrengend, ich sehne mich nach Ruhe und spüre intuitiv, wie wichtig sie für mich ist. Selbstverständlich ist sie allerdings nicht: Die Klinik hat entschieden, einen privaten Sicherheitsdienst zu engagieren, der nun auf dem Flur die Tür meines Zimmers bewacht, um zu gewährleisten, dass mich kein Unbefugter behelligt.

Wie oft hatte ich mir während der nicht enden wollenden Tage in A115 vorgestellt, wie es sein würde, wenn ich meine

Zelle eigenständig verlassen könnte. Ich würde mich frei auf den Fluren bewegen, einfach so, würde nicht auf die Erlaubnis der JVA-Beamten warten müssen; ich würde meine Schritte lenken, wohin ich wollte, ohne Einschränkungen. Und wie oft hatte ich mir dann auch hier, in diesem Raum, in den letzten Tagen, seitdem der Beschluss des Haftprüfungstermins bekannt geworden war, ausgemalt, wie es sein würde, wenn die JVA-Beamten vor der Tür meines Krankenzimmers abzögen. Ich würde sie dann einfach öffnen, von niemandem daran gehindert, und den Flur vor meinem Zimmer entlangschreiten, auf und ab, so oft, wie es mir gefiele; ich würde in die Querflure nach rechts und links einbiegen, ohne Anweisungen und ohne jemanden fragen zu müssen, ob ich das auch darf. Ich hatte mir diese Szene so oft und so intensiv vorgestellt, und ich war mir sicher gewesen, dies sei das erste, was ich nach der Aufhebung des Haftbefehls tun würde.

Jetzt bin ich tatsächlich wieder frei, kein Untersuchungshäftling mehr, und dennoch fühle ich mich nicht imstande, das Krankenzimmer zu verlassen. Es wäre allerdings zu einfach, diesen Umstand allein mit der Erkrankung und meinem erbärmlichen Zustand zu begründen. Sicher, ich bin im Moment nicht in der Lage, eigenständig zu gehen. Doch die ganze Wahrheit ist: Ich habe Angst. Ich habe Angst, das Zimmer zu verlassen; ich habe Angst vor den Dingen, die da draußen auf mich einstürzen könnten. Ich ziehe mich in mein Krankenzimmer zurück wie in ein Schneckenhaus. Nach Monaten der Einsamkeit kann ich mit der plötzlichen Freiheit nichts anfangen, sie wirkt auf mich in diesem Stadium der Krankheit und der Schwäche wie eine Bedrohung. Dieses Zimmer, das – wenn auch ohne Gitter vor dem Fenster – ebenso ein Gefängnis war, stand in seiner Begrenztheit auch für Berechenbarkeit. Was erwartet mich jetzt draußen? Wenn ihm die Selbstbestimmtheit genommen wird, wird ein Mensch in kürzester Zeit unselbstständig.

Beklommenheit macht sich unaufhaltsam breit. Reglos liege ich in meinem Bett, der Atem ist flach. Als sei mein Brustkorb zugeschnürt. Nur einmal schleppe ich mich in der Nacht zur Tür, um sie vorsichtig zu öffnen und einen Blick auf den Flur zu werfen. Ich weiß es und bin doch überrascht, dass keine mürrischen JVA-Beamten vor der Tür sitzen, um meine Flucht zu verhindern. Der Flur liegt still und verlassen im Licht der Nachtbeleuchtung. Es ist fast unwirklich still. Auf einem der Stühle, die vorher von den Vollzugsbeamten benutzt worden waren, sitzt jetzt ein älterer Mitarbeiter des Sicherheitsdienstes: »Guten Abend, Dr. Middelhoff. Hier ist alles in Ordnung, keine Sorge, ich passe auf, schlafen Sie gut.«

Schnell schließe ich die Tür. Noch vor wenigen Stunden saßen dort Justizbeamte, deren Aufgabe es war, mich zu bewachen und gegebenenfalls mit Waffengewalt dafür zu sorgen, dass ich bleibe, wo ich bin. Jetzt werde ich wieder bewacht; allerdings von einem privaten Sicherheitsdienst, der mich beschützen und ungebetene Besucher von mir fernhalten soll. Jetzt könnte ich mich frei bewegen, wenn ich es denn wollte – aber ich will es gar nicht.

Am folgenden Tag werde ich in das Herzzentrum der Universitätsklinik verlegt. Auch in den nächsten fünf Tagen werde ich das Krankenzimmer nicht verlassen. Tatsächlich brauche ich nach meiner Entlassung aus der Untersuchungshaft noch Monate, um mich wieder unter Menschen zu wagen. Und auch dann nur in kleinen Schritten. Das überraschende Urteil, meine unvorhergesehene Saalverhaftung, die Ereignisse und Umstände in der JVA Essen, die Berichte in den Medien, der Insolvenzantrag und nicht zuletzt meine Erkrankung haben ganz offensichtlich Spuren hinterlassen, deren Tiefe und Ausmaß ich zu diesem Zeitpunkt noch gar nicht ermessen kann. Ein erfahrener Psychologe wird mir später, als ich physisch wieder einigermaßen zu Kräften gekommen bin, über ein Jahr lang bei der Verarbeitung dieses Traumas behilflich sein.

Im Rahmen der Urteilsverkündung war die Rede von einer »hohen Haftempfindlichkeit«. Wussten die, die mir das attestierten, was diese Worte tatsächlich bedeuten? Wussten sie, wie sich das in der Realität anfühlt? Wenn eine Person in fortgeschrittenem Alter ohne Vorstrafen, ohne bisherige Berührung mit der Justiz – und noch nicht rechtskräftig verurteilt – aus einem gefestigten Umfeld überraschend weggesperrt und ebenso behandelt wird wie ein junger Mehrfachstraftäter nach einem Kapitalverbrechen? Zwischen ihnen wird in der JVA Essen kein Unterschied gemacht.

Die Last der Verantwortung

Als die Details über die massiven Sicherheitskontrollen und die gesundheitlichen Folgen an die Öffentlichkeit dringen, sind die Reaktionen der Beteiligten fast vorhersehbar reflexhaft. Es lief doch alles für alle gerade so erfreulich. Welcher stellvertretende Leiter einer JVA, der dank eines einigermaßen prominenten Häftlings plötzlich im Rampenlicht steht, würde seine Chancen auf eine Beförderung nicht mit allen Mitteln verteidigen wollen, zur Not vielleicht auch mit unlauteren? Welcher Richter, der für seine Härte von Gleichgesinnten gefeiert wird, würde sein neu erworbenes Image nicht unbedingt aufrechterhalten wollen? Welches SPD-geführte Justizministerium würde nach vielen Jahren als Nummer zwei im Lande das Wahlkampfpotenzial, das ein öffentlichkeitswirksames Bauernopfer verspricht, so einfach aufgeben wollen? Da kann Verantwortung, wenn sie zur Unzeit kommt, durchaus schon mal eine Last sein, die man lieber abwehrt.

Dass sich Nordrhein-Westfalen beim Schwarze-Peter-Spiel offensichtlich nicht eben laienhaft präsentiert, lässt sich später übrigens auch exemplarisch an den Untersuchungen zum Fall des Berliner Attentäters Anis Amri studieren.

»In dubio pro reo« gilt nicht unbedingt für jeden Angeklagten – zumal wenn Richter trotz entlastender Beweise nicht
den leisesten Zweifel an ihrer Sicht der Dinge haben –, aber
unbedingt in jedem Fall für die Richter selbst. Und geraten
ihre Entscheidungen dann doch einmal in die Kritik, ist vorgeschützte Unwissenheit in der Regel eine bewährte Verteidigungsstrategie. Der Vorsitzende Richter habe, so hielt er nach
Ostern 2015 in seinem Beschluss zu dem von ihm angesetzten
Haftprüfungstermin fest, nicht wissen können, über welch
langen Zeitraum die Sicherheitskontrolle von der JVA-Leitung in meinem Fall durchgeführt worden sei.

Hatte er sie nicht angewiesen und hatte er diesen Schritt
nicht damit begründet, dass meinen gegenteiligen Beteuerungen zum Trotz eine Suizidgefahr bestehe? Obliegt dem, der einen solch massiven Eingriff anordnet, nicht eine besondere
Verantwortung? Kann man von einem Umstand keine Kenntnis haben, der in etlichen inhaltlich kontrollierten Briefen
thematisiert wird? Viele unbequeme Fragen.

Bei so vielen Briefen, die zu prüfen sind, können elementare
Dinge natürlich schon mal in Vergessenheit geraten. Ebenso
bei der umfangreichen Korrespondenz mit meinen Anwälten:
In wie vielen Anträgen haben sie auf die gesundheitlichen
Auswirkungen der Sicherheitskontrolle aufmerksam gemacht?
Und schließlich der Brandbrief des Spezialisten zu meinem
Zustand an das Gericht. Alles offensichtlich kein Grund, um
nicht dennoch zu bekunden, man habe das genaue Ausmaß
nicht gekannt. Wie sich das allerdings nach meiner Einlieferung in die Klinik mit der richterlichen, eine Rüge implizierenden Anweisung an die Leitung der JVA Essen vereinbaren
lässt, dass der Vorsitzende vor der Umsetzung über alle Schritte informiert werden müsse? Wer will da schon kleinlich sein
– in dubio pro iudice!

Das gilt im Übrigen auch für den Amtsrichter, auf dessen
Entscheidung über einen Eilantrag meiner Anwälte vom

2. April 2015, mich sofort in die Klinik zu verlegen, wir auch heute noch warten. Und ebenso für das Oberlandesgericht Hamm, das die Haftbeschwerde der Anwälte mit der Begründung ablehnt, es handle sich nicht um eine gravierende Erkrankung.

Dann gibt es noch die ebenfalls bewährte Strategie des Leugnens. Es habe gar keine Sicherheitskontrolle in der Form, wie von meinen Anwälten beschrieben, gegeben, verlautet zunächst aus dem Justizministerium, als die Medien über die Erkrankung berichten. Entsprechende hartnäckigere Anfragen werden teilweise »abgewimmelt«, wie sogar in den akribischen internen Korrespondenzen dokumentiert. Diese falsche Darstellung wird von etlichen Medien ebenso und weitestgehend ungeprüft übernommen, obwohl sie in eklatantem Widerspruch zu dem steht, was die Vollzugsanstalt selbst bekannt gegeben hat: Der kommissarische Leiter der JVA Essen hatte noch kurz vor Weihnachten in einem Interview mit der Wirtschaftswoche – offensichtlich nicht ganz ohne Stolz – bestätigt, dass diese Form der Sicherheitskontrolle in meinem Fall durchgeführt wird. Auf diese Weise werde man einen »Bilanz-Selbstmord« verhindern, betonte er in diesem Gespräch, in dem der Öffentlichkeit die jeder Grundlage entbehrende Unterstellung vermittelt wurde, dass in meinem Fall ein solcher Bilanz-Suizid drohe. Ist die Sicherheitskontrolle fatal falsch verstandene Fürsorgepflicht? Oder schlicht ignoranter, sinnentleerter Aktionismus?

In der politischen Landschaft sehr verbreitet ist die Strategie des Nichtstuns. Meine Frau hatte am 7. April 2015 einen Brief an Hannelore Kraft, Ministerpräsidentin des Landes Nordrhein-Westfalen, verfasst und sie über meinen kritischen Gesundheitszustand informiert, in der Hoffnung, dass ein Impuls aus dem Ministerium die dringend notwendige und erhoffte Verlegung in eine Klinik bewirken könne. Am 13. April erhält meine Frau eine Antwort von einem Sachbearbeiter des nordrhein-westfälischen Justizministeriums. Er habe den Brief an die Präsidentin des Landgerichts Essen als Dienstvorgesetzte gesandt, von dort werde meine Frau Nachricht erhalten. Den Brief schickte er darüber hinaus zur Kenntnisnahme auch an den Präsidenten des Oberlandesgerichts, für den Fall, dass dieses Schreiben für zukünftige Entscheidungen in dessen Geschäftsbereich von Bedeutung sei.

Der Brief führt zu einer internen Anfrage des Justizministeriums in der JVA Essen, was dort für einige Aufregung sorgt. Die Wirkung ist allerdings eine völlig andere als die erwünschte: Der Brief bewirkt weder meine Verlegung in die Klinik noch eine Antwort der Ministerpräsidentin. Er initiiert Beteuerungen, dass die JVA sich in dieser Sache stets korrekt verhalten habe; dass es Sicherheitskontrollen überhaupt nicht oder zumindest nicht in der von meinen Anwälten geschilderten Art und Weise gegeben habe. Entsprechend nichtssagend ist dann auch die Antwort der Staatskanzlei des Landes Nordrhein-Westfalen. Veranlasst wird nichts.

Eine weitere Strategie ist die der Verantwortungsverweigerung. Das beliebte Argument lautet, dass man schließlich nur Anweisungen ausgeführt habe. Die JVA-Leitung verweist denn auch zunächst auf den Vorsitzenden Richter. Immerhin habe dieser die Sicherheitskontrolle veranlasst und sei über deren Durchführung im Detail informiert worden. Dies gehe eindeutig aus meiner Haftakte hervor. Zum besseren Verständnis noch einmal: Jener Richter argumentiert wiederum, er sei nicht informiert gewesen.

Flankiert wird die Verteidigungsstrategie im Fall der JVA-Leitung von grotesken Angriffen. Ich hätte doch eine Schlafmaske beantragen können, heißt es da. Doch selbst einigen JVA-Beamten geht auf, dass dieses Argument nicht übermäßig erfolgversprechend wäre: Was hilft eine Schlafmaske, wenn der Häftling Middelhoff bei der Sicherheitskontrolle ein Lebenszeichen von sich geben muss. Da wäre er auch mit

Schlafmaske zwar nicht durch Licht geweckt worden, wohl aber durch die Notwendigkeit, sich irgendwie zu rühren, was ebenso zu Schlafentzug geführt hätte, leitet einer folgerichtig her.

Andere weisen darauf hin, dass mein Antrag auf Nutzung einer Wärmflasche gegen die Kälte in der Zelle, die bei der Lupus-Erkrankung einen Schub auslöst, mit der Begründung abgelehnt worden sei, ich könne aus dieser Wärmflasche eine Zwille bauen und diese als Waffe einsetzen. Wenn das nicht cineastische Qualitäten hat: Der international tätige Manager, nicht vorbestraft, der wegen Fluchtgefahr in Untersuchungshaft genommen wird, baut aus einer Wärmflasche eine Schleuder – wie einst David in der Bibel – und eliminiert dann mit dieser so einschüchternden wie wirksamen Waffe die wachhabenden Beamten.

Übrigens hat sich zuvor sogar der evangelische Pastor in Kenntnis meines sich zunehmend verschlechternden Gesundheitszustandes persönlich dafür eingesetzt, mir eine Wärmflasche zuzugestehen. Um die Angelegenheit dann aufgrund der ganz offensichtlichen Dringlichkeit und Notwendigkeit zeitlich zu beschleunigen, bringt er schließlich selbst zwei Wärmflaschen aus seinem privaten Haushalt mit in die JVA. Auch diese Initiative wird allerdings sofort von der JVA-Leitung unterbunden. Es bleibt dabei: Eine Wärmflasche in meinen Händen ist zu gefährlich!

Später wird dann noch überprüft, ob die Lichtanlage und die Neonröhre von A115 tatsächlich so funktioniert hätten, wie von meinen Anwälten beschrieben. Das Ergebnis dieser Untersuchung taugt allerdings nicht als Baustein einer Verteidigungsstrategie: Zwar wurde die Lichtanlage in den Zellen in Block B zwischenzeitlich modernisiert – leider aber noch nicht jene in A115. Der Darstellung meiner Anwälte kann damit nichts mehr entgegengesetzt werden, sie ist korrekt. Der Öffentlichkeit wird dieser Umstand allerdings nicht mitgeteilt.

Der stellvertretende Leiter der Justizvollzugsanstalt Essen ist als Jurist ein erfahrener Beamter im Strafvollzug. Er kennt die Mechanismen des Systems, ist vertraut mit der Bürokratie des nordrhein-westfälischen Justizministeriums und hat schon manchen Sturm in der JVA Essen schadlos überstanden: vom Ausbruchsversuch eines Rumänen bis hin zum Suizid eines Schweinezüchters, der seine Frau umgebracht hatte. Wer wollte ihm da Ambitionen auf die dauerhafte Leitung der großen JVA Essen verübeln.

So taugt das außerordentliche Medieninteresse an meinen Haftumständen und der JVA in den ersten Wochen im Nebeneffekt zu einer Chance, die eigene Popularität zu steigern. Also werden zahlreiche Anfragen beantwortet: Interviews, Kamerateams von RTL filmen im Innenbereich der JVA, und es gibt freimütige Auskunft darüber, was ich esse, wie meine Zelle A115 von innen aussieht und wie ich mich in der Haft führe, um nur einige wenige Beispiele zu nennen. Der bis dato in der Öffentlichkeit völlig unbekannte zweite Mann der JVA Essen ist plötzlich zu einem gefragten Gesprächspartner avanciert. Das kann der Karriere nur zuträglich sein.

Die entscheidende Frage, die sich aus dem Erlebten ergibt: Ist das hier Geschilderte ein Einzelfall? Legt man die durchaus realistische Annahme zugrunde, dass manch ein Vollzugsbediensteter in meinem Fall sogar vorsichtig und zurückhaltend agiert hat, weil man in mir einen durchaus streitbaren Konterpart sieht, ist die Antwort ernüchternd.

Welcher unbekannte Häftling kann sich wirksam gegen Mechanismen wie diese wehren, die allesamt die gleiche Unterstellung zur Grundlage haben: dass ein Gefängnisinsasse eben grundsätzlich lügt? Die wenigsten Anwälte sind dazu auf die diffizilen Regularien des Strafvollzugs spezialisiert, selbst die Fachanwälte kennen nicht alle Details und Nischen, auch weil vieles nicht im Strafvollzugsgesetz geregelt ist, sondern in den Ermessensspielraum der einzelnen Haftanstalten fällt.

Also fordern viele Anwälte die Rechte für ihre Mandanten wenn überhaupt nur sehr zurückhaltend ein. Eine kritische Auseinandersetzung mit der JVA-Leitung unterbleibt in der Regel, vor allem auch weil im Hintergrund latent die Sorge steht, dem Häftling könnten in der abgeschiedenen Welt der Haftanstalten dadurch weitere Unannehmlichkeiten drohen.

Das Internet bietet heute Einblicke in fast alle Nischen des Lebens – in den Alltag deutscher Gefängnisse hat die Öffentlichkeit bisher indes noch keinen Einblick. Dabei waren im November 2016 nach Angaben des Statistischen Bundesamtes immerhin 62.865 Menschen in hiesigen Gefängnissen inhaftiert. Kaum ein System ist hierzulande so erfolgreich abgeschottet wie der deutsche Strafvollzug, der sich damit auch der öffentlichen Kontrolle entzieht.

Und wo Kontrolle fehlt, ist der Nährboden für Willkür ein fruchtbarer. Dass unter solchen Umständen kaum eine Resozialisierung stattfinden kann, ist da noch die harmlosere Folge.

Sicherheitskontrolle: Wie systematischer Schlafentzug einen Menschen krank macht

Es wäre so sinnlos gewesen sich umzubringen, dass er, selbst wenn er es hätte tun wollen, infolge der Sinnlosigkeit dessen dazu nicht imstande gewesen wäre. Wäre die geistige Beschränktheit der Wächter nicht so auffallend gewesen, so hätte man annehmen können, dass auch sie infolge der gleichen Überlegungen keine Gefahr darin gesehen hätten, ihn allein zu lassen.

FRANZ KAFKA, DER PROZESS

Die vermeintliche Suizidgefahr

DAS GERICHT MEINT ES ERNST bei meiner Inhaftierung am 14. November 2014, in jeder Hinsicht ernst. Der Rechtsstaat muss hier offensichtlich mit allen Mitteln vor einem Kriminellen geschützt werden, vor einem, den der Vorsitzende als notorischen Lügner vor der Weltöffentlichkeit entlarvt hat. So einen Lügner wie mich habe er selten in seinem Gerichtssaal erlebt, so ähnlich diktiert er es bei der Urteilsverkündigung den Reportern in den Block.

Natürlich muss er nun auch konsequent dafür Sorge tragen, dass nicht noch Schlimmeres geschehen kann, wenn ich mich nach der Urteilsverkündung zunächst weiter auf freiem Fuß bewege. Es ist also offensichtlich Gefahr im Verzug: Da muss unverzüglich gehandelt werden.

Der Aspekt, dass ich schon während der sich über Monate erstreckenden fünfunddreißig Verhandlungstage längst hätte die Flucht ergreifen können, es aber nicht getan habe, spielt dabei offensichtlich keine Rolle. Die Entscheidung und die Anordnungen sind jedenfalls konsequent und scheinen zudem auch akribisch vorbereitet: Erlass eines 27-seitigen richterlichen Haftbefehls ohne einen wie sonst üblich entsprechenden Antrag der Staatsanwaltschaft, Saalverhaftung, sofortige Untersuchungshaft, Briefkontrolle, akustische Kontrolle – das ganze Repertoire, das die deutsche Justiz auch bei einem Schwerverbrecher aufzubieten hat. Und damit auch wirklich nichts im Leistungskatalog der rechtlichen Fürsorge fehlt: der ausdrückliche Hinweis an die JVA-Leitung auf eine potenzielle Suizidgefahr.

Zwar stellt die Psychologin der Essener Justizvollzugsanstalt nach meiner Inhaftierung am 14. November 2014 fest, dass keine Suizidgefahr bestehe, was am 17. November vom Arzt der JVA ebenfalls bestätigt wird. Doch das Votum von sach- und fachkundigen Beamten scheint in diesem Fall gegenstandslos, zumindest vermag es eine in meinem Fall jeder Grundlage entbehrende Mutmaßung eines Richters nicht außer Kraft zu setzen.

Der ausdrückliche richterliche Hinweis auf eine Suizidgefahr wird ernst genommen. Die Leitung der JVA Essen lässt eine Sicherheitskontrolle für den Zeitraum von meiner Verhaftung am 14. November bis zum 19. Dezember 2014 durchführen; lediglich ein Mal wurde sie für einige Tage unterbrochen, dann aber in der Vorweihnachtszeit nach dem ablehnenden Bescheid des Oberlandesgerichts Hamm zu meiner Haftbeschwerde wieder aufgenommen. Im Normalfall wird diese Art der Sicherheitskontrolle aufgrund ihres massiven Charakters nur über ein paar Tage durchgeführt. Die Anwälte sind sich einig: Eine Ausdehnung über einen derart langen Zeitraum hat noch keiner von ihnen während seiner langjährigen Tätigkeit erlebt. Für meine Gesundheit hat die Kontrolle katastrophale Folgen. Dieser Teil der Strafe verdient tatsächlich das Attribut »lebenslänglich«.

Da mag fast nebensächlich erscheinen, was einige JVA-Beamte mir später im vertraulichen Gespräch berichten: Es solle bereits einen Tag vor meiner Saalverhaftung Hinweise aus dem nordrhein-westfälischen Justizministerium gegeben haben, dass am 14. November eine bekannte Person des öffentlichen Lebens eingeliefert werde, ein Suizid sei nicht ausgeschlossen und müsse mit allen Mitteln verhindert werden.

Ob die Maßnahmen einen Suizid im Ernstfall verhindern können, darf man allerdings getrost bezweifeln. Fraglos sind sie jedoch in A115 außerordentlich massiv: In der Regel kontrolliert ein JVA-Beamter, ob ich mir nichts angetan habe, indem er mich durch den Spion der Zellentür in Augenschein nimmt. Tagsüber ist das ohne zusätzliche Maßnahmen durchführbar. Die Zelle ist hell erleuchtet und nahezu überall einsehbar. Sollte ich mich dennoch in einem Ausnahmefall zufällig in dem »toten Blickwinkel«, nämlich vor dem kleinen WC, befinden, kommt von außen der zumeist barsch artikulierte Befehl, ich solle mich in das Blickfeld des Türspions bewegen. Andernfalls wird die Zellentür für eine kurze direkte Inaugenscheinnahme geöffnet.

Komplizierter liegt der Fall allerdings während der Nacht, in welcher der Mensch ja zu schlafen pflegt, was er für gewöhnlich bei Dunkelheit tut. Eine Kontrolle der Zelle durch den Türspion bringt in diesem Zeitraum also wenig Erhellendes zutage. Die naheliegende und für den durchführenden Mitarbeiter einfachste Lösung: In A115 muss das Licht eingeschaltet werden. Auch das geht recht einfach, indem der JVA-Beamte mit einem speziellen Schlüssel an einem kleinen Schaltbrett an der Außenwand der Zelle das Licht an- und wieder ausschaltet. Wird das Licht eingeschaltet, beginnt die etwa 1,50 Meter lange Leuchtstoffröhre, die an der Decke montiert ist, mit laut klackendem Geräusch aufzuflackern, um den kleinen Raum nach wenigen Sekunden in ein grelles Licht zu tauchen. Wenn der Häftling dabei aber auf seiner

Pritsche liegt, weil er des Nachts eben in der Regel zu schlafen versucht, könnte er ja auch bereits das Zeitliche gesegnet haben – also muss er konsequenterweise eine Art »Lebenszeichen« von sich geben. Dieses geforderte Lebenszeichen besteht in meinem Fall darin, dass ich einen meiner Arme heben muss. Falls dieses »Lebenszeichen« nicht erfolgt, weil ich zum Beispiel nach Wochen dieser nächtlichen Torturen völlig erschöpft auf der Holzpritsche liege, wird die Zellentür geöffnet, und ich werde geweckt, um festzustellen, ob ich auch wirklich noch am Leben bin. Das wiederholt sich in unregelmäßigen Abständen, aber maximal alle fünfzehn Minuten, die ganze Nacht. Und es ist minutiös schriftlich dokumentiert.

Vier Wochen ohne Schlaf: Folter in Deutschland im 21. Jahrhundert?

Über den Sinn einer im Fünfzehnminuten- oder ähnlichen Takt durchgeführten Sicherheitskontrolle braucht man nicht zu diskutieren. Wollte sich ein Häftling wirklich umbringen, so würde er das umgehend nach einer soeben erfolgten Kontrolle tun. Es sind bekanntermaßen keine fünfzehn Minuten nötig, um sich zu erhängen oder sich auf andere geeignete Weise ins Jenseits zu befördern. Diese Art der Kontrolle ist also sinnlos und wird jemanden, der sich ernsthaft umbringen will, nicht von diesem Schritt abhalten. Um das zu durchschauen, muss man nicht notwendigerweise ein Nobelpreisträger sein.

Tatsächlich aber hat diese drastische Form der Suizidkontrolle auch noch eine völlig andere Funktion, wie mir JVA-Beamte später nachvollziehbar erläutern. Es geht um die eigene Absicherung. Nämlich darum, im *worst case* gegenüber dem vorgesetzten Justizministerium und gegenüber der Öffentlichkeit nachweisen zu können, dass alle Richtlinien eingehalten worden sind, dass eben alles Menschenmögliche unternommen wurde, um einen Suizid zu verhindern. Dass der Faktor der Öffentlichkeit dabei in einigen Fällen eine größere Rolle spielt als in anderen, was darüber hinaus proportional mit dem Bekanntheitsgrad des betroffenen Häftlings zusammenhängt, liegt auf der Hand.

Eine ganz andere Frage ist hingegen, was die über einen derart langen Zeitraum durchgeführte Sicherheitskontrolle bei einem Häftling bewirkt, der gar nicht suizidgefährdet ist. Sie löst, wie von etlichen Wissenschaftlern weltweit bereits nachgewiesen, mit ihrer Folge eines konsequenten Schlafentzuges sowohl physischen als auch psychischen Stress aus. Das kann, gerade wenn der Schlafentzug über einen längeren Zeitraum zum Tragen kommt, zu schweren gesundheitlichen Schäden und Erkrankungen führen, insbesondere auch zu Autoimmunerkrankungen. Studien wiesen nach, dass Schlafentzug bei gesunden Probanden die Aktivität der Regulatorischen T-Zellen reduziert. Diese Untergruppe der T-Zellen reguliert wiederum die Aktivität des Immunsystems und verhindert seine Entgleisung. Sie sind damit ein wichtiger Faktor bei der Entstehung von Autoimmunerkrankungen. Taiwanesische Wissenschaftler untersuchten 2015 anhand umfangreicher Daten von 84.996 Probanden erstmals systematisch den Zusammenhang zwischen Schlafentzug und der Entstehung von Autoimmunerkrankungen unter Ausschluss des Schlafapnoe-Syndroms beim Menschen. Sie stellten eindeutig fest, dass sich das Risiko einer Autoimmunerkrankung, darunter auch der systemische Lupus erythematodes, signifikant erhöht, wenn Schlafentzug vorliegt. Den gleichen Zusammenhang wiesen brasilianische Forscher bereits 2006 in einer Studie mit Mäusen nach.

Darüber hinaus kann der Schlafentzug im schlimmsten Fall aber auch das erst auslösen, was er eigentlich verhindern soll: einen Suizid. Tatsächlich kann der betroffene Häftling früher oder später in einem Zustand der dauerhaften physischen wie mentalen Erschöpfung derartigem Stress ausgesetzt sein, dass er in Gefahr gerät, die Nerven zu verlieren, und der Tortur endlich ein Ende setzen will.

Ist es also Glück, dass ich mit starkem Willen und gefestigter Persönlichkeit gesegnet bin, auch wenn mir Letzteres von richterlicher Seite offensichtlich abgesprochen wird? Das Urteil der medizinischen Experten in der JVA war ohne jeden Zweifel: Sie stuften mich bei ihren Untersuchungen als nicht suizidgefährdet ein. Die dennoch durchgeführte Sicherheitskontrolle habe ich glücklicherweise überstanden. Der Preis dafür: eine lebensgefährliche, unheilbare Erkrankung.

Später, während sie ihren Wachdienst bei mir in der Klinik versehen, entschuldigen sich JVA-Beamte bei mir »für das, was mit mir praktiziert worden« sei. Einer dieser freundlichen Herren legt allerdings Wert auf die Feststellung, auch für ihn sei es eine große Belastung gewesen, nachts alle fünfzehn Minuten zu meiner Zelle laufen zu müssen.

Das alles habe doch lediglich dazu gedient, mich vor mir selbst zu schützen, heißt es aus der Leitung der JVA Essen unbeirrt dazu. Und als schließlich nach vehementem Leugnen und hässlichen Unterstellungen die Aktenlage die Aussage meiner Anwälte zur Sicherheitskontrolle bewiesen hat, sind es Amnesty International und die Vorsitzende des Rechtsausschusses des Bundestages, Renate Künast, die diese Praxis als das anprangern, was sie tatsächlich ist: als »unmenschlich«, als »Verletzung der Menschenrechte« und als »Folter«.

Selbst im berüchtigten Gefängnis Guantanamo auf Kuba, wo die USA hochgefährliche Terroristen unter einem Höchstmaß an Sicherheitsvorkehrungen überwachen, darf nur über einen sehr begrenzten Zeitraum Schlaf entzogen werden. Ein bekannter und als gefährlich eingestufter mexikanischer Drogenboss, der nach seiner spektakulären Flucht wieder in einem US-Gefängnis inhaftiert wurde, beschwerte sich bereits nach wenigen Tagen öffentlich, dass man ihn im Gefängnis nachts nicht schlafen lasse. In der Öffentlichkeit stieß er mit seiner Kritik auf breite Zustimmung, und so ist es kein Wunder, dass die Maßnahme rasch eingestellt wurde. Auf so viel Verständnis hoffen Vertreter der deutschen Wirtschaft indes vergeblich.

Der absurde Vergleich mit Dschaber al-Bakr

Am Abend des 12. Oktober 2016 wird der Syrer und mutmaßliche IS-Terrorist Dschaber al-Bakr von JVA-Beamten in seiner Gefängniszelle in Leipzig leblos aufgefunden. Nach Darstellung der Medien hatte er sich mit seinem T-Shirt erhängt. Al-Bakr war bei seiner Einlieferung in die JVA Leipzig als potenziell suizidgefährdet eingestuft worden. Daher wird er zunächst mittels einer engmaschigen Sicherheitskontrolle alle fünfzehn Minuten überwacht.

Der Psychologin, die den Syrer dann kurz nach seiner Einlieferung zwecks einer differenzierten Einschätzung befragt, fehlt die Sprachkompetenz – eine verlässliche Begutachtung ist unter diesen Umständen ein Ding der Unmöglichkeit. Aufgrund ihres Eindrucks empfiehlt sie, die strenge Sicherheitskontrolle wieder zu lockern. Diese Empfehlungen haben keinen Weisungscharakter, werden aber zumeist übernommen, so auch im Fall al-Bakr.

Die Nachricht vom Suizid al-Bakrs erreicht mich am späten Abend des 12. Oktober 2016 in meinem Haftraum in der JVA Bielefeld-Senne. Und sie beschäftigt mich noch lange – in mehrfacher Hinsicht.

Den Suizid al-Bakrs bedauere ich wie jeden anderen vor dem Hintergrund meiner religiösen Überzeugungen und meiner Werte, auch wenn der Syrer nach allem, was man weiß, als mutmaßlicher IS-Terrorist einzustufen war.

Die Berichterstattung über den Suizid und die damit einhergehende Debatte über die Kontrolle lassen aber auch umgehend das Trauma wieder aufleben, das mit meinen Erlebnissen in der Vollzugsanstalt verbunden ist. Darüber hinaus wird mir schlagartig klar, dass der Suizid des mutmaßlichen Terroristen eine öffentliche Diskussion über Sicherheitskontrollen in deutschen Gefängnissen auslösen wird, in deren Rahmen auch mein Fall wieder herangezogen werden wird, um Meinungen verschiedener Art zu untermauern. Prominente Beispiele eignen sich für diesen Mechanismus anscheinend besonders gut.

Der CDU-Bundestagsabgeordnete Wolfgang Bosbach eröffnet den Instrumentalisierungsreigen. In einem Interview vom 13. Oktober 2016 kritisiert er die Zustände in der JVA Leipzig. Er weist ohne Anlass und völlig unvermittelt darauf hin, dass man »diese Debatte« um Kontrollen auch bei »den Haftbedingungen von Herrn Middelhoff« gehabt habe. Durch diesen unvermittelten Bezug legitimiert er nachträglich die Mär einer Suizidgefahr.

In der Folge greifen zahlreiche Medienberichte den Vergleich zwischen einem mutmaßlichen IS-Terroristen und meiner Person dankbar auf. Die Selbstverständlichkeit der bosbachschen Bezugnahme wirkt: Die folgenden Berichte nehmen die implizierte Unterstellung, ich sei suizidgefährdet gewesen und durch die Schutzmaßnahmen von einem Versuch abgehalten worden, mir das Leben zu nehmen, ebenfalls ungeprüft auf und stellen sie als Tatsache dar. Dass diese Darstellung jeder Sachkenntnis entbehrt und schlicht Unsinn ist, braucht nicht eigens erwähnt zu werden.

Die öffentliche Diskussion über die durchaus sinnvolle Frage nach der Zweckmäßigkeit dieser Art von Kontrollen leidet an einem doppelten Manko: Zum einen fehlt sowohl der Allgemeinheit als auch den Meinungsführern der politischen Landschaft die Kenntnis über die tatsächlichen Zustände im geschlossenen Vollzug hierzulande und über die Ausgestaltung der dortigen Sicherheitskontrollen. Der Justizvollzug ist auch heute noch ein gut gehütetes Tabu, dem man sich lieber im Kino als in der Realität nähert.

Zum anderen mangelt es den deutschen Justizbehörden am Willen zur Transparenz und an der Fähigkeit zur Selbstkritik. Missstände im Bereich der Rechtsprechung, im Ministerium oder im Vollzugswesen werden noch immer zu oft geleugnet oder ignoriert.

Der Fall Gustl Mollath, dessen Einweisung in die Psychiatrie wegen Gemeingefährlichkeit später für unbegründet und unverhältnismäßig befunden wurde, dokumentiert den fahrlässigen Umgang mit Haftmaßnahmen eindrucksvoll, der sogenannte »Montessori-Prozess«, in dessen Rahmen der Beschuldigte sechsundzwanzig Monate in Untersuchungshaft saß, offenbart auf tragische Weise fehlende Objektivität bei Richtern und fahrlässigen Umgang mit Zeugenaussagen. Es ließen sich viele Beispiele aufzählen, allen ist gemein, dass der Umgang mit eigenen Fehlern und Irrtümern nicht zu den Ruhmesblättern der deutschen Justizgeschichte gehört. Wie die Aufarbeitung der eigenen Vergangenheit lange Jahre blockiert wurde, lässt sich bedrückend an der »Akte Rosenburg« feststellen, dem Abschlussbericht einer unabhängigen wissenschaftlichen Kommission, die 2016 vorgestellt wurde: Noch 1973 waren dreiundfünfzig Prozent der leitenden Mitarbeiter im Justizministerium der Bonner Republik ehemalige NSDAP-Mitglieder, in manchen Abteilungen lag der Anteil sogar bei siebzig Prozent, und jeder fünfte war ein früherer SA-Angehöriger. Die Aufarbeitung der eigenen NS-Vergangenheit wurde im Justizministerium erst 2012 angeordnet.

»Selbstkritik ist sicherlich das, was Richter am wenigsten haben«, stellt dann auch Heinrich Gehrke, ein Vorsitzender Richter am Landgericht Frankfurt am Main, in der 2015 ausgestrahlten 3sat-TV-Dokumentation »Unschuldig hinter Gittern« seinem Berufsstand zutreffend ein fatales Zeugnis aus.

Es stellt sich sodann aber die Frage, welche Gemeinsamkeiten zwischen dem Fall des mutmaßlichen IS-Terroristen Dschaber al-Bakr und meinem Fall nun wirklich bestehen, und ob sich daraus etwas Sinnvolles ableiten lässt, wenn dieser absurde Vergleich denn schon bemüht – und instrumentalisiert – worden ist.

Der Syrer wurde bei seiner Inhaftierung als suizidgefährdet eingestuft – was bei mir ebenso der Fall war, wenn auch mit anderem Hintergrund und anderer Motivation. Bei der obligatorischen psychologischen Untersuchung im Rahmen der Aufnahme wurde al-Bakr als nicht suizidgefährdet beurteilt – ebenso wie ich. Hier enden dann allerdings auch schon die Gemeinsamkeiten.

Während bei dem mutmaßlichen Terroristen nach dem Urteil der Psychologin die Sicherheitskontrollen angepasst und gelockert wurden, hält die JVA Essen in meinem Fall entgegen der Einschätzung der Psychologen und des JVA-Arztes über Wochen an der engmaschigen Sicherheitskontrolle fest. Bei dem Syrer bestand tatsächlich eine Suizidgefahr, bei mir war ein Suizid real ausgeschlossen. Auch der starke Rückhalt durch mein soziales Umfeld sprach für mich. Außerdem bin ich weder Extremist noch religiöser Fanatiker. Hinzu kommt der Umstand, dass ich der deutschen Sprache mächtig bin, es also keine Verständigungs- und Verständnisschwierigkeiten in dem psychologischen Aufnahmegespräch gegeben haben kann. Man sollte daher meinen, dass in einem solchen Fall dem Votum des Experten ein gewisses Gewicht zukommt. Umso mehr wundert man sich über die Entscheidungen der jeweils zuständigen Gerichte: Die Sicherheitskontrollen bei dem mutmaßlichen IS-Terroristen, der in dem Verdacht steht, ein Attentat geplant zu haben, werden gelockert, in meinem Fall werden sie über Wochen aufrechterhalten.

Was kann man also daraus lernen? Kein Psychologe kann eindeutig analysieren, ob ein Häftling wirklich suizidgefährdet ist. Er kann allenfalls in einer Bandbreite von Wahrscheinlichkeiten zur Suizidgefahr Empfehlungen aussprechen. Warum allerdings ein nicht vorbestrafter, deutscher Wirtschaftsführer mit gefestigtem sozialen Umfeld, der wegen seiner Abrechnungspraxis bei einer Festschrift und Dienstreisen verurteilt wurde, strenger überwacht wird als ein mutmaßlicher IS-Terrorist mit entsprechendem Hintergrund, ist die tatsächlich interessante Frage. Ist der Terrorist glaubwürdiger als der Manager, wo doch beide eine Suizidgefahr verneint haben? Oder ist gar das Leben des Terroristen weniger wert als das des Managers und wird deshalb nicht so intensiv geschützt? Beides sind höchst unangenehme Gedanken.

Vielleicht stellen die Grünen, die sich dem Thema ja bereits angenähert haben, beizeiten eine Kleine Anfrage im Bundestag, wie lang die durchschnittliche Dauer derart durchgeführter Sicherheitskontrollen in deutschen Gefängnissen ist und wie lange sie bisher maximal durchgeführt wurden. Das wäre dann mal eine kritisch-konstruktive Herangehensweise an das Thema und sinnvoller als die polemische Instrumentalisierung einer so drastischen wie sinnlosen Methode mit gravierenden Folgen.

Ein weiterer Irrtum in der Debatte um diese Form der Sicherheitskontrollen besteht übrigens, wie bereits kurz dargelegt, in der Annahme, dass sie einen ernsthaften Suizidversuch wirksam verhindern könnte. Will sich ein Häftling in einem Gefängnis das Leben nehmen, so wird ihm das mit hoher Wahrscheinlichkeit trotz der Kontrollen gelingen, Mittel verbleiben ihm genügend: vom Plastikmüllbeutel über Handtücher bis zum T-Shirt, das der Syrer nahm, um sich umzubringen. Das Ersetzen von Porzellangeschirr durch Plastik ist da kein Hindernis.

Das alles macht überdeutlich, dass man über andere Maßnahmen nachdenken muss, um Suizide in der Haft zu verhindern. Die Videoüberwachung wird bereits praktiziert und ist ein wirksames, wenn auch massives Kontrollmittel. Ob es allerdings massiver ist als ein andauernder Schlafentzug, darüber darf – sachlich – diskutiert werden.

Die moderne Technologie hält diverse Optionen zur Ausgestaltung einer wirksamen Überwachung bereit, zum Beispiel Fingerclips oder eine spezielle Form der »Handfessel«, die alle relevanten Vitalparameter aufzeichnen und übertragen kann und bei abnormen Werten warnt. Die Datenschützer werden natürlich aufschreien – bis zum nächsten tragischen Anschlag mit vielen Toten. Das lässt sich exemplarisch an der Kehrtwende in der Fußfessel-Debatte studieren.

Die Debatte um die Überwachung offenbart im Falle al-Bakr wie in meinem aber auch sehr deutlich, dass die deutschen Justizvollzugsanstalten nicht nur an Personalmangel und hohem Investitionsstau leiden, sondern auch technologisch erheblichen Nachholbedarf haben. Ganz zu schweigen davon, dass dem wachsenden Anteil an Häftlingen mit Migrationshintergrund in keiner Weise mit einer entsprechenden Ausstattung an Dolmetschern Rechnung getragen wird.

Eine Reform des Justizvollzugs ist auch aus diesem Grund überfällig. Die Gewerkschaft der Vollzugsbeamten forderte nach dem Suizid Dschaber al-Bakrs für die Inhaftierung von Terroristen spezialisierte Gefängnisse mit speziell geschultem Personal. Für diese Forderung wurden zahlreiche überzeugende Argumente aufgelistet: Es braucht den Einsatz moderner Technologien zur Überwachung, außerdem besondere Sprachkenntnisse beim Justizpersonal zur Kommunikation mit den Häftlingen aus völlig anderen Kulturkreisen, Erfahrung der Beamten mit religiösen Überzeugungen auch extremistischer Art sowie natürlich spezielle Sicherheitsvorkehrungen. Spezialisierte Gefängnisse gibt es bereits in westlichen Ländern. Unter anderem auch für besondere Gruppen von Tätern wie Wirtschaftskriminelle (*white collars*), die sich überwiegend durch ihren Intellekt, ihre Persönlichkeit und ihren sozialen Hintergrund von anderen Straftätern unterscheiden.

Justizminister Heiko Maas wies diesen sinnvollen Vorschlag, den man hätte intensiv prüfen müssen, in einem Interview mit der Süddeutschen Zeitung vom 19. Oktober 2016 zurück. Auch diese Reaktion reiht sich einmal mehr ein in die Mechanismen des Abwiegelns und Abschottens.

Die Kaution

Warum man sich auf deutsche Banken
besser nicht verlässt

ÜBER MEINE KAUTION ist in der Öffentlichkeit viel spekuliert worden. Das ursprüngliche Konzept der Kautionsstellung beruhte vor dem Hintergrund meines Antrags auf Privatinsolvenz zunächst strukturell auf folgendem Element: Ein Mitglied der Familie meiner Frau war bereit, ein Festgeldkonto bei einer Bank als Bürgschaft für meine Kaution zu verpfänden. Für diese Initiative und die großzügige Haltung bin ich diesem Familienmitglied unendlich dankbar. Der Rest der Kaution sollte von Freunden und Familienmitgliedern aufgebracht werden. Mir selbst war die Stellung einer Kaution wegen meines laufenden Insolvenzverfahrens selbstredend nicht möglich.

Bereits Ende 2014, als erstmalig die Frage einer Kaution diskutiert wurde, nahm eines meiner Kinder Kontakt mit dieser Bank auf. Das sei kein Problem, man werde das machen, war damals die Auskunft der Bank auf die Anfrage, ob auf Basis einer Sicherheit in Form eines Festgeldkontos eine Bankbürgschaft für meine Kaution gestellt werden könne. Auch auf eine wiederholte Nachfrage bei der Privatbank im April 2015, kurz nach dem richterlichen Beschluss, mich schließlich doch gegen eine Kaution auf freien Fuß zu setzen, gab es eine Zusage zu diesem Prozedere.

Wenige Tage später änderte sich die Sachlage allerdings fundamental.

Auf Bitten der Anwälte, die vor dem Hintergrund der mündlich erklärten Zusage der Bank eine rasche Abwicklung ermöglichen wollten, wies der Vorsitzende Richter in seinem Beschluss darauf hin, dass die Kaution in ihrer Gesamtheit oder in Teilen auch durch die Bürgschaft einer deutschen Großbank erbracht werden könne. Kurz darauf gab es ein Telefonat mit einem Vertreter der Bank, um die notwendigen Maßnahmen abzustimmen. Das Gespräch verlief in bestem Einvernehmen, von Problemen keine Spur.

Als die Bank allerdings wenig später erneut wegen einer Detailfrage angerufen wurde, teilte sie mit, eine Beleihung des Festgelds für eine Bürgschaft zu meinen Gunsten sei ausgeschlossen. Die Geschäftsleitung habe anders entschieden. Stattdessen könne das Festgeld aufgelöst werden, das mit 5 % p. a. verzinst wird und über fünfzehn Jahre angelegt ist. In diesem Fall müssten allerdings die Zinsgutschriften rückwirkend bis ins Jahr 2002 erstattet werden, da der Festgeldvertrag ja vorzeitig aufgelöst würde.

Das war ein unannehmbares Angebot, was vermutlich nicht nur uns bewusst war. Wenige Stunden nach der kaum zu beschreibenden Erleichterung angesichts der so inständig erhofften und nun endlich erfolgten Genehmigung der Kaution schien die Lage plötzlich wieder völlig hoffnungslos. Eine emotionale Achterbahnfahrt ohnegleichen.

Meine Frau wollte allerdings auf keinen Fall aufgeben. Wir würden eine Lösung mit einer anderen Bank finden, die nicht darauf aus sei, diese Notsituation auszunutzen. Dieser würden wir das Festgeldkonto als Sicherheit verpfänden, im Gegenzug würde sie die Bankgarantie für die Kaution stellen. Eine Großbank habe in einem ersten Gespräch Bereitschaft signalisiert.

Die Verhandlungen mit dieser Geschäftsbank nahmen einige Tage in Anspruch, dann allerdings wurde schnellste Erledigung zugesagt. Und tatsächlich erreichte uns schließlich der endgültige Erledigungsvermerk.

Doch der lautete auch in diesem Fall wieder ganz anders als erwartet. Weil die Kaution – immerhin 895.000 Euro, also nicht eben ein Taschengeld – nicht postwendend eingezahlt wurde, nachdem der Beschluss ergangen war, mich gegen selbige aus der Untersuchungshaft zu entlassen, schossen in den Medien die Spekulationen ins Kraut. Wer denn wohl überhaupt bereit wäre, die Kaution für mich zu stellen, wurde gefragt. Die genannten Namen waren allesamt aus der Luft gegriffen, das konnte man auch ohne intime Kenntnisse meiner Lebensverhältnisse leicht erkennen. »Recherchiert« wurden sie nach einem altbekannten Prinzip: Ein Journalist ruft ohne jede Veranlassung eine möglichst prominente oder polarisierende – oder idealerweise eine beides in sich vereinende – Person an und fragt, ob sie sich an einer Kaution beteiligen würde. Die Namen wie die Antworten sind zumindest der Auflage oder der Reichweite förderlich. Mir dagegen halfen sie nicht – ganz im Gegenteil.

Bei der Großbank verfehlten die wilden Gerüchte und Äußerungen ihr Ziel nicht: Unter diesen Umständen und angesichts der ausufernden öffentlichen Debatte könne man das vereinbarte Konzept leider nun doch nicht umsetzen, teilte die Bank telefonisch mit. Der Vorstand habe sich wegen der damit verbundenen Reputationsrisiken anders entschieden. Ein weiteres Mal war alle Hoffnung dahin – und jetzt wohl unwiderruflich. Die Lage schien aussichtslos.

Die Vollzugsbeamten, die mich in der Klinik weiterhin rund um die Uhr bewachen mussten, bis die Kaution eingegangen war, fragten täglich nach dem Stand der Dinge. Sie hätten keine große Lust mehr, sagten sie, mich noch weiter zu bewachen, es mache doch jetzt wirklich keinen Sinn mehr.

Derweil gingen die Spekulationen in der Öffentlichkeit weiter und wurden umso absurder, je mehr Zeit verging. Umso länger die ungeklärte Situation anhielt, umso mehr schien sich manch einer berechtigt zu fühlen, Unwahrheiten und Lügen zu verbreiten.

Meine Familie ließ sich von all dem nicht entmutigen. Sie bewies eine ungeheure Kraft und Stärke im Umgang mit dieser Herausforderung, die sie an ihre Grenze führte. Die Kaution sollte nun von Freunden gestellt werden. Einige hatten schon unmittelbar nach dem Bekanntwerden des Haftaussetzungsbeschlusses aus eigenem Antrieb ihre Hilfe angeboten.

Um die richterliche Unterstellung, es gäbe im In- oder Ausland einen potenziellen Fluchthelfer, mit dem ich mich verbünden würde, nicht vermeintlich zu nähren, sollte die Kaution nun von möglichst vielen gestellt werden, und der Großteil sollte von Freunden und Familienmitgliedern aus dem Inland kommen. Am folgenden Wochenende gelang der Familie tatsächlich, was mir eine kaum zu bewältigende Aufgabe schien: die notwendigen Zusagen für eine Beteiligung an der Kaution einzuholen. Ich war überwältigt.

Die einzelnen Kautionsbeträge wurden dann in einem komplizierten Prozedere und im Rahmen eines umfassenden Vertragswerks auf ein Treuhandkonto des Anwalts eingezahlt und von dort an die Justizkasse überwiesen. Dabei galt es, Dinge zu berücksichtigen, die sich der gesunde Menschenverstand gar nicht von sich aus vorzustellen vermag: Die Kaution könnte von Gläubigern gepfändet werden – öffentlichkeitswirksame Aktionen hatten bereits eindrucksvoll belegt, wie realistisch diese Sorge war.

Die »Herausgabe dieser Hinterlegungssache« war übrigens nicht minder komplex. Spätestens nachdem der Bundesgerichtshof die Revision abgelehnt hatte und das Urteil rechtskräftig war, hätte die Kaution unverzüglich herausgegeben werden müssen. Nicht so in diesem Fall: Der Richter verkündete einen Beschluss, wonach ich mich zwar unmittelbar auf freiem Fuß befände, aus seiner Sicht aber dennoch weiterhin Fluchtgefahr bestehe. Und das obwohl ich in den vergangenen zehn Monaten die Meldeauflagen ausnahmslos eingehalten hatte.

Zu diesem Zeitpunkt waren es ohnehin nur noch wenige Wochen bis zu meinem Haftantritt, daher verzichteten die Anwälte auf eine Beschwerde. Spätestens am 13. Mai 2016 allerdings, dem Tag meines freiwilligen Haftantritts, wäre die Rückzahlung der Kaution dann nach menschlichem Ermessen wirklich fällig gewesen. Aber erst am 9. Juli 2016, acht Wochen nach dem Haftantritt, erhielten die Anwälte ein Schreiben der Hinterlegungsstelle am Amtsgericht Essen, aus dem hervorging, dass die »Herausgabeanordnung der Hinterlegungssache« an diesem Tag erfolgt sei. Die Auszahlung durch die Justizkasse könne allerdings mehrere Wochen in Anspruch nehmen. Rückfragen würden sich mit diesem Schreiben erübrigen. Tatsächlich sollten noch einige Wochen vergehen, bis die Kautionsgeber ihr Geld zurückhatten.

Die Selbstlosen und die Selbstdarsteller

Es war eine zutiefst bewegende Erfahrung zu sehen, wer mir in dieser Situation helfen wollte, wer sogar aus eigener Initiative seine Unterstützung anbot und wie schnell und unproblematisch die Hilfe dann auch tatsächlich erfolgte. Allen, die die Kautionsstellung möglich gemacht haben, bin ich unendlich dankbar.

Sehr aufschlussreich waren in diesem Zusammenhang darüber hinaus die unterschiedlichen Reaktionen oder Verhaltensweisen derjenigen, die von meiner Familie angesprochen und um Hilfe gebeten wurden.

Neben jenen, die von sich aus umgehend ihre Unterstützung anboten, als sie hörten, dass das ursprüngliche Kautionskonzept nicht mehr zu realisieren war, gab es die vielen, die bedingungslos und sofort bereit waren zu helfen, als sie gefragt wurden. So riefen etwa ehemalige Geschäftspartner aus dem In- und Ausland oder auch ein ehemaliger Kollege bei Arcandor meine Frau an, um ihre Hilfe anzubieten.

Da ist der ehemalige Investmentbanker, der bereit war, die gesamte Differenz, die zu dem Zeitpunkt noch auf den Kautionsbetrag fehlte, zu übernehmen. Nach einem kurzen Telefonat mit meinem Sohn ließ er den genannten Betrag umgehend überweisen. Auch hatte dieser renommierte ehemalige Investmentbanker keinerlei Sorge, dass sein Name im Zusammenhang mit meiner Kaution in die Öffentlichkeit geraten könne. Solidarität ist für ihn ein Wert, der nicht infrage gestellt wird. »Ich stehe zu dir«, sagte er nach meiner Entlassung in einem Telefonat. Oder der ostwestfälische Unternehmer, den meine Frau an einem Samstagmittag telefonisch zu erreichen versuchte und der am folgenden Sonntagmorgen zurückrief und mit einer klaren Bekundung sofort seine Hilfe zusagte: »In der Not sind Freunde füreinander da.« Am folgenden Montag überwies er einen sechsstelligen Betrag.

Es wären noch etliche zu nennen, darunter natürlich auch Familienmitglieder oder der langjährige enge amerikanische Freund, der nach einem Anruf von Jan als Erster einen sehr stattlichen Betrag beisteuerte. Sie alle halfen schnell und unkompliziert. Ihnen allen ging es nicht um Aufmerksamkeit oder Öffentlichkeit, sondern ausschließlich darum, ihren Beitrag dazu zu leisten, dass ich aus dieser misslichen Lage herauskam.

Natürlich gab es auch jene, die sich aus verschiedenen Gründen nicht in der Lage sahen zu helfen, als sie gefragt wurden. Sie kommunizierten dies zumeist klar und direkt. Das ist selbstredend verständlich, auch wenn diese Haltung in dem einen oder anderen Fall für mich sehr aufschlussreich ist.

Dann sind da noch diejenigen, die diese Situation für verschiedene eigene Zwecke – mit oder ohne Öffentlichkeit – zu nutzen versuchten. Erwähnt sei das Beispiel des Unternehmers, den meine Frau um Hilfe bat und der für seine Unterstützung

Sicherheiten verlangte, obgleich er mich bestens aus unserer langjährigen Zusammenarbeit kannte und natürlich wusste, dass ich Hilfe niemals missbrauchen und ganz gewiss nicht fliehen würde. Als der SPIEGEL bei ihm anfragte, ob er einer derjenigen sei, die mir bei der Kautionsstellung helfen würden, verlangte sein Büro für die Antwort an das Magazin eine Bearbeitungsgebühr. Ob das ein Versehen, hochgradig ungeschicktes Verhalten oder Kalkül war, sei dahingestellt. Geschadet hat es allen Beteiligten.

Und schließlich gibt es den Manager, mit dem ich einst eng verbunden war. Als meine Frau telefonisch bei ihm anklopfte, lehnte er eine Unterstützung ohne Umschweife ab. Er habe aus zwei vertraulichen Quellen erfahren, ich hätte ihm früher einmal übel mitgespielt, so die Begründung. Nur wenige Tage später rief er meine Frau allerdings zurück und teilte ihr mit, er habe es sich anders überlegt und werde sich nun doch an der Kaution beteiligen. Dies allerdings nicht, um mir zu helfen, sondern ausschließlich meiner Frau und den Kindern zuliebe. Hätte ich vor meiner Entlassung davon erfahren, dass diese Hilfe eher eine perfide Form von Rache war, getrieben durch gekränkte Eitelkeit, ich wäre lieber im Gefängnis geblieben.

Da spielt es auch keine Rolle, dass die beiden Quellen des früheren Medienmanagers in dieser Sache alles andere als verlässlich waren.

Schlechte Nachrichten:
Angst und kein Ende in Sicht

Selbst wenn die Strafe nicht … das physische Leben des Betroffenen zerstören kann, zerstört sie doch jedenfalls bei einer zu verbüßenden Freiheitsstrafe in der Regel seine soziale Existenz, und ob diese destruktiven Folgen durch einen gesellschaftlichen Nutzen überkompensiert werden, zählt bis heute zu den umstrittensten Grundfragen der Pönologie.

BERND SCHÜNEMANN: DER DEUTSCHE STRAFPROZESS
– KRANK AN HAUPT UND GLIEDERN

Kafka in der Krawehlstraße

MAN KÖNNTE MEINEN, eine überraschende Saalverhaftung unmittelbar nach einer Urteilsverkündung sei Herausforderung genug. Ich würde dem auch für mich selbst nicht widersprechen. Allerdings liegen die Dinge in meinem Fall auch hier ein wenig komplizierter. Unter strafrechtlichen Gesichtspunkten ist meine aktuelle Lage bisher nicht endgültig entschieden, noch steht mir das Rechtsmittel der Revision zur Verfügung. Dass dessen Erfolgsaussichten hierzulande aus Prinzip minimal sind, weiß ich da noch nicht.

Das ganze Ausmaß der Ungewissheit sorgt allerdings für tiefgreifende Sorgen und Ängste. Neben dem bereits erfolgten Urteilsspruch der XV. Großen Wirtschaftsstrafkammer des Landgerichts Essen sind noch weitere Ermittlungsverfahren gegen mich anhängig: zum Sponsoring der Universität Oxford, zu den Bonuszahlungen des Aufsichtsrats an die ehemaligen

Mitglieder des Vorstands der Arcandor AG, zu einem Vorwurf der Bereicherung aus Immobilien der KarstadtQuelle AG und zur Insolvenzverschleppung. Letzteres interessanterweise nur gegen mich und nicht gegen meinen Nachfolger, der, und mit der Einschätzung befinde ich mich in der guten Gesellschaft einer renommierten Unternehmensberatung, die Insolvenz der Arcandor AG eigentlich zu verantworten hat. Zum Dienstantritt mit einem Bonus von fünfzehn Millionen Euro belohnt, hat er die Insolvenz der Arcandor AG gegen den ausdrücklichen Willen des Aufsichtsratsvorsitzenden, der Großaktionäre sowie etlicher Führungskräfte ohne gesicherte Finanzierung dieses Planverfahrens und zum Zeitpunkt der Produktion des Hauptkataloges von Quelle angemeldet – beraten von einem Restrukturierungsteam von Roland Berger. Das Ziel: ein Planinsolvenzverfahren für die Arcandor AG.

Dazu kommt noch ein Ermittlungsverfahren der Staatsanwaltschaft Köln hinsichtlich des zurückliegenden Beratervertrags mit dem damals noch eigenständigen Bankhaus Sal. Oppenheim sowie ein weiteres Ermittlungsverfahren der Staatsanwaltschaft München wegen des Vorwurfs der Falschaussage in dem Zivilverfahren Kirch gegen die Deutsche Bank. Es scheint, als hätten die Strafverfolger den Fall Arcandor zu ihrem Meisterstück erkoren.

Ähnlich wie K., der Protagonist in dem so großartigen wie beklemmenden Kafka-Werk »Der Prozess«, hatte ich durchaus einige Schwierigkeiten, überhaupt zu verstehen, warum ich so plötzlich noch im Gerichtssaal verhaftet worden bin. Die erzwungene Passivität und Tatenlosigkeit in A115 macht es nicht leichter, dies zu verstehen. Die Situation gleicht einem Albtraum, aus dem es unmöglich ist aufzuwachen: Immer neue Vorwürfe werden erhoben, und mir sind im übertragenen wie fast im realen Sinn die Hände gebunden. Was sich nicht unterbinden lässt, sind die Gedanken, die in der Enge der Zelle ein wucherndes Eigenleben entwickeln und einer

Hydra gleich eine quälende Frage nach der anderen gebären. Was kommt noch? Wird es weitere Verfahren geben? Mit welchem Ergebnis? Droht ein weiteres Urteil? Mit welchem Strafmaß ist im schlimmsten Fall zu rechnen?

Dabei ist die Lage absurd: In dem Bestreben, mich sowohl auf dem Laufenden zu halten als auch so schonend wie möglich auf weitere Entwicklungen vorzubereiten, verursachen die Gespräche mit den Anwälten, die mir eigentlich helfen sollen, weitere Sorgen. Etwa jene im Dezember 2014, als sie von ihren Befürchtungen berichten, es drohe eine baldige Anklage der Staatsanwaltschaft Bochum in Sachen »Sponsoring der Universität Oxford«. Die Gedankenspirale beginnt sich fast reflexhaft zu verselbstständigen: Welches Strafmaß könnte das im schlechtesten Fall zur Folge haben? Und welche Implikationen könnte das für die Dauer der Untersuchungshaft haben?

Das Urteil der XV. Großen Wirtschaftsstrafkammer ist unter verschiedenen Aspekten lehrreich: Das Verständnis von Rechtsausübung und Gerechtigkeit ist offensichtlich nicht mit objektiven Kriterien definierbar, sondern unterliegt einer großen individuellen Interpretationsspannweite. Legt man den Maßstab dieser Kammer zugrunde, wäre es nicht unvorstellbar, dass mich für den Fall »Oxford« alleine eine Haftstrafe in der Größenordnung von sechs Jahren erwarten könnte. Ähnliches könnte dann auch für die anderen laufenden Ermittlungsverfahren gelten. Werde ich die nächsten zehn bis fünfzehn Jahre in einer Zelle verbringen müssen? Was ist, wenn meiner Mutter etwas zustoßen sollte? Werde ich dann an der Beisetzung nur in Begleitung von JVA-Beamten teilnehmen können, möglicherweise in Handschellen? Wird mir eine Teilnahme überhaupt genehmigt? Quälende Gedanken, schreckliche Ängste und keine Antworten.

Den Dingen tatenlos zuzusehen, ohne die Möglichkeit, eingreifen und ihren Verlauf steuern zu können, fällt einem besonders schwer, wenn man ein fast vier Jahrzehnte währendes

Berufsleben lang in der Wirtschaft darauf konditioniert war, Probleme sofort und sachlich zu analysieren und sie schnell und konsequent zu lösen. Im Gegensatz dazu ist mir jetzt jeder Handlungs-, Gestaltungs- oder Entscheidungsspielraum genommen. Was auch immer sich im rechtlichen, wirtschaftlichen oder familiären Bereich entwickelt, ich kann nicht viel mehr tun, als zuzusehen.

Befangenheitsantrag, Haftprüfungen, Ermittlungsverfahren und immer wieder Überraschungen

Wenige Tage vor Weihnachten wird mir die Anklage zum Sponsoring der Universität Oxford in A115 zugestellt. Die Staatsanwaltschaft Bochum hat folgenden Fall zur Anklage gebracht:

Als Vorstandsvorsitzender der Arcandor AG hatte ich nach Konsultation der zuständigen Fachabteilungen und deren zustimmendem Votum entschieden, die Universität Oxford mit einem Betrag in Höhe von 825.000 Euro jährlich über einen Zeitraum von drei Jahren zu sponsern. Mit dieser Maßnahme sollten zwei Ziele erreicht werden: Das Image von Arcandor und vor allen Dingen der von Arcandor kontrollierten Thomas Cook Group PLC, die in London geschäftsansässig und an der London Stock Exchange im FTSE 100 – vergleichbar mit dem DAX 30 in Deutschland – gelistet ist, sollte verbessert werden. Ich fungierte zu dem Zeitpunkt als deren Chairman, in Personalunion mit meiner Tätigkeit als Vorstandsvorsitzender der Arcandor AG. Für die beteiligten Fachabteilungen bei Arcandor sowie bei der Thomas Cook Group PLC war es keine Frage, dass das Sponsoring einer der weltweit renommiertesten Universitäten ein sinnvolles und effektives Mittel zur Imagepflege war. Mittels dieses Sponsorings der Oxford University sollten Thomas Cook und auch die Arcandor AG in der angelsächsischen Finanzwelt als *good corporate citizen* positioniert werden. Das zweite Ziel dieser Maßnahme war es, für Arcandor und Thomas Cook die benötigten hochtalentierten Nachwuchsführungskräfte zu generieren und direkten Zugang zu den englischsprachigen *high potentials* der Universität Oxford zu bekommen. Englischsprachiges Führungspersonal wurde bei Arcandor wie auch bei Thomas Cook händeringend gesucht. Wäre die Rekrutierung von Führungskräften wie sonst üblich in die Hände von Headhuntern gelegt worden, hätten die Honorare ein Mehrfaches des Sponsoringbetrages verschlungen. Weder zu dem einen noch zu dem anderen sollte es allerdings kommen. Der nachfolgende Vorstandsvorsitzende der Arcandor AG honorierte diesen Vertrag zwar rechtlich, kündigte ihn aber dennoch auf Basis anderer Überlegungen mit sofortiger Wirkung.

Die Staatsanwaltschaft argumentiert in ihrer Anklage, Karstadt sei ein ausschließlich in Deutschland tätiges Unternehmen, ein Sponsoring in England sei vor diesem Hintergrund sinnlos. Ist es Unkenntnis, die hier die Dinge durcheinandergeraten lässt? Oder sorgt mangelnde Sorgfalt dafür, dass die Arcandor AG immer wieder fälschlicherweise mit Karstadt gleichgesetzt wird?

Tatsächlich erscheint es sinnvoll, in der gebotenen Kürze die Grundzüge der Konzernstruktur zu erläutern.

Der Arcandor-Konzern bestand der Größe und Ertragskraft nach aus drei Säulen: Thomas Cook (Reise), Quelle (Versand/E-Commerce) und Karstadt (Warenhaus). An dieser Stelle übrigens der nicht ganz unwichtige klarstellende Hinweis: Die Bezeichnung »Karstadt-Chef« mag für einige Medien plakativer sein und für manchen vielleicht auch einfacher zu verstehen. Sie ist aber falsch. Ich war Vorstandsvorsitzender der Arcandor AG, aber nicht »Karstadt-Chef«. Der Vollständigkeit halber: Dies waren während meiner Amtszeit Prof. Dr. Helmut Merkel, Peter Wolf und Stefan Herzberg.

Die Thomas Cook Group erwirtschaftete das Vierfache des Umsatzes von Karstadt und fünfundneunzig Prozent des Gewinns der Arcandor AG. Allein der Umsatz von Thomas Cook in England war eineinhalbmal größer als der gesamte Umsatz von Karstadt. Betrachtete man das Unternehmen aus der Perspektive seines Börsenwertes, war die Beteiligung an Thomas Cook wertvoller als der Wert der gesamten Arcandor AG. Das bedeutet nichts anderes, als dass Quelle und Karstadt zu dem damaligen Zeitpunkt im Rahmen ihrer Börsenbewertung einen negativen Unternehmenswert hatten. Den vermochte Thomas Cook mehr als wieder auszugleichen.

Zwar mag die Marke Karstadt in Deutschland einen höheren Bekanntheitswert besitzen als Thomas Cook, außerhalb des deutschen Sprachraumes stellt sich das allerdings völlig anders dar. Vor allem im Vereinigten Königreich, in den USA, in der Übrigen englischsprachig geprägten Welt und im Nahen Osten hat Thomas Cook einen außergewöhnlich hohen Bekanntheitsgrad, Karstadt hingegen ist dort völlig unbekannt. Hinzu kommt die Tatsache, dass deutlich mehr als fünfzig Prozent des Streubesitzes der Arcandor AG in den Händen angelsächsischer Investoren lagen, die damit ganz wesentlich den Aktienkurs der Arcandor AG bestimmten. Die Arcandor AG, um die es bei allen Aktivitäten und Maßnahmen ging, war also mitnichten ein »ausschließlich in Deutschland tätiges Unternehmen«.

War es vor diesem Hintergrund wirklich so abwegig, eine der renommiertesten Universitäten im angelsächsischen Raum zu fördern?

Vermutlich leuchtet die Antwort auf diese rhetorische Frage auch der Staatsanwaltschaft Bochum ein. Denn sie unterstellt nun – wie auch schon zuvor bei der Festschrift –, es sei beim Sponsoring der Universität Oxford allein um eine persönliche Profilierung gegangen, um Eigennutz und die Verschaffung von zukünftigen Vorteilen nach meinem geplanten

Ausscheiden aus der Arcandor AG. Relevante Fakten werden dazu allerdings nicht dargelegt, befinden die Anwälte. Dies hindert die Staatsanwaltschaft nicht daran, verbunden mit der neuen Anklage auch gleich erneut einen Haftbefehl wegen der nun vermeintlich erhöhten Fluchtgefahr auszustellen. Die zeitliche Koinzidenz, die sicher nur purer Zufall ist, sorgt dafür, dass die von den Anwälten zwischenzeitlich beim Oberlandesgericht Hamm eingereichte Haftbeschwerde von dem zuständigen Senat mit dem Hinweis auf die erhöhte Fluchtgefahr abschlägig beschieden wird.

All das und auch die damit verbundenen Konsequenzen werden mir schlagartig bewusst, als ich die Oxford-Anklage und den neuerlichen Haftbefehl kurz vor Weihnachten in A115 in den Händen halte. Hier komme ich nicht mehr raus, setzt sich der Gedanke bohrend fest. Der eigene Geist ist manchmal die größte Herausforderung.

Gegen elf Uhr öffnet Frau Siemonson die Tür meiner Zelle. Sie wirkt niedergeschlagen: »Immer bin ich diejenige, die Ihnen schlechte Nachrichten überbringen muss«, sagt sie, und irgendwie tut mir diese bemühte Frau in diesem Moment leid. In der Tat hatte sie mir bereits Wochen zuvor, am 3. Dezember 2014, die negativen Bescheide und den abgelehnten Befangenheitsantrag gegen den zuständigen Richter überreicht, ebenso wie den nachfolgenden negativen Bescheid zur Haftprüfung.

Als ich jetzt die neuerliche Anklage in Händen halte, ergänzt von dem zweiten Haftbefehl, fühlt es sich an, als habe man mir das unauslöschliche Stigma des Kriminellen angeheftet; als sei damit die endgültige Ausgrenzung verbunden. Ich wende die Augen ab, als ich an dem kleinen Spiegel vorbeigehe, weil ich das Gesicht, das ich dort sehe, in diesem Moment nicht ertragen kann.

Die Anwälte berichten später von einem Vermerk des Vorsitzenden Richters der XV. Großen Wirtschaftsstrafkammer, der auch für die Zulassung der Oxford-Anklage zuständig ist, in dem er sich auf ein Telefonat mit der Staatsanwaltschaft Bochum bezieht. Dort habe er die Frage erörtert, ob die Staatsanwaltschaft sich vorstellen könne, den zur Anklage gebrachten Sachverhalt nach Paragraph 154 Strafprozessordnung einzustellen. Laut diesem Vermerk lehnt die Staatsanwaltschaft diesen Gedanken allerdings ab. Dennoch ist diese kleine Begebenheit ein Strohhalm, an den ich mich in den folgenden Wochen und Monaten in A115 klammere.

Tatsächlich wird die Anklage zum »Oxford-Sponsoring« von der XV. Großen Wirtschaftsstrafkammer Monate später abgelehnt. Am 13. Mai 2016, dem Tag, an dem ich im Hafthaus Ummeln den Rest meiner verbliebenen Haftstrafe antrete – der Bundesgerichtshof hatte zuvor den Revisionsantrag ohne weitere Begründung zurückgewiesen –, stellt das Oberlandesgericht Hamm das Verfahren nach eineinhalb Jahren unter Bezugnahme auf Paragraph 154 Strafprozessordnung endgültig förmlich ein. Die Nachricht erreicht mich – Ironie des Schicksals – just auf dem Weg in die JVA. Der gesamte Vorgang sei wirtschaftlich zu unbedeutend, als dass es sinnvoll sei, ihn gerichtlich weiter zu verhandeln, so der Tenor der Entscheidung. Wie viel bedeutender muss da eine Festschrift sein, dass man dafür allein zu zwei Jahren und sieben Monaten Haft verurteilt wird?

Immerhin einen Zweck hat die Oxford-Anklage dennoch erfüllt: Für das Landgericht Essen und das Oberlandesgericht Hamm taugte sie über einen Zeitraum von eineinhalb Jahren als Argumentationsgrundlage für die Unterstellung einer Fluchtabsicht.

Weitere Ermittlungsverfahren finden zu meiner Überraschung und zugleich grenzenlosen Erleichterung bis Mai 2016 ebenfalls ihre Erledigung: das Ermittlungsverfahren zum Beratervertrag in Köln, zur Insolvenzverschleppung sowie zur Abgabe einer falschen eidesstattlichen Versicherung im Fall Kirch in München. Es verbleibt die Anklage im

Bonus-Verfahren gegen insgesamt fünfzehn Aufsichtsrats- und Vorstandsmitglieder, die von der zuständigen Kammer des Landgerichts Essen in Teilen zugelassen wird: Gegen sieben ehemalige Aufsichtsräte wird das Verfahren eröffnet, von den ursprünglich sieben angeklagten Vorständen wird das Verfahren allein gegen mich wegen Anstiftung zur Untreue zugelassen. Der auf vierunddreißig Hauptverhandlungstage angesetzte Prozess beginnt am 11. Mai 2017, meinem Geburtstag. Er findet wiederum im Landgericht Essen statt, in dem ich am 14. November 2014 nach der Urteilsverkündung verhaftet worden war. Die Fenster geben den Blick auf das JVA-Gebäude frei, in dem ich fünfeinhalb Monate in Untersuchungshaft verbrachte. Auch dieses Verfahren wird allerdings in meinem Fall schon im Juni 2017 nach Vernehmung der ersten Zeugin auf Antrag der Staatsanwaltschaft eingestellt.

Hiervon unberührt sind die zivilrechtlichen Auseinandersetzungen mit Hans-Gerd Jauch, dem Insolvenzverwalter der Arcandor AG, der mir persönlich nicht bekannt ist, sowie seinem Vorgänger, Klaus Hubert Görg. Ihn traf ich einmal zu einem kurzen Gespräch nach seinem ersten Interview mit dem SPIEGEL. Meiner Bitte, mit mir doch nach Möglichkeit auf direktem Wege und nicht über den SPIEGEL zu kommunizieren, kam er nicht nach. Ebenso wenig ging er auf mein Angebot ein, ihn bei Sachthemen zu unterstützen. Seine Zivilklagen werden in der Regel bereits in den Medien angekündigt, bevor sie mich erreichen, zumeist über den SPIEGEL.

Die zivilrechtlichen Verfahren werden von der D&O Versicherung Allianz Global Corporate Partner geführt, welche die Vorstände und Aufsichtsräte der Arcandor AG gegen solche rechtlichen Risiken versichert hatte. Ein völlig normaler Vorgang für einen Konzern mit Umsätzen im zweistelligen Milliardenbereich und internationaler Geschäftstätigkeit im angelsächsischen Raum.

Interessant in diesem Zusammenhang ist der Umstand, dass die mit der Entscheidung in dieser Sache befassten Zivilgerichte in erster und zweiter Instanz und die XV. Große Wirtschaftsstrafkammer des Landgerichts Essen zu völlig unterschiedlichen und zum Teil gegensätzlichen Urteilen fanden. Während das Amtsgericht Essen in einem Zivilverfahren nur die Abrechnung von zwei von insgesamt 650 Flügen monierte, kam die XV. Große Wirtschaftsstrafkammer zu dem Ergebnis, dass siebenundzwanzig Flüge vorsätzlich falsch abgerechnet worden seien. Auch dies trägt nicht zu einer Steigerung der Zuversicht bei, wenn die Gedanken in endlosen Stunden nicht aufhören wollen, um mögliche Konsequenzen zu kreisen.

Man kann zumindest nicht behaupten, dass mich in der Abgeschiedenheit meiner Zelle keine Nachrichten von der Außenwelt erreichen würden, im Gegenteil: Sie kommen in dieser Phase fast im Wochentakt. Leider sind es selten gute. Zu ihnen zählt auch der ablehnende Bescheid des Befangenheitsantrags, den meine Anwälte am 24. November 2014, zehn Tage nach meiner Inhaftierung, gegen den zuständigen Richter Jörg Schmitt eingereicht hatten. Sie begründen dies unter anderem mit emotional geprägten Äußerungen während seiner Urteilsbegründung.

Der Befangenheitsantrag wird am 3. Dezember 2014 von seinen zuständigen Kollegen von der XV. Großen Wirtschaftsstrafkammer des Landgerichts Essen abgelehnt. An dieser Stelle sei grundsätzlich die Frage erlaubt, ob es einer objektiven Entscheidungsfindung dient, wenn über einen Befangenheitsantrag ein Kollege befindet, der in einem engen dienstlichen Verhältnis zum fraglichen Richter steht.

Der folgende weitere Haftprüfungsantrag meiner Anwälte wird mit knapper Begründung erneut abgelehnt. Alles andere wäre vermutlich auch eine große Überraschung gewesen – und eine Illusion, hätte man es zu hoffen gewagt. An der

Fluchtgefahr habe sich nichts geändert, so die Begründung. Man vermutet »einen Topf mit Geld« im Ausland, ich sei schließlich international mit erstklassigen Beziehungen nach China und in die USA ausgestattet. Kein Argument kann diese Sichtweise korrigieren.

Ebenso lehnt das Oberlandesgericht Hamm die darauffolgende Haftbeschwerde ab, die als Rechtsmittel gegen einen abgelehnten Haftprüfungsantrag fungiert. Hierbei spielen die zwischenzeitlich neu erhobene »Oxford-Anklage« und der damit verbundene Haftbefehl eine tragende Rolle. Auch die dem Oberlandesgericht Hamm angebotene Stellung einer Kaution, deren Fehlen zuvor vom Landgericht Essen moniert worden war, ändert an der Haltung des zuständigen Senats in der Sache nichts. Ich bleibe in Haft, zu groß ist angeblich die Fluchtgefahr.

Die umfangreiche Argumentation des zuständigen Senats am Oberlandesgericht ist so, dass Dr. Thomas resigniert feststellt, wenn man wolle, könne man juristisch in unserem Rechtssystem jeden beliebigen Sachverhalt in jeder beliebigen Weise darstellen und entscheiden.

Kompromisslose Transparenz beweist das Oberlandesgericht Hamm wiederum später an ganz anderer Stelle: Der Pressemitteilung, die zur negativen Entscheidung meiner Haftbeschwerde im Internet veröffentlicht wird, fügt das Gericht meine komplette Krankenakte bei – weltweit einsehbar, inklusive intimster Befunde. Da hätte vermutlich selbst WikiLeaks berechtigte Skrupel. So ein Verhalten, eine so massive Missachtung von Persönlichkeitsrechten habe er bislang in seiner Berufspraxis noch nicht erlebt, tobt mein Anwalt Dr. Sven Thomas.

Die königlichen Kaufleute zeigen ihr wahres Gesicht

Neben den strafrechtlichen Fronten gibt es die zivilrechtlichen Auseinandersetzungen mit dem Bankhaus Sal. Oppenheim, einer Tochter der Deutschen Bank, ferner mit dem ehemaligen Unternehmensberater Roland Berger, mit meinem einstigen Gesamtvermögensverwalter Josef Esch und mit dem Finanzamt. Letzteres löste mit einer Forderung nach Sicherheiten im Rahmen einer strittigen Steuerschuld im siebenstelligen Bereich den Antrag auf Eröffnung eines Insolvenzverfahrens aus. Eine Erfüllung dieser Forderung war zu diesem Zeitpunkt nicht möglich, da das Bankhaus Sal. Oppenheim seit dem Beginn unserer Auseinandersetzung meine Festgeldkonten und damit meine Liquidität blockiert hatte. Zudem war die Forderung des Festgeldes noch vor Gericht strittig.

Der Umstand der Untersuchungshaft ist auch für diese Front fatal. In A115 bin ich in diesen Angelegenheiten, da ohne jede Möglichkeit zu kommunizieren oder Schriftsätze anzufertigen, gleichsam handlungsunfähig und zur Passivität gezwungen. Eine Verständigung fördert das natürlich nicht. Möglicherweise ist das von der Gegenseite aber auch gar nicht primär gewünscht. Diese Vermutung legen jedenfalls bestimmte Verhaltensweisen nahe, die, diplomatisch formuliert, zumindest unkonventionell sind.

So erreichen mich in der Haft verschiedene Verfügungsanträge. Ihr offensichtliches Ziel: wesentliche Teile meines Vermögens zu blockieren. Das Bankhaus Sal. Oppenheim lässt mir beispielweise einen Verfügungsantrag in meine Zelle zustellen, der vier DIN-A4-Ordner umfasst. Was unter normalen Umständen kein Problem darstellt, wird in der Enge von A115 zur logistischen Herausforderung.

Einen hochsensiblen Punkt treffen Aktivitäten ganz anderer Art. Die Monate in der Untersuchungshaft sind naturgemäß durch die ständige Hoffnung geprägt, so schnell wie möglich wieder in Freiheit zu gelangen. Das scheint allerdings durch Versuche der gegnerischen Parteien, eine potenzielle Kaution zu pfänden und damit meine Entlassung zu verhindern, massiv gefährdet. Besonders betrüblich ist, dass derlei Versuche sogar wenige Tage vor Weihnachten unternommen werden.

Obgleich zumindest zwei Parteien, Sal. Oppenheim und Roland Berger, das Image der sogenannten königlichen Kaufleute pflegen – vornehm im Auftritt, leise im Ton, auf christliche Werte bedacht und geneigt, ideelle Anliegen zu unterstützen nach der Devise »Tue Gutes und rede darüber« –, offenbaren auch sie mit diesen Versuchen ein hohes Maß an Skrupellosigkeit.

Aber auch unter wirtschaftlichen Gesichtspunkten ist es offenkundig sinnlos, die Kaution pfänden zu wollen. In Freiheit hätte ich einen nicht unerheblichen Beitrag zu einer konstruktiven Lösung leisten können. Die Pfändung einer Kaution, eines im Verhältnis zum Streitwert kleinen Betrages, aber stellt selbstredend für keine der beteiligten Parteien eine befriedigende Lösung dar. Allein unter zwei Aspekten wäre ein solches Handeln nachvollziehbar: nämlich dann, wenn auch kleine Beträge so dringend benötigt werden, dass keine Zeit vorhanden ist, das entsprechende Gerichtsurteil zu den strittigen Forderungen abzuwarten. Oder aber – was selbstverständlich niemand ungerechtfertigt unterstellen will – wenn derlei Aktionismus dazu dient, der Person, gegen welche die Aktionen gerichtet sind, öffentlichkeitswirksam weitere Schwierigkeiten zu bereiten.

Nicht nur Sal. Oppenheim versucht während meiner Untersuchungshaft, mit Verfügungsanträgen Vermögenswerte zu blockieren. Noch massiver geht in dieser Hinsicht Roland Berger vor: Während ich in der Haft aus dem Verkehr gezogen bin, versucht er, meine Frau und meine Kinder für seine Forderungen persönlich in Anspruch zu nehmen, obgleich unsere rechtliche Auseinandersetzung noch vor Gericht anhängig und nicht entschieden ist. Im Rahmen eines mündlichen Verhandlungstermins zu einem Verfügungsantrag, den Roland Berger nun auch gegen sie gerichtet hat, droht Bergers Anwalt meinen im Gerichtssaal anwesenden fünf Kindern, sie würden alle persönlich von Berger haftbar gemacht. Dass dies bei einigen von ihnen für massive Ängste sorgte, ist wohl leicht nachzuvollziehen.

Im Hinblick auf das Vorgehen von Sal. Oppenheim – insbesondere während meiner Haft – kann man heute feststellen, dass es zu keiner sinnvollen Lösung für die Bank geführt hat. Dass sie durch die Blockierung meiner Konten den Anstoß zum Insolvenzverfahren gab, gereichte ihr aus meiner Sicht vielmehr zum Nachteil. Tatsächlich war es der Insolvenzverwalter Dr. Thorsten Fuest, der sich 2016 außergerichtlich mit dem Bankhaus Sal. Oppenheim verständigte. Details dieser Vereinbarung wurden glücklicherweise vertraulich behandelt. Das war vermutlich auch deshalb der Fall, weil mit der Einigung nicht nur alle gegenseitigen Ansprüche abgegolten sind, sondern Sal. Oppenheim darüber hinaus einen größeren siebenstelligen Betrag als Schadenersatz in die Insolvenzmasse zahlen musste. Vermutlich hatte sich das Bankhaus ein anderes Verhandlungsergebnis gewünscht.

Bleibt das System der Oppenheim-Esch Holding. Um es klar zu formulieren: Meine Entscheidung, Josef Esch als Gesamtvermögensverwalter einzusetzen, war eine grenzenlose Dummheit. Darüber hinaus wollte ich zu lange die damit verbundenen Realitäten nicht erkennen. Ich bedaure zutiefst, dass auch meine Frau in das Oppenheim-Esch-System oder in diesem Fall besser »Oppenheim-Esch-Chaos« verstrickt wurde.

Die weitere Entwicklung in dieser Sache kann ich seit meiner Saalverhaftung nicht mehr selbst verfolgen. Meine Anwälte versuchen weiterhin, mit allen Mitteln eine Lösung mit den beteiligten Parteien zu erreichen. Leider ohne Erfolg. So bleibt letztendlich – nach der Einkommenssteuerrückforderung des Finanzamtes – nur noch der Antrag auf Eröffnung des Insolvenzverfahrens.

Insolvenzantrag: »Das hast du Schwein verdient!«

Am frühen Morgen des 31. März 2015 werde ich von einem JVA-Mitarbeiter in meiner Zelle abgeholt und zu einem der Besucherräume des B-Blocks geführt. Der Weg fällt mir heute noch schwerer als ohnehin schon in diesen Wochen, die Autoimmunerkrankung hat sich in der Zwischenzeit noch weiter ausgebreitet.

Ich weiß, dass in dem Raum Hartmut Fromm auf mich wartet, und ich weiß auch, dass ich gleich hier im Gefängnis Dokumente unterschreiben muss, die eine fast vierzigjährige Karriere in der Wirtschaft mit einer Bankrotterklärung besiegeln. Ein Berufsleben, in dem ich stets überproportional verdient hatte und nach dessen Abschluss meine Frau und ich den Kindern ein nennenswertes Vermögen hinterlassen und eine Stiftung gründen wollten.

Zweifellos war ich in den vergangenen Jahren zu leichtgläubig gewesen. Und ohne Frage hatte ich mit Josef Esch und Sal. Oppenheim den falschen Gesamtvermögensverwaltern vertraut. Wie kriminell das System vorging, stellten bereits Gerichte fest. Dass ich im Rahmen meiner Tätigkeit keine Zeit gehabt hatte, um mich selbst um einen privaten Vermögensplan zu kümmern, ändert nichts daran: Die Wahl war falsch, und ich hatte sie getroffen.

Fest steht allerdings auch, dass ich ohne die unvorhersehbare Verhaftung am 14. November 2014 diese weitreichenden Unterschriften wohl nicht leisten müsste. Unterschriften, die quasi meinen wirtschaftlichen Exitus bedeuten; wenn nicht für immer, dann doch für etliche Jahre.

Etwa acht Wochen nach meiner Inhaftierung hat sich das Finanzamt Bielefeld-Außenstadt zum Abschluss einer Betriebsprüfung mit einer siebenstelligen Steuerforderung bei mir in der JVA gemeldet. Da meine Liquidität bei Sal. Oppenheim blockiert war, blieb als einzige Möglichkeit, dem Finanzamt dingliche Sicherheiten anzubieten, etwa durch Verkauf oder Belastung von Immobilien. Dies wurde in letzter Sekunde durch eine einstweilige Verfügung von Sal. Oppenheim verhindert, die ein Veräußerungsverbot für alle in der Middelhoff GbR befindlichen Grundstücke und Immobilien beinhaltete. Die Liquidität seit Jahren blockiert, die Immobilien durch die Verfügung für diese Situation quasi entwertet – unter dem gegebenen Zeitdruck bestand aus der Haft heraus für mich nun keine Möglichkeit mehr, die vom Finanzamt geforderte Steuernachforderung aufzubringen.

Hartmut Fromm erwartet mich ein wenig verlegen lächelnd im Besucherraum 2 mit einer gut gefüllten schwarzen Unterschriftenmappe. Die dominante Präsenz, mit der sie da vor ihm auf dem Holztisch liegt, hat fast etwas Bedrohliches. Zugleich kann Hartmut Fromm sein Entsetzen über meinen so offensichtlich schlechten Gesundheitszustand kaum verbergen. Wir umarmen uns wortlos. Ich nehme an dem kleinen hölzernen Besuchertisch Platz, vor mir in der Mappe eine Vielzahl ausgefüllter Fragebögen und diverse Anlagen – alles perfekt vorbereitet für meine Unterschriften.

Hartmut sieht mich an: »Ich kann mir vorstellen, dass dies jetzt nicht einfach für dich ist, aber wir haben letztendlich keine Alternative. Viel mehr noch als dieser Vorgang bedrückt mich aber deine sichtbar schlechte gesundheitliche Verfassung.«

Ohne Zögern nehme ich den Stift in die Hand, der mit einer breiten Mine ausgestattet ist, weil das weichere Schreiben mir leichter fällt. Dennoch kann ich ihn nur schlecht mit den dick gewordenen Fingern halten, die an vielen Stellen aufgerissen sind. Diese Unterschriften sind sowohl psychisch als auch physisch eine außergewöhnliche Herausforderung. Ich will das hinter mich bringen.

Schweigend umarmt mich Hartmut Fromm anschließend. Er packt die Registermappe mit den Formularen ein und verlässt den Raum. In zwei Stunden hat er einen Termin bei der zuständigen Amtsrichterin in Bielefeld, der er meinen Antrag übergeben wird.

Zwei Vollzugsbeamte eskortieren mich zurück zu A115. Minuten später stehe ich allein in der kleinen Zelle, versuche zu atmen und habe zugleich das Gefühl zu ersticken. Alles, was ich mir in den zurückliegenden Jahrzehnten seit meinem Eintritt bei Bertelsmann erarbeitet hatte, ist verloren. Alles, was zur Absicherung der Familie gedacht war, ebenfalls. Alles, was für einen gesicherten Ruhestand vorgesehen war – weg. Die Achtung, vor allem mir selbst gegenüber – restlos verloren.

Aufgebracht und zugleich deprimiert, zutiefst aufgewühlt und verzweifelt stehe ich in A115. Der Raum ist viel zu klein für die Gefühlslawinen, die in diesem Moment über mich herniedergehen; er scheint viel zu wenig Luft zu bieten, als ich krampfhaft versuche, tief einzuatmen, um Sauerstoff in meine Lungen zu pumpen. Sie fühlen sich an, als seien sie von tonnenschwerer Last zusammengepresst. Und der Raum ist viel zu klein für meine Unruhe, für meinen ungeheuren Drang, mich zu bewegen. Vielleicht auch eine Flucht vor mir selbst.

Bis zu einem Alter von achtundsechzig Jahren werde ich nun keine Möglichkeit mehr haben, nennenswert Geld zu verdienen. Wenn mir noch ausreichend Kraft bleibt, werde ich mit achtundsechzig wirtschaftlich wieder bei null anfangen. Wie soll ich das schaffen?

Wer immer im Justizministerium in meinem Fall die Regie führt, wer immer in der JVA die Anweisungen ausführt, in dieser Nacht hatten sie alle meinen Insolvenzantrag vergessen.

Die Kontrollen im Fünfzehnminutenabstand werden nicht reaktiviert. Wenn ein Mensch tatsächlich labil ist und einen Suizid in Erwägung zieht, dann wäre ein solch drastischer Einschnitt sicher ein Anlass, viel eher als eine Verhaftung. Natürlich war das für mich nie eine Option – und ist es auch jetzt nicht. Erstaunlicherweise schlafe ich in dieser Nacht auf der Holzpritsche einen tiefen, fast komatösen Schlaf.

Am nächsten Morgen finde ich nach der Rückkehr von der Dusche in meiner Zelle einen BILD-Online-Ausdruck mit der Schlagzeile zu meinem Insolvenzantrag auf dem Holztisch. In ungelenker Schrift ist dort vermerkt: »Das hast du Schwein verdient!« Offensichtlich eine kleine Aufmerksamkeit eines JVA-Beamten, wer sonst hat Zutritt zu den stets verriegelten Zellen und Zugang zum Internet? Natürlich trägt diese Botschaft keinen Absender.

Was für ein Feigling, denke ich. Und dann: Aber ich selbst? Was ist aus mir geworden? Wie tief kann ich noch sinken?

Bei der alltäglichen Bibellektüre finde ich am folgenden Morgen im Buch Hiob die Stelle, die mich mein inneres Gleichgewicht wieder finden lässt und mir lange Zeit Kraft gibt, wenn Zweifel und Zukunftsängste in A115 zu obsiegen drohen: »Der Herr hat gegeben; der Herr hat genommen; gelobt sei der Name des Herrn.«

Im Namen des Volkes: Das Selbstverständnis der deutschen Justiz

… trotzdem sind wir fähig einzusehen, dass die hohen Behörden, in deren Dienst wir stehen, ehe sie eine solche Verhaftung verfügen, sich sehr genau über die Gründe der Verhaftung und die Person des Verhafteten unterrichten. Es gibt darin keinen Irrtum. Unsere Behörde, soweit ich sie kenne, und ich kenne nur die niedrigsten Grade, sucht doch nicht etwa die Schuld in der Bevölkerung, sondern wird wie es im Gesetz heißt von der Schuld angezogen und muss uns Wächter ausschicken. Das ist Gesetz. Wo gäbe es da einen Irrtum?

Franz Kafka, Der Prozess

Die Strafanzeige der Ministerin

NACHDEM ICH IM MAI 2016 meine Reststrafe in der JVA Bielefeld-Senne angetreten habe, werde ich für den 2. Juni um 16.30 Uhr von einer Sozialarbeiterin zu einem Termin geladen. Es geht um Fragen meines Vollzugsplans, der nun ausgearbeitet werden soll.

Freundlich begrüßt sie mich in ihrem Dienstzimmer und befragt mich mit offensichtlichem Interesse zu meinem Lebenslauf. Schließlich räuspert sie sich und bittet mich, ihr zu erklären, für welches Vergehen ich zu drei Jahren Haft verurteilt worden sei. Sie habe immer angenommen, die Haftstrafe sei wegen der Insolvenz von Karstadt verhängt worden. Bei der Durchsicht des Urteils habe sie nun aber festgestellt, dass dies gar nicht der Fall sei. Allerdings habe sie nicht verstehen können, wofür ich denn nun tatsächlich verurteilt worden sei. Ob ich ihr dies zu ihrem besseren Verständnis bitte erläutern könne.

Ein Montagabend im Augst 2016 in der Klinik Herzpark Hardterwald bei Mönchengladbach. Hier absolviere ich nach einer durch die Autoimmunerkrankung notwendig gewordenen Herzoperation die Reha-Maßnahmen. Der hoch angesehene Herzchirurg und seine Frau, eine ebenfalls äußerst renommierte Intensivmedizinerin, die mich am 25. Juli operiert haben, besuchen mich, um sich über meinen Gesundheitszustand nach dem Eingriff zu informieren.

Als sie erstmals gehört habe, dass ich zu ihnen in die Klinik kommen werde, habe sie mich gegoogelt, berichtet die Ärztin und sieht mich mit kritischem Blick an. »Das Ergebnis war sehr, sehr negativ für Sie«, setzt sie ohne Umschweife hinzu. »Nachdem ich Sie aber vierzehn Tage lang als Patient im Klinikalltag beobachten und besser kennenlernen konnte, habe ich festgestellt, dass Sie überhaupt nicht dem Bild entsprechen, das in der Öffentlichkeit vermittelt wird.« Daraufhin habe sie sich entschlossen, tiefer zu recherchieren und sich selbst ein Bild zu machen.

Je mehr sie allerdings zu verstehen versuche, was man mir öffentlich vorwirft und weswegen ich tatsächlich verurteilt wurde, desto weniger verstehe sie das Urteil. »Auf mich wirkt das Ganze wie eine politisch motivierte Kampagne«, beendet die Ärztin ihre Erklärung.

Die Macht der öffentlichen Meinung ist grenzenlos. Und es ist so herrlich bequem, in den großen Chor einzustimmen: Wer eine Stimme von vielen ist, fühlt sich im Zweifel nicht für eine falsche Tonlage verantwortlich und sieht wenig Veranlassung zu hinterfragen, ob der Refrain der richtige ist. Und der steht in meinem Fall schon lange unumstößlich fest: arroganter Manager, endlich bekommt er, was er schon längst verdient hat; das ist die Strafe für die Insolvenz von KarstadtQuelle; das ist die Quittung dafür, dass er sich durch seine Beteiligung an Immobilienfonds an Karstadt bereichert hat.

Verletzt mich das? Ja. Gibt es inhaltlich das wieder, wofür ich zu drei Jahren Haft verurteilt wurde? Nein.

Doch die Diskrepanz zwischen der öffentlichen Meinung, die auch das Urteil geprägt hat, und den Fakten ist nachvollziehbar. Ihre Ursachen sind es ebenso. Nach siebenjähriger Ermittlungstätigkeit mit einer Vielzahl von immer neuen Vorwürfen, alle subsummiert unter dem so fahrlässigen wie falschen öffentlichen Obervorwurf, ich sei für die Insolvenz der Arcandor AG verantwortlich, dazu die entsprechende mediale Begleitmusik, kann man kaum ein anderes öffentliches Meinungsbild erwarten. Auch wenn dies mit den Fakten und der Realität nichts zu tun hat, es wird sich nicht mehr ändern. Eine bittere, aber untrügliche Erkenntnis.

Würde man heute beliebige Personen fragen, wie das eigentlich kam mit den Ermittlungen gegen »den Middelhoff«, es würde vermutlich kaum jemand die Antwort kennen. Die Ursache ist begraben unter zahlreichen Legenden und falschen Klischees. Und vermutlich ist das der Urheberin heute, 2017, auch ganz recht, zumal im Wahljahr und im Zuge ihres Karrieresprungs ins Wirtschaftsministerium, der sich allerdings wohl weniger durch ausgewiesene Kompetenz als vielmehr durch parteitaktische Personalrochaden erklärt.

Also wie war das doch gleich mit der Anzeige »gegen den Middelhoff«? Das Strafverfahren, an dessen Ende eine Verurteilung zu einer dreijährigen Haftstrafe steht, geht zurück auf die Forderung eines Ermittlungsverfahrens, die von der damaligen Bundesministerin für Justiz, Brigitte Zypries, erhoben wurde und die einer Strafanzeige gleichkommt. Zahlreiche Juristen bewerten diesen Vorgang später als einen in dieser Form einmaligen. Und wer jetzt meint, es sei doch dann alles gut gelaufen, es habe ja auch einen Prozess und einen Richterspruch gegeben, der urteilt vorschnell. So vorschnell wie damals die Bundesjustizministerin.

Auslöser für die Forderung von Brigitte Zypries war ein großer Artikel im SPIEGEL, der zwar kaum Fakten enthält, dafür aber einiges an Spekulationen sowie den nicht weiter begründeten Verdacht des Ressorts »Deutschland 1«, ich hätte mich an Karstadt-Immobilien bereichert beziehungsweise vermeintliche Ansprüche des Unternehmens gegen den Immobilienentwickler Josef Esch nicht geltend gemacht. Der Hintergrund dieses Vorwurfs: Meine Frau und ich hatten seit 2000 beziehungsweise 2002 Beteiligungen an Oppenheim-Esch-Fonds, die unter anderem fünf Warenhäuser an Karstadt vermietet hatten. Der Erwerb der Anteile hatte also bereits vier beziehungsweise zwei Jahre vor meiner Berufung zum Aufsichtsratsvorsitzenden bei der KarstadtQuelle AG stattgefunden. Über diese Beteiligung hatte ich den Aufsichtsrat pflichtgemäß vor meiner Ernennung in Kenntnis gesetzt, ebenso die Aktionäre der AG auf der ersten nachfolgenden Hauptversammlung im Jahr 2005.

Durch den SPIEGEL-Artikel sieht die damalige Bundesjustizministerin sich veranlasst, am 4. Juni 2009 auf offiziellem Briefpapier ihres Ministeriums ein Schreiben an die Justizministerin des Landes Nordrhein-Westfalen, Roswitha Müller-Piepenkötter, aufzusetzen, in dem sie Ermittlungen fordert. Per Fax geht dieses Schreiben am selben Tag um 16.17 Uhr in deren Büro ein und wird dort sofort als das verstanden, was es sein soll – eine Strafanzeige gegen einen Bundesbürger. Dies bestätigt die Empfängerin der Bundesjustizministerin ebenfalls per Fax am 8. Juni 2009.

Natürlich bringt der SPIEGEL die Meldung über diese Strafanzeige exklusiv in seiner Druckausgabe sowie als Vorabmeldung am folgenden Tag, einem Sonnabend. Der Druckbeginn des Magazins lag damals üblicherweise am Freitag der jeweiligen Woche um zirka zwanzig Uhr. Es hat also offensichtlich nur wenige Stunden gebraucht – zumal an einem Freitagnachmittag –, bis das Fax der Bundesjustizministerin seinen Weg in die Redaktion des Nachrichtenmagazins gefunden hatte – auf welchem Weg auch immer.

In ihrem knappen Schreiben bedient sich Frau Zypries vorsichtshalber vorwiegend des Konjunktivs. Als sachliche Grundlage ist eine Kopie des spekulativen Artikels beigefügt.

Die Vorabmeldung wird unter Bezug auf den SPIEGEL von den großen Nachrichtendiensten fast im Wortlaut übernommen und verbreitet. An jenem Montag berichten fast alle deutschen Medien über die Strafanzeige der Ministerin. Der Mechanismus ist der übliche: Zitieren einer Meldung unter Bezug auf die Quelle, das ist bequem, denn es erspart eigene Recherchen. Im Zuge der weiteren Verbreitung bekommt die Ursprungsmeldung dann eine ganz eigene Dynamik. Was in diesem Fall bedeutet: Der Konjunktiv der Zypries-Anzeige ist auf der Strecke geblieben, aus Spekulation wird Unterstellung und schließlich (vermeintliche) Tatsache. »Persönliche Bereicherung bei Immobilien-Transaktion« ist der Tenor der Berichte, eine Unschuldsvermutung entfällt bereits in diesem frühen Stadium. Damit ist auch für die Öffentlichkeit die Lage eindeutig: Middelhoff hat sich an den Karstadt-Immobilien bereichert.

Die nordrhein-westfälische Justizministerin wertet das Schreiben ihrer Kollegin am folgenden Montag dann auch als Strafanzeige und handelt entsprechend. Die Anzeige wird zuständigkeitshalber an die Staatsanwaltschaft Essen weitergeleitet, wo umgehend ein Vorermittlungsverfahren eingeleitet wird, das wenige Tage später in ein förmliches Ermittlungsverfahren überführt wird. Auf Verfügung des Generalstaatsanwaltes wird dieses an die Staatsanwaltschaft Bochum, Schwerpunkt Wirtschaftskriminalität, übergeben. Und von dort nehmen die Dinge ihren Lauf.

Man stelle sich vor, dieses Prinzip mache Schule. Im Jahr 2017 müsste Bundesjustizminister Heiko Maas den ehemaligen Vorstandsvorsitzenden der Volkswagen AG vor dem Hintergrund von Software-Manipulation und »Diesel-Gate«, das den Konzern etliche Milliarden Euro kostet, wegen zu Unrecht bezogener Boni in Millionenhöhe anzeigen. Ebenso müsste der Justizminister auch ein Ermittlungsverfahren gegen die Vorstände der Deutschen Bank AG wegen ihrer Bonuszahlungen fordern. Der Verkauf fauler Immobilienkredite in den USA während der Subprime-Krise kommt die Bank später in Form einer Schadenersatzforderung der zuständigen US-Behörden in zweistelliger Milliardenhöhe teuer zu stehen, hinzu kommen weitere Strafzahlungen. Auch ehemalige Vorstände des Stahlkonzerns Thyssen-Krupp, die trotz Krise statt mit Linienmaschinen zu fliegen den unrentablen Firmenjet nutzten, müsste Maas vor Gericht bringen.

Unvorstellbar? Zumindest ein hochsensibles Politikum. Kann eine Bundesjustizministerin, die ein wichtiges Kabinettsmitglied der Bundesregierung ist und zum Präsidium der SPD gehört, eine solche Strafanzeige vor dem Hintergrund ihrer möglichen Implikationen ohne politische Rückendeckung oder Absicherung stellen?

Der Anzeige von Brigitte Zypries folgt eine siebenjährige Ermittlungstätigkeit der Staatsanwaltschaft Bochum. Der Arcandor-Insolvenzverwalter Klaus Hubert Görg und sein Nachfolger Hans-Gerd Jauch spielen dabei eine tragende Rolle: Das strafrechtliche Prozedere ist methodisch: Der Insolvenzverwalter reicht Zivilklage am Amtsgericht Essen ein. Die Staatsanwaltschaft Bochum begleitet diese Zivilklagen, um daraus Erkenntnisse zu gewinnen beziehungsweise strafrechtliche Ermittlungsverfahren einzuleiten.

Die Zivilklagen des gut bezahlten Insolvenzverwalters werden aus der Insolvenzmasse finanziert und von der eigenen Kanzlei betrieben. Das ist äußerst praktisch: Ist eine Klage erfolglos, werden trotzdem die Honorare auf der Einnahmenseite verbucht. Und die Arcandor-Insolvenzmasse lässt durchaus einen Zug durch alle Instanzen zu. Ein lukratives Geschäftsmodell.

Die Staatsanwaltschaft Bochum, die Kopien der Schriftsätze aus den Zivilverfahren erhält, sucht sich zwischendurch auch mal ein anderes Ziel: Sie eröffnet gelegentlich Ermittlungsverfahren gegen Personen, die von mir als Zeugen benannt wurden, um meine Aussage zu stützen; oder es kommt im Rahmen der strafrechtlichen Untersuchungen zu Hausdurchsuchungen bei diesen Zeugen – so etwa wenige Tage vor einer mündlichen Verhandlung in dem Zivilverfahren »Boni«. Wer mag es Zeugen da verübeln, dass sie vor Gericht dann doch lieber schweigen, um sich nicht selbst zu belasten?

Insgesamt wurden nach und nach fünf verschiedene Ermittlungsverfahren gegen mich eröffnet. Eines dieser Ermittlungsverfahren führte zur sogenannten »Bonus-Anklage«, ein weiteres zu dem Verfahren, an dessen Ende eine Verurteilung wegen Untreue in Form einer Festschrift und falsch abgerechneter Flüge steht. Drei Verfahren wurden mittlerweile eingestellt – einschließlich jenes Ursprungsverfahrens zu dem Vorwurf der Bereicherung an Karstadt-Immobilien –, die auf den SPIEGEL-Artikel und die Strafanzeige von Brigitte Zypries zurückgehen. Diese Anzeige hatte also strafrechtlich keine Konsequenzen, sorgte aber für eine anhaltende Vorverurteilung in der Öffentlichkeit. Wollte man das Modewort, das Anfang 2017 für vieles herhalten muss, auch für die Anzeige der Bundesjustizministerin und ihre Ursache heranziehen, man könnte das getrost tun: Es waren Fake News.

Das Urteil: Eine Festschrift, ein Symposium und ein prominenter Jubilar

Worum also ging es 2014 in dem Prozess über fünfunddreißig Verhandlungstage, der etliche laufende Meter Akten produzierte, nebst einem Urteil mit einer dreijährigen Haftstrafe, dessen Begründung die Kammer über 428 Seiten (in Worten: vierhundertachtundzwanzig!) ausbreitete? Nicht um meine Verantwortung für die Insolvenz der Arcandor AG, wie immer wieder gern behauptet. Es ging um den Vorwurf der Untreue und der Steuerhinterziehung, um eine Festschrift und falsch abgerechnete Flüge. Der Schaden betrage 485.000 Euro, bezifferte das Gericht, darin enthalten die damit verbundene Steuerhinterziehung in Höhe von 26.000 Euro.

Heribert Prantl, hoch angesehener Journalist und Mitglied der Chefredaktion der Süddeutschen Zeitung, schrieb nach der Urteilsverkündung, der Richter habe sich mit seinem Urteil um eine Oktave vergriffen. Der Autor Jürgen Todenhöfer attestierte dem Richter im Handelsblatt Maßlosigkeit: maßlos im Auftritt, maßlos in seinem Urteil, maßlos in seiner Haltung. Natürlich gab es auch die anderen Stimmen; jene, die offen oder insgeheim Beifall klatschten, allerdings nicht sachlich begründet, sondern in der Regel polemisch.

Nachdem das Urteil vom Bundesgerichtshof bestätigt und mein Revisionsantrag abgelehnt worden ist, trete ich am Nachmittag des 13. Mai 2016 im Hafthaus Bielefeld-Ummeln die restliche Haftstrafe an; das knappe halbe Jahr Untersuchungshaft wird auf die Gesamtstrafe angerechnet. Zunächst, wie üblich in solchen Fällen, im Aufnahmebereich des geschlossenen Vollzugs. Nach drei Tagen erfolgt im Rahmen des regulären Aufnahmeprozederes ein Gespräch mit einem hochrangigen Justizbeamten.

Er erklärt gleich zu Beginn, dass er das »überraschend umfangreiche Urteil« vollständig gelesen habe. Dies werde bei allen Neuzugängen in der JVA Bielefeld-Senne so gehandhabt. Er verfüge also aufgrund einer langjährigen Erfahrung durchaus über ein ausgeprägtes Urteilsvermögen in diesen Dingen. »Die Vorwürfe und Indizien gegen Sie wirken an den Haaren herbeigezogen, das ganze Urteil ist aus meiner Sicht ein Skandal!«, lautet seine Bewertung der richterlichen Schrift.

Wie lauteten die Vorwürfe, die das Urteil ermöglichten, nun also im Detail?

Da war zum einen die Festschrift. Anlässlich seines 70. Geburtstags sollte ein Aufsichtsratsmitglied der Quelle AG, das zudem Madeleine Schickedanz persönlich nahestand, angemessen geehrt werden. Es handelte sich dabei um einen ehemaligen Topmanager, in früheren Jahren Vorstandsvorsitzender eines großen deutschen Medienkonzerns und eine Ausnahmepersönlichkeit, die auch mich, wie so viele andere Führungskräfte in der deutschen Wirtschaft, einige davon auch bei der Arcandor AG, maßgeblich geprägt hatte.

Für diesen Zweck wurde ihm zu Ehren eine Festschrift erstellt, die im Rahmen eines Symposiums in Kitzbühel überreicht wurde. Auf dem Symposium ging es um die Herausforderungen des Unternehmertums im Zeichen der Globalisierung; Fragen, die sowohl Medienkonzerne wie auch die Arcandor AG in dieser Zeit intensiv beschäftigten. Mit dieser Veranstaltung sollte zugleich auch eine Plattform initiiert werden, ein Netzwerk für einen konzernübergreifenden Austausch zu unternehmerischen Fragen, um Kompetenzen weiterzugeben und Potenziale auszuloten. Sie diente darüber hinaus auch als Forum für Kundengespräche und zur Kundenbindung sowie für Verhandlungen des Arcandor-Vorstands mit der Spitze ebenjenes großen deutschen Medienkonzerns, der 2008 einer der größten Lieferanten der Quelle AG im Bereich Druck, Papier und Services war.

Die Basis dieser neu zu initiierenden Plattform, für die das Symposium der Startschuss sein sollte, rekrutierte sich aus

früheren Weggefährten und von dem Jubilar geprägten ehemaligen Nachwuchsführungskräften, heute allesamt erfolgreiche Manager im In- und Ausland in hochkarätigen Positionen von großen Konzernen. Und eben darin lag offensichtlich
ein Teil des Problems.

Die einstigen Weggefährten stellten die Festschrift gemein-
schaftlich zusammen, ich hatte die federführende Organisation des Symposiums und den Druck der Festschrift übernommen, für die ich als Vorstandsvorsitzender der Arcandor AG
auch verantwortlich zeichnete. Sie war allerdings ursprünglich als gebundene Broschüre geplant, Kostenrahmen rund
30.000 Euro. Mit wachsendem Enthusiasmus wuchsen auch
Umfang und Ausstattung – was sich entsprechend in steigen-
den Kosten niederschlug.

Die Finanzierung von Festschrift und Symposium war klar
geregelt: Die Teilnehmer trugen die Kosten für Übernachtung,
Verpflegung usw. Einige erbaten dabei eine Rechnungstellung
an ihren Arbeitgeber. Rund 35.000 Euro der Gesamtkosten bezahlte ich privat, aus persönlicher Dankbarkeit gegenüber dem
Jubilar und um die Trennung von Privatem und Geschäftli-
chem deutlich zu machen. Die verbleibenden etwa 180.000
Euro (185 € Geschenkwert/Präsent) trug die Arcandor AG, die
dafür 980 Exemplare der Festschrift erhielt, welche später als
Präsente an ausgewählte Geschäftskunden versandt werden
sollten.

Ich hatte den Vorstand der Arcandor AG über diesen Sachverhalt informiert und die Zustimmung der anwesenden
Vorstandsmitglieder erhalten. Zudem gab ich eine private
Deckungszusage, falls es zu unvorhergesehenen Problemen
kommen würde.

Nun hätte man meinen können, dass die Quelle AG – zum
damaligen Zeitpunkt zu einhundert Prozent eine Tochter der
Arcandor AG –, bei welcher der Jubilar ja schließlich Aufsichtsratsmitglied gewesen war, die Kosten für Festschrift und

Symposium tragen könnte. Ich entschied mich allerdings gegen diese Option, um Vorwürfe privater Verquickungen zu vermeiden: Der Schwiegersohn des Geehrten hatte zu dem Zeitpunkt bei der Primondo AG, der Muttergesellschaft der Quelle AG, die Position des Vorstandsvorsitzenden inne. Wie groß wäre da das Geschrei gewesen!

Intentionen privater Natur lagen mir also mehr als fern. Ich habe mich weder persönlich bereichert noch »in die Kasse des Unternehmens gegriffen«, um ein persönliches Geschenk zu finanzieren. Man mag mir vorwerfen, die opulente Ausweitung der Festschrift nicht gebremst zu haben – diesen Fehler muss ich wohl auf die eigene Kappe nehmen. Der Anteil an der Haftstrafe für diesen Umstand: zwei Jahre und drei Monate.

»Die Elite hat das Maß verloren«, urteilt die ehemalige Justizministerin Brigitte Zypries. Muss man sich nicht im Gegenteil die Frage stellen, ob vielleicht die politische Elite unseres Landes das Maß verloren hat? War die Anzeige von Brigitte Zypries auf Basis eines einzigen spekulativen SPIEGEL-Artikels maßvoll?

Ebenso durchschlagend war der richterliche Umgang mit der Beweisaufnahme zu diesem Teil des Verfahrens: Ein Beweisantrag meiner Anwälte, der die Funktion des Symposiums als Marketing-Instrument für Arcandor belegen sollte, wurde mit Hinweis auf eine der Schöffinnen abgelehnt – sie sei eine »Marketing-Expertin«. Die beruflichen Stationen dieser Schöffin: Sekretärin bei Karstadt. Woher eine entsprechende Marketing-Expertise kommen könnte, sei dahingestellt. Und selbstverständlich ist auch der Verdacht einer Befangenheit angesichts einer früheren Tätigkeit für Karstadt unbegründet.

Und der geehrte Jubilar? War während des Prozesses in der Öffentlichkeit zu dem Thema abgetaucht. Dass allerdings nach der Urteilsverkündung mit seiner Mitleidsbekundung die Aussage einhergeht, die Strafe sei »im Vergleich zu anderen Wirtschaftsstrafverfahren« viel zu hoch, impliziert die Ansicht, ich hätte grundsätzlich eine verdient. So funktioniert Corporate Germany.

Die Flüge

Dieser Komplex ist wohl durch einen ungewöhnlichen Rekord geprägt: Über keine andere persönliche Reisetätigkeit ist vermutlich dermaßen viel Spott und Hohn ausgeschüttet worden. Wirklich immer auf der Basis fundierten Faktenwissens? Wie war das also nun mit der Fliegerei? Es war so:

Wer schon einmal in die Lage kam, in einem in Reiseflughöhe befindlichen Flugzeug zu sitzen, gegen das eine Bombendrohung eingeht, weiß, dass dies ein durchaus verzichtbares Erlebnis ist. Es war eine Maschine der British Airways, die ich in Berlin bestiegen hatte, um nach einem persönlichen Gespräch mit dem damaligen Bundeskanzler Gerhard Schröder, in welchem ich ihn in meiner Funktion als Aufsichtsratsvorsitzender über die Krise bei KarstadtQuelle, ihre Ursachen und das Sanierungskonzept informiert hatte, nach London zu fliegen. Gott sei Dank, in dem Flugzeug explodierte keine Bombe; meine Familie erinnert sich noch heute an die Nachricht, die ich ihr aus selbigem mit meinem Blackberry schickte. Nach dieser Bombendrohung wurde ich von Madeleine Schickedanz gebeten, aus Sicherheitsgründen künftig nur noch Charter-Flugzeuge zu nutzen – ob beruflich oder privat. Die Kosten hierfür sollten mir erstattet werden.

In ihrer Zeugenaussage vor Gericht wollte sich die damalige Großaktionärin Madeleine Schickedanz an diese Zusage nicht mehr erinnern, obgleich sie in verschiedenen vertraulichen Papieren detailliert spezifiziert war – unterschrieben von ihrem Ehemann, der zugleich als Aufsichtsratsmitglied der Arcandor AG tätig war. In ihrem Bemühen, sich von jeder wirtschaftlichen Verpflichtung mir gegenüber zu entlasten, verstrickte sie sich in ihrer Aussage vor dem Landgericht Essen erheblich in Widersprüche. Sie war die einzige Zeugin, bei deren Aussage der Vorsitzende Richter eine Vereidigung ins Auge fasste. Auf die Frage zur Übernahme meiner privaten Flugkosten antwortete sie vor Gericht: »Wie käme ich denn dazu?« Wie wenig diese Aussage den Tatsachen entsprach, machte ein Anruf wenige Tage später bei einem meiner Anwälte deutlich: Ein Strafverteidiger eines der im Kölner Sal. Oppenheim-Prozess Angeklagten erklärte in diesem Gespräch, dass Zeugen der damaligen Vereinbarungen diese Aussage von Madeleine Schickedanz als unwahr bezeichnet hätten. Er bot an, entsprechende Dokumente zur Verfügung zu stellen. Der Vorsitzende Richter der XV. Großen Wirtschaftsstrafkammer bezeichnete diese entlastenden Dokumente allerdings als bedeutungslos.

Die Aussage von Madeleine Schickedanz war zweifellos maßgeblich für den Ausgang des Verfahrens und das Urteil. Es könnte nun die Aufgabe von Zivilgerichten werden, den Wahrheitsgehalt ihrer Aussage im Strafverfahren zu überprüfen. Denn die Zeugen, die damals wegen eigener gegen sie gerichteter Ermittlungen von ihrem Zeugnisverweigerungsrecht Gebrauch machen mussten, um sich nicht selbst zu belasten, würden heute tun, was sie damals nicht konnten: Die Behauptung von Madeleine Schickedanz als das zu entlarven, was sie war – eine Lüge.

Die Nutzung von Charter-Flugzeugen war darüber hinaus vom Aufsichtsrat der KarstadtQuelle AG genehmigt worden; wegen eines organisatorischen Versehens einige Monate nach dem rechtswirksamen Abschluss meines Vorstandsanstellungsvertrages und deshalb auch rückwirkend.

Insgesamt nutzte ich während meiner Tätigkeit für Karstadt-Quelle beziehungsweise Arcandor zwischen September 2004 und Februar 2009 sechshundertzehn Mal ein Charter-Flugzeug; nicht aus Bequemlichkeit, sondern aus Zeitoptimierungs-, Flexibilitäts- und eben auch aus Sicherheitsgründen.

232

Für vierhundert Flüge trug Arcandor die Kosten, zweihundertzehn bezahlte ich privat.

Es geht bei einer solchen Reiseorganisation nicht um Komfortaspekte wie den Sitzabstand oder den Bordservice, wie das Gericht suggerierte, als es sich bei einer Zeugenbefragung nach den Ausstattungsmerkmalen der First Class bei der Lufthansa erkundigte, um abzuwägen, ob es die nicht auch getan hätte. Sicherlich – allerdings hätte das Terminpensum dann vermutlich das Dreifache der Zeit benötigt, mindestens.

Das manager magazin rechnete 2012 den Zeitvorteil eines Charterfluges am Beispiel von Daimler-Chef Dieter Zetsche aus: »Für einen Trip, der ihn zuerst ins Werk nach Tuscaloosa in Alabama führt und ihm im Anschluss noch einen Abstecher zur Detroit Motorshow erlaubt, braucht Zetsche eineinhalb bis zwei Tage weniger als mit einer Linienmaschine.« Eine Aufstellung in diesem Kontext ergab, dass zwölf der Dax-Unternehmen zu dem Zeitpunkt über einen oder mehrere Firmenjets verfügten, elf nutzten Charterflüge; fünf machten dazu keine Angaben, verfügten aber ebenfalls über Firmenjets.

Private Flüge bezahlte ich auch privat: Die Gesamtsumme für diese belief sich in vier Jahren auf 2,5 Millionen Euro. Mein Sekretariat, das die Flüge auch buchte, stufte diese – gegebenenfalls nach Rücksprache mit mir – nach bestem Wissen und Gewissen als privat oder geschäftlich ein.

So weit, so klar. Unklar befand das Gericht die sogenannten »gemischten Flüge«, also jene Flüge, die Termine für Arcandor mit anderen Terminen wie *board meetings* der New York Times verband. Siebenundzwanzig solcher Flüge sollen nach Ansicht des Gerichts vorsätzlich falsch abgerechnet worden sein. Bei diesen handelt es sich um fünf verschiedene Kategorien: 1. Arcandor bedingte Zeitnot (7 Flüge), 2. Urlaubsunterbrechungen (2 Flüge), 3. Abrechnung einer Teilstrecke (Paris-Berlin statt Paris-Düsseldorf), 4. Abrechnung von Hotelkosten im Zusammenhang mit einem dienstlichen Termin und 5. Helikopterflüge (16). Dabei war die Klassifizierung der Kammer, ob ein Flug nun privaten oder dienstlichen Charakter hatte, nach anderen Kriterien vorgenommen worden, als wir es zuvor getan hatten. Dies führte konsequenterweise dazu, dass das Gericht Flüge als privat einordnete, die wir dagegen als dienstlich eingestuft hatten – und die ich nach Ansicht der Richter also hätte privat bezahlen müssen. Es führte aber auch umgekehrt zu dem kuriosen Ergebnis, dass ich nach dem richterlichen Maßstab einige Flüge privat bezahlt hatte, die ich Arcandor hätte in Rechnung stellen müssen. Da fehlte nicht viel zu einer Pattsituation.

Die Einstufung ist also offensichtlich eine Frage der Perspektive. Und wenn dieses Verfahren eines bewiesen hat, dann die Annahme, dass eine objektive Einordnung von sechshundertzehn Flügen nahezu unmöglich ist. Möglich ist allenfalls eine Annäherung an ein Optimum – sachgerechtes und verantwortungsvolles Handeln vorausgesetzt. Eben das war unsere Intention.

Falls es bei der Abrechnungspraxis zu objektiven Fehlern kam, bedaure ich das zutiefst! Der Umstand, dass es Abweichungen in beide Richtungen gibt, spricht allerdings für sich. Der Umstand, dass ich 2,5 Millionen Euro privat für Flüge bezahlt hatte, umso mehr. In der 428 Seiten umfassenden Urteilsbegründung findet diese Tatsache an keiner Stelle Berücksichtigung.

Unter den siebenundzwanzig Flügen gab es auch noch jene Kategorie, bei denen das Gericht der Ansicht war, dass die relative Dauer des anlassgebenden Termins für Arcandor den Flug und die damit verbundenen Kosten nicht gerechtfertigt habe. Die Lektion aus dieser Sichtweise ist so simpel wie fatal: Nicht Vorstände und Aufsichtsräte entscheiden hierzulande, was für ein Unternehmen in wirtschaftlicher Hinsicht sinnvoll und nützlich ist, sondern Richter. Wer also künftige

Komplikationen in Bezug auf Geschäftsreisen vermeiden will, holt sich vielleicht besser gleich einen deutschen Richter in seinen Aufsichtsrat.

Warum also rechtfertigt auch ein kurzer Termin die Überbrückung einer langen Distanz, die, nur der Vollständigkeit halber, keine Urlaubsreise, sondern im Gegenteil physisch außerordentlich anstrengend ist? Als Beispiel kann das recht gut etwa ein Flug nach New York zu Verhandlungen mit Barry Diller veranschaulichen. Dieser Termin mit dem damaligen Eigentümer von HSE24, einem Homeshopping-Sender, der dann von Arcandor übernommen wurde, dauerte rund neunzig Minuten. Arcandor konnte HSE24 zu besonders vorteilhaften Konditionen übernehmen – eben eine Folge der persönlichen Beziehung und der Kontakte zwischen Barry Diller und mir. Der Kaufpreis betrug einhundertzwanzig Millionen Euro, zahlbar in eigenen Aktien. Das handelt man nicht am Telefon aus.

Der Homeshopping-Sender wurde übrigens von dem Arcandor-Insolvenzverwalter verkauft, der Kaufpreis, über den Stillschweigen vereinbart wurde, soll zwischen einhundertfünfzig und zweihundert Millionen Euro betragen haben. Ein Glücksfall für den neuen Eigentümer: Denn der wahre Wert des Unternehmens wurde etwas später offenbart, als der Sender für annähernd achthundert Millionen Euro in den Besitz eines Private-Equity-Fonds wechselte.

Face-to-Face-Kommunikation bleibt auch im digitalen Zeitalter unerlässlich. Bernie Ecclestone fliegt auch im Alter von über achtzig Jahren mit seiner Firmenmaschine für einen Fünfzehnminutentermin von London nach Indien, um seinem Gesprächspartner »in die Augen« sehen zu können. Die Eckdaten des Mergers zwischen AOL und Time Warner – dem bisher größten der Industriegeschichte – wurden in einem neunzigminütigen persönlichen Gespräch zwischen den damaligen CEOs der beiden Konzerne im Grundsatz vereinbart. Im Vorfeld des EU-Gipfels am 16. September 2016 in Bratislava flog Bundeskanzlerin Angela Merkel nach Paris, um dort mit Präsident François Hollande die gemeinsame Agenda für die Konferenz abzustimmen; wenn man den Medienberichten Glauben schenkt, hat dieses Treffen ungefähr fünfunddreißig Minuten gedauert. Natürlich sind deutsche Wirtschaftsführer nicht die Bundeskanzlerin, da gibt es einen großen Unterschied: Die Kosten für die Flugbereitschaft des Bundesministeriums der Verteidigung trägt der Steuerzahler. Übrigens ist auch den Kanzlerkandidaten in einem Zeitraum von zehn Wochen vor der Bundestagswahl die Nutzung der Maschinen gestattet. Da würde dann die SPD zu Wahlkampfveranstaltungen durch die Lande fliegen, auf denen Martin Schulz im Zuge der Kampagne »Soziale Gerechtigkeit« die Abschaffung von vermeintlichen Privilegien für deutsche Manager propagiert. Eine amüsante Vorstellung.

Das Prozedere, dass Vorstandsvorsitzende Firmenflugzeuge auch für private Flüge nutzen und hierfür von dem Unternehmen Kosten in Rechnung gestellt bekommen, ist übrigens gängige Praxis bei deutschen Großkonzernen. Die Abrechnungspraxis in solchen Fällen sieht in der Regel vor, dass der Nutzer für diesen Privatflug mit den Kosten eines entsprechenden Business-Class-Fluges belastet wird. Diese Regelung hätte ich bei der Arcandor AG auch gern in Anspruch genommen: Nach einer Schätzung meiner Anwälte hätte ich in diesem Fall für die Flüge rund 2,1 Millionen Euro weniger privat bezahlen müssen.

Der geschlossene Vollzug

Gefangene, die später freigesprochen werden, müssen sich hier während monatelanger Untersuchungshaft wie Verbrecher beschimpfen lassen und sind dem völlig wehrlos ausgeliefert, da das Beschwerderecht der Gefangenen theoretisch ist.

DIETRICH BONHOEFFER, WIDERSTAND UND ERGEBUNG

WAR DAS ÖFFENTLICHE UND MEDIALE Interesse an einem Angeklagten im Gerichtssaal während eines spektakulären Prozesses noch unverhältnismäßig groß, erlischt es zumeist recht schnell, sobald diese Person im Falle einer Verurteilung in der Haftanstalt verschwunden ist. Für das, was hinter hohen Mauern und vergitterten Fenstern geschieht, gibt es in der Regel erst dann wieder Aufmerksamkeit, wenn es zu einem – möglichst gelungenen – Fluchtversuch kommt oder wenn es Opfer brutaler Gewalt oder gar einen Todesfall, etwa einen Suizid, gegeben hat und die Nachricht an die Öffentlichkeit dringt. Die Realität des Justizvollzugs im eigenen Lande wird gern und zumeist ausgeblendet. Sie ist ein Tabu, eine unbekannte, eine schmutzige Welt, mit der der Bildungsbürger lieber nichts zu schaffen haben will. Die deutschen Haftanstalten des geschlossenen Vollzugs sind in der öffentlichen Wahrnehmung wie ein großes schwarzes Loch, in dem vieles verschwindet und aus dem wenig wieder herausdringt.

Das funktioniert auch deshalb so einvernehmlich, weil die Justizverwaltung keineswegs darauf erpicht ist, allzu intensive Einblicke zu gewähren. Dabei würden Missstände offenbar, die teilweise als dramatisch zu bezeichnen sind, und man müsste sich der Frage stellen, ob das System des geschlossenen Vollzugs, so wie es hierzulande praktiziert wird, überhaupt wirksam ist.

Kritische Infragestellungen dieser Art werden in der Regel umgehend mit den vermeintlich passenden Zahlen entkräftet, die man allerdings immer von zwei Seiten betrachten kann – kaum eine andere Institution ist so unbeirrt konsequent im politisch motivierten Schönreden von Fakten wie die deutsche Justizverwaltung.

Eine Studie des Kriminologischen Forschungsinstituts Niedersachsen ergab, dass entlassene Strafgefangene zu einem erschreckend großen Teil rückfällig werden. Bei vorangegangenen Raubdelikten betrifft das etwa jeden zweiten Täter. Bei zu einer Jugendstrafe verurteilten Straftätern sind es sogar vier von fünf Personen. Ein zweites Mal in Haft gehen ein Drittel der Verurteilten nach dem Jugendstrafrecht und ein Viertel nach einer Freiheitsstrafe. Die Reaktion der zuständigen Justizminister der Länder auf diese Studie war einhellig optimistisch: Drei Viertel der Straftäter kehrten schließlich nicht in eine Haftanstalt zurück. Ihr Fazit: Das Ziel der Resozialisierung wird erreicht.

Bei einer weiteren Studie desselben Forschungsinstituts zu Gewalt in deutschen Gefängnissen wurden sechstausendvierhundert Häftlinge in dreiunddreißig Anstalten in fünf Bundesländern anonym befragt. Jeder vierte gab an, in den vergangenen vier Wochen entweder selbst Opfer von »sehr schlimmen« Vorfällen gewesen zu sein oder solche als Zeuge miterlebt zu haben. Der Versuch der Entkräftung erfolgte auch hier auf dem Fuße: Das Ergebnis sei mit Vorsicht zu genießen, schließlich seien die Einschätzungen subjektiv und der Wahrheitsgehalt nicht verlässlich. Gäbe es ein Pendant zur »Goldenen Narrenschelle« für die Justizverwaltung, der nordrhein-westfälische Justizminister Thomas Kutschaty (SPD) hätte es zweifelsohne verdient: »Dafür, dass da so viele

Gewalttäter einsitzen, sind die Auffälligkeiten verhältnismäßig gering«, sagte er gegenüber dem WDR.

Der renommierte Strafvollzugsexperte Professor Bernd Maelicke (»Das Knast-Dilemma«), seit 2005 Gründungsdirektor des Deutschen Instituts für Sozialwirtschaft (DISW) in Lüneburg, kritisiert massiv eine großflächig akzeptierte »Scheinlösung des Wegsperrens«. In einem Gespräch mit Deutschlandradio Kultur nannte er die stationäre Resozialisierung im geschlossenen Vollzug erfolglos. Dort bereiteten Häftlinge einander die Hölle, gebe es eine Subkultur aus Gewalt, Drogen, Erpressung und sexuellem Missbrauch.

Die Zahlen sprechen eine eindeutige Sprache: 73.627 Gefangene saßen zum Stichtag 30. November 2016 in 182 deutschen Gefängnissen ein, davon nur 10.834 in vierzehn Anstalten des offenen Vollzugs. 15.689 Häftlinge teilen sich mit zwei oder mehr Gefangenen eine Gemeinschaftszelle, dabei sollte die Einzelbelegung längst die Regel sein. Stattdessen führte in der JVA Essen ein Belegungs- oder Raumnutzungskoeffizient, der nach Kubikmeter Raum berechnet wird, dazu, dass Doppelzellen zu Vier-Bett-Zellen umfunktioniert werden konnten. Es handelt sich hier um einen Altbau mit hohen Decken. Aber es scheint sich nicht in den zuständigen Ministerien herumgesprochen zu haben, dass eine nach Kubikmeter Raum berechnete Zellenbelegung nicht die verfügbare Grundfläche vergrößert.

Dass die Einzelbelegung noch immer nicht flächendeckend umgesetzt ist, daran konnte offensichtlich auch ein Vorfall im Jahr 2006 in der JVA Siegburg nichts ändern, bei dem ein Häftling von seinen drei Zellengenossen auf unbeschreiblich brutale Weise gefoltert und schließlich erhängt worden war. Es passierte an einem Samstag, an einem Wochenende, wo das durchgehende Wegsperren allzu oft die Antwort auf das Problem der Personalknappheit ist. Ähnlich grausame Taten scheint es seitdem nicht mehr gegeben zu haben. Unzählige andere Vorfälle gehören dagegen weiter zum Alltag im geschlossenen Vollzug.

Statistiken gewähren Interpretationsspielraum, persönliche Erfahrungen nicht. Es ist ein Morgen im Februar 2015, an dem ich mich wie an jedem Werktag zum Duschen angemeldet habe; an Wochenenden ist das nicht vorgesehen, was eine Konsequenz der zu geringen Personalausstattung ist. Als ich in Begleitung eines Aufsehers den Duschraum erreiche, finde ich diesen zu meiner Überraschung leer vor. Man könnte durchaus sagen, dass ich darüber sehr erleichtert bin. Das Glücksgefühl ist allerdings nur von kurzer Dauer. Die Tür öffnet sich, fünf Häftlinge betreten unter lautem Gegröle hintereinander den Raum. Sie sind nicht nur akustisch sehr präsent, auch ihre Physis ist durchaus respekteinflößend.

Sie reihen sich links von mir unter den Duschköpfen auf und erzählen sich lautstark Witze, weiteres Gegröle inklusive. Nun ist ein Gefängnis keine Klosterschule, da ist man im Zweifel lieber still und damit gleichsam quasi unsichtbar. Jedenfalls dann, wenn man nichts für gesteigerte Risiken, dafür aber umso mehr für seine Unversehrtheit übrig hat.

Ich hätte das sicher auch instinktiv beherzigt, wenn nicht der Wortführer der Truppe, ein Häftling mit der Figur eines griechisch-römischen Ringers und einer großformatigen Tätowierung auf dem Rücken, begonnen hätte, einen »Witz« über Juden zu erzählen, über den die anderen laut lachen. Als ein zweiter dieser Art folgt, obsiegen meine Prinzipien über die Vorsicht. Nach links blickend mache ich deutlich, dass ich seine Witze ganz und gar nicht lustig finde und dass er mir diese bitte ersparen soll. Das Lachen verstummt umgehend. »Was will der Typ?«, kommt es drohend von links. Aus dem Augenwinkel sehe ich, wie die fünf ihre kahl geschorenen Köpfe zusammenstecken, um sich dann gemeinsam zu mir umzudrehen. Der Wortführer baut sich vor mir auf: »Wir wissen, wer du bist, Alter«, sagt er. »Du bist kein Jude. Willst du dich hier wichtigmachen? Wir können auch gemein werden, richtig gemein, meine ich. Wir haben hier auch schon mal 'nen Typen mit einer Wasserflasche vergewaltigt. Du weißt schon. Also halt die Klappe!«

Er will sich gerade abwenden, als ich erwidere: »Du hast mich nicht richtig verstanden. Solange ich im Raum bin, wirst du nicht solche Witze über Juden reißen.« Er stoppt in seiner Bewegung, blickt mich erst überrascht und dann mit versteinerter Miene an. Ein kurzes Kopfnicken zu seinen vier Kollegen, die mich umstellen. Sie werden mich jetzt zusammenschlagen, alle fünf, vielleicht noch mehr, aber meine christlich geprägten Werte und Prinzipien sind nicht verhandelbar. Im Jahr 2000 verlieh mir die United Jewish Association als erstem Deutschen eine Auszeichnung für besondere Verdienste um die jüdische Gemeinschaft in den Vereinigten Staaten. Sollte ich diese und mich selbst jetzt feige verleugnen? Die damaligen Organisatoren – unter ihnen der mittlerweile verstorbene Nobelpreisträger Elie Wiesel – hätten allerdings sicher nicht vermutet, dass ich einmal in einem deutschen Gefängnis unter einer Dusche als Christ das Judentum verteidigen würde.

Instinktiv ziehe ich die Fäuste hoch, da wird die Tür des Duschraums aufgedrückt. Der JVA-Beamte erkennt die Brisanz der Situation sofort. Sie kann jeden Moment außer Kontrolle geraten. »Sofort auseinander«, brüllt er. »Middelhoff, Sie kommen mit, ich bringe Sie sofort zu Ihrer Haftzelle.« Der Dicke vor mir sagt etwas zu seinen Kameraden, blickt mir hasserfüllt in die Augen und tritt zur Seite; sein Bauch quillt über seine nasse Unterhose, die der Schwerkraft folgen will und die er mit der linken Hand hochzuziehen versucht. Auf dem Flur sagt der Beamte fassungslos: »Wie um Himmels willen konnte man Sie mit diesen Typen alleine in den Duschraum sperren? Das war wirklich gefährlich für Sie.« Ich bin äußerst dankbar dafür, dass mir eine weitere Begegnung mit dieser

Truppe erspart geblieben ist. Ein zweites Mal hätte ich wohl nicht annähernd so viel Glück gehabt.

Wer Gewalt in den Haftanstalten herunterspielt oder gar verleugnet, ist nicht nur ignorant, sondern handelt hochgradig fahrlässig. Ihre zunehmende Eskalation hat mehrere Ursachen; ihre Unbeherrschbarkeit ebenfalls. Laut dem Bund der Strafvollzugsbediensteten Deutschlands (BSBD) gibt es Anfang 2017 in Nordrhein-Westfalen eine Personallücke von 1.025 Stellen, die dringend geschlossen werden müsse. Zusammen mit Bayern weise Nordrhein-Westfalen die schlechteste Relation zwischen Gefangenen und Vollzugsmitarbeitern auf: Es kommt vor, dass vierzig bis sechzig Insassen von einem Beamten beaufsichtigt werden. Da bleibe kaum Zeit, Häftlinge intensiv zu betreuen, kritisiert Andreas Schürholz, Vorsitzender der Bundes- und Landesfachkommission Justizvollzug bei Ver.di. Die Mitarbeiter im Vollzugsdienst schieben nach Gewerkschaftsangaben im Jahresdurchschnitt 500.000 Überstunden vor sich her; eintausend zusätzliche Stellen müssten geschaffen werden, wenn die Lage in den Vollzugsanstalten beherrschbar bleiben solle, so der BSBD-Vorsitzende Peter Brock.

Das stellt sich auch bei den Fachkräften nicht viel anders dar: Es gibt dreihundertdreißig Sozialarbeiter im nordrhein-westfälischen Strafvollzug, in Einzelfällen leiten sie eine ganze Abteilung. Wie realitätsfern die Sichtweise der Verwaltung ist, belegt auch ein Schlüssel zur Stellenverteilung bei den Psychologen in den Anstalten. Weil die Annahme zugrunde liegt, dass Täter mit kurzen Haftstrafen weniger betreuungsintensiv sind, soll ein Psychologe einhundertsechzig Gefangene mit Haftstrafen von mehr als einem Jahr betreuen. Bei Häftlingen, die zu Strafen von bis zu einem Jahr verurteilt wurden, kommt ein Psychologe auf fünfhundert Gefangene. Gerade bei Erstverurteilten, von denen viele kürzere Haftstrafen verbüßen müssen, sei angesichts des Schocks und des drastischen Einschnitts der Betreuungsbedarf aber im Gegenteil besonders hoch, kritisieren die Psychologen. Und das entspricht uneingeschränkt den Tatsachen.

Dem Betreuungsbedarf können sie allerdings auch deshalb nicht ausreichend gerecht werden, weil Verwaltungstätigkeiten in einzelnen Bereichen unverhältnismäßig viel Zeit binden: »Die Berufsgruppe der Psychologen im Jugendvollzug verbringt mehr als die Hälfte ihrer Arbeitszeit mit der Erstellung von formal aufwändigen Prognosegutachten in Fällen von typischer Jugendkriminalität, in denen eine intensive psychologische Behandlungsarbeit dringender angezeigt wäre als die sich wiederholende Darstellung von scheiternden Lebensläufen«, nahm die Landesarbeitsgemeinschaft Anfang 2017 Stellung zu einem Gesetzentwurf der Landesregierung zur Regelung des Jugendstrafvollzugs in Nordrhein-Westfalen. Am Beispiel des derzeit noch geltenden Jugendstrafvollzugsgesetzes sei deutlich geworden, dass die Vollzugswirklichkeit in baulicher, personeller und konzeptioneller Hinsicht weit hinter den gesetzlichen Vorgaben zurückgeblieben ist. Wohlgemerkt: Nach der Föderalismusreform von 2006 ist das Strafvollzugsgesetz Ländersache, umzusetzen eigentlich schon ab Januar 2008. Allerdings gilt noch immer in einigen Ländern das Bundesgesetz.

Hinzu kommt zur Sicherung einer adäquaten und sinnvollen Häftlingsbetreuung eine Frage, die nur ungern thematisiert wird, nämlich jene nach der Qualifikation der Bediensteten. Ein großer Teil ist engagiert und gut ausgebildet, in etlichen Fällen lässt sich das allerdings nicht ganz so eindeutig feststellen. In der JVA Essen erlebte ich Mitarbeiter, die aus anderen Berufsfeldern oder nach abgebrochener anderweitiger Berufsausbildung in den Justizvollzug gewechselt waren. Weitere kamen von der Bundeswehr. Diese ehemaligen Soldaten sind als Vollzugsmitarbeiter bei den Häftlingen gefürchtet und unbeliebt; sie seien vielfach besonders brutal und in manchen Fällen gleichsam sadistisch veranlagt, beklagen die Inhaftierten. Selbst wenn hier ein Teil Legendenbildung sein sollte – einen wahren Kern wird diese Kritik wohl haben. Wenn sich jemand mit strammem Kommandoton als Unteroffizier bewährt hat, heißt das noch lange nicht, dass er für den Dienst im Vollzug qualifiziert ist.

Seit 2016 ist die Zahl der Häftlinge in Nordrhein-Westfalen wieder gestiegen. Das Bundesland folgte schon 2015 im Ländervergleich in Bezug auf die Zahl der Inhaftierten je tausend Einwohner mit 0,9 an zweiter Stelle gleich hinter Berlin. Einrichtungen sind an ihren Kapazitätsgrenzen, so auch die JVA Bielefeld, mit sechzehn Außenstellen die größte Vollzugsanstalt in Deutschland und europaweit die größte für den offenen Vollzug, wie deren Leiterin Kerstin Höltkemeyer-Schwick Anfang Mai 2016 in einem Artikel der Neuen Westfälischen ausführte.

Der Justizbeauftragte für Nordrhein-Westfalen, Prof. Dr. Michael Kubink, führte schon in seinem Tätigkeitsbericht 2015 aus, dass »mehr als ein Drittel aller Gefangenen der nordrhein-westfälischen Justizvollzugsanstalten derzeit Ausländer sind, in der Tendenz zeichnen sich künftig Steigerungen dieses ohnehin schon beträchtlichen Anteils ab«. Das Thema »Migranten im Vollzug« sei daher von eminenter Bedeutung für die Zukunft des Justizvollzuges hierzulande. Der Vollzug habe eine Integrationsfunktion für gefangene Migranten zu erfüllen, die man mit den vorhandenen Konzepten und Maßnahmen allein womöglich nicht werde realisieren können.

Inhaltlich trifft diese Feststellung zweifellos den Kern des Problems; allein die weich gespülte Formulierung dessen, was nichts anderes als eine Bankrotterklärung ist, grenzt an Zynismus.

Offensichtlich musste erst ein tragisches Attentat wie jenes in der Vorweihnachtszeit in Berlin verübt werden oder ein mutmaßlicher Terrorist in einer deutschen Haftanstalt Suizid begehen, bevor die steigende Zahl von Häftlingen mit Migrationshintergrund in hiesigen Gefängnissen, darunter auch immer mehr mit islamistischem Background, als Problem erkannt wird. Erst jetzt wird öffentlich darüber diskutiert, dass die Gefahr einer Radikalisierung in der Haft eine reale ist und es dringend neuer Konzepte bedarf, damit deutsche Gefängnisse nicht zu Brutstätten des Extremismus werden. Seelsorgerisch tätige Imame sind sicher nicht das Mittel der Wahl.

Gewalt auch gegen Bedienstete ist mittlerweile in vielen Anstalten an der Tagesordnung. Wo sie kein reiner Selbstzweck ist, dient sie den Häftlingen als Mittel zur Durchsetzung ihrer Vorstellungen und Interessen. Sowohl die Zahl der Übergriffe als auch deren Intensität habe sich erhöht, berichten Vollzugsmitarbeiter, die Hemmschwelle sei gesunken. Besonders die Gruppe der Nordafrikaner sei diesbezüglich außerordentlich auffällig und aggressiv: Sie versuchten mit »perfiden, respektlosen und menschenverachtenden Methoden«, ihren Willen zu bekommen, zitiert die Gewerkschaft aus den Erfahrungsberichten ihrer Mitglieder. Das fange bei verbalen Beleidigungen an, steigere sich über das Beschmieren von Wänden und Ausstattung mit Kot und Urin und kulminiere in dem Bewerfen von Bediensteten mit selbigem sowie in Selbstverletzungen.

Im August 2016 stammten einem Bericht des Kölner Stadtanzeigers zufolge achthundertdreißig Häftlinge in nordrhein-westfälischen Gefängnissen aus den Maghreb-Staaten, das entspreche einem Zuwachs von einhundertvierzig Prozent in drei Jahren. Beispielhaft genannt wurde die JVA Ossendorf, in der es zwei- bis dreimal in der Woche zu Selbstverletzungen und Suizidversuchen komme.

In den Kulturkreisen, aus denen diese Häftlinge stammen, herrschen völlig andere gesellschaftliche Vorstellungen und völlig andere Definitionen von Strafe vor. Deutschen Vollzugsmitarbeitern werde von Inhaftierten aus den Maghreb-

Staaten vorgehalten, dass sie keine »richtigen Männer« seien, und was in Deutschland unter Strafvollzug verstanden werde, sei im Vergleich zu ihren Herkunftsstaaten geradezu dekadent, berichtet die Gewerkschaft.

Wie soll vor diesem Hintergrund mit vorhandenen Mitteln und Konzepten die Sicherheit und Beherrschbarkeit in den Justizvollzugsanstalten gewährleistet werden? Wohin sollen diese Häftlinge, die ein völlig anderes Verständnis von Recht und Gesetz haben und in deren Heimatländern Repressalien das – akzeptierte – Mittel der Wahl sind, »resozialisiert« werden? Und wohin überhaupt, wenn sie nie integriert gewesen sind und es zumindest in Teilen offensichtlich auch gar nicht sein wollen? Zudem fehlt es den Vollzugsmitarbeitern an den notwendigen Sprachkenntnissen und dem System am echten Willen, eine Verständigung zu ermöglichen: Wo Anträge für Häftlinge nur in deutscher Sprache vorhanden sind und formuliert werden dürfen, ist kein Bemühen um eine Wahrnehmung von Bedürfnissen erkennbar.

Was macht das Wegsperren angesichts dieses Dilemmas für einen Sinn, wo es schon bei Straftätern ohne Migrationshintergrund fraglich ist, ob man sie in die Gesellschaft (re-)integrieren kann, nachdem man sie viele Jahre eingeschlossen und isoliert hat? Ganz zu schweigen von der Mammutaufgabe der Integration, die schon außerhalb der Gefängnisse unter Alltagsbedingungen eine Herausforderung für Generationen ist – und nicht eine von Monaten, wie die Regierungskoalition nicht müde wird zu suggerieren.

Eine schlechte Resozialisierungsprognose hat auch die Gruppe der russischen Häftlinge. In etlichen Bundesländern kontrollieren Russen in den Haftanstalten mittlerweile den Drogenhandel – und die restlichen Häftlinge. Es dringt nur selten etwas über diese Strukturen nach außen, Verrat wird hart bestraft, und das Netzwerk reicht weit, auch nach draußen. Die Methoden, Drogen oder Handys in die Gefängnisse zu schmuggeln, sind so raffiniert, dass sie oft unbemerkt bleiben. Häftlinge zahlen in eine sogenannte »heilige Kasse« eine Art Schutzgebühr; damit werden unter anderem auch Verbündete außerhalb der Gefängnisse bezahlt.

Es scheint, als habe das System längst vor dem Drogenproblem im geschlossenen Vollzug kapituliert. Anstaltsleiter räumen öffentlich ein, den Drogenkonsum nicht vollständig unterbinden zu können. Und Abhängigkeiten bei den Häftlingen schaffen in Verbindung mit dem Zwang, sich den Suchtstoff verschaffen zu müssen, ein Geflecht an weiteren, mehr oder weniger versteckten Auswüchsen, zum Teil mit deutlich krimineller Energie. Etliche Abhängige sitzen wegen Vergehen aus dem Bereich der Beschaffungskriminalität ein oder weil sie öffentliche Verkehrsmittel ohne Fahrschein benutzt haben. Weil sie das Bußgeld in Höhe von fünfzig Euro nicht aufbringen können, werden sie inhaftiert. Bei Tagessätzen von sieben Euro verbringen sie sieben Tage und Nächte in der JVA, in der sie dann nicht selten Anschluss an kriminelle Gruppierungen finden, die ihnen Drogen und Fürsorge versprechen, wenn sie später draußen »kooperativ« sind. Nur am Rande in diesem Kontext und der Vollständigkeit halber der Hinweis, der gern auch immer wieder von verschiedenen politisch motivierten Seiten für eigene Zwecke missbraucht wird: Die durchschnittlichen Kosten pro Tag und Häftling in einer deutschen JVA belaufen sich auf rund einhundert Euro.

Ein großer Teil der jungen Drogenabhängigen hat Hepatitis B oder HIV. Wie jämmerlich diese Schicksale sind, kann man etwa in der JVA Essen allmorgendlich bei der Methadonausgabe beobachten. Aufgrund meiner Autoimmunerkrankung hatte ich über etliche Wochen das zweifelhafte Vergnügen, diese Rituale ausführlich studieren zu können, wenn ich – gemeinsam mit den Drogenabhängigen, viele davon infiziert – zu meiner »Behandlung« in den Sanitätsbereich gebracht wurde.

Dort sitzt man während der Wartezeit auf einer langen Bank, links eine Eisentür, gegenüber eine verschlossene massive Holztür, die zum Sanitätsbereich führt. Weil das Warten hier bisweilen erhebliche Geduld erfordern kann und um mich abzuschirmen von dieser dominanten Präsenz der Hoffnungslosigkeit, lese ich zumeist in einem Buch, das ich mitgenommen habe. Die Häftlinge nutzen die Zeit, um selbstgedrehte Zigaretten zu rauchen, sofern sie es sich leisten können; jene, denen das nicht möglich ist, begeben sich auf eine – zumeist erfolglose – Schnorrertour. Gerüchte machen die Runde, es braust ein babylonisches Sprachengewirr auf, ein Sturm, der sich zum Orkan auswachsen kann: da die Nordafrikaner, an der rechten Eisentür die Russen, an der linken Stahltür die Türken, zum Teil in der Hocke an die Wand gelehnt und auf der Bank die Deutschen.

Ein junger Sanitäter ruft nacheinander die Häftlinge auf, Name für Name. Der Genannte tritt vor, erhält einen kleinen, weißen Plastikbecher mit Methadon, den er auf der Stelle und vor den Augen des Sanitäters entleeren muss. Mit vom Entzug zitternden Händen kippt er das Substitut aus dem kleinen Plastikbecher in die Mundhöhle, hält es häufig noch eine Sekunde, um die Flüssigkeit dann hinunterzuschlucken. Einige von ihnen werden, nachdem sie den Inhalt des Plastikbechers geleert haben, von den Sanitätern barsch aufgefordert, den Mund zu öffnen. Auf diese Weise wird kontrolliert, ob das Methadon wirklich getrunken wurde. Immer wieder versuchen Insassen, das Mittel in der Mundhöhle in ihre Zelle zurückzutragen, um es anschließend auszuspucken und an Mithäftlinge zu verkaufen.

Bei den Studien über den Umgang mit Drogen im geschlossenen Vollzug wird nur allzu deutlich, dass der Staat das Problem nicht lösen kann, wenn er den Besitz von Drogen, insbesondere Einstiegsdrogen mit einer Haftstrafe in einer JVA wie in Essen bekämpft. Die gängigen Bestrafungsinstrumente bewirken nur, dass das Problem von der Straße ins Gefängnis geholt wird. Oft erreicht man mit diesen Maßnahmen das Gegenteil dessen, was man erreichen will: Die Drogenkriminalität wird mit jeder wiederholten Inhaftierung des Abhängigen weiter verstärkt. Wenn man dies verstehen will, muss man nur auf die Unterhaltungen achten, die hier von den Abhängigen geführt werden. Aber wer hört ihnen schon zu?

Bei jenen Häftlingen, bei denen tatsächlich eine Chance auf eine erfolgreiche Resozialisierung besteht, wird diese auch schon mal vertan, weil keine oder zu wenig Therapiemöglichkeiten bestehen, weil es an entsprechend aufmerksamem Personal fehlt oder weil die Häftlinge schlicht falsch eingeschätzt werden.

An einem Samstagmorgen spricht mich auf dem Außengelände der JVA Bielefeld-Senne ein groß gewachsener Häftling an. Sein braunes Haar ist nach hinten gekämmt, er hat straffe Gesichtszüge und einen durchdringenden Blick. Er stellt sich mir als Fred vor. Er sei der Kopf einer Bande gewesen, die unzählige Banken überfallen habe. Zwei Bandenmitglieder waren gefasst worden, den Namen des Dritten hatten sie nicht verraten; er hatte sogar ein Angebot der Staatsanwaltschaft zur Aussetzung der Strafe nach zwei Dritteln der Haftzeit abgelehnt. Zu romantisieren gibt es hier nichts: Bei der Festnahme wurde ein Waffenarsenal gefunden. Die Haftjahre verbrachte Fred nahezu vollständig im geschlossenen Vollzug.

Er betont, es sei ihm wichtig, dass er nie jemanden bei seinen Überfällen verletzt habe. Bei seinen Opfern hat er sich zweimal schriftlich entschuldigt. Er bedauert seine Taten, er bedauert, dass er seine Opfer in Angst und Schrecken versetzt hat. Ich glaube ihm, was hätte er für einen Grund, mich anzulügen, ich bin kein Mitglied einer Strafvollstreckungskammer und kein Bewährungshelfer.

Seine Entschuldigungen wurden vom Gefängnispsychologen als nicht glaubhaft eingestuft, Resozialisierungsprogramme konsequent abgelehnt. Stattdessen wird er mehr als zwölf

Jahre im geschlossenen Vollzug weggesperrt, unter verstärkten Sicherheitsauflagen. So wie ich während meiner fünfeinhalbmonatigen Untersuchungshaft hielt auch er sich konsequent von den Mithäftlingen fern: kein Umschluss, keine Kontakte, rund viertausendsiebenhundert Tage zumeist allein.

Fred beginnt, Liebesgedichte zu sammeln, und »veröffentlicht« vier Bände à tausend Seiten in einer Auflage von achtzig Stück für verschiedene JVA-Bibliotheken. Er freut sich daran, wenn auch andere Häftlinge die Poesie entdecken. Weil bei seiner Inhaftierung im geschlossenen Vollzug damals noch die »Vogelverordnung« galt, schaffte er sich einen Papagei an, eine Blaustirnamazone, und ließ einen Spezialkäfig für seine kleine Zelle fertigen. Blaustirnamazonen sind außerordentlich sprechbegabt und in der Lage, die menschliche Sprache zu imitieren. Das macht vor allem die langen Wochenenden erträglicher. Doch nach wenigen Jahren stirbt der Papagei unter mysteriösen Umständen. Fred glaubt, der Vogel sei vergiftet worden. Die »Vogelverordnung« war zuvor abgeschafft worden.

Irgendwann lernt er eine jüngere Frau kennen, freundet sich mit ihr an und beantragt die Verlegung in eine JVA an den Wohnort der Frau. Er hat einen Führerschein, die Frau betreibt einen Maschinenhandel. Fred hatte mithelfen und etwas aufbauen wollen.

Alle entsprechenden Anträge wurden abgelehnt. Daraufhin beendete er die Beziehung, weil er für sie keine Zukunftsperspektive sah.

Ist dieser Mann nach Jahren im geschlossenen Vollzug und fünfzehn Jahren Gesamtstrafe resozialisiert? Wohin soll er sich wieder eingliedern? Eine Resozialisierung, die überhaupt erst jenseits der Gefängnismauern beginnt, ist zum Scheitern verurteilt. Wäre diesem Häftling die notwendige Aufmerksamkeit zuteilgeworden, er hätte Aussicht und berechtigte Hoffnung auf einen konstruktiven letzten Lebensabschnitt gehabt.

Das geflügelte Wort, wer vorher noch nicht kriminell gewesen sei, würde es im Gefängnis sicher, ist so populistisch wie wahr. Im März 2015 unterhalten sich während der Chorprobe des evangelischen Chors der JVA Essen zwei Mithäftlinge leise miteinander. Der ältere, ein ehemaliger Bergmann, erklärt dem jüngeren, der wegen Verstoßes gegen das Betäubungsmittelgesetz und eines nicht eingelösten Nahverkehrsmittelschadens in Höhe von fünfundsechzig Euro einsitzt, er werde sich nach seiner Haftentlassung nach Holland absetzen. Früher habe er mit einer Gang vom Niederrhein aus »gearbeitet«. Er habe Nutten gehalten und sie für sich anschaffen lassen, mit Drogen gehandelt, »das volle Programm«. »Du kannst nach deiner Haftentlassung für mich arbeiten«, flüstert der ehemalige Bergmann dem jungen Kollegen vorgeblich mitfühlend zu.

Wenn dieser junge Mann bis zu diesem Moment noch nicht vollends kriminell war, dann wurde er in der Kirche der JVA Essen von Gott auf eine harte Probe gestellt.

Die Richter, die über die Inhaftierung von Straftätern entscheiden, haben ein Gefängnis und die Lebensbedingungen dort im Rahmen ihrer juristischen Ausbildung, wenn überhaupt, nur sehr oberflächlich kennengelernt, wie Beamte der JVA Essen berichteten. Im Rahmen einer Prozessauftaktvorbesprechung schlug ein Richter dem Strafverteidiger vor, er könne das Gebäude zusammen mit seinem bekannten Mandanten durch einen Nebeneingang betreten. Dabei müsse er allerdings an den Zellentüren vorbei, das solle er sich gut überlegen, so der Richter. Er selbst sei dort noch nicht gewesen, er habe sich »das nicht antun wollen«. »Die Richter sollten mal selbst acht Wochen in einer Gemeinschaftszelle verbringen, dann hätten wir hier weniger Inhaftierte und auch andere Bedingungen«, sagte ein Bediensteter der JVA Essen in seinem Frust.

Das ist die eine Seite der Medaille, jene, die dringend ein Umdenken und ein neues Modell des Vollzugsalltags erfordert. Es gibt aber auch noch eine andere, weitgehend unbekannte Seite. Für manche ist der deutsche Justizvollzug im Gegenteil eine geschätzte Abwechslung im Lebensalltag. Da ist der alte Obdachlose, der sich alljährlich im November verhaften lässt. Häufig reicht dafür ein einfacher Ladendiebstahl aus. In der JVA Essen ist er nicht nur gut bekannt, man wartet dort sogar schon jedes Jahr auf ihn. Nach seiner Inhaftierung wird er erst einmal unter die Dusche gestellt, Haare und Bart werden gestutzt, er wird auf Läuse untersucht, sodann mit Gefängniskleidung ausgestattet und erhält eine erste medizinische Betreuung. Das ist aus der Sicht dieses älteren Obdachlosen während der nasskalten Winterzeit die deutlich bessere Alternative: Vollverpflegung, eine trockene Unterkunft, eine Duschmöglichkeit, wenn auch nicht so häufig und eher ungern genutzt, medizinische Versorgung. Im Frühjahr wird er wieder entlassen, dann macht er sich gestärkt erneut auf Wanderschaft.

Da ist auch ein Mithäftling in Bielefeld, der offen kommuniziert, er würde seine Geldstrafe in Höhe von 3.700 Euro ganz bewusst »absitzen«. Während seiner Inhaftierung würde er sich »eine neue Hüfte verpassen lassen«. Das Justizvollzugskrankenhaus in Fröndenberg habe diesbezüglich einen durchaus guten Namen.

Bleibt das nicht erfüllte Erfordernis eines modernen Strafvollzugs. Wenn Resozialisierung wirklich das Ziel sein soll, kann diese nicht erfolgen, indem den Häftlingen Elemente der modernen Informationsgesellschaft in deutschen Vollzugsanstalten konsequent vorenthalten werden. Das konstatiert auch der Tätigkeitsbericht 2015 des Justizbeauftragten Prof. Dr. Michael Kubink. »Nach meiner Auffassung dürfen wir im Strafvollzug nicht sehenden Auges ein digitales Analphabetentum fördern, was den Prozess der Resozialisierung erheblich erschweren würde«, heißt es da. Für ein erweitertes Angebot neuer Technologien sprächen insbesondere der Angleichungsgrundsatz (im Verhältnis von Vollzugsalltag und »normalem« Leben in Freiheit) und die Wiedereingliederungsperspektive. Die Möglichkeit der Herstellung von Außenkontakten mittels Bildtelefonie sollte flächendeckend eingeräumt werden, so die Empfehlung. Gefangenen sollte es außerdem prinzipiell ermöglicht werden, E-Mails zu versenden und zu empfangen.

Vor allem während ihrer Nachtschicht vertreiben sich Vollzugsbedienstete die Zeit mit Google und dem Download von Filmen oder Musik. Und der Justizminister, der das Twittern für sich entdeckt hat, äußert sich zu allem und jedem über den Social-Media-Kanal. Eine sinnvolle Vorbereitung der Häftlinge auf die digitale Informationsgesellschaft findet dagegen in deutschen JVAs nicht statt. Wie will man einen Häftling, der nach einer mehrjährigen Haftstrafe entlassen wird, der kein Internet und keine sozialen Medien kennt, wieder in die Gesellschaft, die sich zwischenzeitlich zu einer digitalen Kommunikationsgesellschaft entwickelt hat, integrieren? Wie soll er Fuß fassen, wie vielleicht ins Berufsleben zurückfinden und nicht zum Hartz-IV-Empfänger werden?

Und wie kann der Justizvollzug effizient arbeiten, wenn dort noch immer zu selten der Einsatz moderner Technologien erfolgt?

Ein ehemaliger Braumeister, der ins Immobiliengeschäft eingestiegen war und wegen Steuerhinterziehung in Höhe von knapp 100.000 Euro zu etwas über drei Jahren Haft in Bielefeld verurteilt worden war, hatte eine klare Vorstellung von seiner beruflichen Wiedereingliederung: Er wollte den Wachstumsmarkt des E-Commerce nutzen und einen Onlinehandel für Gastronomieartikel aufbauen. Dafür beantragte er schon Monate vor seiner Entlassung aus dem offenen Vollzug die Nutzung eines PCs, um die entsprechende Software einzurichten. Die verbleibende Haftzeit wäre sinnvoll genutzt gewesen, der Häftling hätte eine sichere Perspektive für den Zeitpunkt seiner Entlassung gehabt. Alle entsprechenden Anträge wurden allerdings abgelehnt. Wie sich seine Zukunft nun gestalten wird, weiß er nicht.

Die Reform des deutschen Justizvollzugs ist erkennbar überfällig. Es fällt allerdings schwer zu glauben, dass sich hierfür der politische Wille und die notwendigen politischen Mehrheiten herstellen lassen. Doch dieser Herausforderung müssen wir uns stellen, und zwar ohne weitere Verzögerung.

Die Rolle der Medien:
Sieben Jahre am Pranger

MAN KANN DIE DEUTSCHE GESELLSCHAFT heute unter unzähligen Aspekten analysieren. Betrachtet man sie unter dem Gesichtspunkt ihres Nutzwertes für die Medien, teilt sie sich in drei Klassen auf.

Da wäre erstens jener Personenkreis, über den aus naheliegenden Gründen nicht berichtet wird. Dazu gehören vornehmlich die Eigentümer von Medienunternehmen und deren direktes Umfeld. Das Leben dieser Menschen findet unter Ausschluss der Öffentlichkeit statt, sei es noch so turbulent oder unkonventionell. Das ist selbstverständlich ihr gutes Recht und nicht nur begrüßenswert, sondern einzufordern. Dieses Recht wird allerdings ganz offensichtlich nicht jedem zuteil.

Der zweite Kreis umfasst diejenigen, deren Leben aus verschiedensten Gründen schlicht nicht von (öffentlichem) Interesse ist. Sie sind für die Medien nutzlos.

Die dritte Gruppe ist jene, die gejagt werden kann wie Freiwild, bis auch der untalentierteste Praktikant eines unbedeutenden Provinzblattes mit einer herablassenden Schlagzeile zumindest sich selbst bewiesen hat, dass er ein ganz Großer der schreibenden Zunft ist, ein unentdeckter Ernest Hemingway, nicht in Key West, aber immerhin in seinem Kaff. Dieser Personenkreis ist aus medialer Sicht hochgradig nutzbringend, seine Währung errechnet sich in Auflagen und Klicks.

Mich rechnet man offenkundig zum letztgenannten Kreis. Erkennbar wird dies an der Art und vor allem am Ausmaß der Berichterstattung, das seinen bisherigen Höhepunkt mit der

Inhaftierung erfuhr. JVA-Mitarbeiter, Häftlinge und Besucher wurden angesprochen und um Informationen, besser noch: Fotos gebeten – natürlich gegen entsprechende Vergütung. Was zu Weihnachten auf meinem Speiseplan stand, wurde verkündet und zitiert, als sei es das letzte Abendmahl.

Es gab abenteuerliche Berichte, ich würde mir täglich Essen in die JVA liefern lassen und meine Zelle würde von einer Putzfrau gesäubert. Wahrheitsgehalt? Null Prozent. Doch was macht das schon, wenn es der Auflage hilft, da wollen wir doch bitte nicht so kleinlich sein. Journalistische Ethik? Man muss Prioritäten setzen. Wenn schon ein Kanzlerkandidat auf Stimmenfang dem Volke nach dem Maul argumentiert, warum sollten Medien sich dann nicht mit den Stammtischen gemein machen? Schließlich bringt eine solche Vorgehensweise Aufmerksamkeit ein und spült Umsatz in die gebeutelten Verlagskassen.

Ganz sachlich lässt sich dieser Mechanismus eindrucksvoll am Beispiel des SPIEGEL beschreiben.

Mitte Februar 2009, wenige Tage vor meinem Ausscheiden als Vorstandsvorsitzender der Arcandor AG, erhält die PR-Abteilung des Unternehmens, die den Umständen entsprechend zu diesem Zeitpunkt völlig überlastet ist, einen Anruf des Hamburger Nachrichtenmagazins. Der langjährige Pressechef des Unternehmens, Jörg Howe, war einige Wochen zuvor als Pressesprecher zu Daimler-Benz gewechselt. Sein Nachfolger Gerd Koslowski befindet sich noch in der Einarbeitungsphase und ist noch nicht mit allen Themen vollständig vertraut.

Die SPIEGEL-Redaktion berichtet Herrn Koslowski telefonisch, man recherchiere Hintergründe des von mir als Vorstandsvorsitzendem verantworteten Immobilienverkaufs der KarstadtQuelle-Immobilien im Werte von über vier Milliarden Euro. Man habe interessante Sachverhalte festgestellt, zu denen man mir dringliche Fragen stellen müsse. Man werde mir natürlich die Möglichkeit zur Stellungnahme einräumen und deshalb eine umfangreiche Fragenliste per Fax senden.

Für die Beantwortung wird eine Frist gesetzt, auf Tag und Uhrzeit genau festgelegt.

Diese Methode, die in Machart und Tonalität den Charakter eines Verhörs hat und durchaus geeignet ist, unerfahrenen oder sensiblen Personen den Puls in die Höhe zu treiben, schien sich schon damals beim SPIEGEL bewährt zu haben. Zumindest gemessen an der Häufigkeit, mit der sie verlässlich immer wieder eingesetzt wurde. Die zum Teil umfangreichen Fragenkataloge gehen gern an einem Donnerstag ein – wegen des Drucktermins mit einer Fristsetzung bis zum nachfolgenden Freitag. Taktische Gründe angesichts dieses künstlich erzeugten Zeitdruckes würde selbstverständlich niemand annehmen wollen.

Wer diese Fragen beantwortet, hat bereits verloren. Denn die Storyline scheint festzustehen, und Antworten sind meines Erachtens nicht wegen ihres Inhaltes nutzbringend. Anfangs beging ich den Fehler, diese Fragenkataloge zu beantworten, unter Einsatz aller verfügbaren Zeitreserven und möglichst vor Ablauf der gesetzten Frist. Ich benahm mich dabei wie ein Schüler, der sich die Gunst seiner gestrengen Lehrer erarbeiten will, weil er noch dem naiven Glauben unterliegt, er habe die Chance, etwas richtigzustellen. Blauäugig ging ich davon aus, dass ich nichts zu verbergen hatte und Angriffe und Vorwürfe entkräften könnte. Viel zu spät kam meine Erkenntnis, dass Antworten nur wertvolle Details oder zitierbare Stellungnahmen für einen Artikel lieferten, dessen Grundausrichtung offenbar nicht mehr zu beeinflussen war.

Das investigative Team des SPIEGEL hatte also den Fragenkatalog zum »Immobilien-Verkauf« zusammengestellt und per Fax an den Arcandor-Pressesprecher Gerd Koslowski geschickt. An diesem Tag lag ich mit einer schweren Grippe und hohem Fieber im Bett. Am späteren Vormittag erkundigte ich mich telefonisch bei Herrn Koslowski, ob es besondere Neuigkeiten gäbe. Er verneinte dies und erwähnte nur beiläufig einen Fragenkatalog des SPIEGEL, mit dem er aber nur wenig anfangen könne. Dieser Aussage messe ich zunächst kaum Bedeutung bei, bitte Herrn Koslowski aber, mir diesen Katalog an meinen privaten Faxanschluss zu senden. Dort erreicht er mich kurze Zeit später. Auf Staunen folgt beim Lesen schließlich Wut. Dieser Fragenkatalog ist der erste von zahllosen weiteren in den folgenden sieben Jahren bis 2016.

Alarmiert rufe ich zunächst den Chefsyndikus von Arcandor an, berichte ihm von dem Fragenkatalog und bitte ihn um kritische Bearbeitung. Anschließend schlage ich Herrn Koslowski telefonisch vor, dem SPIEGEL-Team ein persönliches Gespräch mit dem Arcandor-Chefsyndikus und mir in der Hauptverwaltung anzubieten. Dies in dem (Irr-)Glauben, erklären und mit Fakten überzeugen zu können. Ein Irrtum, ich hatte noch nicht verstanden, worum es wirklich ging.

Den Verkauf der Immobilien hatte ich gegen die Interessen von Josef Esch durchgesetzt. Esch betreute damals als Gesamtvermögensverwalter nicht nur meine Frau und mich sowie Madeleine Schickedanz, sondern auch noch zahlreiche weitere prominente Persönlichkeiten. Die dramatischen Folgen der Oppenheim-Esch-Verbindung, die nicht wenige Kunden und etliche weitere Anleger zum Teil existenziell zu spüren bekamen, beschäftigen die Gerichte noch heute.

Stefan Aust, erfolgreicher langjähriger Chefredakteur und prägender Kopf des SPIEGEL, erklärte mir später, unter ihm wäre an diesem Punkt Schluss gewesen mit weiterer Recherche und fiktiver Berichterstattung.

In meinem Fall jedoch werden munter weitere Berichte veröffentlicht, in denen »Fakten« geschildert werden, die meine vermeintliche Abhängigkeit von Josef Esch beweisen sollen: Erwähnung finden namentlich jene Tätigkeiten, die Esch im

Rahmen der Gesamtvermögensverwaltung für mich und meine Familie ausübte, ordnungsgemäß festgehalten in einem Vertrag. Freiwillig und in dem Bestreben zu belegen, dass alles, was da an Leistungen in Rede stand, ordnungsgemäß auf »Heller und Pfennig« von mir bezahlt worden war, gebe ich Auskunft.

Genützt hat es nichts. Es folgen weitere ähnlich geartete Artikel, und im Herbst 2009 stellt die Staatsanwaltschaft Bochum beim Amtsgericht Essen einen Antrag auf Hausdurchsuchung gegen mich, Esch, ehemalige Manager der KarstadtQuelle AG, darunter auch der damalige Vorstandsvorsitzende Urban, und zahlreiche weitere bekannte Personen. Die Staatsanwaltschaften Bochum und Köln durchsuchen Haus samt Stallungen und Büroräume in Köln. Sie beschlagnahmen alle Unterlagen, die auch nur ansatzweise eine Beziehung zu Esch und dem Bankhaus Sal. Oppenheim haben. Nach dieser Hausdurchsuchung verfügen meine Frau und ich über fast keine Unterlagen und Dokumente mehr: Kfz-Briefe, Kontounterlagen, Versicherungspolicen, Reisekostenbelege – alles beschlagnahmt, und das zum Teil bis heute. Auch der Schriftverkehr mit Esch, den meine Anwälte dringend für die zivilrechtliche Auseinandersetzung mit dem Bankhaus Sal. Oppenheim benötigen, ist nicht zugänglich.

Die Medien berichten noch am gleichen Tag ausführlich, nur Minuten nach Beginn der Hausdurchsuchung – das gleiche Muster wie im Fall Zumwinkel. Obgleich diese Durchsuchung eine ganze Reihe von Personen betrifft, wird fast ausschließlich auf meine Person Bezug genommen. Damit ist der Fall für die Öffentlichkeit klar: Der Middelhoff hat mit dem Maurer Esch gemeinsame Sache gemacht und sich von ihm kaufen lassen.

Der Lohn für diesen Spekulationsmarathon: der Henri-Nannen-Preis für »Investigative Recherche« 2010, verliehen im Rahmen eines glanzvollen Festakts im Hamburger Schauspielhaus. Damit wird die »großartige Rechercheleistung«

gewürdigt, die »über Wochen immer neue Enthüllungen zu Tage förderte«, so die Begründung der Jury.

Wenige Tage nach der glamourösen Veranstaltung rufe ich Frank Schirrmacher an, den damaligen Herausgeber der FAZ, der ein Mitglied der Jury des Henri-Nannen-Preises war und mittlerweile leider verstorben ist. Ich will das Unverständliche verstehen und frage, warum das SPIEGEL-Trio den Preis für etwas bekommen hat, das mehr an eine Kampagne als an eine Recherche erinnert. Frank Schirrmacher antwortet, er habe in der Jury darauf verwiesen, dass die Vorwürfe gegen mich noch zu beweisen seien. Er habe verlangt, dass auch im Rahmen der Preisverleihung darauf hingewiesen werde. Zu seinem grenzenlosen Ärger sei dies jedoch leider nicht passiert. Offensichtlich habe es Druck gegeben, diesen Preis ohne relativierende Anmerkungen zu verleihen.

Möglicherweise zeichnet der Henri-Nannen-Preis in der Kategorie »Investigativ« auch Beharrlichkeit aus, wenn auch in der falschen Sache. Die vermeintlichen Enthüllungen und Vorwürfe, für die das SPIEGEL-Team die Auszeichnung erhielt, haben sich als nicht richtig erwiesen: Nach sieben Jahren, in denen die Staatsanwaltschaften Bochum und Köln jeden Stein umgedreht und alles geprüft hatten, wurde das ursprüngliche Ermittlungsverfahren wegen des Vorwurfs der Bereicherung oder Vorteilnahme im Zuge des Immobilienverkaufs oder einer »Abhängigkeit« von Josef Esch eingestellt. Berichtet wird darüber nicht.

Dafür geht die Berichterstattung an anderen Fronten weiter. Es ist die Zeit, in der Madeleine Schickedanz ihre Schadenersatzklage gegen Esch, Sal. Oppenheim und weitere Beteiligte vorbereitet. Vielleicht hat ein PR-Berater etwas eingefädelt, vielleicht hat Esch – wie zumeist – die Strippen selbst gezogen – auf jeden Fall gibt der öffentlichkeitsscheue Josef Esch ein erstes großes Interview, und zwar ausgerechnet dem SPIEGEL.

Das Interview ist bemerkenswert, wegen seiner Länge und

der unkonventionellen Gestaltung, die in das Gespräch mit wörtlicher Rede immer wieder redaktionelle Passagen zu meiner Person einfließen lässt. Und es transportiert folgsam auch eine Botschaft von Josef Esch: »Der Thomas weiß schon, was für ihn gut ist.«

In der Folgezeit veröffentlicht der SPIEGEL Informationen, die vertraulichen Dokumenten meiner Vermögensverwaltung entstammen müssen und zu denen aufgrund der vertraglich vereinbarten Vertraulichkeit nur Josef Esch Zugang haben sollte. Einer meiner Anwälte macht angesichts dieser Entwicklung den konstruktiven Vorschlag, der Einfachheit halber solle man das Ressort »Deutschland 1« doch in »Troisdorf 1« umbenennen.

Gut informiert ist das SPIEGEL-Team darüber hinaus auch in Angelegenheiten, die eigentlich Hoheitsgebiet des Arcandor-Insolvenzverwalters, Hubert Görg, und der Staatsanwaltschaft Bochum sind. Mancher mag das gute Kontakte zu Informanten nennen, andere nennen das investigative Recherche. Fraglos ist es eine zweifelhafte Form der Öffentlichkeitsarbeit, die im Fall der Staatsanwaltschaft möglicherweise sogar Persönlichkeitsrechte verletzt.

Der SPIEGEL meldet, dass ich eine Festschrift herausgebe, womit ich angeblich kein anderes Ziel verfolgen würde, als mich im Prestige dieser Aufgabe zu sonnen. Er meldet das Sponsoring der Universität Oxford, auch hier mit dem Tenor, dass ich mir dadurch Vorteile verschaffen will. Beschrieben werden auch die Vorwürfe des Insolvenzverwalters bezüglich der Boni, die anderen Vorstandsmitgliedern und mir vom Aufsichtsrat zugesprochen worden sind. Urteil: Griff in die Kasse. Meldungen über Einstellungen von Ermittlungsverfahren wie etwa auch im Fall des Oxford-Sponsorings sucht man vergeblich. Vermutlich ist es nicht die Aufgabe eines seriösen Nachrichtenmagazins, den zu entlasten, den man höchstselbst belastet hat.

Und noch ein weiteres Beispiel investigativer Recherche: Als Aufsichtsratsvorsitzender der Senator AG habe ich eine Hauptversammlung in Berlin zu leiten. Beim Weg auf das Podium des Veranstaltungssaals, auf dem ich eine Rede an die Aktionäre halten soll, zerreißt der Stoff meines rechten Hosenbeins an einem ungesicherten Nagel in der Holzverkleidung. Nicht dramatisch, es sorgt im Gegenteil für einen kurzen Moment der Heiterkeit.

Am Ende der Hauptversammlung entschuldigt sich ein freundlicher Senator-Mitarbeiter: Man bedaure den Vorfall, der Unternehmer, der die Hauptversammlung organisiert habe, sei versichert, ich solle doch bitte die Kosten der Erstattung des Anzugs bei der Versicherung einreichen. Das tat ich dann auch, diesem Hinweis entsprechend.

Monate später ging bei der Senator AG eine Anfrage des SPIEGEL ein. Man verfüge über Belege, die den Schluss nahelegten, ich hätte mir auf Kosten der Senator AG einen neuen Anzug gekauft.

Das SPIEGEL-Team sorgte sich auch um meine Mandate in Aufsichtsräten und Boards von großen, angesehenen Konzernen. Auch die New York Times wurde befragt, warum ich angesichts des laufenden Immobilien-Ermittlungsverfahrens und der Schwere der Anschuldigungen weiter im Board tätig sein könne.

Möglicherweise zeichnet der Journalistenpreis aber auch eine spezielle Form der Fürsorge aus. Während meiner Tätigkeit für BLM wurde ich gebeten, an der angesehenen WHU Otto Beisheim School of Management einen Vortrag zu halten. Nach kurzem Zögern und Konsultation von Roland Berger, der zuvor angefragt worden war und aus terminlichen Gründen absagen musste, sagte ich zu.

Nach Ende des Vortrages, der nicht von kritischen Fragen aus dem Auditorium begleitet wurde, kommt ein Junior-Professor und berichtet überrascht, dass es eine Anfrage des

SPIEGEL gegeben habe, warum ich an der WHU als Referent auftreten könne, wo doch immerhin ein Ermittlungsverfahren im Zusammenhang mit dem Karstadt-Immobilien-Verkauf anhängig sei. In der Ausgabe des Magazins heißt es, Teilnehmer seien erbost gewesen, dass ich dort einen Vortrag gehalten hätte. Nichts davon hatte ich feststellen können, weder vor noch während oder nach dem Vortrag.

Dass bisweilen mit zweierlei Maß gemessen wird, macht die Vorgehensweise im Fall Rudolf Augsteins und seines Domizils in Saint-Tropez deutlich. Mein Haus in Südfrankreich galt dem Magazin als Symbol für einen dekadenten Lebensstil. Im Fall des SPIEGEL-Gründers hingegen beschäftigte sich die Online-Redaktion ehrfürchtig mit der Frage, welcher berühmten französischen Schauspielerin er gelegentlich beim morgendlichen Einkauf der Croissants begegnet sein könnte. Was bei Augstein als Savoir-vivre gewürdigt wurde, galt im Zusammenhang mit mir als Dekadenz, Jetset und Größenwahn.

Narben bleiben: Was Häme mit ihren Opfern macht

Am Morgen des 5. Mai 2016 trete ich meine Arbeitsstelle in der »Werkstatt am Bullerbach« der Bodelschwinghschen Stiftung Bethel an. Meine Tochter Henriette fährt mich in ihrem roten Mini Cabriolet die kurze Strecke zur Werkstatt. Als wir in ihrem Wagen vorfahren, belagern bereits TV-Teams, ein Pulk von Fotoreportern und Journalisten den Eingang der kleinen Behindertenwerkstatt, als stünde hier mindestens die Verleihung der Grammys bevor. Die Berichterstattung erwähnt später so wichtige Details wie die Marke und den Preis der Sneakers, die ich an diesem Tag trage. Der Preis für eine solch fundamentale Nachricht ist, dass eine Vielzahl von Behinderten, darunter etliche, die an einer schweren Form von

263

Autismus leiden, dadurch in Angst und Schrecken versetzt werden. Die verantwortlichen Redaktionsleiter scheinen sich das nicht bewusst gemacht zu haben – oder sie haben es ganz einfach in Kauf genommen.

Meine Kollegen in der »Werkstatt am Bullerbach« fühlten sich durch die herablassende, hämische Berichterstattung über meine Tätigkeit in Bethel – vor allen Dingen in der BILD – auf respektlose Weise herabgesetzt.

Keine Frage, die öffentlichen Demütigungen haben mich verändert, sehr sogar. Ein Teil dieser Veränderung geht auf das Erkennen persönlicher Fehler zurück, zu denen ich stehe und die zu einer Neuausrichtung meines Lebens führten.

Der andere Teil der Veränderung, die ich durchlaufen habe, ist die Folge einer medialen Berichterstattung, die selbst höchst rationale Persönlichkeiten als Hexenjagd bezeichnen – über einen Zeitraum von sieben Jahren. Sie hat auf nichts Rücksicht genommen und vor nichts haltgemacht: nicht vor meiner Ehre, nicht vor meiner Familie. Sie hat Fakten verdreht und Wahrheiten verschoben. Sie hat mich der Lächerlichkeit preisgegeben. Und sie hat dazu geführt, dass jeder Stammtisch hierzulande eine Meinung über mich hat, zumeist keine sonderlich gute, allerdings ohne die Fakten zu kennen und Zusammenhänge beurteilen zu können.

Welches Bild die Medienberichte in der Öffentlichkeit von mir gezeichnet haben, macht eine Begebenheit an einem Abend im Dezember 2016 in der Justizvollzugsanstalt Bielefeld-Senne deutlich. Auf dem C-Flur, dem Bereich für Lebensältere, spricht mich ein Mithäftling respektvoll an. Ich hatte ihn zuvor noch nie gesehen. Er ist muskulös gebaut, großflächig tätowiert und trägt einen Irokesenhaarschnitt. Er kommt offensichtlich nicht aus dieser Abteilung. Mit Anerkennung im Blick teilt er mir mit, dass er eine Dokumentation im Fernsehen über die größten Kriminalfälle in Deutschland gesehen habe, dabei sei ich unter den Top Ten vertreten gewesen.

Seine Hochachtung bekundet er, indem er mir auf die Schulter klopft: »Klasse, das hätte ich an deiner Stelle auch so gemacht.« In der informellen Hierarchie der JVA rangiere ich offensichtlich auf einer der obersten Stufen. Das mag auf den ersten Blick vielleicht lächerlich erscheinen. Tatsächlich ist dies aber die unvermeidliche Folge einer Berichterstattung, die über einen langen Zeitraum ein Bild von mir in der Öffentlichkeit gezeichnet hat, das zur Realität keinerlei Bezug mehr hat. Sie verschafft mir eine Form von Anerkennung, die ich mir nicht verdient habe und die darüber hinaus in höchstem Maße zweifelhaft ist.

Eine solche Erfahrung macht zuallererst einsam.

Früher war mir meine Reputation wichtig, ich habe sie in allen Bereichen sorgfältig gepflegt und verteidigt. Ja, ich war eitel, aber welcher Mensch mit Antrieb und Ehrgeiz ist nicht auch zugleich eitel? Heute ist mir meine Reputation völlig gleichgültig. Es gibt nichts mehr zu pflegen und schon gar nichts mehr zu verteidigen: Von der Reputation ist nichts mehr übrig geblieben.

Der Titel des »meistgehassten Managers in Deutschland« fällt ja nicht vom Himmel, denke ich an den endlos langen Wochenenden in A115 oft. Irgendwie muss ich ihn mir wohl erarbeitet haben. Und irgendwie trage ich ihn möglicherweise auch zu Recht.

Sosehr ich mich auch bemüht habe, so viel Zeit ich auch damit verbracht habe, Antworten auf diese Frage zu finden – und ich hatte viel Zeit –, so wenig ist es mir dennoch klar geworden: Warum? Wofür?

Einsamkeit ist eine Bürde, die nicht ganz leicht zu tragen ist. Mit der Enttäuschung ist das noch eine andere Sache. Kein Freund, kein Kollege, kein Meinungsführer hat der Hexenjagd Einhalt geboten; zu keinem Zeitpunkt. Gelegenheiten hätte es genug gegeben. Vermutlich herrschte bei nicht wenigen die Sorge, sie könnten im Hinblick auf ihren eigenen Vorstandsalltag ebenfalls ins Visier geraten, wenn sie Partei ergreifen und etwas verteidigen, was in Großunternehmen gängige Praxis ist. Stattdessen brachten sie ein Bauernopfer in der Annahme, damit sei die Öffentlichkeit befriedet und alle Schuld abgegolten, auch die ihre. Wie oft hörte ich hinter verschlossenen Türen später, dass man Anklage und Urteil nicht nachvollziehen könne. Öffentlich hat das niemand bekundet, sie schwiegen lieber und tauchten ab. In sieben Jahren keine einzige Stimme – mit Ausnahme eines kritischen Beitrags von Jürgen Todenhöfer im Handelsblatt. Im Gegensatz hierzu hatte Roland Berger immerhin den Mut, sich in der FAZ für Josef Ackermann einzusetzen, dessen Lebensleistung er lobte.

Während in den Achtziger- und Neunzigerjahren Arbeitgebervertreter, Manager und Vorstände die Auseinandersetzung mit der Politik suchten und ihre Auffassung standfest in der Öffentlichkeit vertraten, scheint es heute, als ob Wirtschaftsführer sich aus der öffentlichen Debatte vollständig zurückgezogen hätten, um nicht Gefahr zu laufen, in Zeiten einer Neidgesellschaft und der Diskussionen über die Deckelung von Managergehältern selbst in den Medien kritisch angegangen zu werden. Ob allerdings ein solch defensiv taktierendes Verhalten sich nicht mittel- bis langfristig rächt, indem die eigene Position gar nicht mehr wahrgenommen und durch immer restriktivere Rahmenbedingungen eingeschränkt wird, verdient eine Erörterung.

Sosehr ich meinen Kautionsgebern für ihre großzügige und vertrauensvolle Haltung mir gegenüber dankbar bin, so enttäuscht bin ich zugleich, dass einige von ihnen den allergrößten Wert darauf legten, als Kautionsgeber nicht öffentlich genannt zu werden. Sie fürchteten – wahrscheinlich völlig zu Recht – negative Reaktionen in der Öffentlichkeit, wenn sie mit meinem Namen in Verbindung gebracht würden. Ganz nach der Devise: Wie kann man einem vernünftigen Menschen gegenüber überhaupt noch erklären, dass man so einem wie dem Middelhoff hilft? Kann man sich nur halb zu einem Menschen bekennen? Ich denke nicht.

Elisabeth Nölle-Neumann hatte bereits in den Siebzigerjahren die Theorie der Schweigespirale entwickelt. Die anerkannte Sozialwissenschaftlerin und Demoskopin ging dabei von folgendem Modell aus: Den Menschen treibt die permanente Sorge vor einer sozialen Isolation um. Niemand will in einer Gruppe oder aber in einem gesellschaftlichen System außen stehen. Dieses Verhalten hat ohne Frage überzeugende Gründe: Wir alle sind als soziale Wesen auf die Teilnahme an der Gemeinschaft angewiesen, und wir leben auch gern in ihr. Ob auf der Meta-Ebene einer Nation oder im Mikrobereich unseres individuellen gesellschaftlichen Umfeldes. Um bloß nicht ausgegrenzt zu werden, beobachtet der Einzelne ständig seine Umgebung, um die gerade vorherrschende Meinung auszuloten und sich ihr dann anzupassen.

Diese Schweigespirale greift in allen gesellschaftlichen Schichten, sie hat weder etwas mit Bildung noch mit Status zu tun. Oder vielleicht doch: Je höher Status und öffentliche Anerkennung sind, desto größer mag auch die Angst sein, sie zu verlieren. Sowohl angesehene, erfolgreiche Topmanager als auch Politiker oder ehemalige Vorstandskollegen, Führungskräfte und Mitarbeiter bei der Arcandor AG sind davon nicht ausgenommen. Insofern kann ich dieses Verhalten nachvollziehen. Gutheißen kann ich es nicht.

Was all das in mir ausgelöst hat? Wer in einer schwierigen Phase allein gelassen wird, zieht sich zurück. Von allem und jedem, und konzentriert sich auf seinen inneren Kern. Man ist Mitmenschen gegenüber nicht mehr zu Konzessionen bereit: Ganz oder gar nicht, wer sich nicht bekennt, darf von mir auch keine Nachsicht erwarten. Das aber kann – später – auch eine durchaus befreiende Erfahrung sein.

In den vielen Stunden, in denen ich in A115 Antworten suchte, hielt ich mir immer wieder auch mein »öffentliches

Bild« vor Augen, die vielen abfälligen Kommentare, die es gegeben hatte. Dann fragte ich mich, wie es angesichts dessen eigentlich dazu hatte kommen können, dass ich Vorstandsvorsitzender der Bertelsmann AG und der Arcandor AG wurde, Aufsichtsratsvorsitzender von Thomas Cook, Apcoa, Senator, Polstar oder Moneybookers. Oder Mitglied des Boards der New York Times oder von AOL. Warum ernannte man mich zum Mitglied des Hochschulrates der Universität Münster und zum Beiratsmitglied bei der RWE AG?

Sind die Führungsetagen der Wirtschaft allenthalben mit Unfähigen besetzt, die das gleiche Defizit an Menschenkenntnis haben wie ich? Warum haben sie nicht schon Jahrzehnte zuvor erkannt, was für eine »Null« sie sich da offensichtlich ins Haus geholt haben, sondern erst mit Erhebung der Anklage der Staatsanwaltschaft Bochum und dem Beginn des Strafprozesses?

Vielleicht gehen Führungskräfte zukünftig besser auf Nummer sicher und sondieren im Sinne der Schweigespirale zunächst das Meinungsbild von Journalisten und Stammtischen, bevor sie Board-Sitze besetzen und Führungspositionen vergeben.

In diesem Zusammenhang fällt mir ein Telefonat mit Dr. Andreas Pinkwart ein, früher Minister im Kabinett der nordrhein-westfälischen Landesregierung, FDP-Mitglied und heute Rektor der Handelshochschule Leipzig. Dort hatte ich 2008 gemeinsam mit Professor Michael E. Porter aus den USA einen Ehrendoktor erhalten: für meine mutige unternehmerische Haltung bei der Sanierung der KarstadtQuelle AG und den Versuch, so viele Arbeitsplätze wie möglich bei diesem Prozess zu erhalten, so die Begründung.

Zur Preisverleihung war auch der langjährige Betriebsratsvorsitzende von KarstadtQuelle angereist. Er ist ein aufrechter, gerader Kerl, der alles in seinen Kräften stehende für Karstadt gegeben hatte. Wolfgang Pokriefke gratulierte mir nach der feierlichen Zeremonie zur Verleihung der Ehrendoktorwürde aufrichtig. Er umarmte mich herzlich und in Dankbarkeit dafür, dass ich mich bei KarstadtQuelle hatte in die Pflicht nehmen lassen und bereit gewesen war, meinen Vertrag als Vorstandsvorsitzender der Arcandor AG, der auf meine Bitte auf drei Jahre beschränkt war, doch noch um ein weiteres Jahr zu verlängern. Dieser Festakt fand wohlgemerkt 2008 statt, wenige Monate vor meinem Ausscheiden aus dem Unternehmen. Mit Wolfgang Pokriefke habe ich heute noch freundschaftlichen Kontakt.

Pinkwart erklärte mir in jenem Telefonat, dass der mir verliehene Ehrendoktortitel nicht unproblematisch sei. Er lavierte wortreich, verschluckte seine Worte, führte die Sätze nicht zu Ende, redete mehr oder weniger in Bruchstücken: die »Schwere des Urteils«, ich wisse schon, »die Öffentlichkeit«.

Ich biete ihm an, dem Professorium der Hochschule den Sachverhalt des Urteils gegen mich darzulegen. Es geht mir nicht um den Titel eines »Dr. h.c.«, sondern um das Prinzip.

Die inhaltliche Auseinandersetzung interessierte den Wissenschaftler Pinkwart wenig, der mir außerdem »absolute Vertraulichkeit« zu diesem Vorgang zusicherte, als gelte es, einen zweifelhaften Deal zu besiegeln. Zudem habe sich das Professorium nach seinem Eindruck bereits eine feste Meinung gebildet. Ich frage mich bis heute: Auf welcher Basis?

Der Titel des »Dr. h.c.« ist in der Regel eine große Ehre, ich hatte diesen als solche empfunden. Ich hatte ihn seinerzeit ungefragt erhalten, für welche Leistung auch immer. Genauso ungefragt wurde er mir wieder entzogen, aus welchem Grund auch immer. Da muss man sich wohl fragen, welcher dieser beiden Vorgänge auf einer Fehlentscheidung beruhte und warum sie getroffen wurde. Zumindest das investigative Triumvirat des SPIEGEL wird dieser Vorgang sicher freuen.

Nach wochenlangem Grübeln, Fragen und Analysieren in A115 habe ich erkannt, dass ich einen »Krieg« geführt habe, den ich nie hätte gewinnen können: Nach außen wirkte ich gelassen, aber innerlich war ich zutiefst verletzt, und immer wieder versuchte ich mich zu rechtfertigen, zu erklären oder lange zurückliegende Entscheidungen zu begründen. Ich war entschlossen zu kämpfen und spürte doch unterbewusst, dass es ein Kampf gegen einen übermächtigen Gegner war.

Die öffentliche Hinrichtung, die mit dieser Niederlage verbunden war, hat mich und mein Leben in den Grundfesten erschüttert, sie hat mich verändert, aber eines haben weder die Niederlagen noch die persönlichen Enttäuschungen erreicht: Sie konnten mich weder brechen, noch konnten sie mir meine Würde nehmen.

Der Glaube in Unfreiheit

Donum fortitudinis
GOTTESGABE NACH THOMAS VON AQUIN

Noch nie fühlte ich mich Gott so nah

ES IST SONNTAG, DER 16. NOVEMBER 2014, 7.50 Uhr, als ich in A115 die Lautsprecherdurchsage vernehme, die Teilnehmer der katholischen Messe aus dem Block A hätten sich per Lichtzeichenanlage zu melden.

Mit einem Satz springe ich von meinem Tisch zum Knopf der Lichtzeichenanlage, der rötlich in der altmodischen kleinen Schalttafel über der WC-Schüssel leuchtet.

Als einige Minuten später die Stahltür der Zelle geöffnet wird, stelle ich überrascht fest, wie gleichgültig mir mein katastrophales Aussehen ist und wie sehr ich mich auf den Gottesdienst freue; ich sehne ihn geradezu herbei. Dergleichen wäre vierundzwanzig Stunden vor der Saalverhaftung vermutlich nicht der Fall gewesen.

Aus Block A wird noch ein zweiter Häftling, der sich zur Messe angemeldet hat, abgeführt. Auch ein Umstand, an den man sich gewöhnen muss: zu einer Messe abgeführt zu werden. Die Haare des anderen Häftlings sind ungewaschen, nach vorne gekämmt, seine Brille ist mit Tesafilm geklebt, und an der Unterlippe trägt er ein dreifaches Piercing. Er ist einen Kopf kleiner als ich, sein Körperbau ist allerdings deutlich robuster.

Langsam gehen wir den A-Flur in Richtung einer Verbindungstür, die mit schwerem Panzerglas gesichert ist. Diese Tür ist noch geschlossen. Ein junger JVA-Mitarbeiter drängelt sich an mir und an dem vor der Tür wartenden weiteren Häftling vorbei. Während er mit seinem Spezialschlüssel die Tür öffnet, meldet er den auf der anderen Seite wartenden Kollegen mit lauter, zackiger Stimme: »Ich habe hier zwei Stück von Block A.« Diese Worte sind wie ein Stich ins Herz: »Zwei Stück.« Was für »Kreaturen« sind wir in den Augen dieses jungen Mannes? Welche moralische Berechtigung hat er, so über Menschen zu sprechen? Auf welche Lebensleistung kann dieser junge Mann zurückblicken, dass er glaubt, sich derartig abfällig und menschenverachtend verhalten zu dürfen?

Dieser JVA-Mitarbeiter hat offensichtlich ein ungewöhnliches Verständnis seiner Tätigkeit: Wochen später schreitet er während der Nachtschichten an verschiedenen Abenden im A-Block laut lärmend mit seiner Kollegen die Haftgänge vor den einzelnen Zellen auf und ab, testet dort sein Funkgerät und feiert, dem Lärm nach zu urteilen, später in dem Wachzimmer des A-Blocks mit einer seiner Kolleginnen eine vergnügte Party.

Auf der Fläche, die auf der anderen Seite an die Sicherheitstür grenzt, stehen fünf weitere Vollzugsmitarbeiter und warten eher gelangweilt. Sie grüßen ohne Blickkontakt, als wir dieses Spalier passieren.

Unsere Schritte werden in Richtung eines rechts liegenden Gangs gelenkt, der deutlich dunkler ausgeleuchtet ist als die Flure in Block A. Nach fünf Metern stoppen wir vor einer hölzernen Auslage mit Gesangsbüchern. Ich greife nach dem grau gebundenen Gebetbuch, das ich aus meiner Heimatgemeinde kenne. »Nehmen Sie auch das grüne Buch«, rät eine dunkle Stimme hinter mir. Ohne mich umzudrehen, betrete ich mit beiden Gebetbüchern in der Hand den Andachtsraum und bin überrascht.

Die Kapelle ist deutlich höher und größer, als ich es mir vorgestellt hatte. Links an der Stirnseite eine kleine Orgel, rechts daneben ein altes Klavier. Die wenigen Orgelpfeifen sind links hinter der Orgel an der Wand angebracht. Weiter rechts neben Orgel und Klavier befindet sich der Altar, auf ihm drei brennende Kerzen und links neben ihm die brennende Osterkerze. Etwa acht Stuhlreihen, in der Mitte von einem Gang getrennt, bilden die Plätze für die Betenden. Einige Häftlinge aus dem katholischen Chor sitzen bereits mit der jungen Organistin zusammen, die vor der Orgel Platz genommen hat.

Mein Begleiter aus Block A nimmt in der rechten Stuhlreihe Platz, ich bleibe eine Reihe hinter ihm im linken Teil. Es befinden sich vielleicht zehn Häftlinge in diesem Raum, überwacht von zwei JVA-Beamten, die – Gottesdienst hin oder her – mit Sprechfunkgeräten ausgestattet sind. Sie sitzen ganz außen am rechten Rand des Andachtsraums und beteiligen sich demonstrativ nicht an der Liturgie, was mich ärgert. Zudem benutzen sie während der Messe nicht eben leise ihre Funkgeräte, wofür auch immer.

Kaum haben wir Platz genommen, zieht Pfarrer Klaus Schütz zur Orgelmusik ein. Überrascht und zugleich erfreut stelle ich fest, dass die junge Organistin die kleine Orgel perfekt beherrscht. Einige der Mithäftlinge haben klare, kräftige Stimmen. Sie singen voller Inbrunst, begleitet vom Priester. Auch er singt und spricht mit lauter, fester Stimme.

Diese Messe ist für mich mehr als bewegend: die erste Messe, die ich nicht als ein freier Mensch besuche, sondern im Gefängnis; und mein erster Besuch einer Sonntagsmesse ohne die Nähe meiner Familie seit langen Jahren.

Die Lesung wird von einem Mithäftling vorgetragen, der über eine starke physische Präsenz verfügt: groß gewachsen, sehr athletisch, lange Haare, die hinten mit einem Gummiband zusammengehalten werden und ihm bis zum Gürtel reichen. Über seiner linken Augenbraue ein Piercing. Seine Stimme ist dunkel, nicht unangenehm. Für das Ablesen des Textes setzt er sich eine Brille auf, ein silbrig glänzendes Drahtgestell. Sie gibt ihm fast etwas Erhabenes, etwas Intellektuelles.

Der Pfarrer predigt mit klaren Worten: Jeder wisse schon, warum er hier sei. Man habe Schuld auf sich geladen. Gott werde aber vergeben, wenn man seine Taten wirklich bereue. So ungefähr der Inhalt seiner damaligen Predigt.

Die Messe, die nur zirka vierzig Minuten dauert, inklusive der Wege von A115 und wieder zurück, wühlt mich innerlich auf und gibt mir vor allen Dingen ungeahnte innere Kraft und Hoffnung zurück. Nach dem Schlusssegen verharre ich im Gebet zu Gott im Andachtsraum so lange, bis ich in ruppigem Ton von den JVA-Beamten aufgefordert werde, mich sofort in meine Zelle zurückzubegeben.

Im Andachtsraum an diesem unglückseligsten Ort, den ich mir überhaupt vorstellen kann, ist Gott mir so nah wie niemals zuvor.

Ich bin in einer katholischen Familie mit konservativer Prägung aufgewachsen; schon in meinen Kindheitstagen hatten christliche Werte in unserem Familienleben und ebenso in meinem persönlichen Wertesystem eine herausragende Bedeutung. Wie meine drei Brüder wurde auch ich in jungen Jahren Ministrant; im Alter von sechzehn Jahren ernannte man mich in meiner Heimatpfarrei Herz-Jesu zum »Oberministranten«. Glaube, tägliches Gebet und christliche Orientierung, die auch im sonntäglichen Kirchgang ihren Ausdruck fand, waren in meinem Leben immer Fixpunkte.

Die christliche Ausrichtung begleitete mich auch bei meiner beruflichen Entwicklung. Wenngleich ich im Verlauf meiner Karriere ein praktizierender Katholik blieb, stellte sich allerdings mit den Jahren ein schleichender Prozess der Entfremdung von religiösen Fragen ein, die Intensität des täglichen religiösen Lebens ließ merkbar nach. Zwar praktizierte ich täglich Gebete am Morgen, Mittag und am Abend, es fehlte aber zunehmend der spirituelle Zugang zu Gott – möglicherweise auch verursacht durch den permanenten Zeitdruck, den das berufliche Leben mit sich brachte. Zudem war ich, wie mir in A115 bewusst wurde, seit fast vierundvierzig Jahren nicht mehr zu einer Beichte gegangen.

Mein Leben war vor allen Dingen während der Jahre als Vorstandsvorsitzender der Bertelsmann AG und später während der Finanzkrise als Vorstandsvorsitzender der Arcandor AG berufsbedingt durch große Hektik geprägt, die dem Kampf ums Überleben oder um die Neuausrichtung der verantworteten Unternehmen geschuldet war.

Dies galt auch für die Monate der Hauptverhandlung vor dem Essener Landgericht, in denen ich zunehmend agierte wie ein Getriebener.

Schon in diesen Phasen spürte ich die zunehmende Leere in mir, stellte ich mir Sinnfragen, wurde mir deutlich, dass es mir an Nachhaltigkeit und Sinnhaftigkeit in meinem Lebensmodell mangelte.

Innerlich zunehmend verletzt und verbittert, verlor ich zugleich immer stärker den Zugang zu Gott, konnte ich immer weniger Kraft aus meinem Glauben ziehen. Die Saalverhaftung war auch in dieser Hinsicht ein Einschnitt. In meiner Zelle, abgeschottet von allem, was mir bisher die Ruhe zum Innehalten geraubt hatte, abgeschottet aber auch von allem, was mir lieb war, begriff ich, dass es an der Zeit war, sich Fragen zu stellen – und Antworten zu finden. Warum hat es in meinem Leben zu dieser Entwicklung kommen können? Welche Zeichen will Gott mir mit dieser Inhaftierung geben? Wie soll ich in diesem Mikrokosmos Gefängnis lernen? Soll ich erkennen, dass ich meinem Leben eine neue Ausrichtung geben muss? Wie kann ich wieder den spirituellen Zugang zu Gott finden? Wie kann ich meinem Umfeld hier im Gefängnis helfen, wie dazu beitragen, das Leben meiner Mithäftlinge erträglicher zu machen? In diesen Stunden voller zweifelnder Fragen in A115 wird mir klar, dass ich den Weg zurück zu Gott, zurück zum Glauben finden muss – nicht nur um meiner Inhaftierung einen Sinn zu geben, sondern um mein Leben neu auszurichten.

Ich konnte in den fünfeinhalb Monaten der Untersuchungshaft und später auch im offenen Vollzug immer wieder erleben, wie Häftlinge einen Prozess der Wandlung erleben, bei dem die Suche nach dem tieferen Sinn ihrer Inhaftierung die treibende Kraft ist. Bei vielen, leider bei der Mehrheit endet er ohne greifbares Ergebnis, bei einigen führt er zum Glauben und zu Gott.

Als ich am Sonntag, den 16. November 2014, dem zweiten Tag nach meiner Saalverhaftung, in der JVA Essen die katholische Messe besuche, bin ich voller Dankbarkeit, dass ich an dieser teilnehmen darf; so dankbar, wie dies über Jahrzehnte zuvor niemals auch nur annähernd der Fall gewesen war.

In den folgenden Wochen wächst in mir das starke Bedürfnis, eine Beichte abzulegen. Ich frage den katholischen Gefängnispfarrer, ob ich das zeitnah bei ihm tun könne. Kurz vor Weihnachten, am 18. Dezember 2014, bekomme ich am späten Vormittag die Möglichkeit dazu; nur wenige Stunden, bevor mir die ablehnende Entscheidung des Oberlandesgerichts Hamm zu meiner Haftbeschwerde zugestellt wird, und fast vierundvierzig Jahre nach meiner letzten Beichte. Der Priester hat mich in die etwa zehn Quadratmeter kleine Sakristei gebeten, die, durch diverse Holzwände getrennt, sowohl an den Kirchenraum als auch an den Besucherraum angrenzt. Nie hätte ich mir vorstellen können, dass ich nach langen Jahren an einem solchen Ort, in einem solchen Umfeld zur Beichte gehen würde.

Hinterher fühle ich mich ungemein erleichtert, als wären tonnenschwere Lasten von meinen Schultern herabgefallen. Ich fühle mich, als könnte ich nach Jahren wieder befreit atmen.

Zugleich empfinde ich in A115 einen zunehmenden Gefallen an der Stille und an der Möglichkeit, Zeit mit mir selbst, mit meinen Gedanken zu verbringen. Eine Entwicklung, die meine Persönlichkeit ebenfalls nachhaltig verändern wird. Zum Ausdruck kommt dies zunächst darin, dass ich den Weg zur morgendlichen Bibellektüre finde und am Abend den Rosenkranz bete. Angeregt durch meine Frau finde ich – als Katholik – auch Zugang zu den Ausführungen des großen evangelischen Theologen Dietrich Bonhoeffer. Die Lektüre verschiedener Bücher über sein Schaffen, seine Briefe an die Eltern, der Schriftverkehr mit seiner Braut Maria von Wedemeyer sowie seine Gedichte haben mich während meines Gefängnisaufenthaltes und auch nachwirkend stark beeinflusst.

Sicherlich spielt dabei auch die Tatsache eine Rolle, dass Bonhoeffer all diese Gedanken überwiegend aus seiner Zelle im Tegeler Gefängnis formuliert hatte. Es macht mir deutlich, dass ich hier in A115 im Glauben die Antworten auf meine Fragen finden werde. Die Beschäftigung mit den Schriften Bonhoeffers birgt aber auch die bestürzende Erkenntnis, dass sich viele Abläufe und Strukturen des Justizvollzugs in der NS-Zeit nur geringfügig von denen im modernen Vollzug unterscheiden.

Die Rückkehr zum Glauben, der Zugang zu Gott haben mir geholfen, die Zeit meiner Inhaftierung und bislang auch die Folgen meiner Erkrankung zu ertragen und konstruktiv mit ihnen umzugehen. Gleiches gilt für die Auswirkungen meiner Insolvenz. Die Besinnung auf Gott gibt mir die Kraft, die Hoffnung und den Halt, die ich brauche, um nicht den Mut zu verlieren.

Diese Erfahrung, diese persönliche Entwicklung markiert einen Wendepunkt in meinem Leben: Die Wende kommt spät, aber hoffentlich nicht zu spät.

Mein neuer Weg

Die Wochen und Monate in der Stille und Einsamkeit von A115 haben Sichtweisen verändert und Einsichten gewährt. Und sie haben zu vielerlei Erkenntnissen geführt. Ich habe über einen langen Zeitraum meines Berufslebens eine Rolle gespielt: die Rolle eines international agierenden Managers, der immer und überall erfolgreich tätig ist; Teil der globalen Business-Elite, hart, schnell, einflussreich und allem und jedem gewachsen.

Eine Rolle, von der mir in A115 bewusst geworden ist, dass ich sie zumeist selbstverliebt ausgefüllt hatte; eine Rolle, die ich aber zunehmend auch hasste, weil ich spürte, dass ich innerlich immer leerer wurde, je länger ich sie spielte. Heute weiß ich, dass ich in einem selbst produzierten Teufelskreis gefangen war: zwischen der Notwendigkeit, Bertelsmann und später Arcandor neu auszurichten auf der einen, und einem wachsenden Gefühl des Getriebenseins auf der anderen Seite.

In der Abgeschiedenheit meiner Zelle erkannte ich, was ich geworden war: ein Narzisst, dessen Handeln in vielerlei Hinsicht hedonistisch bestimmt war. Schritt für Schritt hatte ich mich dabei selbst verloren. Die Person, die mit zunehmender medialer Präsenz aufblühte und deren öffentliches Bild ich in den guten Jahren so sehr geliebt hatte, war nicht mehr ich selbst. Ich lebte zunehmend in zwei Welten: in der einen meine Frau und die Kinder, die mir Halt gaben und meine Rolle als Familienoberhaupt des Middelhoff-Clans bildhaft repräsentierten, in der anderen das süße Gift der öffentlichen Anerkennung, das glanzvolle Image. Wie ein Abhängiger war ich Letzterem hinterhergejagt und habe mich schließlich selbst vergiftet.

Die Leere wurde immer belastender, und auch immer neue Herausforderungen, die ich ständig suchte, um allen zu zeigen, dass alles denkbar und machbar war, konnten sie nicht mehr füllen. Es spielte keine Rolle, wie groß die Erfolge waren, ob bei AOL, RTL, Thomas Cook, Random House und Apcoa, oder wie gravierend die Misserfolge, die ich zu verantworten hatte. Die Suche nach Anerkennung war auch der Grund meiner emotional getriebenen Entscheidung, die Verantwortung für KarstadtQuelle in einer Situation zu übernehmen, in der sich alle anderen, die gefragt worden waren, weggeduckt hatten. Ich wollte der Welt beweisen, dass ich auch diese aussichtslose Mission in einen Erfolg ummünzen konnte.

Jahrzehntelang bin ich um den Globus gejagt – auch mir selbst hinterher. Ich suchte wie ein Abhängiger die Anerkennung der Medien, den Zuspruch des Mentors, das Lob des Eigentümers. Das Bild von mir, das ich bei anderen oder in der Öffentlichkeit zeichnen wollte, hatte nichts mehr mit dem Menschen zu tun, der ich eigentlich bin.

In A115 wurde mir klar, dass ich nicht nur diese Rolle nicht mehr spielen wollte und durfte, sondern gar keine Rolle; dass ich wieder authentisch sein muss, dass ich Wertstiftendes tun muss, um mich selbst wiederzufinden, um die Leere wieder füllen zu können. Materielle Dinge, Statussymbole hatten in A115 ohnehin jeglichen Wert verloren. Und je mehr ich abgab, umso stärker wurde zugleich das Gefühl der inneren Befreiung. Je größer die öffentlichen Demütigungen, Schmähungen und Verletzungen, je mehr ich mich erniedrigt fühlte, sinnbildlich am öffentlichen Pranger stehend, desto mehr Stärke wuchs aus der Erkenntnis, dass nicht das öffentliche Bild einen Menschen prägt, sondern der innere Kern. Ich begriff, dass ich weder von materiellen Dingen abhängig bin noch von vermeintlichen Statussymbolen. In meiner Zelle war mir alles genommen – und dennoch fühlte ich mich nicht so leer wie zuvor in Zeiten materieller Fülle.

Die Arbeit bei Bethel, für die ich in der BILD-Zeitung geschmäht und gedemütigt worden bin – sie bereitet mir unendliche Freude. Was soll daran beschämend sein, mit

Menschen zu arbeiten, die durch eine Behinderung in ihrem Leben ungeheuer benachteiligt sind? Ihnen menschliche Zuneigung zu geben? Für diese Tätigkeit wird mir dort jeden Tag aufs Neue eine Dankbarkeit zuteil, die ein Vielfaches dessen ist, was ich an Anerkennung in meiner gesamten beruflichen Laufbahn bekommen hatte.

Schäme ich mich dafür, dass ich den Behinderten in der Werkstatt Arbeitsmaterial an ihre Plätze bringe? Schäme ich mich dafür, dass ich Toiletten reinige? Dafür, dass ich jenen Menschen, die auf mich angewiesen sind, dabei helfe, auf die Toilette zu gehen? Schäme ich mich, ihnen beim Essen behilflich zu sein? Schäme ich mich, Fotokopien anzufertigen, wenn sie von Kollegen benötigt werden? Schäme ich mich, Paletten zu schrumpfen? Schäme ich mich, mit den behinderten jungen Männern mit einem Kettcar zu fahren, ihnen ein Eis zu kaufen und es gemeinsam mit ihnen unter einem Baum sitzend zu essen? Schäme ich mich, wenn einer von ihnen während der Fahrt vor lauter Freude so laut jubelt, dass Passanten sich umdrehen und hämisch grinsend mit dem Finger auf mich zeigen?

Nein, ich schäme mich nicht. Warum sollte ich? Fehlgeleiteten Stolz überlasse ich künftig anderen. All das, was ich jetzt erlebe, erfüllt mich, all das füllt die Leere in mir aus, die ich mir selbst zugefügt hatte. Diese Erfahrungen erschließen mir neue Horizonte, sie schenken mir Gefühle, wie ich sie zuvor geradezu zwanghaft gesucht, aber nicht gefunden hatte.

Ist der Moment wichtig, in dem einer Person des öffentlichen Lebens der Ehrendoktortitel entzogen wird? Oder ist die eine Sekunde bedeutsamer, in der ein unbekannter junger Grieche in Saloniki auf dem Motorrad ohne eigenes Verschulden von einem Auto angefahren wird, mit der Folge, dass er für den Rest seines Lebens querschnittsgelähmt ist und unter Epilepsie leidet? Dem »Dr. h.c.« trauere ich keine Sekunde nach. Die Freundschaft zu dem jungen Griechen bedeutet mir hingegen so viel, dass ich ständig sorgenvoll an ihn denke. Diese Freundschaft erfüllt mich mehr als so viele Gespräche, Essen und Begegnungen mit Menschen, die vor allem sich selbst so wichtig nehmen.

Für diese Erkenntnis, die mich zu mir selbst zurückgeführt hat, bin ich unendlich dankbar: Ich danke Gott, dass er mich hierher geführt und mir die Augen geöffnet hat, damit ich meine Fehler erkennen kann. Die Tragik, die diesem Weg innewohnt und die ich zutiefst bedauere, ist der dramatische Umstand, dass er mich von jenem Menschen fortgeführt hat, der mich so lange begleitet und mir über fünfundvierzig Jahre treu zur Seite gestanden hatte.

Mit zweiundsechzig Jahren muss ich sehen, dass meine Ehe durch mein Verschulden gescheitert ist. Das alte Lebensmodell – es existiert nicht mehr. Bin ich jetzt ein gebrochener, verbitterter Mensch? Nein. Ich fühle mich so stark und fest wie nie zuvor in meinem Leben. Optimismus und Neugier bestimmen mein Inneres, Tatendrang mein Handeln. Ich kenne die Fallstricke, die Eitelkeit zu knüpfen vermag, sie werden mich nicht mehr fesseln. Ich weiß jetzt, was wichtig ist in meinem Leben – ich habe es gelernt.

Epilog:
Dankbarkeit, Verzeihen und
ein großes Ziel

Am späten Abend des 24. Juli 2016 zeigt das Thermometer eine Außentemperatur von immer noch achtundzwanzig Grad. Es ist ein schwüler, drückender Sonntag, über der Herzklinik Duisburg-Nord liegt eine bleierne Hitze. Mein geräumiges Einzelzimmer A.5.11 ist in der fünften Etage des Krankenhausgebäudes. Der weite Blick aus dem Fenster meines Zimmers bietet ein beeindruckendes Panorama: weite Teile des Ruhrgebiets, überraschend grün und dicht bewaldet bis hin zum Horizont.

Kann es ein Zufall sein, dass auch dieses Zimmer, in dem ich jetzt liege, die gleichen Ziffern in seiner Bezeichnung trägt wie damals meine Zelle während der Untersuchungshaft in der JVA Essen? Ich denke zurück an die Einsamkeit in A115. Diese JVA, in der ich mir die unheilbare Krankheit zugezogen habe, liegt nur wenige Kilometer von der Klinik entfernt.

Auch hier, am heutigen Abend, bin ich ein Häftling des deutschen Justizvollzugs; mit dem Unterschied, dass ich nun rechtskräftig verurteilt bin und mich nicht mehr im geschlossenen Vollzug der JVA Essen, sondern im offenen Vollzug der JVA Bielefeld-Senne befinde. Das bedeutet für mich in diesem Moment: keine bewaffneten JVA-Beamten im Zimmer oder auf dem Flur, die mich wegen vermeintlicher Fluchtgefahr bewachen. Keine Gefahr, dass ich nachts mit Handschellen an mein Bett gefesselt werde.

Es ist schon spät und sehr still auf der Station. Der lang gestreckte Flur vor meinem Zimmer zieht sich hin im gedämpften Licht der Nachtbeleuchtung. Nachdem mich heute alle besucht haben, denen ich in Liebe verbunden bin, liege ich allein in meinem Bett. Meine Gedanken schweifen ziellos, während ich durch das geöffnete Fenster in den Himmel blicke, der gerade beginnt, sich in der Abenddämmerung rot zu färben.

In den zurückliegenden Tagen haben mich Prof. Dr. Dr. Reiner Körfer, ein weltweit führender Herzchirurg, und seine Kollegen Prof. Dr. Gero Tenderich, Dr. Magda Tenderich, Dr. Dilek Gürsoy auf die morgige Herzoperation vorbereitet. Morgen früh um 6.30 Uhr wird mich Prof. Dr. Inoue, ein gebürtiger Japaner, der als Anästhesist seit knapp vierzig Jahren mit Professor Körfer zusammenarbeitet, aus meinem Krankenzimmer abholen lassen, um mit der Anästhesie zu beginnen. So hat er es mich heute Vormittag bei einem abschließenden Gespräch wissen lassen.

Ich muss daran denken, wie meine Anwälte mit drei verschiedenen Gutachten internationaler medizinischer Kapazitäten auf dem Gebiet des systemischen Lupus erythematodes – Prof. Dr. Thomas Bieber, Bonn, Prof. Dr. Raimund Erbel, Essen, und Prof. Dr. George Tsokos von der Harvard University – vor meinem Haftantritt in der JVA Bielefeld-Senne auf die Gefahr hingewiesen hatten, dass sich eine zum damaligen Zeitpunkt stabile Erweiterung an der Aorta ascendens, getrieben durch die haftbedingte Autoimmunerkrankung, mit sehr großer Wahrscheinlichkeit unkalkulierbar schnell vergrößern würde und dadurch die tödliche Gefahr einer Ruptur entstehen könnte. Es bestehe aufgrund dieser medizinischen Fakten ein hohes, nicht vertretbares Gesundheitsrisiko im Falle einer weiteren Inhaftierung, hatten Experten und Anwälte gewarnt. Professor George Tsokos, ein führender Experte auf dem Gebiet der Autoimmunerkrankungen, brachte es in seinem Gutachten mit dem markanten Satz auf den Punkt: »Wenn eine Person oder ein System den Tod von Dr. Middelhoff wünscht, sollte sie beziehungsweise es ihn in eine stresserzeugende

Einrichtung einweisen, wo er keine in der Behandlung des SLE erfahrene und sofortige ärztliche Versorgung erhält.«

Die Staatsanwaltschaft Bochum als zuständige Justizbehörde trat den Gegenbeweis gegen die drei Gutachten international anerkannter und führender Experten auf den Gebieten der Herz- und Autoimmunerkrankungen mit einer Stellungnahme eines Internisten des Justizvollzugskrankenhauses Fröndenberg in Nordrhein-Westfalen an. Ob dieser jemals mit dem komplexen Krankheitsbild des systemischen Lupus erythematodes konfrontiert war, ist mir nicht bekannt. Persönlich begegnet, etwa im Rahmen einer Untersuchung oder zumindest eines Gespräches zwecks einer Inaugenscheinnahme, bin ich ihm nicht. In seiner Stellungnahme konstatierte er zwar einen Zusammenhang zwischen dem Schlafentzug durch die nächtlichen Sicherheitskontrollen und dem Ausbruch des Lupus, aber: kein Risiko – haftfähig.

Damit lag er leider falsch. Wie von den drei Experten prognostiziert, hat sich die Erweiterung der Aorta seit meinem Haftantritt in Bielefeld beängstigend schnell zu einem lebensbedrohlichen Aneurysma entwickelt. Die erneute Haft löste einen neuen Schub der Autoimmunerkrankung aus, der das Aneurysma in nur drei Monaten exponentiell bis auf einen Umfang von 5,3 Zentimetern vergrößert hat, das ergab die letzte Untersuchung. Das Risiko einer Ruptur der Aorta am oberen Herzbogen war damit so groß geworden, dass es nicht mehr zu verantworten war; und eine Ruptur an dieser Stelle, so ließen mich die behandelnden Ärzte wissen, überlebe man mit größter Wahrscheinlichkeit nicht.

Ich liege in meinem Bett und lasse die Entwicklungen der zurückliegenden Jahre Revue passieren, das tut man wohl immer am Vorabend einer Zäsur, von der man nicht weiß, was für Folgen sie für einen haben wird. Die Müdigkeit macht sich bereits bemerkbar, ich habe im Rahmen der Operationsvorbereitungen ein Beruhigungsmittel bekommen.

Es sind Bilder und schlaglichtartige Gedankenfetzen, die wie ein imaginäres Mosaik aus dreiundsechzig Jahren an mir vorüberziehen: meine Familie und meine Frau; ich empfinde tiefe Dankbarkeit für die Liebe und Unterstützung, die sie mir gegeben hat; meine erwachsenen Kinder und die Sorgen, was aus ihnen wird, wenn mir morgen etwas zustößt; ich denke an meine geliebte Mutter, an meinen verstorbenen Vater, zu dem ich ein besonders enges Verhältnis hatte, an meine drei verstorbenen Brüder, Uli, Alexander und Heinz, und an meine ältere Schwester Gabi, für die ich in den zurückliegenden Jahren zu wenig Zeit aufgebracht habe; und ich denke an die Momente, die mein Leben verändert haben.

Ich denke auch an »meine Behinderten«, so nenne ich sie liebevoll, die mir in den zurückliegenden Monaten meiner Tätigkeit bei Bethel so viel Wärme, Dankbarkeit, Ehrlichkeit und Menschlichkeit geschenkt haben, wie ich es zuvor in meinem vierzigjährigen Berufsleben nicht erfahren durfte. Ich mache mir die Bandbreite dessen bewusst, was das Leben mir zuteilwerden ließ: Konzernlenker und Häftling, Private-Equity-Investor und Aushilfskraft; all die Freundschaften und Bekanntschaften mit internationalen Persönlichkeiten wie etwa George W. Bush und Colin Powell, Albert Frère oder Rupert Murdoch, Bernard Arnault und Steve Case einer- und die Begegnungen mit all den Mithäftlingen andererseits. Alle diese Beziehungen waren bereichernd und lehrreich. Ich bin dankbar für ein erfülltes Leben, das eines bestimmt niemals war: langweilig.

Ich müsste mich selbst schelten, dass ich nun doch noch an das Team vom SPIEGEL denke, das meine morgige Operation vermutlich auch als Inszenierung einstufen wird – falls es überhaupt von ihr erfahren sollte.

Und dann verharren meine Gedanken bei jenen, die mit ihrer Entscheidung die Bedingungen für die Situation geschaffen haben, in der ich mich jetzt befinde.

Ob ich ihnen, ob ich dem Vorsitzenden Richter verzeihen kann, dass ich heute hier bin, unheilbar krank und auf eine riskante Herzoperation wartend, frage ich mich in meinem Krankenzimmer, das mittlerweile in vollständiger Dunkelheit liegt. Ich höre Händels »Ombra mai fù« aus »Xerxes«, den Kopfhörer auf meinen Ohren, und die Musik trägt meine Gedanken davon. Ja, ich verzeihe ihm, denke ich. Trotz allem. Er wurde, wenn auch gänzlich ungewollt, zu einem Katalysator eines neuen Lebensabschnitts. Ich danke Gott für den Halt und die Kraft, die er mir in den zurückliegenden Jahren gegeben hat, um die Prüfungen zu bewältigen, die mir auferlegt sind.

Und ich fasse einen Entschluss. Ich will die Kraft, die Gott mir geschenkt hat, für vieles einsetzen. Vor allem dafür, dass dringend notwendige Reformen angestoßen werden, in Bereichen, die bisher jenseits der Öffentlichkeit im Verborgenen liegen. Gefängnisse sind keine Ferienhotels, und – rechtskräftig und rechtmäßig – verurteilte Straftäter müssen eine Strafe auch als solche empfinden. Doch die Bedingungen im geschlossenen deutschen Strafvollzug sind dank jahrelanger Rationalisierungsmaßnahmen und fataler Investitionsstaus, aufgrund verfehlter Personalpolitik und fehlender oder unwirksamer Kontroll- und Qualitätssicherungsmaßnahmen für alle in diesem System frustrierend und kontraproduktiv.

Ersttäter einfach wegzusperren – zusammen mit Mehrfachtätern und Schwerstkriminellen, in ein Umfeld, das von Banden kontrolliert wird und von Gewalt geprägt ist –, sorgt nicht dafür, dass sie nach der Entlassung resozialisiert werden können. Die Vollzugsanstalten sind personell unterbesetzt, die Bediensteten schieben zahllose Überstunden, sind durch mangelnde Möglichkeiten frustriert und überfordert. Unter diesen Bedingungen können die Vollzugsmitarbeiter nicht überall sein und für Ordnung sorgen; und wollen es vielleicht auch gar nicht mehr. In mancher Hinsicht mag mein »Prominentenstatus« mir vielleicht sogar geholfen haben: Ich möchte mir nicht ausmalen, was womöglich passiert wäre, wenn ein unbekannter Häftling in der JVA Essen in eine hochgradig bedrohliche Situation wie damals in der Dusche geraten wäre, ohne dass ihm rechtzeitig jemand zur Hilfe geeilt wäre.

Die Zustände im geschlossenen Strafvollzug müssen in der Öffentlichkeit thematisiert werden: die Verbreitung von Drogen und die hohe Quote der Hepatitis- und HIV-Infektionen; die teils äußerst mangelhafte medizinische Betreuung und die Hürden des Systems, die notwendige Behandlungen bei ernsthaften Erkrankungen erschweren oder sogar verhindern; die willkürlich getroffenen Entscheidungen, die auf mangelhafte Kontrollmechanismen zurückzuführen sind; die Veränderungen, die blockiert werden, weil Privilegierte um ihre Privilegien fürchten. Vor allem Nutzen und Risiken der Sicherheitskontrolle und die Befugnis ihrer Anordnung müssen dringend diskutiert werden; es müssen Alternativen zu dieser Form der Überwachung gefunden werden, die durchaus als Folter empfunden werden kann und oft gravierende gesundheitliche Folgen nach sich zieht.

Reformbedarf herrscht auch im Justizwesen: Was kann man tun, damit Richter nicht mehr der Beeinflussung durch die öffentliche Meinung und die Medien ausgesetzt sind? Ist es sinnvoll, eine benachbarte Kammer über einen Befangenheitsantrag gegen Kollegen desselben Gerichts entscheiden zu lassen? Hat ein Richter die Kenntnis und Qualifikation, um über die psychische Konstitution eines zu Inhaftierenden zu urteilen? Ist das Selbstverständnis einer Bundesjustizministerin mit dem rechtsstaatlichen Prinzip der Gewaltenteilung vereinbar, wenn sie ein schriftliches Strafverfolgungsbegehren gegen einen Bundesbürger auf den Weg bringt? Kann eine weisungsgebundene Staatsanwaltschaft als Anklagebehörde wirklich unabhängig agieren, fern von allem parteipolitischen Kalkül und von der öffentlichen Meinung? Darf sie aktiv mit Medien kooperieren?

Die Müdigkeit wird übermächtig. Ich muss endlich eingeschlafen sein, aber an den Traum werde ich mich später erinnern können: Ich sehe einen Richter einsam auf einer Anklagebank in einem Gerichtssaal sitzen. Er bettelt weinend um Gnade. Ich selbst befinde mich in einem kleinen, dunklen Raum, verschlossen von einer schweren Stahltür. Die mächtigen Betonwände um mich herum rücken immer näher, die Luft wird aus meinen Lungen gesogen. Das Trampeln von schweren Stiefeln draußen auf dem Gang schwillt zu einem ohrenbetäubenden Inferno an. Ich versuche zu schreien: »Ich lebe, bitte kein Licht!« Aber kein Ton, keine einzige Silbe dringt aus meiner Kehle. Das Getrampel verstummt vor meiner Tür. Heiser und kaum hörbar bringe ich die Worte endlich heraus: »Bitte nicht das Licht!« Doch da flackert schon die Neonröhre unter der hohen Decke. Ich versuche, meine Augen ein wenig zu öffnen, blinzelnd, und blicke mich um. Der Raum ist leer und in gleißend weißes Licht getaucht. Ich bin zurück in A115.

Die Operation wurde nach rund sechs Stunden und einem dafür erforderlichen fast zwanzigminütigen Herzstillstand erfolgreich beendet. Der erweiterte Abschnitt meiner Aorta ascendens am oberen Herzbogen wurde entfernt und durch eine Prothese ersetzt. Die Aortenwand war an einigen Stellen bereits stark ausgedünnt, das Aneurysma hatte einen Umfang von sechs Zentimetern erreicht. Ohne den Eingriff hätte ich Weihnachten 2016 möglicherweise nicht mehr erlebt, vermuten die Ärzte hinterher.

Eine Gewebeprobe des entnommenen Aortenabschnitts wurde vom Team des führenden Lupus-Spezialisten, Professor George Tsokos, an der Universität Harvard untersucht. Sie wiesen Antikörper nach und lieferten damit den Nachweis, dass der durch Schlafentzug hervorgerufene systemische Lupus erythematodes an der exponentiellen Vergrößerung des Aneurysmas beteiligt war. In einem Beitrag für das Journal for

Rheumatology weist Professor George Tsokos auch den Zusammenhang zwischen Schlafentzug, dem Auftreten des systemischen Lupus erythematodes und der dadurch hervorgerufenen Vergrößerung des Aneurysmas am oberen Herzbogen nach.

Am 5. August 2016 werde ich zu einer Anschlussheilbehandlung in den Herzpark Hardterwald in Mönchengladbach verlegt. Zu diesem Zeitpunkt kann ich bereits wieder wenige Schritte gehen. Prof. Dr. Georg V. Sabin und sein Team sorgen dafür, dass ich bei meiner Rückkehr in den offenen Vollzug der JVA Bielefeld-Senne gut drei Wochen später die Kraft habe, auch schon eine etwas längere Distanz zügig zurückzulegen.

Bei einer klinischen Nachuntersuchung im November 2016 erhärtet sich der Verdacht, dass der Lupus auch meine Nieren angegriffen hat.

Am 11. Mai 2017 beginnt das letzte gegen mich noch anhängige Strafverfahren vor dem Landgericht Essen. Es handelt sich um das Bonus-Verfahren, in dem mir Anstiftung zur Untreue vorgeworfen wird. Schon im Juni 2017 wird das Verfahren auf Antrag der Staatsanwaltschaft nach Paragraph 154 Strafprozessordnung eingestellt. Begründet wird die Einstellung damit, dass eine etwaige Verurteilung angesichts der bereits rechtskräftigen Haftstrafe von drei Jahren nicht beträchtlich ins Gewicht falle. Der fragliche Bonus, also der vermeintliche Schaden, der »nicht beträchtlich ins Gewicht fällt,« beläuft sich auf 2,3 Millionen Euro. Der Schaden, den ich Arcandor mit Flügen und einer Festschrift verursacht haben soll, war mit 485.000 Euro im Verhältnis dazu deutlich geringer, brachte mir aber eine Haftstrafe von drei Jahren ein.

NACHWORT:
Prof. Bernd Schünemann: »A115 – Der Sturz« von Thomas Middelhoff: Ein exemplarischer Fall der deutschen Strafjustiz

Die beiden Verständnisebenen

WER DEN BERICHT vom äußeren Höllensturz eines auf den höchsten Ebenen und in den feinsten Zirkeln unseres Wirtschaftslebens agierenden Spitzenmanagers und von seiner inneren Auferstehung mit nicht nachlassender Spannung durchgelesen hat, wird sich zunächst schwer freimachen können von den theologischen Bezügen, die der Verfasser durch die Bonhoeffer-Zitate und das dem Buch Hiob entnommene Motto mit einer Eindringlichkeit hergestellt hat, die mit wachsender Sogwirkung zum Nacherleben zwingt und den Tatsachenbericht in Richtung auf eine innere Biografie transzendiert. Jenseits dieser Bedeutungsebene und gänzlich unabhängig von der für ihre Erschließung wichtigen Empathie des Lesers steht die Bedeutung des Berichts als Paradigma, fast möchte man sagen: als (partieller) Archetyp unserer Strafjustiz.

Auch wenn die Literatur an Berichten aus Gefängnissen und Straflagern oder gar Vernichtungslagern nicht arm ist, ermöglicht der unter dem unmittelbaren Erlebniseindruck verfasste und diesen widerspiegelnde »Sturz« von Thomas Middelhoff ein in dieser Authentizität einzigartiges Verständnis für den fragwürdigsten, aber selten öffentliche Aufmerksamkeit findenden Teil unseres Strafverfahrens, der durch die Einsperrung eines zwar Verdächtigen, aber noch nicht rechtskräftig Verurteilten gekennzeichnet ist. Dass diese »Untersuchungshaft«, wie das Gesetz sie nennt, in der Bevölkerung nicht als das erlebt wird, was sie wahrhaftig ist – nämlich als eine die

Freiheitsrechte der Bürger vollständig paralysierende Zwangs-
maßnahme, die dem Betroffenen nur im äußersten Fall, quasi
als eine Notstandsmaßnahme, zugemutet werden darf –, be-
ruht auf zwei weit verbreiteten Vorurteilen und einem ohne
persönliches Erleben unvermeidbaren Empathiedefizit. Der
das rechtspolitische Klima über einen vielfältigen Rückkoppe-
lungsprozess mit den Medien prägende »Durchschnittsbür-
ger« identifiziert sich naheliegenderweise prinzipiell nicht mit
dem Täter, sondern mit dem Opfer einer Straftat; und er
nimmt einen Verdacht nach der das Alltagshandeln leitenden
sogenannten Repräsentativitätsheuristik (Prinzip der »besten
Trefferchance«) regelmäßig schon als Beweis. Angesichts des
hohen, seit Jahren bei um die siebzig Prozent und darüber liegenden Vertrauens der Bevölkerung in die Güte der Strafjustiz
(wobei der größte Teil der Zweifelnden sie nicht etwa für vor-
eilig, sondern für viel zu lasch hält) sieht »man« in einem Untersuchungshäftling in der Regel schon den Straftäter, also den
»Anderen«, und nicht den womöglich zu Unrecht in Verdacht
geratenen Mitbürger. Und wer die Wirkungen der Untersuchungshaft nicht am eigenen Leib oder aus nächster Nähe
miterlebt hat, wird sie vor dem Hintergrund der in der Bevölkerung durchaus in den großen Zügen bekannten Strafrechts-
praxis früherer Epochen als einen eher geringfügigen Eingriff
ansehen. Lebt es sich in einer nicht selten als »Hotelvollzug«
bezeichneten Zelle nicht doch ganz gemütlich im Vergleich zu
der Behandlung, die ein Straftäter früher zu gewärtigen hatte?

Archaische Strafjustiz und die Ansätze zu
ihrer Humanisierung

Vor dem Hintergrund der Geschichte unseres Strafrechts liegt
dieser Gedanke gar nicht einmal so fern. Aber man muss ihn
vom Kopf auf die Füße stellen, indem man sich Folgendes

klarmacht: Das Strafrecht als das (in den Worten des Aufklärungsphilosophen Montesquieu) schrecklichste Feld gesellschaftlicher Machtausübung hat sich einerseits über viele Epochen vor allem durch viehische Brutalität bei der Unterdrückung des den Herrschaftscliquen unwillkommenen Verhaltens »ausgezeichnet«, befindet sich aber andererseits seit rund 250 Jahren in einem Transformationsprozess der Humanisierung. Es entwickelt sich zu einem Zwangsmittel, das zum Schutz des Einzelnen und der Allgemeinheit damit nur im Rahmen »bitterer Notwendigkeit« ausgeübt wird.

Während das heute gewöhnlich mit der Blutrache verknüpfte und deshalb viel geschmähte Sippenstrafrecht in vielen Epochen, beispielsweise in den germanischen Volksrechten nach der Völkerwanderung, erstaunlich moderat war und selbst die Tötung eines Menschen mit einem nach dessen Bedeutung gestaffelten »Wergeld«, also mit einer Geldstrafe abgelten ließ, übertraf die Grausamkeit der strafrechtlichen Sanktionen bei weitem diejenige des zu sanktionierenden Verhaltens, sobald staatliche oder religiöse Herrschaftsinstanzen (die oft genug identisch waren) die Reaktion auf unwillkommenes Verhalten in die eigenen Hände nahmen. Das steigerte sich häufig zu den widerlichsten Bestialitäten. Obwohl das Strafrecht zu allen Zeiten und auch heute noch gerne auf die Idee der Vergeltung gestützt wird, ist ihr Kennzeichen von Anbeginn und in allen Kulturen der Overkill, das heißt, sie ist weit schlimmer als bloße Vergeltung. Besonders »eindrucksvoll« sind die im alten China für dreitausend Delikte angedrohten »fünf (Körper-)Strafen«, von denen etwa die Todesstrafe des langsamen Zerstückelns (Lingchi) mit einem Zerstückelungsrekord von fünfhundert Teilen bis 1908 praktiziert wurde. Doch dem stehen die europäischen Leibes- und Lebensstrafen des späten Mittelalters und der ersten Hälfte der Neuzeit wenig nach. Nach der damals fortschrittlichen Halsgerichtsordnung für das Bistum Bamberg von 1507 stand auf Einbruchsdiebstahl bei Männern

Erhängen, bei Frauen Ertränken, dieselbe Rechtsfolge stand auch auf den einfachen Diebstahl im zweiten Rückfall, während beim ersten Rückfall nur die Ohren abgeschnitten wurden. Das (gescheiterte) Attentat auf Ludwig XV. von Frankreich wurde 1757 mit grauenvollen Martern (Herausreißen zahlloser Fleischstücke und Eingießen geschmolzenen Bleis und kochenden Pechharzes in die Löcher) sowie als Abschluss mit dem Zerreißen des Verurteilten durch vier Pferde bestraft. Wenn man hinzunimmt, dass das bestrafte Verhalten vielfach nur in den von Wahnideen besessenen Gehirnen der Strafenden existierte, so bei den nicht etwa im »finstersten« Mittelalter, sondern in der frühen Neuzeit entfesselten und erst im 18. Jahrhundert überwundenen Hexenverfolgungen, oder dass die Nichtverinnerlichung oder Nichtbefolgung haarspalterischer theologischer Dogmen, deren Erfinder eigentlich für die Psychiatrie genauso interessant sind wie für die Religionsgeschichte, mit den Scheiterhaufen der Ketzerverfolgung quittiert wurde, erscheint es zunächst kaum vorstellbar, dass eine so tief in Grausamkeit und Paranoia versunkene und besudelte Institution wie das Strafrecht das Zeitalter der Aufklärung als »Ausgang des Menschen aus seiner selbstverschuldeten Unmündigkeit« (Immanuel Kant) überstanden haben sollte.

Den Startschuss zu dem Versuch, Strafrecht, menschliche Vernunft und Humanität miteinander zu versöhnen, verdankt die Welt dem Italiener Cesare Beccaria, der seine Gedanken in der schmalen, aber epochemachenden Schrift »Von Verbrechen und Strafen« (1764) zusammenfasste. Beccaria ist der Nachwelt vor allem durch seine Ablehnung der Todesstrafe in Erinnerung geblieben, aber er formulierte Ideen, die weit darüber hinausgingen und damals gleichsam in der Luft lagen. Ähnliche Ansichten entwickelte fast zeitgleich in Deutschland der heute zu Unrecht vergessene Carl Ferdinand Hommel. Wie ein Lauffeuer breiteten sich Beccarias Ideen in ganz Europa aus, bis zum Hof der russischen Zarin Katharina II., die

Beccaria sogar durch eine Einladung nach Petersburg in Versuchung führte, was dieser aber, in seinem Handeln stets viel vorsichtiger als in seinen Gedanken, höflich ablehnte. Fundamental war Beccarias aus der Idee des Gesellschaftsvertrages gefolgerte Begrenzung des Strafrechts auf die Verhütung von sogenannten Sozialschäden. Denn im religiös fundierten Gottesstaat wie auch im fürstlichen Absolutismus war das Strafrecht immer auch zur Oktroyierung bloßer Lebensformen eingesetzt worden. Auf dem Gebiet des sexuellen Verhaltens geschah dies beispielsweise in Gestalt der Bestrafung der männlichen Homosexualität, die in Deutschland erst mehr als zweihundert Jahre nach Beccaria aufgehoben worden ist.

Dem voraufklärerischen Niveau der Strafe und des Strafrechts in ihrer unbegrenzten Brutalität stand das dazu eingesetzte Strafverfahren in nichts nach. Um die »Königin der Beweismittel«, das Geständnis des Beschuldigten, zu erlangen, durfte dieser bei hinreichendem Verdacht gefoltert werden. Die im Laufe der Zeit ersonnenen, immer widerlicheren Folterpraktiken waren es, die dem an sich auf Auffindung der Wahrheit angelegten »Inquisitionsprozess« sein Gepräge gaben, mit dem Ziel, den Beschuldigten psychisch zu brechen, bevor er durch die in Deutschland erst 1949 abgeschaffte Todesstrafe auch in seiner physischen Existenz ausgelöscht wurde. Die Stunde der Aufklärung schlug hier zwar schon vor Beccaria, nämlich mit der (anfangs noch durch Ausnahmen eingeschränkten) Abschaffung der Folter durch Friedrich den Großen bei seinem Regierungsantritt 1740. Doch blieb die Folter, zumindest in der abgeschwächten Form der Ungehorsamsstrafe, noch bis zur Mitte des 19. Jahrhunderts weithin in Gebrauch und verschwand endgültig erst, als die letztlich auf theologische Überlegungen zurückgehende Pflicht des Beschuldigten zur wahrheitsgemäßen Aussage verneint und ihm ein Schweigerecht zugebilligt wurde, während die volle Beweislast nun auf den Staat überging, der den Nachweis für die

Schuld des Angeklagten zu erbringen hatte. Danach blieb als stärkster Eingriff des Staates in die Grundrechte seiner Bürger vor der Rechtskraft eines Strafurteils nur noch die Untersuchungshaft übrig.

Die rechtsstaatlichen Defizite der Untersuchungshaft

Damit scheinen auf den ersten Blick die Humanisierung des Strafrechts und in bemerkenswerter Parallelität auch die des Strafverfahrens erfolgreich durchgeführt worden zu sein: Die Leibes- und Lebensstrafen wurden (vor allem) durch die Freiheitsstrafe, die Folter durch die Untersuchungshaft ersetzt. In der öffentlichen Diskussion über die Untersuchungshaft herrscht denn auch heute weitgehend Ruhe, aber es ist, wie ehemals in den Ländern Philipps II. von Spanien, die Ruhe eines Kirchhofs. Das zeigt sich schon, wenn man den Blick auch nur auf den papieren Buchstaben des Gesetzes wirft. Weil nach Artikel 6 Absatz 2 der auch für Deutschland völkerrechtlich verbindlichen und Teil unserer Rechtsordnung gewordenen europäischen Menschenrechtskonvention vermutet wird, dass jedermann unschuldig ist, solange ihm die Schuld nicht in einem gesetzlich geordneten Verfahren nachgewiesen ist (sogenannte Unschuldsvermutung), ist die Untersuchungshaft mit logischer Notwendigkeit ein Sonderopfer, das prinzipiell jedem einzelnen Bürger im Interesse der Strafjustiz zugemutet werden können muss. Und wann lässt das Gesetz sie zu? Wenn jemand einer Straftat dringend verdächtig ist und außerdem ein sogenannter Haftgrund vorliegt, wofür regelmäßig eine bloße Gefahr ausreicht, nämlich Fluchtgefahr, Verdunklungsgefahr oder Wiederholungsgefahr. Beim Verdacht von Tötungsdelikten reicht sogar die ganz generelle Vermutung, ein dieser Delikte Verdächtiger würde in der Regel entweder fliehen oder den Nachweis der Tat zu vereiteln versuchen.

Dadurch wird also auf eine Vermutung (den Tatverdacht) ein anderer Verdacht (die Fluchtgefahr etc.) gehäuft, und zwar mit einer doppelt fatalen Konsequenz: Die bloße Gefahr entzieht sich per definitionem einem Nachweis (anders als der im Gesetz ebenfalls genannte, aber fast nie vorliegende Haftgrund einer akuten Flucht) und eröffnet damit dem über die Haftfrage entscheidenden Richter einen weiten Spielraum; und wer erst einmal eingesperrt ist, kann danach ebenfalls per definitionem nicht mehr beweisen, dass er weder geflohen wäre noch verdunkelt hätte. Wenn man noch das Faktum hinzunimmt, dass über neunzig Prozent aller deutschen Haftbefehle wegen Fluchtgefahr ergehen, so entpuppt sich die gegenüber einem mutmaßlich Unschuldigen nur als Sonderopfer zulässige Notstandsmaßnahme im Verfahrensalltag als ein letztlich vom Ermessen der Strafjustiz abhängiges, meist nur mit klischeehaften Formulierungen wie den fehlenden sozialen Bindungen oder der hohen Straferwartung begründetes, »normales« prozessuales Zwangsmittel.

Ist damit schon die Regelung des Gesetzestextes mit der trügerischen Oberfläche eines Hochmoores vergleichbar, so hat man bei der Betrachtung der Rechtswirklichkeit den Eindruck, mitten im Morast zu stecken. Ein alter Spruch bei Verteidigern lautet: »U-Haft schafft Rechtskraft.« Gemeint ist damit einerseits, dass die U-Haft wie ein struktureller Geständniserzeugungsapparat wirkt, der namentlich seit der Einführung und gesetzlichen Zulassung von »Verständigungen« (das heißt Urteilsabsprachen in Form der richterlichen Zusage einer bestimmten, präsumtiv milden Strafobergrenze im Fall eines Geständnisses des Angeklagten) weiter an Touren gewonnen hat. Andererseits ist es verständlich, dass die Strafrichter bei der Ausübung ihres (noch genauer zu betrachtenden) weiten Ermessens bei der Strafzumessung später nicht gerne eine Strafe festsetzen werden, die unter der Dauer der bereits erlittenen Untersuchungshaft liegt. Trotzdem zeigt die Statistik, dass überhaupt nur in rund der Hälfte der Verfahren mit Untersuchungshaft später im Urteil eine Freiheitsstrafe ohne Bewährung verhängt wird – woraus man eigentlich schließen muss, dass sich die Hälfte der Haftbefehle als überflüssig herausstellt (wer wird schon untertauchen oder sein Land verlassen mit allen damit verbundenen Nachteilen und Gefahren, um eine Bewährungsstrafe zu vermeiden?). Infolgedessen bietet die im Rechtsstaat allein vertretbare Legitimation der Untersuchungshaft als »Sonderopfer nach Notstandsregeln« nur noch für eine stark reduzierte Gruppe von Beschuldigten eine ernsthafte Basis. Jedenfalls schrumpft das Gros der Haftbefehle (über neunzig Prozent wegen Fluchtgefahr) auf einen schmalen Bereich zusammen, wenn entweder bereits Fluchtanstalten nachweisbar sind oder wenn wie im Beispielsfall der in Italien 2005 zur Verhaftung ausgeschriebenen dreizehn mutmaßlich kriminellen CIA-Agenten die Fluchthilfe durch einen ausländischen Geheimdienst oder eine andere Untergrundorganisation ernsthaft zu erwarten ist.

Man musste sich deshalb schon immer gegenüber den rechtsstaatlichen Anforderungen an das Sonderopfer der Untersuchungshaft taub oder blind stellen oder sein Amt als reine Interessenpolitik zur Erleichterung der richterlichen Berufsausübung (miss-)verstehen, wenn man als Bundesminister(-in) der Justiz die Defizite der gegenwärtigen Regelung und Praxis der Untersuchungshaft ignorierte und sein Augenmerk stattdessen auf Gesetzentwürfe »zur effektiveren und praxistauglicheren Ausgestaltung des Strafverfahrens« o. ä. richtete. Diese Haltung ist vollends zu einem sonderbar totgeschwiegenen Skandal geworden, seitdem in Gestalt der sogenannten elektronischen Fußfessel ein technisches Hilfsmittel zur Verfügung steht, das von wenigen Ausnahmen abgesehen die Fluchtgefahr beseitigen und nach dem Prinzip des milderen Mittels den Freiheitsentzug durch eine bloße Freiheitsbeschränkung ersetzen kann. Von den schon erwähnten mafiösen Strukturen abgesehen, bei denen die Fluchtgefahr nur durch Inhaftierung zu bannen ist, kann der durch die Fußfessel garantierten permanenten Kontrolle des Aufenthaltsortes jede Flucht über die deutsche Grenze oder in die Anonymität ausgeschlossen oder zumindest so außerordentlich erschwert werden, dass sie für den überwältigend größten Teil der Beschuldigten nicht mehr als ernsthafte Alternative in Betracht kommt. In vielen Ländern der Welt ist auf diese Weise eine bedeutende Einschränkung nicht nur der Untersuchungshaft, sondern sogar der Freiheitsstrafe erreicht worden, beispielsweise in Italien durch den sogenannten elektronisch überwachten Hausarrest. In Deutschland wird die elektronische Fußfessel seit 2011 bei nach Strafverbüßung entlassenen, aber noch als gefährlich geltenden Straftätern, vor allem Sexualstraftätern eingesetzt und neuestens sogar als Vorbeugungsmaßnahme bei sogenannten Gefährdern im Bereich des Terrorismus, obwohl es offensichtlich ist, dass sie hier allenfalls zu einer Gefahrenverringerung führen kann, während sie im Fall der Untersuchungshaft wegen Fluchtgefahr geeignet ist, den Anlass selbst weitestgehend zu beseitigen. Wie es angesichts dessen seit Jahren gelingen konnte, diese Maßnahme zur Ersetzung der Untersuchungshaft nahezu vollständig aus der öffentlichen Diskussion herauszuhalten und auf völlig andere und weitaus problematischere Konstellationen abzulenken, ist schon deshalb schier unbegreiflich, weil die weitaus weniger wirksame regelmäßige Meldung bei einer Polizeidienststelle seit ewigen Zeiten zu den Standardmaßnahmen bei einer Außervollzugsetzung des Haftbefehls gehört. Die seit geraumer Zeit in der deutschen Justizpolitik und Strafprozessgesetzgebung zu registrierende Überwältigung rechtsstaatlichen Denkens durch polizeistaatliches und/oder durch populistische Aktivitäten bietet zwar eine Erklärung, aber natürlich keine Entschuldigung. Auch dass das Bundesverfassungsgericht, das sich in einer ganzen Anzahl von Entscheidungen um eine Eingrenzung der Untersuchungshaft bemüht hat, diesen Königsweg bisher ignoriert hat, bleibt in meinen Augen ein Rätsel.

In Thomas Middelhoffs »A115« taucht sogar die Spitze dieses Skandalberges aus dem ihn bisher verbergenden Nebel auf (sozusagen die nackte Fratze staatlicher Machtdemonstration), weil er eine Fallgruppe betrifft, in der es nicht einmal um die wenigstens von der Motivation her nachvollziehbare offizielle Stützung der Untersuchungshaft auf eine Fluchtgefahr aus heimlicher Sorge vor einer geargwöhnten, aber nicht belegbaren Wiederholungsgefahr geht. Weitere hintergründige Zusammenhänge schießen dem Leser als mögliche, aber nicht verifizierbare Erklärungen durch den Kopf und können hier deshalb nur angedeutet werden.

Vor fünfundvierzig Jahren begann mit dem 1. Gesetz zur Bekämpfung der Wirtschaftskriminalität eine Rechtsentwicklung, die von mir vor zwanzig Jahren als Ergänzung des traditionellen »Unterschichtsstrafrechts durch ein Oberschichtsstrafrecht« apostrophiert wurde. Ziel war es, durch die gleichmäßige, das heißt schichtindifferente Sanktionierung des sozialschädlichen Verhaltens entsprechend dem Ausmaß der zugefügten Rechtsgüterverletzung Gerechtigkeit zu üben. Diese Entwicklung droht indes auf eine schiefe Bahn zu geraten. Denn das wichtige und berechtigte Anliegen, sozialschädliches, aber in bestimmten Wirtschaftsführungskreisen weithin geübtes Verhalten strafrechtlich ebenso zu verfolgen wie den Griff des Angestellten in die Ladenkasse, kann vielfach nur exemplarisch verwirklicht werden und droht dann durch eine das Quantitätsdefizit kompensierende individuelle Überschärfe zur Sündenbockprojektion zu degenerieren. Diese kann wiederum dadurch wesentlich begünstigt, wenn nicht überhaupt ermöglicht werden, dass die heute übliche mediale Verarbeitung der auf ein öffentliches Interesse treffenden oder jedenfalls dazu formbaren Hauptverhandlungen das Tribunal zur Bühne und dadurch die Würde des Angeklagten zum Objekt von Entertainment macht. Auch hierfür liefert der Middelhoffs »A115« ein vielfach beklemmendes Anschauungsmaterial. Dem unter stärkstem psychologischem Druck stehenden Angeklagten, dem anders als dem Opfer (genauer dem Opferprätendenten) keine psychosoziale Prozessbegleitung gewährt wird, schreiben die Medien leichthin die negativsten Persönlichkeitsmerkmale zu, obwohl schon bei geringer Seelenkunde die Erkenntnis evident ist, dass die Reaktionen des öffentlich am Pranger Stehenden wenig für sein sozusagen normales Charakterbild ergeben, mögen sie nun in reuevollen Tränen oder in äußerer Distanziertheit bestehen. Stattdessen wird der Angeklagte in den Medien nicht selten so »zurechtgelegt«, dass bei ihm jede gerichtliche Maßnahme verdient erscheint. Dabei ist in Middelhoffs »A115« längst noch nicht das Ende der Fahnenstange erreicht. An dieser dürfte sich – jedenfalls vorläufig – Beate Zschäpe befinden, die sich nicht nur von einem Senatsvorsitzenden beim Bundesgerichtshof in einer angesehenen Wochenzeitschrift nachsagen lassen muss, sie habe »ein teigiges Mondgesicht, das erkennbar auf der Suche nach Peeling und Entspannung ist, sowie eine grauenhafte Frisur aus dem Bilderbuch des sachsen-anhaltinischen Weltniveaus«, sondern deren gesamtes Leben während noch laufender Hauptverhandlung und noch dazu im öffentlich-rechtlichen Fernsehen in Form einer Doku-Soap zu Markte getragen wird. Wie hier auf der Würde der Angeklagten und gleichzeitig auf der Unschuldsvermutung öffentlich herumgetrampelt wird, lässt freilich fast jede Kritik ebenso hilflos erscheinen wie den Versuch, durch das Ausgießen einer Feldflasche die Wüste Sahara fruchtbar zu machen.

Der unmögliche Zustand des Untersuchungshaftvollzuges

Die einzig denkbare Legitimation der Untersuchungshaft als Sonderopfer im Notstandsfall muss natürlich nicht nur bei der Bestimmung der Anordnungsvoraussetzungen, sondern genauso bei den Modalitäten ihrer Durchführung beachtet werden. In dieser Hinsicht bekommt nun aber die Bevölkerung erst recht keinen Eindruck davon, wie das Leben hinter den Anstaltsmauern aussieht. Die notwendige, aber fehlende Aufklärung hierzu leistet der Bericht Middelhoffs so authentisch und in seiner atmosphärischen Dichte faszinierend, dass sich fast jeder weitere Kommentar erübrigt. Vor allem geht daraus mit großer Klarheit hervor, dass es fast niemals persönliche Eigenheiten oder gar Charaktermängel der Anstaltsbediensteten sind, die jeden noch nicht durch jahrelange »Knasterfahrung« abgestumpften Menschen bei längerer Haftdauer an die Grenze des seelischen Zusammenbruchs bringen, sondern dass der Fehler gleichsam im System liegt. Ungeachtet der kuriosen Ergebnisse der Föderalismusreform, durch die die Vollzugsgesetze zur Ausfüllung des bundeseinheitlichen Straf- und Strafverfahrensrechts in die Kompetenz der Bundesländer verwiesen wurden, stehen alle diese Gesetze auf dem gemeinsamen Boden der in ihnen beschworenen »Sicherheit und Ordnung der Vollzugsanstalt«, die zugleich die Grenze markiert, an der die Freiheitsrechte des Untersuchungshäftlings enden. Und damit entscheidet letzten Endes der Finanzminister über die Bedingungen der Untersuchungshaft, denn die existierenden Räumlichkeiten und die Zahl der Bediensteten liefern nun einmal die entscheidenden Rahmenbedingungen für die Sicherheit und Ordnung der Anstalt. Selbst so scheinbar unbeschränkt garantierte Rechte wie der freie mündliche und schriftliche Verkehr mit dem Verteidiger (Paragraph 148 Strafprozessordnung) lösen sich deshalb in nichts auf, wenn zwischen einem der zahlreichen auf einen Donnerstag fallenden Feiertage der christlichen Tradition und dem anschließenden Wochenende der übliche Brückentag eingelegt wird, so dass die Kommunikation mit dem Verteidiger deshalb für vier Tage pausieren muss. Freilich wirkt dieses Beispiel geradezu wie eine Bagatelle im Vergleich zu der in »A115« in beklemmender Weise geschilderten Reduzierung der Lebensintensität des Untersuchungshäftlings bis hin zu den schweren Gesundheits- und sogar Lebensgefahren, die sich aus den Anstaltsbedingungen ergeben. Dass sich eine fürsorglich motivierte Suizidprophylaxe, die ja im Grunde schon in sich selbst die Verneinung der Mündigkeit des Gefangenen zum Ausdruck bringt, genau umgekehrt zu einer lebensbedrohlichen schweren Gesundheitsschädigung auswächst, auf die das überforderte Anstaltspersonal mit Hautcreme reagiert und die dann auch in den Medien zumeist nur als Hauterkrankung registriert wird, braucht durchaus kein vorwerfbares Fehlverhalten einzelner Anstaltsbediensteter zur Ursache zu haben, sondern ist abermals eine typische Folge der Anstaltsbedingungen, die nun einmal so sind, wie sie sind.

Um hier Abhilfe zu schaffen, müsste für die Untersuchungshaft ein weitaus großzügigerer Finanzrahmen bereitstehen, als dies traditionell in den Justizhaushalten möglich ist, bei denen anders als auf zahlreichen anderen politischen Feldern der heutigen Gesellschaft der Staat nicht mit Milliarden um sich wirft, sondern traditionell Schmalhans Küchenmeister ist. Die rechtliche Gesinnung eines Staates und einer Gesellschaft lassen sich zweifellos vor allem auch daran ablesen, was die Einhaltung der rechtsstaatlichen Grundsätze in der Justiz wert ist. Und dann muss für Deutschland das nüchterne Fazit lauten: nicht allzu viel. Auch wenn die Verschwendung ministerieller Energien auf Twitter-Nachrichten erst ein Ergebnis der jüngsten Zeit ist, hat der Justizhaushalt auch schon früher eine so periphere Rolle gespielt, dass kühnere Reformvorhaben niemals den Weg auf die Agenda des jeweiligen Ministers oder der jeweiligen Ministerin gefunden haben.

Die Schlüsselfrage der Prozessstruktur: Die Stellung des Richters

Es sind gerichtliche Entscheidungen, die den »Sturz« Middelhoffs auslösen und fast bis zum Ende bestimmen. Alles, was im Strafverfahren geschieht, wird entweder vom Richter befohlen oder füllt nur den Rahmen aus, den der Richter setzt. Im Zentrum jeder Reflexion über das Strafverfahren, die die Lektüre des Werkes auf jeder Seite teils explizit, teils implizit verlangt, muss deshalb die Figur des Richters stehen, dessen Machtstellung und Aufgabenbereiche in den verschiedenen Epochen und Rechtsordnungen höchst unterschiedlich beschaffen sind. Wenn man die Position des heutigen deutschen Strafrichters vor dem historischen und rechtsvergleichenden Hintergrund betrachtet, so stechen drei Besonderheiten ins Auge: die nirgendwo sonst gewährte Machtfülle, deren unzulängliche Kontrolle und die heimliche Unterwanderung durch den Einfluss von Polizei und Staatsanwaltschaft.

In dem durch die Aufklärung eingeleiteten großen Reformprozess, der erst mit dem Erlass der Reichsstrafprozessordnung im Jahr 1887 seinen vorläufigen Abschluss fand, wurde – teils an englische, teils an französische Vorbilder anknüpfend – ein neues Prozessmodell entwickelt, in dem der Prozess der Wahrheitsfindung und die Rolle des Richters gegenüber dem alten Inquisitionsprozess grundlegend verändert werden sollte. Anders als in dem geheimen und schriftlichen Inquisitionsprozess sollte danach die Entscheidung über Verurteilung oder Freispruch in einer mündlichen und öffentlichen Hauptverhandlung gefällt werden, über deren Ergebnis der Richter

– ebenfalls im Gegensatz zum Inquisitionsprozess – nicht nach starren Beweisregeln, sondern nach dem Prinzip der freien Beweiswürdigung entscheiden sollte. Um den gigantischen Entscheidungsspielraum zu verstehen, der dem Richter hierdurch konzediert wurde, muss man sich bewusst machen, dass die Aufklärung eines in der Vergangenheit liegenden Ereignisses eine ebenso komplizierte wie komplexe Aufgabe ist, die im 19. Jahrhundert weitestgehend und auch heute noch in weitem Umfang von der Verlässlichkeit eines Beweismittels abhängt, dessen Unzuverlässigkeit unbestreitbar und seit langem erkannt ist: nämlich des Zeugenbeweises. Die Beurteilung der Glaubwürdigkeit eines Zeugen ist von zahllosen Bedingungen abhängig und lässt häufig kein eindeutiges Ergebnis zu. Natürlich haben die Ermittlungsmöglichkeiten der modernen Kriminalistik bis hin zur Auswertung gentechnischer Spuren gegenüber dem 19. Jahrhundert zu einer enormen Verbesserung der naturwissenschaftlichen Sachverhaltsaufklärung geführt, doch bleiben immer noch zahlreiche Bereiche übrig, wo der unzuverlässige Zeugenbeweis den Ausschlag geben muss; es braucht nur auf die Frage der Einvernehmlichkeit des Geschlechtsverkehrs bei Sexualdelikten hingewiesen zu werden.

Ein anderer großer Bereich, in dem die Richtermacht gegenüber den Zeiten des Inquisitionsprozesses enorm ausgedehnt worden ist, betrifft die Strafzumessung. Die Strafen des Inquisitionsprozesses waren dem Richter in all ihrer Grausamkeit weitgehend im Gesetz vorgezeichnet. Heute sehen die Strafgesetze für so gut wie alle Delikte enorm weite Strafrahmen vor. Mithilfe weiterer Modifizierungen für nicht näher definierte besonders schwere oder minder schwere Fälle kann dieser Rahmen in Extremfällen wie beim Totschlag gemäß Paragraph 212 und 213 Strafgesetzbuch von einer Bewährungsstrafe von einem Jahr bis lebenslänglich reichen. Auch hier hängt es wiederum vom Ermessen des einzelnen Richters ab, welche Strafe er in umfassender Würdigung des konkreten Falles für angemessen hält, weshalb beispielsweise enorme regionale Unterschiede in der Strafzumessungspraxis hochsignifikant sind und die schließlich verhängte Strafe in erheblichem Umfang davon abhängt, ob man in Hamburg oder in München vor Gericht steht.

Der heutige deutsche Strafrichter vereinigt überdies die in anderen Rechtsordnungen auf bis zu sechs verschiedene Rollen verteilten Verfahrensfunktionen sämtlich in seiner Hand. Beispielsweise obliegt in den USA die Eröffnung des Hauptverfahrens der sogenannten *Grand Jury*, die Leitung der Hauptverhandlung dem Berufsrichter (*bench*), die Beweisaufnahme dem Staatsanwalt und dem Verteidiger, die Würdigung der Beweise und der Schuldspruch der sogenannten *Trial Jury*, der Strafausspruch wieder der *bench*. Der Staatsanwalt übernimmt auch die Führung von Verhandlungen über ein vom Angeklagten ohne Hauptverhandlung zu akzeptierendes (durch eine erhebliche Strafmilderung »erkauftes«) Urteil (sogenannte *plea negotiations*). Wenn die *plea negotiations* scheitern, darf die dann in normaler Hauptverhandlung entscheidende Jury von deren Existenz und Inhalt nichts wissen. Ganz anders der deutsche Strafrichter. Dieser entscheidet (1) über die Zulassung der Anklage und Eröffnung des Hauptverfahrens wegen der von ihm dabei bereits attestierten Wahrscheinlichkeit der Verurteilung; er hat (2) die Leitung der Hauptverhandlung in derselben Sache inne; ebenso obliegen ihm (3) die Erhebung und (4) die Würdigung der Beweise; sodann fällt er (5) das Urteil in der Schuldfrage und (6) in der Straffrage und führt außerdem (7) die Verhandlungen über ein die Beweisaufnahme erübrigendes Geständnis des Angeklagten gegen Zusage einer bestimmten, präsumtiv milden Strafobergrenze. Schließlich ist er auch (8) mit der (Weiter-)Führung der Hauptverhandlung betraut, wenn die Abspracheverhandlungen scheitern.

Der deutsche Strafrichter verfügt somit über eine weltweit einmalige Machtstellung, die in gewisser Weise sogar noch über derjenigen eines absoluten Monarchen steht, der ja nur über seine Hilfskräfte regieren kann und deshalb im sogenannten *principal-agent*-Dilemma stecken bleibt.

Selbstverständlich bedarf jede Macht von Menschen über andere Menschen der Kontrolle – das ist eine unverlierbare weitere Erkenntnis der Aufklärungsepoche, deren klassische Ausarbeitung sich bereits vor über 250 Jahren in der Gewaltenteilungslehre Montesquieus findet. Dabei hat Montesquieu bereits erkannt, dass nicht nur die Trennung von Legislative, Exekutive und richterlicher Gewalt, sondern auch eine Machtbegrenzung innerhalb der Gewalten notwendig ist. Nach seiner Auffassung darf deshalb die Strafgewalt nicht einem ständigen Spruchkörper verliehen werden, sondern nur einem für eine begrenzte Zeit aus der Bevölkerung heraus gebildeten Tribunal (bei schweren Anklagen mit einer weit reichenden Ablehnungsbefugnis des Angeklagten hinsichtlich ihm nicht genehmer Personen); nur in dieser Form und nicht bei der Anbindung an einen bestimmten Beruf werde sie sozusagen unsichtbar und sei in gewisser Weise gar keine eigene Gewalt. Aus genau diesem Grunde ist die Institution der Schwurgerichte in Strafsachen bereits in Artikel 3 der US-Bundesverfassung garantiert worden. Auch in der Reichsstrafprozessordnung von 1877 wurde ursprünglich in allen Kapitalstrafsachen das Modell des Schwurgerichts übernommen, bei dem zwölf aus der Bevölkerung ausgeloste Geschworene ohne vorherige Kenntnis des Falles allein aufgrund der Hauptverhandlung zu entscheiden hatten, ob diese einen vollständigen Schuldnachweis gegen den Angeklagten erbracht habe. Aber nachdem im Jahr 1924 die Schwurgerichtsverfassung aus finanziellen Gründen durch eine Notverordnung abgeschafft worden ist, steht diese Form der prozessualen Gewaltenteilung nicht mehr zur Debatte. Wegen der an dieser Stelle nicht

weiter diskutierbaren hohen Fehleranfälligkeit von Juryent-
scheidungen wäre eine »Reform hundert Jahre rückwärts«
auch nicht empfehlenswert. Aber dann muss natürlich nach
anderen Wegen der Kontrolle von Richtermacht gesucht werden. Denn dass das spezifisch deutsche Modell der Schöffen-
gerichte, bei denen zwei Laienbeisitzer gemeinsam mit einem
Berufsrichter (beim Amtsgericht) oder mit zwei bis drei Be-
rufsrichtern (bei der Großen Strafkammer des Landgerichts)
entscheiden, ist, von Ausnahmefällen abgesehen, eine bloß
kosmetische Maßnahme, die die Entscheidungsmacht des Berufsrichters zwar nach dem Buchstaben des Gesetzes, aber
nicht in der Rechtswirklichkeit der Praxis wesentlich ein-
schränkt.

Aber wie kann eine effektive Kontrolle der Richtermacht in
Deutschland überhaupt etabliert werden, ohne die in Artikel 97 des Grundgesetzes garantierte sachliche und persönliche
Unabhängigkeit der Richter zu tangieren, die nach einhelliger
Auffassung zu den verfassungsgestaltenden Strukturprinzipien
des Grundgesetzes zählen, zum Wesen richterlicher Tätigkeit
gehören und an der Ewigkeitsgarantie von Artikel 79 Absatz 3
des Grundgesetzes teilhaben soll? Bei näherer Betrachtung
zeigt sich, dass schon in dieser Frage ein verborgener fehlerhaf-
ter Zirkelschluss steckt. Denn dass ein Mensch eine ungeheure
Macht über andere Menschen unkontrolliert und auf Dauer in
seinen Händen hält, ist in einem liberalen und demokratischen
Rechtsstaat inakzeptabel, so dass die richterliche Unabhängigkeit nicht Abwesenheit von Kontrolle bedeuten kann. Dies gilt
erst recht, wenn der betreffende Personenkreis weder eine
spezifische demokratische Legitimation aufweist noch sich zuvor durch herausragende Lebensleistungen ein besonderes
Vertrauen verdient hat, und in nochmals verschärfter Form,
wenn die betreffenden Personen von jedem seriösen Lerneffekt
(Feedback) bezüglich der Richtigkeit ihrer Machtausübung abgeschnitten werden – abgekapselten Despoten vergleichbar, die

nur die Einflüsterungen ihrer eigenen Kamarilla vernehmen und den Kontakt zu den Bewährungskriterien der sozialen Realität verloren haben.

Alles das trifft nun aber auf den deutschen Strafrichter zu: Anders als sein amerikanischer Kollege muss er sich weder einer Wahl stellen noch vor der Übernahme seines Amtes eine respektable Lebensleistung vorweisen können, vielmehr wird er schon in jungen Jahren auf Grund seiner Examensnote auf Lebenszeit (das heißt bis zur Pensionierung) mit dem Richteramt betraut. Seine einzigen Lernprozesse macht er innerhalb der Justizorganisation durch, die ihn dadurch auf ihre bürokratische Linie bringt und die künstliche Welt des Revisionsrechts zu seiner Wirklichkeit macht, während er von den wahrhaften Bewährungskriterien der Realität, das heißt den sozialen Folgen seines Tuns, systematisch abgekoppelt wird. Endgültig geschieht dies durch die Einrichtung der Strafvollstreckungskammer, die den Tatrichter vom weiteren Schicksal des von ihm Verurteilten abschneidet. Dieser ohne nennenswerte Lebenserfahrung mit den schweren Richteraufgaben von Beginn an eigentlich überforderten und durch die Dominanz der innerorganisatorischen Anforderungen menschlich früh in ein Korsett gebrachten Figur für über drei Jahrzehnte eine so riesige Machtfülle anzuvertrauen, wie es (nur) beim deutschen Strafrichter der Fall ist, ist eines demokratischen Rechtsstaats ohne ein ausreichendes Arsenal an *checks and balances* unwürdig. Denn eine auf den Ideen des Gesellschaftsvertrages und der Volkssouveränität beruhende Staatsgewalt kann in letzter Konsequenz nur demokratisch legitimiert werden, wobei auch zu berücksichtigen ist, dass Demokratie »Herrschaft auf Zeit« ist. Die als Repräsentanten des Volkes geltenden Schwurgerichte würden mit ihrer Diskontinuität beide Kriterien erfüllen. Weder das eine noch das andere Kriterium erfüllt dagegen die durch die persönliche und sachliche Unabhängigkeit doppelt abgesicherte

Herrschaft des Berufsrichters, der aufgrund seines Assessorexamens von der Exekutive bis zum Pensionsalter ernannt wird. Man kann sich auch nicht mit der rechtsmethodologischen Naivität Montesquieus herausreden, der Richter sei doch nur der Mund, der die Worte des Gesetzes ausspreche, und zwar aus einem dreifachen Grund. Erstens bildet heute die erhebliche rechtsschöpferische Tätigkeit des Richters bei der Auslegung des Gesetzes einen Gemeinplatz der Methodenlehre. Zweitens gibt das zu Montesquieus Zeiten noch nicht existierende Prinzip der freien Beweiswürdigung dem Richter einen nur wenig beschränkten Spielraum bei der Würdigung der Ergebnisse der Hauptverhandlung. Und drittens kommt es angesichts der schon erwähnten enorm weiten Strafrahmen, der bei Vergehenstatbeständen kaum beschränkten Spielräume zur Verfahrenseinstellung und zu unguter Letzt der vom Richter nach freiem Belieben anzubietenden Urteilsabsprachen erst recht bei den Rechtsfolgen maßgeblich auf die individuelle Entscheidung des im Einzelfall zuständigen Richters an.

Innerhalb des Strafprozessrechts kann es Kontrollmechanismen geben, die nicht in die richterliche Unabhängigkeit eingreifen. Denn durch die Ausstattung anderer Beteiligter mit eigenen Rechten kann eine gewisse Verfahrensbalance hergestellt werden. Hierfür kommen vor allem das jeweils übergeordnete Gericht in einem Rechtsmittelzug sowie in derselben Instanz Staatsanwaltschaft und Verteidigung in Betracht.

Dass die unterlegene Partei die gerichtliche Entscheidung anfechten und vor das nächsthöhere Gericht bringen kann, ist in allen Rechtsordnungen der Normalfall der innerprozessualen Kontrolle. Auf das komplizierte Rechtsmittelsystem unserer Strafprozessordnung kann hier nicht näher eingegangen werden. Es sei nur darauf hingewiesen, dass der hieraus resultierende Kontrolldruck auf die untere Instanz von der

Rechtsprechung der Obergerichte unter Anführung durch den Bundesgerichtshof in jüngster Zeit erheblich gelockert worden ist. An sich sieht das Gesetz vor, dass das (übergeordnete) Revisionsgericht das Urteil des Tatrichters aufheben muss, wenn dieser in seiner Verhandlung verfahrensrechtliche Normen verletzt hat und der Verfahrensfehler für das Urteil möglicherweise kausal war. An diese sogenannte Verfahrensrüge stellt der Bundesgerichtshof mittlerweile so ausgeklügelte, geradezu ein Labyrinth technischer Fallstricke begründende Anforderungen, dass die Erfolgsquote derartiger Revisionen bei nur noch einem Prozent liegt. Die Revisionskontrolle hat sich damit weitestgehend auf eine Überprüfung der inhaltlichen Richtigkeit des Urteils verlagert (sogenannte Sachrüge). Diese inhaltliche Richtigkeit kann der Bundesgerichtshof aber nicht anhand einer während der Hauptverhandlung vorgenommenen Dokumentation der Beweisergebnisse (die es in Deutschland nicht gibt) überprüfen; vielmehr ist er hierfür vollständig auf deren Darstellung in der viele Wochen oder gar Monate später angefertigten schriftlichen Urteilsbegründung angewiesen. Streng genommen wird damit gar nicht die Richtigkeit des Urteils, sondern nur die Kunstfertigkeit in der Abfassung der Urteilsbegründung kontrolliert.

Wie steht es dann aber mit der verfahrensinternen Kontrolle durch die Staatsanwaltschaft, die nach einem geflügelten Wort des früheren preußischen Justizministers Friedrich Carl von Savigny (in Wahrheit seines Sachbearbeiters) geschaffen wurde, »damit überall dem Gesetz ein Genüge geschehe«, und die deshalb gern als »Wächter des Gesetzes« bezeichnet wird. Heute weiß man nicht nur, dass mit dem »Genüge« eine Unterbindung zu großer Laschheit der damaligen Gerichte bei der Verfolgung des Polenaufstandes von 1846 gemeint war, sondern auch um die psychologisch erklärbare Existenz des von mir so genannten Schulterschlusseffekts zwischen

Staatsanwaltschaft und Gerichten, der die Idee der Kontrolle in die Realität des Flankenschutzes verwandelt.

Und die Verteidigung, wo bleibt die Verteidigung? In den Siebzigerjahren des vorigen Jahrhunderts träumte man in Verteidigerkreisen gerne vom »Rechtsanwalt als soziale Gegenmacht«, und in Publikationen von Richtern wird ebenso gerne das Schreckgespenst der »Konfliktverteidigung« an die Wand gemalt. Nur die Verhältnisse, sie sind nun mal nicht so. Die Rechtsstellung des Verteidigers ist vom Bundesgerichtshof ohne Anhalt im Gesetz teilweise sogar in die einer Hilfsperson des Gerichts verwandelt worden, dergestalt dass Verfahrensfehler des Gerichts für geheilt erklärt werden, wenn der Verteidiger nicht auf der Stelle widersprochen hat. Von Ausnahmefällen abgesehen, brillieren Verteidiger in der Verfahrenswirklichkeit durch ihre Passivität, was namentlich für die vom Gerichtsvorsitzenden bestellten Pflichtverteidiger gilt, denn diese sind nicht nur auf das Wohlwollen des Gerichts angewiesen, sondern müssen auch zu einer Gebühr arbeiten, die den Aufwand einer effektiven Verteidigung bei weitem nicht abdeckt.

Im rechtswissenschaftlichen Schrifttum zum Strafprozess steht es deshalb außer Frage, dass die vorhandenen, in den letzten Jahrzehnten faktisch erheblich reduzierten Kontrollmechanismen, die das Strafprozessrecht gegenüber der richterlichen Tätigkeit zur Verfügung stellt, keine ausreichenden Mindestgarantien gegen fehlerhafte Entscheidungen bereithalten. Innerhalb der Justiz und erst recht in den Justizministerien (namentlich dem Bundesjustizministerium) sind die Früchte dieser Analysen aber nur zu einem äußerst geringen Teil beachtet worden; hier dominieren stattdessen eindeutig Aktionen zur (weiteren) Verpolizeilichung und Vergeheimdienstlichung des Strafverfahrens. Gerade durch das soeben verabschiedete »Gesetz zur effektiveren und praxistauglicheren Ausgestaltung des Strafverfahrens« hat sich diese

Einseitigkeit wieder einmal allen ausgeklügelten Euphemismen zum Trotz unmissverständlich manifestiert. Durch den in letzter Sekunde ohne öffentliche Diskussion hineingespitzelten sogenannten Staatstrojaner wurde die Strafverfolgung durch Polizei und Staatsanwaltschaft weiter geheimdienstlich aufgerüstet. Ebenso wurde die Stellung der Polizei durch erstmalige Begründung einer Aussagepflicht der Zeugen vor ihr weiter ausgebaut und verstärkt.

Dabei hat man sich im Bundesjustizministerium (von einer echten Kontrollaufgabe des das Gesetz verabschiedenden Parlaments ist in Zeiten einer Großen Koalition nichts zu spüren) der seit den einschlägigen empirischen Untersuchungen vor vierzig Jahren unbestreitbaren Erkenntnis verschlossen, dass die Ermittlungen der Polizei aufgrund psychologischer Gesetzmäßigkeiten ohnehin schon einen prägenden Einfluss auf den gesamten weiteren Verfahrensablauf ausüben. So ist die Polizei hinter der Fassade der Justiz vielfach zur heimlichen Herrin des Strafverfahrens avanciert, wofür paradoxerweise gerade die Allmacht des deutschen Strafrichters den Transmissionsriemen abgibt. Denn die »freie Beweiswürdigung« des Richters ist in erheblichem Umfang durch den sogenannten Inertia- oder Urteilsperseveranz-Effekt sozialwissenschaftlich erklärbar: Ausgelöst wird dieser schon durch die Lektüre der Ermittlungsakten, wenn sich der Richter erstmals mit dem Fall beschäftigt. Auf der Grundlage dieser Lektüre wird der Richter darin bestärkt, die Wahrscheinlichkeit der späteren Verurteilung durch sich selbst zu bejahen und deshalb das Hauptverfahren vor sich selbst zu eröffnen – was bereits dem Laienverstand als eine *self-fulfilling prophecy* erkennbar ist. Die notwendige Folge ist die unbewusste Prägung der späteren Informationsverarbeitung des Richters in der Hauptverhandlung durch seine unbewusste Bindung (*commitment*) an das Tatbild, das in den Ermittlungsakten von der Polizei geschaffen wurde und das wegen der unzulänglichen Beteiligung der Verteidigung tendenziell eine Verzerrung (*bias*) zu Lasten des Beschuldigten aufweist. Anders formuliert, führt der Inertia-Effekt, dem der deutsche Richter kraft der Verfahrensstruktur des »reformierten Inquisitionsprozesses« mit psychologischer Notwendigkeit ausgesetzt ist, unweigerlich dazu, die verdachtsbestätigenden Beweisergebnisse in der Hauptverhandlung bevorzugt wahrzunehmen, zu speichern und in ihrer Bedeutung zu überschätzen, während entlastende Beweisergebnisse in geringerem Maße wahrgenommen und gespeichert und in ihrer Wirkung unterschätzt werden. Im Extremfall führt das dazu, dass abweichende Befunde überhaupt nicht mehr zur Kenntnis genommen werden oder dass sie zumindest so weitgehend abgewertet werden, dass ihnen in Form eines Zirkelschlusses unter Berufung auf die angeblich schon festgestellten Tatsachen jede Berücksichtigung verweigert wird.

Das Heimtückische an diesen psychologischen Gesetzmäßigkeiten, genauer: an der sie auslösenden Verfahrensstruktur liegt darin, dass sie selbst bei dem redlichsten Richter wirken und durch die Überzeugung von der eigenen Unbefangenheit sogar noch verstärkt werden. Ihre Thematisierung und ihr Nachweis bedeuten auch (was in Justizkreisen und den faktisch als deren Interessenvertreter agierenden Justizministerien vielfach verkannt wird) mitnichten eine Attacke auf die Integrität der Profession von Richtern und Staatsanwälten, sondern beleuchten genau umgekehrt die unzumutbaren Bedingungen, unter denen ihre Arbeit steht. Solche Bedingungen gibt es wahrlich viele, allen voran die Desintegration der in der Bundesrepublik lebenden Gesellschaft aufgrund globaler Entwicklungen, auf die die Politik nur mit Hilflosigkeit reagiert, teils weil sie keine andere Möglichkeit hat, teils weil sie sich von ihrer eigenen Phraseologie blenden lässt. Die Strafjustiz ist durch die ihr in Ermangelung eines Besseren zugeschobene Aufgabe, das in der spätkapitalistischen Gesellschaft sprunghaft angewachsene, vielfach gegenüber justizieller Repression durch Etablierung für sie impermeabler Subkulturen unempfindliche, sozial eigentlich unerträgliche abweichende Verhalten wirksam zu sanktionieren und dadurch im Zaum zu halten, mittlerweile so enorm überfordert, dass – wie bei jeder Organisation – die internen Praktikabilitätsbedürfnisse die Oberhand über externe Gerechtigkeitskriterien gewonnen und Letztere sogar weitgehend aus der öffentlichen Wahrnehmung verdrängt haben.

Wenn man wie der Verfasser dieses Nachworts auf ein halbes Jahrhundert intensiven Engagements als Rechtswissenschaftler und teilnehmender Beobachter, als empirischer Prozessforscher und akademischer Lehrer für die Analyse und Verbesserung unseres Strafverfahrens zurückblicken kann und die geringe Resonanz registriert, die es in dem für ihre Umsetzung unentbehrlichen gesamtgesellschaftlichen Kommunikationsraum gefunden hat, so denkt man unweigerlich an Mephistos Worte: »Was soll uns denn das ewge Schaffen?« Aber vielleicht sollte man trotzdem von den drei christlichen Kardinaltugenden jedenfalls die Hoffnung nicht fahren lassen, dass der Bericht über den »Sturz« Thomas Middelhoffs in diesem Kommunikationsraum eine Resonanz finden wird, die Tausenden von Seiten wissenschaftlicher Publikationen versagt geblieben ist. Und damit führt die vorstehende Betrachtung in gewisser Weise zu der eingangs angesprochenen theologischen Dimension zurück: Wenn es gelänge, auf diese Weise einen mächtigen Impuls für die Fortsetzung der seit zweihundertfünfzig Jahren betriebenen, aber nach wie vor unvollendeten Humanisierung der Strafrechtspflege zu setzen, dann hätten die Leiden des Sturzes nachträglich einen Sinn bekommen.

Quellenverzeichnis

Wir danken den genannten Verlagen für die freundliche
Genehmigung des Abdrucks.

Du bist ewig für das verantwortlich,
was du dir vertraut gemacht hast.
Antoine de Saint-Exupéry, Der kleine Prinz
Karl Rauch Verlag GmbH & Co. KG

Jemand musste Josef K. verleumdet haben, denn ohne dass er
etwas Böses getan hatte, wurde er eines Morgens verhaftet
Kafka, Franz: Der Proceß. Roman in der Fassung der Handschrift. Nach der Kritischen Ausgabe hrsg. von Malcolm
Pasley. Frankfurt/Main 1990

Es ist kein Zweifel, dass hinter allen Äußerungen dieses Gerichtes, in
meinem Fall also hinter der Verhaftung und der heutigen Untersu-
chung, eine große Organisation sich befindet.
Kafka, Franz: Der Proceß. Roman in der Fassung der Handschrift. Nach der Kritischen Ausgabe hrsg. von Malcolm
Pasley. Frankfurt/Main 1990

Es ist unheimlich viel leichter, in Gemeinschaft zu leiden als in
Einsamkeit. Es ist unendlich viel leichter, öffentlich und unter
Ehren zu leiden als abseits und in Schanden.
Dietrich Bonhoeffer, Widerstand und Ergebung,
Briefe und Aufzeichnungen aus der Haft
1. Auflage der Taschenbuchausgabe, 2011 »Dietrich Bon-
hoeffer Werke«, Band 8, Gütersloher Verlagshaus, Gütersloh,
in der Verlagsgruppe Random House GmbH, München

Es wäre so sinnlos gewesen sich umzubringen, dass er, selbst
wenn er es hätte tun wollen, infolge der Sinnlosigkeit dessen dazu
nicht imstande gewesen wäre. Wäre die geistige Beschränktheit der
Wächter nicht so auffallend gewesen, so hätte man annehmen
können, dass auch sie infolge der gleichen Überlegungen keine
Gefahr darin gesehen hätten, ihn allein zu lassen.

Kafka, Franz: Der Proceß. Roman in der Fassung der Handschrift. Nach der Kritischen Ausgabe hrsg. von Malcolm
Pasley. Frankfurt/Main 1990

Selbst wenn die Strafe nicht ... das physische Leben des Betroffenen
zerstören kann, zerstört sie doch jedenfalls bei einer zu verbüßenden
Freiheitsstrafe in der Regel seine soziale Existenz, und ob diese
destruktiven Folgen durch einen gesellschaftlichen Nutzen überkom-
pensiert werden, zählt bis heute zu den umstrittensten Grundfragen
der Pönologie.

Bernd Schünemann: Der deutsche Strafprozess
– krank an Haupt und Gliedern
2014 Walter de Gruyter GmbH, Berlin/Boston

... trotzdem sind wir fähig einzusehen, dass die hohen Behörden,
in deren Dienst wir stehen, ehe sie eine solche Verhaftung verfügen,
sich sehr genau über die Gründe der Verhaftung und die Person des
Verhafteten unterrichten. Es gibt darin keinen Irrtum. Unsere
Behörde, soweit ich sie kenne, und ich kenne nur die niedrigsten
Grade, sucht doch nicht etwa die Schuld in der Bevölkerung,
sondern wird wie es im Gesetz heißt von der Schuld angezogen und
muss uns Wächter ausschicken. Das ist Gesetz. Wo gäbe es da einen
Irrtum?

Kafka, Franz: Der Proceß. Roman in der Fassung der Handschrift. Nach der Kritischen Ausgabe hrsg. von Malcolm
Pasley. Frankfurt/Main 1990

Donum fortitudinis
Gottesgabe nach Thomas von Aquin
Berlin. Druck und Verlag von G. Reimer. 1881.

Bildnachweis

Festschrift für Mark Wössner, Aufnahme Autoimmunkrankheit: Thomas Middelhoff
Besucherraum: FUNKE Foto Services / Lars Heidrich
Kapelle: FUNKE Foto Services / Lars Heidrich
Gefängniszelle: Sebastian Konopka
Polizeiwache Bielefeld-Brackwede: Ralf Meier
Brigitte Zypries: picture alliance / Bernd von Jutrczenka/dpa
Alle anderen Abbildungen: picture alliance/dpa

Danksagung

Mein Dank gilt Nele und Steve, die mich motivierten, dieses Buch zu verfassen. Miles bin ich zu besonderem Dank verpflichtet, er hat mich und die Arbeit an dem Manuskript über die Maßen freundschaftlich unterstützt.

Hartmut Fromm stand mir mit seinem Team stets zur Seite. Dr. Sven Thomas, Dr. Anne Wehnert, Dr. Stephan Voigtel und Udo Wackernagel kämpften über viele Jahre in verschiedenen Strafverfahren dafür, mir Gerechtigkeit widerfahren zu lassen.

Meinen Ärzten, Prof. Dr. George Tsokos, Prof. Dr. Thomas Bieber, Prof. Dr. Reiner Körfer, Prof. Dr. Gero Tenderich, Dr. Magda Tenderich sowie Prof. Dr. Georg Sabin danke ich für Rat und Tat bei der Behandlung meiner Erkrankung.

Ich danke allen, insbesondere meiner Familie, die mir in dieser herausfordernden Zeit zur Seite gestanden haben.